킬링필드,

어느 캄보디아 딸의 기억

킬링필드 Killing Fields

1975년 4월, 급진 공산주의 혁명 단체인 크메르루주의 지도자 폴 포트는 친미 론 놀 정권을
몰아내고 정권을 잡은 뒤, 새로운 공산주의 농민사회를 이룩한다며 도시인들을 농촌으로 강
제 이주시켰다. 또한 과거 론 놀 정권에 협력했다는 이유로 지식인, 공무원, 정치인, 군인 들을
처형하고, 타락한 자본주의에 물든 국민을 개조한다는 구실로 노동자, 농민, 부녀자, 어린이
까지 잔인하게 살해했다. 이처럼 크메르루주 정권이 1975년부터 1979년까지 약 4년에 걸쳐
저지른 대학살을 '킬링필드'라 한다. 킬링필드는 '죽음의 들판'을 뜻하는 말 그대로 이때 학살
된 민간인들의 시신을 묻은 집단 매장지를 일컫는 말이기도 하다.

킬링필드,
어느 캄보디아 딸의
기억

로웅 웅 지음 | 이승숙·장미란 옮김

평화를품은책

한국의 독자들에게

이 책은 캄보디아 킬링필드라는 끔찍한 대학살 시기를 고통스럽게 헤쳐나오면서 결코 놓을 수 없었던 삶의 의지와 희망, 용기, 사랑 그리고 나와 우리 가족의 처절했던 생존 이야기입니다.

전쟁과 대학살은 우리에게 이루 말할 수 없는 고통과 상처를 주었지만, 이러한 경험을 통해 나는 오히려 평화를 더욱더 갈구하게 되었습니다. 전쟁과 민간인 학살의 아픔을 지닌 한국 독자들 또한 이 책이 전쟁의 기억을 넘어 평화를 갈망하는 마음에서 쓰였음을 이해할 것입니다.

전쟁의 상흔을 딛고 평화를 갈망하는 모든 분께 경의를 표하며, 이 책을 통해 참혹한 역사의 아픔을 함께 나누고 더 나아가 세계 평화를 위해 연대할 수 있는 계기를 열어준 평화를품은책 출판사에 깊이 감사드립니다.

2019년 8월 로웅 웅

크메르루주 치하에서 죽음을 맞은
2백만 명의 사람들을 기억하며

언제나 나를 믿어준 나의 아버지 셍 임 웅과 언제나 나를 사랑해준
나의 어머니 아이 초웅 웅께 이 책을 바친다.

　영원한 자매인 케아브 언니와 초우 언니, 내게 용기를 가르쳐준
킴 오빠, 이 책에 쓰인 수많은 이야기, 곧 우리 가족의 역사와 크메르
루주 치하의 우리 삶에 대해 세세하게 수많은 정보와 도움을 준 쿠
이 오빠, 미국에서 나를 (아주 잘) 키워준 멩 오빠와 올케언니 에앙
무이 탄에게.

차례

작가의 말

1975년부터 1979년까지 크메르루주는 캄보디아 전 인구의 거의 4분의 1에 이르는 약 2백만 명의 캄보디아인들을 처형, 기아, 질병과 강제노동으로 죽음에 이르게 했다.

이 책은 크메르루주의 대학살 시기, 나와 우리 가족의 생존 이야기이다. 이 책에 쓰인 사건들은 내 경험이지만, 내 이야기에는 캄보디아인 2백만 명의 이야기가 스며 있다. 그 시기에 여러분이 캄보디아에 살고 있었다면, 이 이야기는 또한 여러분의 이야기가 될 것이다.

프놈펜

1975년 4월

프놈펜시는 태양이 안개를 뚫고 불볕더위를 쏟아내기 전에 시원한 아침 공기를 맞으려 일찌감치 잠에서 깨어난다.

사람들은 아침 6시부터 먼지투성이 좁은 골목길에서 서로 부딪치며 달린다. 검고 흰 유니폼을 입은 웨이터와 웨이트리스들이 가게 문을 활짝 열자, 국수장국 냄새가 기다리고 있는 손님들을 반갑게 맞이한다. 노점상들은 모락모락 김이 오르는 만두며 훈제 소고기 꼬치구이며 구운 땅콩을 가득 쌓은 포장마차를 인도로 밀고 와서 그날의 장사를 준비하기 시작한다. 인도에서는 색깔이 화려한 셔츠와 반바지를 입은 아이들이 포장마차 주인들의 불평과 고함소리를 무시하고 맨발로 공을 차고 있다. 넓은 대로는 오토바이 엔진 소리와 삐걱대는 자전거 소리, 여유 있는 부자들의 소형차 소리로 윙윙거린다.

정오쯤 기온이 38도에 달할 때에야 거리는 다시 조용해진다. 오후

2시에 일터로 다시 돌아오기 전, 사람들이 열기를 피해 점심을 먹고 차가운 물로 샤워를 하고 낮잠을 자려 집으로 달려가기 때문이다.

우리 가족은 프놈펜 중심가에 있는 아파트 3층에 살아서 나는 차량과 소음에 익숙하다. 거리에 신호등이 없는 탓에 경찰들이 교차로 한복판에 돋워 올린 금속 상자 위에서 교통지시를 내린다. 그러나 도시는 늘 심각한 교통체증에 걸린 것 같다. 교통체증이 심해도 시클로를 모는 운전사는 어떻게든 뚫고 갈 수 있기 때문에 엄마와 나에게 시클로는 최고의 이동 수단이다. 시클로는 앞쪽에 자전거를 매단 커다란 휠체어와 비슷하다. 돈을 내면 시클로 운전사는 목적지가 어디든 데려다준다. 우리 집에는 자동차 두 대와 트럭 한 대가 있지만 시클로가 더 빠르기 때문에 엄마는 나를 데리고 시장에 갈 때면 종종 시클로를 타곤 한다. 운전사가 혼잡한 도시의 거리를 뚫고 움직일 때면 나는 엄마 무릎에 앉아서 튀듯이 움직이며 소리 내어 웃는다.

오늘 아침, 나는 우리 아파트에서 한 블록 떨어진 국수가게의 큰 의자에 앉아 있다. 차라리 친구들과 사방치기 놀이를 하는 편이 더 나았을지도 모른다. 큰 의자에 앉아 있으면 나는 언제나 뛰어내리고 싶다. 내 발이 공중에 떠서 대롱거리는 게 싫다. 오늘은 벌써 엄마가 두 번이나 의자에 서 있지 말라고 핀잔을 주었다. 그래서 나는 의자 아래로 다리를 내리고 앞뒤로 흔드는 걸로 만족하고 있다.

아빠는 출근하기 전 아침에 엄마와 우리를 데리고 국수가게에 가는 걸 좋아한다. 언제나 그렇듯이 가게는 아침을 먹는 사람들로 가득하다. 숟가락이 그릇 바닥에 부딪쳐 쨍그랑대는 소리, 뜨거운 차와 국물을 후루룩 들이켜는 소리, 가게 안에 맴도는 마늘과 고추와 생강 냄새, 고깃국 냄새에 허기진 배에서 요란한 소리가 난다. 우리 건너편에서는 한 남자가 젓가락으로 국수를 집어 막 먹으려던 참이다. 그 남자 옆에는 한 여자아이가 해선장 소스에 닭고기를 찍어 먹고 있고, 그 애 엄마는 이쑤시개로 이를 쑤시고 있다. 국수는 캄보디아인들과 중국인들의 전통적인 아침식사다. 우리는 주로 이 국수를 먹거나, 별식으로 아이스커피와 프랑스빵을 먹는다.

"가만히 앉아 있어."

엄마가 대롱거리는 내 다리를 붙잡자 나는 엄마 손을 차버린다. 엄마가 무서운 얼굴로 나를 바라보며 재빨리 내 다리를 찰싹 때린다.

"얌전히 좀 앉아 있지 못해? 넌 다섯 살이야. 아무튼 제일 말썽꾸러기라니까. 언니들 좀 닮아봐. 커서 어떻게 얌전한 숙녀가 될래?"

엄마가 한숨을 내쉰다. 예전부터 줄기차게 들어온 말이다.

아름다운 우리 엄마는 여자아이처럼 굴지 않는 나 같은 딸 때문에 힘든 것이 분명하다. 엄마 친구들은 엄마의 큰 키와 늘씬한 몸매와 도자기처럼 하얀 피부를 부러워한다. 나는 엄마 친구들이 엄마의 아름다운 용모를 두고 떠들어대는 소리를 종종 엿듣곤 한다. 그들은 내가 아이라서 관심 없어 할 거라 여기고 하고 싶은 말을 거리낌 없이 내뱉는다. 나 따위는 안중에도 없다는 듯 엄마의 완벽한 반달눈썹과 아몬드 모양의 눈, 서양인처럼 높고 곧은 코와 계란형 얼굴에 대해 수다를 떤다. 키가 168센티미터쯤 되는 엄마는 캄보디아 여성들 사이에서·아마존*이나 다름없다. 엄마는 자신이 온전한 중국 혈통이라 키가 크며, 따라서 중국 혈통인 나도 언젠가 키가 클 거라고 말한다. 지금은 일어서면 키가 겨우 엄마 엉덩이까지만 닿으니, 정말 그렇게 되면 좋겠다.

"우리 캄보디아의 모니니아트 왕비님은 음전하시기로 유명해. 얼마나 조용히 걸으시는지 아무도 왕비님이 다가오는 소리를 못 듣는다고 하더라. 웃을 때도 이를 드러내지 않으시고, 말할 때도 사람들 눈을 빤히 바라보지 않으시지. 정말 고상한 분이셔."

엄마가 나를 쳐다보며 머리를 흔든다.

"음……."

나는 이렇게 대꾸하고 작은 병에 든 콜라를 벌컥벌컥 마신다.

엄마 표현에 따르면 나는 목말라 죽을 것 같은 소처럼 뛰어다닌다. 엄마는 나에게 어린 숙녀다운 얌전한 걸음걸이를 가르치려고 무진 애를 쓴다. 맨 먼저 발뒤꿈치부터 땅바닥에 디딘 다음, 발가락을 오므려 앞발바닥을 땅에 닿게 한 뒤, 마지막으로 발뒤꿈치를 들고 발가락을 튕기며 걸어야 한다. 이 모든 행동을 우아하고 자연스럽게 조용히 해야만 한다. 나에겐 너무 까다롭고 고통스러운 주문이다. 게다가 나는 뛰어다니는 게 좋다.

"요전처럼 얘가 곤란해질 거예요."

엄마가 아빠에게 말하다가 웨이트리스가 국수장국을 가져오자

•그리스 신화에 나오는 용맹한 여인족.

16

입을 다문다.

"닭고기가 들어간 프놈펜 스페셜 국수와 뜨거운 물 한 잔입니다."

웨이트리스가 감자국수가 담긴, 김이 모락모락 나는 맑은 장국을 엄마 앞에 내려놓으며 말한다.

"소고기 내장과 힘줄이 들어간 매콤한 상하이 국수 두 그릇입니다."

웨이트리스는 자리를 뜨기 전에 생숙주와 얇게 썬 라임 조각, 잘게 채 썬 양파, 붉은 고추, 민트 잎이 수북이 담긴 접시를 내려놓는다. 내가 양파와 생숙주와 민트 잎을 장국에 넣자, 엄마가 내 숟가락과 젓가락을 뜨거운 물에 담갔다가 냅킨으로 닦아서 건네준다.

"식당들은 깨끗하지 않지만, 이 뜨거운 물이 세균을 죽여줄 거야."

엄마는 엄마 아빠의 숟가락과 젓가락도 똑같이 그렇게 한다. 엄마가 국수를 먹는 동안 나는 고추 두 개를 그릇에 넣는다. 아빠가 대견해하는 표정으로 나를 바라본다. 그릇 가장자리에 고추를 대고 숟가락으로 으깨면 내가 좋아하는 맛이 난다. 천천히 장국을 마시자 곧바로 혀가 화끈거리고 콧물이 떨어진다.

오래전에 아빠가 한 말이 있다. 매운 걸 먹으면 물을 더 많이 마시기 때문에 더운 나라에 사는 사람들은 매운 음식을 먹어야 한다는 것이다. 물을 많이 마시면 땀을 더 많이 흘리게 되고, 땀은 몸속의 노폐물을 더 많이 씻어낸다고. 무슨 말인지 이해할 수 없지만 나는 나를 향한 아빠의 미소가 마냥 좋다. 그래서 또 고추 접시로 젓가락을 가져가다가 소금통을 건드리는 바람에, 소금통이 떨어져 통나무가 굴러가듯 데굴데굴 바닥을 굴러가버린다.

"그런 짓 좀 그만해!"

엄마가 벌컥 화를 낸다.

"실수였잖소."

아빠가 엄마에게 말하며 내게 미소를 짓는다.

엄마가 아빠에게 얼굴을 찌푸리며 말한다.

"애를 부추기지 마요. 닭싸움 사건 잊었어요? 그때도 실수였다고 했는데, 애 얼굴 좀 보라고요."

엄마가 아직도 그 일로 화를 내는 게 믿기지 않는다. 그건 아주 오래전 내가 시골 외삼촌 집에 가서 옆집 딸과 놀 때 일어난 일이었다. 그 애와 나는 외삼촌네 닭을 갖고 가서 다른 아이들과 닭싸움을 벌이곤 했다. 내 얼굴에 여전히 큰 상처가 남아 있지 않았다면 엄마는 그런 일이 있었는지도 모를 거다.

"그런 일을 벌여도 잘 헤쳐나오는 게 얼마나 다행이오. 그게 바로 애가 영리하다는 표시라오."

아빠는 누구에게든 항상 내 편을 든다. 아빠는 영리함이 한 아이에게 어떤 영향을 끼치는지 사람들은 이해하지 못한다며, 내가 일으킨 그 모든 말썽이 실은 용기 있고 총명하다는 표시라고 말한다. 아빠 말이 옳든 그르든 나는 아빠 말을 믿는다. 아빠가 내게 한 모든 말을 믿는다.

엄마가 아름다운 외모로 유명하다면 아빠는 너그러운 마음씨로 사랑받는다. 아빠는 키가 165센티미터이고 몸무게는 68킬로그램

정도로, 늘씬한 체형인 엄마와 비교해서 몸집이 크고 다부지다. 아빠를 안으면 부드럽고 폭신한 커다란 곰 인형이 떠오른다. 아빠는 캄보디아인과 중국인의 혼혈로, 머리카락은 검고 곱슬곱슬하며, 코는 넓적하고, 입술은 두툼하고, 얼굴은 둥글다. 눈은 보름달 모양에 땅처럼 밝은 갈색이다. 내가 가장 사랑하는 아빠의 모습은 입으로뿐 아니라 눈으로 웃는 모습이다.

나는 엄마와 아빠가 만나서 결혼하게 된 이야기를 좋아한다. 승려였던 아빠는 엄마가 물을 긷고 있는 시냇가를 우연히 지나가다가 첫눈에 엄마에게 반했다. 엄마도 친절하고 강인하며 잘생긴 아빠와 사랑에 빠졌다. 아빠는 승려 생활을 그만두고 엄마에게 청혼했고 엄마는 승낙했다. 하지만 외할아버지와 외할머니는 아빠가 피부도 검고 너무 가난하다며 결혼을 허락하지 않았다. 결국 엄마는 집을 나와 아빠랑 둘이서 도망쳤다.

아빠가 도박에 손을 대기 전까지 두 분은 경제적으로 안정되게 살았다. 아빠는 처음에 도박을 잘해서 여러 번 돈을 땄다고 한다. 그런데 어느 날 아주 먼 곳까지 가서 집과 돈을 모두 걸었다. 아빠는 그 도박에서 모두 잃었고, 엄마는 아빠가 도박을 그만두지 않으면 떠나겠다고 으름장을 놓았다. 그때 아빠는 가족을 잃을 뻔했다. 그 뒤로 아빠는 절대 카드 게임을 하지 않는다. 우리가 카드 게임을 하거나 카드를 집에 가져오는 것도 금지한다. 그러다 걸리면 비록 나라도 아빠에게 엄청난 벌을 받을 거다. 도박했던 것 말고는 아빠는 친절하고 너그럽고 사랑이 깊은 분이다. 아빠는 헌병대장으로 열심히 일하기 때문에 아빠를 실컷 보기가 힘들다. 엄마는 아빠가 남을 짓밟고 성공한 게 아니라고 한다. 아빠는 가난했던 시절을 절대 잊지 않고 어려운 사람들을 도와준다. 사람들은 정말로 아빠를 존경하고 좋아한다.

"사람들은 로웅을 아주 지혜롭고 영리한 아이라 여길 거요."

아빠가 이렇게 말하며 내게 윙크한다. 나는 아빠를 보고 씩 웃는다. 영리하다는 게 어떤 건지는 잘 모르겠지만, 내가 세상에 대해, 이를테면 벌레와 곤충부터 닭싸움이라든가 엄마가 방에 걸어둔 브래지어에 이르기까지 호기심이 많다는 건 알고 있다.

"애 버릇을 고쳐줘야 하는데 오히려 부추기고 있네요."

나를 쏘아보는 엄마를 무시하고 나는 계속 장국을 홀짝인다.

"일전에 애가 개구리 다리 구이를 파는 포장마차에 가서 주인한테 온갖 질문을 해댄 적이 있어요. '아저씨, 시골 연못에서 개구리를 잡았어요 아니면 아저씨가 길렀어요?' '개구리 먹이는 뭐예요?' '개구리 가죽은 어떻게 벗겨요?' '개구리 배에서 지렁이가 보여요?' '다리만 팔면 몸통은 어떻게 해요?' 등등. 로웅이 얼마나 질문을 퍼부어댔는지 주인이 애를 피해 포장마차를 끌고 자리를 옮기기까지 했어요. 여자아이가 말을 너무 많이 하는 건 바람직하지 않아요."

엄마는 큰 의자에서 꿈틀대는 것도 바람직하지 못한 행동이라고 말한다.

"배불러요. 가도 돼요?"

나는 다리를 한층 더 세게 흔들며 묻는다.

"그래, 가서 놀아라."

엄마가 한숨을 내쉬며 말한다.

나는 의자에서 뛰어내려 우리 집에서 조금 떨어진 친구네 집으로 향한다. 배는 부르지만 여전히 짭조름한 간식이 먹고 싶다. 주머니에 아빠가 준 돈이 있어서 구운 귀뚜라미를 파는 포장마차로 다가간다. 모퉁이마다 잘 익은 망고와 사탕수수는 물론 서양 케이크에서 프랑스 크레이프까지 온갖 것을 파는 포장마차들이 있다. 길거리 음식은 쉽게 사 먹을 수 있고 언제나 값도 싸다. 이 포장마차들은 캄보디아에서 인기가 아주 좋다.

프놈펜에서는 인도에 늘어선 스툴에 웅크리고 앉아서 음식을 먹는 사람들을 흔히 볼 수 있다. 캄보디아 사람들은 끊임없이 먹는데, 오늘 아침의 나처럼 주머니에 돈이 있으면 포장마차에서 온갖 음식을 맛볼 수 있다. 초록색 연꽃잎으로 감싼 반드르르한 갈색 귀뚜라미에서 나무 탄 냄새와 꿀 냄새가 난다. 귀뚜라미 튀김은 불에 탄 짭짤한 견과류 맛이다.

나는 인도를 어슬렁거리면서, 젊고 예쁜 여자들과 함께 포장마차 주변에 몰려 있는 남자들을 쳐다본다. 나는 여자들의 외모가 중요하다는 것과, 매력적인 여자들이 물건을 팔면 절대 망하지 않는다는 것을 알고 있다. 한편으로는 젊고 아름다운 여자가 똑똑한 남자들을 멍청한 남자아이로 변하게 한다는 것도 안다. 평소에 우리 오빠들은 아무리 예쁜 여자가 파는 음식이라도 맛이 없으면 절대 사 먹지 않는다. 그런데도 한번은 오빠들이 못생긴 여자들이 파는 맛있는 음식을 건너뛰고 예쁜 여자가 파는 간식을 사 먹는 모습을 본 적이 있다.

다섯 살인데도 나는 내가 예쁘다는 걸 안다. 어른들이 내가 너무 못생겼다고 엄마에게 말하는 걸 여러 번 들었기 때문이다. 엄마 친구들은 엄마에게 이렇게 말하곤 했다.

"딸이 정말 못생기지 않았어? 저 윤이 나는 까만 머리와 부드러운 갈색 피부 좀 봐! 저 하트 모양 같은 얼굴을 보면 누구나 보조개가 있는 발그레한 뺨을 꼬집고 싶을 거야. 저 통통한 입술과 웃는 모습을 봐! 정말 못생겼어!"

"못생겼다고 하지 마세요!"

내가 소리치면 그들은 소리 내어 웃곤 했다. 캄보디아 사람들은 아이를 대놓고 칭찬하지 않는다는 엄마의 설명을 듣기 전에는 그랬다. 그들은 아이가 주목받는 걸 바라지 않는다. 칭찬받는 아이에 대해서 들으면 악령이 꼭 질투를 하는 탓에 그 아이를 다른 세계로 데려갈지 모른다고 믿기 때문이다.

웅 가족

1975년 4월

우리는 대가족이다. 아빠와 엄마, 세 형제와 네 자매, 모두 합해서 아홉 식구이다. 다행히 우리는 큰 아파트에서 모두 편히 지낸다. 우리 아파트는 기차처럼 길게 지어졌는데, 앞쪽엔 좁은 통로가 있고 뒤쪽엔 방이 죽 이어져 있다. 우리 집은 내가 가봤던 어떤 집들보다 방이 더 많다. 가장 중요한 곳은 거실로, 종종 거기서 다 함께 텔레비전을 본다. 세 오빠들 방이 위에 있는 복층 구조여서 거실은 천장이 매우 높고 넓다. 작은 복도가 엄마 아빠 방과 우리 네 자매가 함께 쓰는 방을 가르며 주방으로 이어져 있다. 온 식구가 마호가니 식탁 앞의 등받이가 높은 티크 의자에 앉을 때면 튀긴 마늘 냄새와 갓 지은 밥 냄새가 주방을 가득 채운다. 주방 천장에서는 선풍기가 계속 돌아가며 온 집 안으로, 심지어 욕실까지 익숙한 냄새를 실어 나른다. 우리 집은 매우 현대적이어서 욕실에 수세식 변기와 철제 욕조, 수도 같은 게 다 있다.

아파트와 재산으로 미루어 나는 우리가 중산층이라는 것을 안다. 내 친구들은 열 식구에 방이 겨우 둘이나 셋인 집에서 북적거리며 사는 경우가 많다. 부유한 사람들은 아파트나 여러 층으로 지은 집에 산다. 프놈펜에서는 돈이 많을수록 더 높은 층에 산다. 일층은 흙이 집 안으로 들어오고 호기심 많은 사람들이 늘 안을 들여다보기 때문에 엄마는 일층이 탐탁지 않다고 말한다. 그래서 가난한 사람들만이 일층에 산다. 그리고 정말 가난한 사람들은 내가 절대 돌아다녀서는 안 되는 곳에 있는 임시 천막에서 산다.

이따금 나는 엄마와 시장 가는 길에 얼핏 빈민 지역을 본다. 기름 낀 머리에 낡고 더러운 옷을 입은 아이들이 맨발로 우리가 탄 시클로를 향해 달려오는 모습이 흥미롭다. 나만 한 아이들이 벌거벗은 동생들을 업고 우르르 뛰어온다. 그 아이들 얼굴에 잔뜩 묻은 붉은 흙먼지가 보인다. 목주름 사이와 손톱 밑에 낀 뻘건 흙까지 보인다. 그 애들은 짚으로 엮은 커다란 바구니를 머리에 이거나 엉덩이에 걸친 채, 나무로 만든 작은 부처라든가 황소, 마차 조각, 작은 대나무 피리 따위를 내밀며 우리에게 물건을 사달라고 애원한다. 팔 게 없어서 손을 내밀고 중얼거리며 다가오는 애들도 있다. 그때마다 무슨 말인지 채 알아듣기도 전에 시클로의 녹슨 벨이 요란하게 딸랑이면서 우리에게 몰려오는 아이들을 떼어놓는다.

프놈펜에는 크고 작은 시장이 많지만 파는 물건들은 항상 비슷하다. 중앙 시장, 러시아 시장, 올림픽 시장 말고도 많은 시장이 있다.

사람들이 쇼핑하러 가는 곳은 대개 자기 집에서 가장 가까운 시장이다. 아빠는 올림픽 시장이 한때 아름다운 건물이었다고 했다. 지금은 곰팡이와 공해에 찌들어 건물 외관이 잿빛으로 변해버리고, 벽은 방치된 탓에 금이 갔다. 한때는 푸르게 우거져 관목과 꽃으로 가득했던 땅이 지금은 활기를 잃고 천막과 포장마차로 뒤덮인 채 날마다 수천 명의 쇼핑객이 지나다니는 곳이 되었다.

담녹색과 파란색 비닐 천막 아래에서는 줄무늬, 페이즐리 무늬, 꽃무늬 천을 비롯해 중국어, 크메르어, 영어, 프랑스어로 된 책들을 판다. 노점에는 구슬 같은 눈으로 사람들을 쳐다보는 은빛 오징어, 흰색 플라스틱 양동이 안에서 기어다니는 갈색 홍다리얼룩새우 떼부터 아주 맛있는 초록색 코코넛, 조그만 바나나, 오렌지 망고와 분홍색 용과까지 온갖 물건이 있다.

보통 온도가 바깥보다 10도는 더 낮은 시원한 상점 안에는 풀 먹인 셔츠와 주름치마를 입은 말쑥한 여자들이 금은 장신구를 늘어놓은 유리 진열대 뒤쪽의 높은 스툴에 앉아 있다. 그들이 귀와 목과 손가락에 차거나 걸고 있는 노란색 순금이 사람들을 향해 판매대로 오라고 손짓하는 것 같다.

여자들에게서 몇 걸음 떨어진 노점에서는 깃털이 뽑힌 채 고리에 매달린 닭들 뒤로 피 묻은 앞치마를 두른 남자들이 식칼로 정확하게 고기를 토막 내고 있다. 고기 노점에서 더 먼 곳에서는 엘비스 프레슬리처럼 구레나룻을 길게 기르고 나팔바지와 코르덴 재킷을 입은 멋진 젊은이들이 카세트 플레이어에서 흘러나오는 캄보디아 유행

가를 요란스럽게 흥얼거리고 있다. 노랫소리와 노점상의 호객 소리가 서로 부딪치며 사람들의 관심을 끌기 위해 경쟁을 해댄다.

요즈음엔 엄마가 나를 시장에 데려가지 않는다. 하지만 나는 여전히 일찍 일어나서 롤러로 머리카락을 말고 화장하는 엄마를 지켜본다. 엄마가 파란색 실크 스커트와 적갈색 사롱*을 재빨리 입을 때면 나도 데려가달라고 애원한다. 엄마가 금목걸이와 루비 귀걸이, 팔찌를 차는 동안에는 쿠키를 사다달라고 간청한다. 엄마는 목 주위에 향수를 살짝 뿌리고는 가정부에게 나를 맡기고 시장으로 향한다.

집에 냉장고가 없어서 엄마는 아침마다 시장에 간다. 매일 먹는 음식은 신선해야 한다며 장보기를 즐기는 것이다. 엄마가 사온 돼지고기와 소고기와 닭고기는 얼음가게에서 사온 아이스박스에 넣어둔다. 얼음덩어리가 가득 채워진 아이스박스는 큰 여행 가방만 하다. 하루치 장을 보느라 얼굴이 벌게지고 녹초가 된 엄마는 집에 돌아오자마자 중국식으로 맨 먼저 문 앞에 샌들을 벗어놓는다. 그런 다음 맨발로 도자기 타일을 밟고 서서 발바닥이 시원해질 즈음 안도의 숨을 내쉰다.

나는 밤에 아빠와 함께 발코니에 앉아서 그 아래 세상을 보는 게 좋다. 프놈펜에는 높은 빌딩이 드물기 때문에 우리 집 발코니에서는 2, 3층 건물들이 잘 보인다. 촘촘하게 지어진 건물들이 톤레사프강을 따라 3.5킬로미터쯤 죽 이어져서 도시는 폭이 넓지 않고 긴 형태

---

*말레이시아, 인도네시아 등지에서 남녀 구분 없이 허리에 둘러 입는 옷.

를 띤다. 프놈펜시가 현대적으로 보이는 것은 그을음이 낀 일층 집들과 나란히 서 있는 프랑스 식민지 시대의 건물들 덕분이다.

어둠 속에서 간헐적으로 깜빡이는 가로등처럼 세상은 조용하고 여유롭다. 식당들은 문을 닫고 포장마차들은 골목으로 사라진다. 계속 손님을 찾아 이리저리 돌아다니는 시클로 운전사들도 있고, 시클로 안에 들어가 잠을 청하는 운전사들도 있다. 이따금 스스로가 용감하다고 느껴질 때, 나는 난간에 바싹 붙어 서서 아래 불빛들을 내려다보곤 한다. 더 용감해지면 난간 위로 올라가서 기둥을 꼭 잡고 선다. 난간에 몸을 의지한 채 세상 끝자락에 매달려 있는 내 발가락들을 과감히 내려다보기도 한다. 아래에 있는 자동차들과 자전거들을 내려다보면 발가락이 찌릿찌릿한 게 천 개의 작은 핀에 찔리는 듯한 느낌이 든다. 가끔은 난간을 딛고 서서, 기둥에서 손을 떼고 두 팔을 머리 위로 높이 뻗어보기도 한다. 팔로 자유롭게 날갯짓을 하면서 도시 위로 높이 날고 있는 용인 척하기도 한다. 발코니는 아빠랑 내가 종종 중요한 이야기를 나누는 특별한 장소다.

내가 지금보다 훨씬 어리고 작았을 때 아빠는 내 이름 로웅이 중국의 어느 지방 사투리로 '용'이라고 알려주었다. 아빠 말에 따르면 용은 신이거나 신의 동물이다. 용은 매우 강인하고 지혜로우며 가끔 앞날도 내다본다. 대부분의 용은 우리를 보호하지만, 영화에서처럼 나쁜 용 한두 마리가 지구에 와서 사람들을 해칠 때도 있다고 한다.

아빠가 얼마 전에 들려준 이야기다.

"킴이 태어났을 때 아빠 밖에서 걷고 있었어. 그러다가 갑자기 고개를 들었는데, 아름다운 흰 뭉게구름이 아빠를 향해 다가오는 게 보이더구나. 마치 구름이 아빠를 따라오는 것 같았지. 곧이어 구름은 크고 사나운 용으로 변했어. 6미터에서 9미터쯤 되는 용은 작은 다리가 네 개이고, 몸의 절반을 차지하는 날개를 활짝 펴고 있었어. 머리 위로 솟은 굽은 뿔 두 개가 각각 반대 방향으로 뻗었고. 150센티미터나 되는 수염은 리본춤을 추듯이 앞뒤로 부드럽게 흔들렸지. 느닷없이 용이 아빠 옆으로 내려와서 바라보는데 두 눈이 자동차 타이어만 하더라고. 용이 나더러 '커서 훌륭한 일을 많이 할 건강한 아들이 생길 것이오' 그러더구나. 그렇게 킴이 태어나리라는 소식을 들었단다."

그 뒤에도 용이 여러 번 찾아와서는 그때마다 우리가 태어날 거라는 메시지를 전했다고 한다. 그래서 내가 이렇게 여기서 용의 수염처럼 머리카락을 휘날리고 날개라도 되는 듯이 두 팔을 펄럭이며 아빠가 나를 부를 때까지 세상 위를 날아다니는 것인지도 모른다.

엄마는 내가 질문을 너무 많이 한다고 핀잔한다. 아빠가 무슨 일을 하느냐고 물으면 엄마는 헌병이라고 대답한다. 아빠 제복에는 줄이 네 개 있는데 그건 돈을 많이 번다는 표시다. 엄마 말에 따르면 내가 한두 살 때 어떤 사람이 우리 집 쓰레기통에 폭탄을 설치해서 아빠를 죽이려고 한 적이 있다. 나는 그런 기억이 없어서 묻는다.

"왜 아빠를 죽이려고 했어요?"

"비행기가 시골에 폭탄을 떨어뜨리기 시작했을 때 많은 사람들이 프놈펜으로 옮겨왔어. 일자리를 구할 수 없자 그들은 정부를 비난했단다. 그 사람들은 아빠를 몰랐지만, 공무원들은 무조건 다 나쁘고 부패한 사람들이라고 여겼거든. 그래서 고위관리들이 죄다 표적이 된 거야."

"폭탄이 뭐예요? 누가 그걸 떨어뜨렸는데요?"

내 질문에 엄마가 대답한다.

"그건 아빠한테 여쭤보자."

그날 밤 늦게 발코니에서 시골에 떨어뜨린다는 폭탄에 대해 아빠에게 묻는다. 아빠는 캄보디아가 내전을 벌이고 있고, 대부분의 캄보디아 사람들은 도시가 아니라 시골 마을에 살며, 조그만 경작지에서 농사를 짓는다고 말해준다.

폭탄은 비행기에서 떨어진 종 모양의 금속이다. 폭탄이 터지면 땅에 작은 연못만 한 구멍이 생긴다. 폭탄은 농부 가족을 죽이고, 그들의 땅을 파괴하며, 그들을 고향에서 내몬다. 집 없고 굶주린 사람들이 지낼 곳과 도움을 찾아 도시로 온다. 아무것도 찾지 못하자 그들은 화가 나서 모든 정부 관리들을 비난한다. 아빠의 설명을 들으니 머리가 빙빙 돌고 심장이 빠르게 뛴다.

"왜 그 사람들이 폭탄을 떨어뜨려요?"

"캄보디아가 나로서는 이해하기 힘든 전쟁을 벌이고 있기 때문이야."

내 물음에 아빠가 이렇게 대답하고는 조용해진다.

우리 집 쓰레기통에서 폭탄이 터져 부엌 벽이 무너졌지만, 다행히 아무도 다치지 않았다. 경찰은 누가 그곳에 폭탄을 설치했는지 밝혀

내지 못했다. 누가 아빠를 해치려 했다고 생각하자 마음이 아프다. 도시에 새로 온 사람들이 아빠가 아주 좋은 사람이고 언제나 타인을 도와주려는 사람이라는 사실을 알면 좋을 텐데. 그랬다면 아빠를 해치려 하지 않았을 것이다.

아빠는 1931년 캄퐁참주의 작은 시골 마을 트로누온에서 태어났다. 마을 기준에서 보면 친가는 잘살았고, 아빠는 원하는 것은 무엇이든 다 얻었다. 아빠가 열두 살 때 할아버지가 돌아가시자 할머니는 재혼을 했는데, 의붓아버지가 종종 술에 취해 아빠를 학대했다고 한다. 아빠는 열여덟 살에 공부를 더 하려고 폭력적인 집에서 나와 사원에 갔다가 승려가 됐다. 승려 생활을 하는 동안 살아 있는 동물을 밟아 죽이지 않으려고 아빠는 빗자루와 쓰레받기를 갖고 다니며 자신이 갈 곳을 쓸고 다녔다. 아빠는 엄마와 결혼하기 위해 승려를 그만두고는 경찰이 됐다. 아빠는 믿을 만한 사람이어서 노로돔 시아누크 왕자 휘하의 캄보디아 왕립첩보부로 승진했다. 아빠는 요원으로 첩보활동을 했고, 민간인인 척 일하며 정부를 위해 정보를 모았다. 아빠는 자신이 무슨 일을 하는지 철저히 숨겼다. 그러다가 민간 부문에서 더 큰 실적을 낼 수 있다고 판단하고 친구들과 사업을 하기 위해 군대를 그만두었다. 그런데 1970년 시아누크 왕자 정부가 무너지자 아빠는 징집되어 론 놀의 새 정부에 들어갔다. 아빠는 론 놀 정부에 들어가고 싶지 않았지만 어쩔 수 없었다. 참여하지 않으면 박해받거나 반역자로 낙인찍히거나 처형당했기 때문이다.

"왜요? 다른 곳에서도 이렇게 해요?"

내가 아빠에게 묻는다.

"아니란다. 넌 정말 질문을 많이 하는구나."

아빠가 내 머리를 쓰다듬더니 이내 한쪽 입가를 실룩이며 눈길을 다른 쪽으로 돌린다. 다시 이어 말할 때는 아빠의 목소리가 피곤하고 아득하게 들린다.

"많은 나라에선 그렇게 안 하지. 미국이라는 나라에서는 그렇게 안 해."

"미국이 어디예요?"

"여러 바다를 건너고, 여기서 아주아주 먼 곳이란다."

"그럼 아빠, 미국에서는 강제로 군대에 안 가요?"

"안 가. 그 나라는 두 정당이 나라를 운영한단다. 민주당과 공화당이라는 정당이 있는데, 둘이 경쟁해서 한쪽이 이기면 다른 쪽은 다른 일을 찾아봐. 예를 들어 민주당이 이기면 공화당은 일을 잃고 다른 곳에 가서 새 일을 찾지. 여기 캄보디아 같지 않아. 캄보디아에서는 공화당이 싸움에서 지면 민주당이 되거나 처벌을 받아야 해."

큰오빠가 발코니로 나오자 우리의 대화가 끊긴다.

멩 오빠는 열여덟 살인데 동생들을 정말 좋아한다. 아빠처럼 부드럽게 말하고 점잖고 관대하다. 졸업생 대표가 될 정도로 책임감이 강하고 믿음직하다. 아빠가 차를 사줬지만 여자를 태우지 않고 책을 옮기는 데 이용했다. 하지만 여자친구는 있다. 큰오빠가 프랑스에서 학위를 받고 돌아오면 결혼할 예정이다. 4월 13일이 설날이어서 아빠는 명절을 가족과 함께 보내고 떠나라고 했다. 그래서 큰오빠는

14일에 프랑스로 떠난다.

멩 오빠가 우리에게 존경을 받는 반면 쿠이 오빠는 우리가 두려워하는 사람이다. 쿠이 오빠는 열여섯 살로, 책보다는 여자와 가라테*에 더 관심이 많다. 오빠의 오토바이는 교통수단이자 여자들의 마음을 사로잡는 수단이다. 오빠는 스스로를 세련되고 예의 바른 사람이라고 여기지만, 나는 오빠가 심술궂다는 사실을 알고 있다.

캄보디아에서는 아버지가 일하느라 바쁘고 어머니가 육아와 집안일로 바쁘면, 어린 동생들의 훈육과 처벌은 종종 맏이가 책임진다. 우리 집에서는 아무도 큰오빠를 무서워하지 않기 때문에 우리의 애교나 변명에 쉽사리 넘어가지 않는 쿠이 오빠가 이 역할을 맡았다. 우리를 때리겠다고 위협한 적은 한 번도 없지만 우리는 모두 쿠이 오빠를 두려워하고 항상 말을 잘 듣는다.

큰언니 케아브는 열네 살밖에 안 됐는데 벌써 아름답다. 엄마는 언니가 많은 남자들에게 청혼받을 것이며 원하는 사람을 얼마든지 고를 수 있다고 한다. 하지만 불행하게도 숙녀에게 어울리지 않는 소문이 많이 날 수 있고 비난도 많이 받을 거라고 한다. 엄마가 케아브 언니를 훌륭한 숙녀로 만들 계획에 착수하자 아빠는 몹시 걱정한다. 아빠는 언니가 안전하길 바란다. 불만을 품은 사람들이 그 분노를 정부 관리의 가족에게 분출하기 때문이다. 동료의 많은 딸들이 거리에서 희롱당하거나 심지어 납치당하기까지 했다. 아빠는 언니

---

* 일본식 권법으로, 무기를 쓰지 않고 신체 각 부위를 이용해 상대방과 겨루는 무술이다.

한테도 그런 일이 일어날까 걱정돼서 언니가 가는 곳마다 헌병 둘을 붙여놓는다.

중국어로 '금'을 뜻하는 킴 오빠는 열 살이다. 오빠는 작고 민첩하고 순발력이 좋아서 엄마는 오빠를 '리틀 멍키'라고 부른다. 중국 무술영화를 많이 본 킴 오빠는 원숭이처럼 영화를 흉내 내며 우리를 괴롭힌다. 난 오빠가 참 별나다고 생각했는데, 오빠 또래의 오빠를 둔 여자애들을 만나고 나서는 오빠들은 모두 그렇다는 걸 알았다. 오빠들이 존재하는 목적은 여동생을 놀리고 귀찮게 하는 건가 보다.

나보다 세 살 많은 초우 언니는 나랑 딴판이다. 언니 이름은 중국어로 '보석'이라는 뜻이다. 여덟 살인 언니는 조용하고 내성적이며 순종적이다. 엄마는 늘 우리를 비교하면서 나에게 언니처럼 행동할 것을 강요한다. 초우 언니는 다른 형제자매들과 달리 아빠를 닮아서 피부가 매우 검다. 오빠들은 초우 언니가 우리 중 누구와도 닮지 않았다고 놀린다. 우리 집 쓰레기통에 버린 걸 아빠가 발견하고 불쌍해서 입양했다고 괴롭힌다.

그다음은 나로, 다섯 살이지만 초우 언니만큼 크다. 우리 남매들은 대체로 나를 버릇없는 말썽꾸러기로 여기지만, 아빠는 내가 다듬지 않은 다이아몬드라고 한다. 불교 신자인 아빠는 사람들에게 통찰력이 있다고 믿는다. 또한 사람들이 미신으로 여길지 모르는 특별한 에너지인 아우라도 사람들에게 있다고 믿는다. 아우라는 누군가의 몸에서 발산되는 색깔로, 그가 어떤 사람인지 보는 사람에게 알려준다. 파란색은 행복, 분홍색은 사랑, 그리고 검은색은 비열함을 뜻한다. 대부분의 사람들은 볼 수 없지만, 모든 사람들이 선명한 색을 내뿜는 공기방울 안에서 걸어다닌다고 한다. 아빠는 내가 태어났을 때 나를 에워싼 밝은 빨간색 기운을 보았다고 한다. 내가 열정적인 사람이 될 거라는 뜻이다. 그 말에 엄마는 모든 아기들은 빨갛게 태어난다고 응수했다.

게악은 세 살 된 여동생이다. 중국어로 게악은 아시아인들이 가장 귀하게 여기고 사랑하는 보석인 '옥'을 뜻한다. 어여쁜 게악은 침을 흘리는 모습마저 사랑스럽다. 어른들은 게악의 포동포동한 뺨을 꼬집어 분홍빛으로 만들어놓고는 아주 건강하다는 표시라고 말한다. 내 생각에 그건 많이 아프다는 표시지만 그래도 게악은 행복한 아기다. 나는 까다로운 아기였다.

큰오빠와 아빠가 얘기를 나누는 동안 나는 난간에 기대어 우리 아파트 맞은편에 있는 영화관을 바라다본다. 아빠 덕분에 영화관 사장이 우리에게 공짜 영화를 많이 보여주지만, 아빠는 우리와 영화관에 가면 늘 영화 관람비를 내겠다고 고집한다. 우리 집 발코니에서는 그 주에 상영할 영화를 그려놓은 큼직한 간판이 보인다. 간판에는 머리카락이 마구 헝클어지고 두 뺨에 눈물이 흐르는, 예쁘고 젊은 여자 그림이 그려져 있다. 자세히 살펴보면 여자의 머리카락은 몸부림치는 작은 뱀들이다. 이 여자는 '크로마'라고 하는 크메르• 전통 스카프로 머리를 감싸고서 마을 사람들이 던지는 돌을 피해 힘겹

•캄보디아의 옛 이름. 1970~75년의 론 놀 정권에서는 '크메르'라고 했다.

게 도망치고 있다.

조용한 옆 골목에서 쓰레기를 작은 더미로 쌓아놓는 비질 소리가 들린다. 잠시 뒤 한 노인과 소년이 커다란 나무수레를 끌고 온다. 노인이 가게 앞에 있는 주인에게 지폐 몇 장을 받는 동안 소년은 쓰레기를 수레에 담는다. 일을 마치자 노인과 소년은 옆 쓰레기 더미로 수레를 끌고 간다.

우리 집에서는 쿠이 오빠와 케아브 언니가 숙제를 하는 동안 킴 오빠, 초우 언니, 게악과 엄마는 거실에서 텔레비전을 보고 있다. 중산층 가족으로 산다는 것은 다른 사람들보다 재산이 훨씬 더 많다는 뜻이다. 우리 집에 놀러 오는 친구들은 다들 우리 집에 있는 뻐꾸기 시계를 좋아한다. 동네 사람들은 대부분 전화가 없지만 우리 집에는 두 대나 있다. 하지만 나는 전화를 써도 된다는 허락을 받은 적이 한 번도 없다.

거실에는 엄마가 많은 접시와 조그만 장식품, 특히 맛있고 예쁜 사탕을 넣어두는 꽤 높은 유리 수납장이 있다. 나는 종종 수납장 앞에 서서 손바닥을 유리에 대고 사탕을 바라보며 군침을 흘리곤 한다. 간절한 눈빛으로 엄마를 쳐다보면서 엄마가 그런 나를 안쓰럽게 여겨 사탕 몇 알을 꺼내주기를 바란다. 이 방법이 효과가 있을 때도 있지만 엄마는 내 엉덩이를 때려 내쫓으며 유리에 지저분한 손자국이 생겼다며 나를 타박하기도 한다. 그러면서 손님들에게 대접할 사탕이라며 먹을 수 없다고 한다.

내가 보기에 중산층 가정은 재산 말고도 시간이 훨씬 더 여유롭다. 매일 아침 아빠가 출근하고 아이들이 학교에 가고 나면 엄마는 할 일이 별로 없다. 우리 집에는 날마다 빨래와 요리, 청소를 해주는 가정부가 있다. 가정부가 우리를 위해 잡일을 다 해주니 여느 아이들과 달리 나는 허드렛일을 할 필요가 없다. 그렇지만 아빠가 우리를 학교에 보내주기 때문에 열심히 공부해야 한다.

매일 아침 나는 초우 언니, 킴 오빠와 함께 학교로 가면서 내 또래이거나 더 어린 아이들이 거리에서 망고라든가 짚으로 만든 화려한 조화라든가 벌거벗은 분홍색 바비 인형 따위를 파는 모습을 본다. 나는 언제나 어른들 말고 내 또래 아이들한테서 물건을 산다.

학교 수업은 프랑스어로 시작한다. 오후에는 중국어, 저녁에는 크메르어 수업으로 바쁘다. 일주일에 엿새를 공부하고 일요일에는 숙제를 한다. 아빠는 날마다 우리에게 최우선 순위가 학교에 가서 여러 나라 말을 배우는 거라고 한다. 아빠는 프랑스어를 유창하게 한 덕분에 자신의 분야에서 어떻게 성공할 수 있었는지 들려준다. 나는 아빠가 동료들에게 프랑스어로 말하는 소리를 듣는 게 좋다.

비열한 프랑스어 선생님은 싫지만 프랑스어를 배우는 건 좋다. 그 여선생님은 아침마다 우리에게 서로 마주 보고 한 줄로 서게 한다. 그러고는 손을 앞으로 뻗게 해서 손톱이 깨끗한지 꼼꼼히 검사하고, 깨끗하지 않으면 지휘봉으로 우리 손을 때린다. 내가 프랑스어로 "선생님, 화장실에 가도 돼요?" 하고 허락을 구할 때까지 화장실도 못 가게 한다. 내가 수업시간에 잔다고 분필 조각을 던진 적도 있다. 분필이 내 코를 맞히자 다들 나를 비웃었다. 선생님이 비열하게 굴지 않고 프랑스어를 가르쳐주면 좋겠다.

학교에 가는 게 늘 좋지만은 않다. 그래서 이따금 아빠에게 말하지 않고 수업을 빼먹은 채 하루 종일 운동장에서 논다. 학교가 좋은 이유 하나는 교복을 입는다는 점이다. 교복은 짧은 퍼프소매가 달린 흰색 셔츠와 짧은 파란색 주름치마다. 치마가 너무 짧아서 가끔 걱정되지만 나는 교복이 참 예쁘다고 생각한다. 얼마 전엔 친구들과 사방치기를 하는데 남자애가 다가와서 치마를 들어올렸다. 어찌나 화가 나던지 생각보다 훨씬 더 세게 그 애를 밀어버렸다. 그 애는 넘어졌고 나는 무릎을 비틀거리며 도망갔다. 그 뒤로 그 남자애는 나를 두려워하는 것 같다.

일요일에 우리가 숙제를 끝내면 아빠는 그 보상으로 우리를 클럽 수영장에 데려간다. 나는 헤엄치는 게 좋지만 깊은 곳에 들어가지 못한다. 클럽 수영장은 아주 커서 얕은 곳에서도 초우 언니 얼굴에 물을 튕기며 놀 공간이 충분하다. 엄마는 내게 분홍색 원피스 수영복을 입혀주고는 아빠와 이층으로 가서 점심을 먹는다. 케아브 언니는 우리를 감시하고 아빠와 엄마는 유리 창문 너머 탁자에서 손을 흔든다. 이때 나는 바랑을 처음 보았다.

"초우 언니, 저 아저씨 정말 크고 하얘!"

나는 물장난을 멈추고 언니에게 소곤거린다.

"저 아저씬 바랑이야. 백인이라는 뜻이지."

초우 언니가 나이 먹은 티를 내며 히죽거린다.

바랑이 다이빙대 위로 걸어갈 때 나는 그를 빤히 올려다본다. 그는 팔과 다리에 털이 많이 나 있고 아빠보다 30센티미터는 더 크다. 얼굴은 길고 갸름하며 코는 매부리처럼 높고 가늘다. 흰 피부에는 검은색, 갈색, 심지어 빨간색 점들이 온통 나 있다. 수영복 팬티만 입고서 머리에 황갈색 수영 모자를 썼는데, 그 때문에 머리가 대머리처럼 보인다. 그가 다이빙대에서 뛰어내려 물속으로 다이빙을 하는데 물이 거의 튀지 않는다.

우리가 물 위에 누워 떠 있는 바랑을 보고 있자, 케아브 언니가 내게 잘못된 정보를 알려주었다며 초우 언니를 꾸짖는다. 언니는 빨간색으로 새로 칠한 발톱을 물속에 넣었다가 빼면서 '바랑'은 프랑스인을 뜻한다고 알려준다. 프랑스인들이 캄보디아에 오래 있었기 때문에 우리는 백인들을 모두 바랑이라고 한다. 하지만 백인들은 미국을 포함해 여러 나라에서 왔다.

점령

1975년 4월 17일

때는 오후. 나는 우리 아파트 앞 거리에서 친구들과 사방치기를 하고 있다. 목요일에는 주로 학교에 있는데 오늘은 어떤 이유에서인지 아빠가 종일 집에 있게 했다.

멀리서 천둥 같은 엔진 소리가 들려와 놀이를 멈춘다. 갑자기 모든 사람들이 하던 일을 멈추고, 굉음을 내며 도시로 들이닥치는 트럭을 바라본다. 잠시 뒤 진흙으로 뒤덮인 낡은 트럭들이 덜커덩거리며 우리 아파트 앞을 천천히 지나간다. 초록색, 회색, 검은색 화물 트럭들은 닳아버린 타이어가 굴러갈 때마다 앞뒤로 흔들리며 흙먼지와 매연을 토해낸다. 트럭 짐칸에는 거무스름하게 바랜 긴 바지와 긴팔 셔츠를 입고 이마에 빨간색 크로마를 맨 남자들이 몸을 맞대고 서 있다.

그들은 주먹을 높이 치켜들고 환호한다. 대부분 젊어 보이고 우리 외삼촌네 농장 일꾼들처럼 다들 마르고 피부가 검으며 기름진 긴 머리가 어깨 너머로 휘날린다. 캄보디아 여자들은 기름진 긴 머리카락을 좋아하지 않는다. 외모에 신경 쓰지 않는다는 표시이기 때문이다. 머리가 긴 남자는 무시당하고 수상하게 여겨진다. 머리를 기르는 남자들은 분명히 뭔가 숨기는 게 있다는 것이다.

외모가 그 꼴인데도 군중은 박수와 환호로 그들의 입성을 반긴다. 모든 사람들이 지저분한 건 아니었는데 얼굴 표정은 하나같이 매우 의기양양하다. 긴 총을 손에 들거나 등에 비스듬히 메고, 미소를 짓거나 소리 내어 웃으며 왕이 행차할 때처럼 군중에게 손을 흔들어 답례한다.

"무슨 일이야? 저 사람들은 누구야?"

친구가 내게 묻는다.

"몰라. 아빠한테 알아볼게. 아빠 알 거야."

집으로 달려가니 아빠가 발코니에 앉아서 흥분에 들뜬 사람들을 지켜보고 있다.

나는 아빠 무릎에 올라가며 묻는다.

"아빠, 저 사람들이 누군데 사람들이 저렇게 좋아해요?"

"군인들인데 전쟁이 끝나서 사람들이 환호하는 거야."

아빠가 조용히 대답한다.

"저 사람들은 뭘 원하는 거예요?"

"우리를 원해."

"왜요?"

"저들은 좋은 사람들이 아니야. 저 사람들 신발을 봐라. 자동차 타이어로 만든 샌들을 신고 있잖니."

다섯 살인 나는 전쟁이 어떻게 끝났는지는 모르지만 아빠가 훌륭하고 옳다는 건 분명히 안다. 신발만 보고도 군인들이 어떤 사람인지 알 수 있다는 건 아빠가 지식이 대단하다는 증표다.

"아빠, 신발이 왜요? 왜 저 사람들이 나빠요?"

"저 사람들이 파괴자들이라는 걸 보여주거든."

나는 아빠 말이 무슨 뜻인지 전혀 알아듣지 못한다. 그저 언젠가 아빠의 반만이라도 똑똑해지길 바란다.

"무슨 말인지 모르겠어요."

"그럴 거야. 가서 놀아라. 멀리 가지는 말고 사람들이 있는 곳에 있어야 한다."

아빠와 이야기를 나눈 뒤라 더 안전하다고 느끼며 나는 아빠 무릎에서 내려와 아래층으로 내려간다. 나는 대체로 아빠 말을 잘 듣는 편이지만 거리에 많은 사람들이 모여 있는 걸 보니 호기심이 발동한다. 곳곳마다 사람들이 낯선 사람들의 입성에 환호하고 있다. 이발사들은 머리를 다듬던 일손을 멈추고 여전히 손에 가위를 든 채 바깥에 서 있다. 식당 주인과 손님들도 식당에서 나와 그들에게 환호를 보낸다.

몇몇 사람들이 트럭으로 달려가서 군인들과 손을 마주치거나 악수를 하자, 옆길에서 오토바이를 타거나 걷고 있던 소년 소녀 무리가 환호하며 경적을 울려댄다. 동네 아이들이 팔짝팔짝 뛰고 팔을 높이 흔들며 낯선 사람들을 맞이하고 있다. 이유는 모르겠지만 나도 흥분해서 군인들에게 환호하며 손을 흔든다.

트럭이 우리 동네를 지나가고 사람들이 잠잠해진 뒤에야 나는 집으로 돌아간다. 집에 들어가서 온 가족이 짐을 싸고 있는 광경을 보니 혼란스럽다.

"무슨 일이에요? 다들 어디 가요?"

"어디 있다 오는 거니? 우린 곧 집에서 나가야 해. 그러니까 얼른 가서 점심 먹어!"

엄마가 줄곧 짐을 꾸리며 사방팔방 뛰어다닌다. 욕실에서 거실로 다급히 돌아다니면서, 벽에서 우리 식구와 부처님 사진을 떼어 두 팔로 한 아름 그러모은다.

"배고프지 않아요."

"군말 말고 그냥 가서 뭘 좀 먹어. 먼 길을 떠날 거니까."

오늘 엄마에겐 인내심이 없는 것 같다. 음식을 차려놓지 않은 주방으로 슬며시 다가간다. 나는 언제나 음식을 몰래 갖고 나와 나중에 우리 집 가정부가 발견할 때까지 어딘가에 숨겨놓곤 한다. 내가 무서워하는 건 쿠이 오빠뿐이다. 가끔 오빠는 몸에 좋은 음식을 먹이겠다며 주방에서 나를 기다린다.

나는 주방으로 향하면서 내 방에 머리를 들이밀고는 케아브 언니가 갈색 비닐 가방에 옷들을 쑤셔넣는 모습을 엿본다. 초우 언니는 브러시와 머리빗, 머리핀을 책가방에 던져넣고 있고, 게악은 침대에 앉아서 손거울을 갖고 얌전히 놀고 있다.

까치발로 되도록 조용히 주방으로 가니 쿠이 오빠가 그곳에 있다. 오빠는 식탁에 놓여 있는 가느다란 대나무 막대기를 왼손으로 만지면서 오른손으로 음식을 먹고 있다. 막대기 옆엔 밥그릇과 소금에 절인 계란 몇 알이 있다. 대나무 막대기는 주로 저녁때 가정교사가 나이 어린 아이들을 주방에 모아놓고 중국어를 가르치면서 칠판에 쓴 글자를 가리키는 용도로 쓰던 것이다. 그런데 오빠 수중에 들어가면 오빠는 그 막대기를 우리에게 전혀 다른 걸 가르칠 때 사용한다. 오빠 말을 듣지 않으면 오빠가 막대기로 우리를 어떻게 할지 두려워해야 한다고 배웠다.

나는 쿠이 오빠에게 가장 매력적인 웃음을 지어 보이지만 소용없다. 오빠가 손을 씻고 음식을 먹으라고 엄하게 말한다. 그럴 땐 오빠가 얼마나 미운지 모른다. 오빠만큼 크고 강해지면 오빠를 혼내주고 본때를 보여줄 테지만 지금은 내가 오빠보다 작기 때문에 오빠 말을 들어야 한다. 나는 음식을 남김없이 먹어치우며 우는 소리를 내고 한숨을 쉰다. 오빠가 다른 곳을 볼 때마다 혀를 내밀고 얼굴을 찡그린다.

잠시 뒤 엄마가 다급히 주방에 와서 알루미늄 그릇, 접시, 숟가락, 포크와 칼을 커다란 냄비에 담기 시작한다. 은색 식기들이 요란하게 쨍그랑거리며 나를 초조하게 만든다. 곧이어 엄마가 천 자루에 설탕과 소금, 말린 생선, 생쌀, 통조림 따위를 담는다. 욕실에서는 초우 언니가 비누, 샴푸, 수건과 다른 잡다한 물품을 베갯잇 속에 쑤셔넣고 있다.

"아직 다 안 먹었어?"

엄마가 내게 다급하게 묻는다.

"네."

"어쨌거나 손 씻고 트럭에 타."

앉아서 나를 노려보고 있는 쿠이 오빠한테서 벗어나는 게 기뻐서 나는 후닥닥 의자에서 뛰어내려 욕실로 향한다.

"엄마, 이렇게 급히 어디 가는 거예요?"

킴 오빠가 가방을 들고 나갈 때 나는 욕실에서 엄마에게 큰 소리로 묻는다.

"지금 입은 셔츠는 더러우니까 얼른 갈아입고 아래층으로 내려가서 트럭에 타."

엄마에게 내 질문 따위는 안중에도 없는 것 같다. 내가 너무 어려서 내 질문에는 아무도 귀 기울이지 않는다. 아무런 대답도 듣지 못할 때마다 매우 실망스럽다. 쿠이 오빠와 마주칠까 두려워 나는 내 방으로 걸어간다.

방은 마치 계절풍이 휩쓸고 지나간 것처럼 보인다. 옷, 머리핀, 신발, 양말, 허리띠, 스카프 따위가 케아브 언니 침대뿐 아니라 나와 초우 언니가 함께 쓰는 침대 위에 온통 흩어져 있다. 갈색 점퍼를 벗고 바닥에서 소매가 짧은 노란색 셔츠와 파란색 반바지를 집어 갈아입고는 우리 차가 있는 아래층으로 걸어간다.

검은색의 마쓰다는 매끈하고 트럭 짐칸에 타고 달리는 것보다 훨씬 더 편하다. 마쓰다를 탄다는 건 우리가 보통 사람들과 다르다는 표시다. 우리가 소유하고 있는 다른 물건들과 마찬가지로 우리가 중산층임을 알려주는 것이다. 엄마는 트럭에 타라고 했지만 나는 마쓰다 앞쪽으로 향한다.

막 차에 올라타려고 하는데 킴 오빠가 나를 부른다.

"거기 타지 마. 아빠가 마쓰다는 내버려두라고 했어."

"왜? 난 이게 트럭보다 좋아."

킴 오빠가 또 내 질문에 대답도 않고 가버린다.

아빠가 친구들과 시작하려던 수출입 사업에서 배달하는 데 쓰려던 트럭을 가져왔다. 사업은 시작도 못 해서 트럭은 몇 달 동안 뒷골목에 세워져 있었다.

쿠이 오빠가 짐칸 바닥에 천 자루를 던지자 낡은 픽업트럭이 끽끽거린다. 멩 오빠가 사이드미러에 커다란 흰색 천을 매다는 동안 아빠는 안테나에 다른 천을 매단다. 쿠이 오빠가 아무 말 없이 나를 들어올리더니 옷과 냄비와 팬과 음식 자루로 가득한 트럭 짐칸에 태운다. 언니들과 오빠들이 트럭에 올라타자 차가 출발한다.

프놈펜 거리는 여느 때보다 시끄럽다. 아빠가 엄마와 게악을 운전석 옆자리에 앉히고 운전하는 동안 멩 오빠, 케아브 언니, 킴 오빠, 초우 언니와 나는 트럭 짐칸에 앉아 있다. 쿠이 오빠는 오토바이를 타고 천천히 우리를 따라온다.

트럭 너머로 자동차와 트럭과 오토바이가 윙윙 울려대는 굉음, 시클로 종이 딸랑대는 소리, 냄비들과 팬들이 서로 부딪쳐 쨍그랑거리는 소리, 주변 사람들의 울음소리 들이 들려온다. 도시를 떠나는 건 우리 가족만이 아니다. 사람들이 집에서 거리로 나와 아주 천천히 프놈펜을 빠져나가고 있다. 우리처럼 차를 타고 가는 운 좋은 사람들도 있지만 대부분은 한 발짝 내디딜 때마다 발바닥을 때려대는 샌들을 신고 걸어간다.

트럭이 굼벵이처럼 기어가는 바람에 우리는 그런 광경을 모두 지켜본다. 온 사방에서 사람들이 도시에 남아 있기로 한 사람들에게 새된 목소리로 작별 인사를 하며 한바탕 눈물을 쏟아낸다. 어머니를 보고 울어대는 꼬마들의 코에선 콧물이 줄줄 흘러나와 입 안으로 들어가고 있다. 농부들은 짐수레를 더 빨리 몰려고 젖소와 황소에게 채찍질을 해댄다. 여자들과 남자들이 소지품을 담은 천 자루를 머리에 이거나 등에 지고 간다. 그들은 잰걸음으로 걸으며 아이들에게 옆에 붙어 있으라고, 서로 손잡고 있으라고, 뒤처지지 말라고 소리친다. 도시 전체가 허둥지둥 혼란스럽게 돌아가는 모습에 나는 케아브 언니 옆에 몸을 바싹 붙인다.

도처에 군인들이 있다. 많은 군인들이 확성기에 대고 고함을 치고 있는데 아까 보았던 미소는 더 이상 보이지 않고 총을 흔들면서 우리에게 화를 내며 큰 소리로 외치고 있다. 사람들에게 가게 문을 닫고 모든 총과 무기를 거두고, 무기를 자기들한테 넘기라고 고함친다. 사람들에게 더 빨리 움직이라고, 길에서 비키라고, 말대꾸하지 말라고 소리 지른다. 나는 케아브 언니 가슴에 얼굴을 묻고 두 팔로 언니 허리를 꼭 감싼 채 터져나오려는 울음을 억누른다. 초우 언니는 케아브 언니 맞은편에 조용히 앉아 눈을 꼭 감고 있다. 킴 오빠와 맹 오빠는 굳은 얼굴로 우리 옆에 앉아서 아래의 소란을 지켜본다.

"케아브 언니, 군인들이 왜 우리한테 못되게 굴어?"

나는 언니에게 더 바싹 매달리며 묻는다.

"쉿! 저들은 크메르루주*라고 해. 공산주의자들이지."

"공산주의자가 뭐야?"

"음, 그건 말야……. 설명하기 힘들어. 나중에 아빠에게 여쭤봐."

언니가 속삭인다.

케아브 언니는 저 군인들이 캄보디아와 인민들을 사랑한다고 우긴다고 한다. 우리를 아주 많이 사랑한다는 그들이 왜 이토록 비열하게 구는지 의아스럽다. 처음엔 그들을 보고 환호했지만 이제는 무섭다.

"되도록 조금만 가져가라! 도시의 물품들은 필요 없을 거다! 사흘 뒤면 돌아올 수 있다! 누구도 여기 있어서는 안 된다! 도시를 완전히 비워야 한다! 미군이 도시에 폭탄을 퍼부을 거다! 미군이 폭탄을 퍼부을 거다! 며칠 동안 떠나서 시골에 머물라! 당장 떠나라!"

군인들은 이런 말을 되풀이해서 쏟아낸다. 손으로 귀를 막고 케아브 언니 가슴에 얼굴을 숨기자 언니의 두 팔이 나의 작은 몸을 꼭 감싸는 게 느껴진다. 군인들이 그들의 머리 위로 총을 흔들며, 자기들의 위협이 사실임을 우리 모두에게 확인시키려는 듯 하늘에 대고 총을 쏜다. 총이 발사된 뒤 사람들은 공포에 질려 서로 밀고 당기며 도

---

* 캄보디아의 옛 이름인 '크메르'와 붉은색을 뜻하는 프랑스어 '루주'가 합쳐진 말로, 1975~79년에 캄보디아를 통치한 급진 공산주의 혁명 단체이다.

시를 빠져나간다. 두렵기 짝이 없지만, 그래도 우리 가족이 공포에 질린 사람들에게서 떨어져나와 모두 함께 안전하게 타고 갈 트럭이 있어서 다행이다.

소개(疏開)

1975년 4월

오랜 시간이 흐른 뒤, 여전히 느릿느릿 움직이고 있지만 드디어 우리는 도시를 빠져나와 길을 가고 있다.

"어디로 가는 거야?"

우리의 여행이 영원히 끝나지 않을 것만 같아서 킴 오빠에게 연달아 묻는다.

"나도 몰라. 방금 포첸통 공항을 지났어. 우린 4번 고속도로에 있어. 그만 좀 물어봐."

나는 햇빛을 피하려고 스카프를 여미며 골을 낸다.

몸이 늘어지고 나른해지기 시작한다. 이글거리는 태양과 거리의 먼지에 대항해 눈꺼풀을 들어올리려고 버둥거린다. 바람에 머리카락이 흩날리며 얼굴을 간질이지만 웃음은 나오지 않는다. 뜨겁고 건조한 공기가 콧속으로 들어와 얼굴이 찌푸려진다. 케아브 언니가 먼지가 들어오지 않게 내 스카프 끝자락으로 코와 입을 꼭 감싸주며 트럭 옆을 보지 말라고 이른다.

캄보디아에는 건기와 우기, 두 계절뿐이다. 캄보디아의 열대기후는 계절풍에 좌우되는데 5월에서 10월까지 폭우를 동반한 계절풍이 분다. 우기에는 온 나라가 푸른 천국이 된다고 케아브 언니가 말한다. 물이 아주 많아져서 나무가 쑥쑥 자라고 잎들은 수분을 머금어 통통해진다. 반들반들 윤이 나는 진초록색 잎들이 물풍선처럼 터질 것만 같다. 5월 계절풍이 닥치기 전에 우리가 견뎌야 할 4월은 종종 43도까지 치닫는 가장 무더운 달이다. 몹시 뜨거워서 아이들은 태양을 피해 실내에 머문다. 지금이 가장 무더운 때다.

우리가 도시에서 점점 더 멀리 벗어나자 고층 아파트들이 사라지고 짚으로 지붕을 이은 오두막들이 나온다. 도시 건물들은 높고 서로 가까이 있지만 오두막들은 낮게 자리를 잡고 논 사이사이에 흩어져 있다. 우리 트럭이 군중 사이로 천천히 움직이는 바람에 폭넓은 포장도로는 마찻길처럼 흙먼지투성이 길로 바뀐다. 프놈펜에 활짝 핀 꽃들과 키 큰 나무들은 크게 자란 부들과 갈색의 가시덤불로 대체된다. 지나가는 마을들을 바라보는데 불안감이 엄습한다. 오두막들은 텅 빈 채 방치돼 있고 멀리까지 이어진 사람들의 행렬이 보인다.

나는 잠이 든다. 여전히 프놈펜의 우리 집 앞에서 친구들과 사방치기 하는 꿈을 꾼다. 내가 일어나자 우리 가족은 밤을 보내기 위해 텅 빈 오두막 근처에 트럭을 주차한다. 프놈펜에서 겨우 16킬로미터 남짓 이동했을 뿐인데 아주 다른 세계에 와 있는 것 같다. 해가 지자 우리는 타는 듯한 광선에서 벗어난다. 주변 들판에서는 작은 모닥불이, 쪼그리고 앉아 밥을 짓는 여자들의 얼굴을 밝게 비추며 타고 있다. 여전히 수천 명의 사람들이 미지의 목적지를 향해 무작정 걸어가고 있다. 우리처럼 길가에 멈춰서 쉬는 사람들도 있다.

우리 가족은 밤을 보낼 곳을 마련하기 위해 폐가 근처 밭으로 간다. 엄마와 케아브 언니가 저녁밥을 준비하는 동안 오빠들은 불 피울 나무를 모아 온다. 초우 언니는 게악의 머리카락을 잡아당기지 않으려 애쓰며 조심스럽게 머리를 빗겨주고 있다. 모든 것이 다 준비되자 우리는 모닥불가에 모여서 아침 일찍 엄마가 지은 밥과 소금에 절인 돼지고기를 먹는다. 식탁이나 앉을 의자가 없어서 우리 남매들은 쪼그리고 앉은 채 밥을 먹고, 부모님은 엄마가 가져온 조그만 멍석을 깔고 앉아 있다.

"화장실에 가고 싶어요."

저녁을 먹고 나서 내가 다급하게 엄마에게 말한다.

"숲속으로 가."

"어디요?"

"아무 데나. 잠깐, 화장지 줄게."

잠시 뒤 엄마가 종이뭉치를 들고 돌아온다. 도저히 믿기지 않아 눈이 휘둥그레진다.

"엄마! 그거 돈이잖아요. 어떻게 돈을 써요?"

"괜찮아. 이젠 소용없어."

엄마가 바삭거리는 종이를 내 손에 쥐여준다. 나는 이 상황이 도

51

무지 이해되지 않는다. 우리가 매우 심각한 상황에 놓인 게 분명하다. 하지만 따질 시간이 없어서 돈을 움켜쥐고 초우 언니와 숲으로 향한다.

볼일을 마친 뒤 우리는 그곳을 살펴보기로 한다. 걸어가는데 근처 숲에서 나뭇잎 바스락거리는 소리가 들린다. 우리는 바싹 긴장하며 서로 손을 꼭 잡고서 숨을 죽인다. 그때 관목 속에서 작은 고양이가 먹이를 찾아 느릿느릿 걸어나온다. 급하게 떠나느라 주인이 녀석을 잊은 게 틀림없다.

"초우 언니, 우리 고양이들한테는 별일 없을까?"

"그 애들은 걱정하지 마."

프놈펜에는 우리 고양이가 다섯 마리나 있었다. 우리 고양이라고 했지만 실은 우리 거라고 주장할 수 없다. 우리는 그 고양이들에게 이름도 지어주지 않았다. 배가 고프면 우리 집에 왔다가 지루해지면 가버리는 녀석들이었다.

우리가 물어보자 킴 오빠가 놀린다.

"지금쯤 누군가 저녁밥으로 녀석들을 먹고 있을 거야."

우리는 소리 내어 웃으며 그렇게 말한 오빠를 비난한다. 캄보디아 인들은 대개 고양이와 개를 먹지 않는다. 개고기를 파는 특이한 가게들이 있지만 아주 비싸다. 그게 별미란다. 개고기를 먹으면 체온이 올라가서 힘이 생기지만 너무 많이 먹으면 몸이 소진되고 기운이 빠진다고 어른들이 말한다.

그날 밤, 엄마가 트럭 짐칸에 나를 밀어넣는다. 초우 언니와 계약과 내가 트럭 짐칸에서 엄마와 자는 동안 케아브 언니와 세 오빠는 아빠와 함께 땅바닥에서 잠을 잔다. 날이 따뜻하고 산들바람이 불어서 담요가 필요 없다. 나는 별이 떠 있는 바깥에서 자는 게 좋다. 나는 상상력을 발휘해 어느새 밝게 빛나는 별빛에 매료되지만 광활한 하늘은 알지 못한다. 온 마음을 우주에 빼앗길 때마다 나는 절대 이해할 수 없는 정보의 소용돌이에 갇힌 듯이 빙글빙글 돈다.

"초우 언니, 하늘이 정말 넓어!"

"쉬! 잠을 자야 해."

"별들 좀 봐. 정말 아름다운 별들이 날 보며 윙크하고 있어. 나도 별이랑 천사들이랑 저 위에 있으면 좋겠어."

"그럼 좋겠지. 이제 그만 자자."

"언니도 별들이 하늘의 촛불이라는 건 알걸? 매일 저녁 천사들이 나타나 우리를 위해 밝게 빛나서, 그래서 길을 잃어도 알 수가 있는 거래."

예전에 아빠는 내가 풍부한 상상력을 타고났다며 내가 하는 이야기를 좋아했다.

아침에 잠에서 깨보니 언니와 오빠들은 벌써 일어나 있다. 크메르루주가 먼 하늘로 발사한 총소리에 모두 잠이 깼지만, 몹시 피곤했던 나만 계속 잔 것이다. 언니와 오빠들의 눈 밑에는 거무스름하게 그늘이 지고 머리카락은 뒤엉킨 채 여기저기 뻗쳐 있다. 나는 천천히 일어나 앉아서 아픈 어깨를 뻗어 기지개를 켠다. 트럭에서 자는 게 생각만큼 재미있지 않다. 얼마 뒤 크메르루주 군인들이 지나가며 우리에게 계속 이동하라고 고함친다.

밥과 소금에 절인 계란으로 아침밥을 조금 먹은 뒤 우리는 트럭을 타고 다시 출발한다. 몇 시간 동안 차를 타고 가도 걸어가는 사람들이 보인다. 해가 중천으로 올라와 등이 뜨겁다. 이마와 코 밑에는 작은 땀방울이 송글송글 맺히고 검은 머리카락은 햇볕에 뜨겁게 달궈지고 있다. 잠시 뒤 우리는 서로 신경을 건드리며 싸우기 시작한다.

"얘들아, 그만해. 거의 다 왔단다. 곧 안전한 곳에 도착할 거야."

점심을 먹으려고 멈췄을 때 아빠가 우리에게 말한다.

엄마와 케아브 언니가 점심밥을 준비하자 아빠와 멩 오빠가 땔감을 모으러 간다. 아빠가 멩 오빠와 돌아와서는 도시에서 일찍 빠져나온 건 아주 잘한 일이라고 쿠이 오빠에게 말한다. 방금 사람들에게서 군인들이 사람들을 도시에서 전부 내쫓았다는 말을 들었다고 한다. 어제 군인들은 학교와 식당, 병원에서 사람들을 내보냈는데 아픈 사람들까지 강제로 나가게 했다. 군인들은 가족이 있는 집에 가는 것마저 허락하지 않아서 많은 사람들이 가족과 헤어졌다고 한다.

"오늘 많은 노인들과 아픈 사람들이 오도 가도 못하고 있었어요. 피 묻은 환자복을 입은 채 거리로 나온 그 사람들을 봤어요. 걸어가는 사람들도 있고, 친척들이 끌고 가는 소달구지나 병원 침대에 누워서 가는 사람들도 있었어요."

쿠이 오빠가 불안하게 말한다.

그제야 왜 케아브 언니가 트럭 옆을 보지 말고 계속 고개 숙이고 있으라며 스카프로 내 머리를 둘러주었는지 이해된다.

"군인들이 온 동네를 돌아다니며 일일이 문을 두드리고 사람들에게 떠나라고 했다는구나. 거부하는 사람들은 바로 문 앞에서 총에 맞아 죽었단다."

아빠가 머리를 흔들며 말한다.

"아빠, 왜 이런 일이 일어나는 거예요?"

킴 오빠가 묻는다.

"그들이 파괴자들이기 때문이야."

아빠 말에 초우 언니와 킴 오빠가 서로 쳐다본다. 나는 상실감과 두려움에 그 자리에 주저앉고 만다.

"난 모르겠어. 그게 무슨 말이야?"

내가 물었지만 그들은 나를 바라보기만 할 뿐 대답하지 않는다. 어제까지만 해도 나는 친구들과 사방치기를 하고 있었다. 그런데 오늘은 총을 든 군인에게서 달아나고 있다.

젓갈과 밥으로 재빨리 점심을 먹은 뒤 우리는 트럭에 올라 다시 움직인다. 나는 장사진을 이루며 우리 뒤를 쫓아오는 듯한 사람들을 바라본다. 숨 막히는 열기에 밀려오는 졸음과 싸우며 나는 이런저런 생각을 떠올린다. 왜 우리가 떠나야 했는지, 어디로 가고 있는지, 언제 집으로 돌아갈지……. 지금 일어나고 있는 일이 이해되지 않고 집으로 돌아가고만 싶다.

갑자기 우리 트럭이 숨 가쁘게 털털거리며 나의 상상을 중단시킨다. 트럭은 통통 튀면서 끽끽거리다가 결국 멈춘다. 트럭이 다시 움직이길 바라며 나는 그곳에서 내린다.

"기름이 떨어졌는데 근처에 주유소가 없단다. 남은 길은 걸어가야 겠구나. 자, 다들 옷가지와 가져갈 수 있는 식량은 모두 들어라. 아직 갈 길이 멀단다."

곧이어 아빠가 우리에게 가져갈 물건과 버릴 물건을 알려준다.

"너희들!"

누가 고함치는 소리에 놀라 우리는 하던 일을 멈추고 긴장한 채 일어선다.

"너희들! 시계를 모두 내놔."

크메르루주 군인 하나가 우리에게 다가온다.

"네."

항복하듯 굽실거리며 아빠가 멩 오빠와 쿠이 오빠 손목에서 시계를 푼다. 아빠는 군인의 눈을 바라보지 않고 시계를 건넨다.

"좋아, 이제 가."

군인이 명령한 뒤 가버린다. 말소리가 들리지 않을 만큼 군인이 멀어지자, 아빠는 지금부터 군인들이 원하는 물건은 다 주라고 한다. 안 주면 그들이 우리에게 총을 쏠 거라고 낮은 목소리로 말한다.

우리는 동이 틀 때부터 어두워질 때까지 걷는다. 밤이 오면 사원 근처 길가에서 쉬고, 말린 생선과 밥을 말없이 먹는다. 호기심과 흥분이 사라지고 이제는 두렵기만 하다.

7일간의 도정

1975년 4월

이튿날 아침 눈을 뜨자, 잔뜩 흐린 하늘을 배경으로 침울하고 엉망
진창인 초우 언니 얼굴이 맨 먼저 눈에 들어온다. 언니가 내 머리카
락을 잡아당기며 말한다.

"일어나. 우린 다시 움직여야 해."

나는 천천히 일어나 앉아 졸음에 겨운 눈에서 눈곱을 떼어낸다.
사방에서 수많은 사람들이 깨어난다. 아기들이 울고 노인들이 신음
한다. 마차 바퀴가 굴러가자 냄비와 팬 따위가 마차 옆에 부딪치며
쨍그랑거린다. 그야말로 인산인해다. 나는 쿠이 오빠와 멩 오빠가
커다란 은색 양동이를 들고 사원으로 물 길으러 가는 모습을 지켜본
다. 케아브 언니가 사원 근처에는 꼭 우물이 있단다. 잠시 뒤 두 오빠
가 텅 빈 양동이를 눈에 띄게 흔들며 돌아온다.

"사원에 갔는데 스님들은 없고 크메르루주 군인들만 있었어요. 그

들이 우리더러 우물에서 썩 물러가라고 소리쳤어요. 우린 바로 돌아왔지만 안으로 들어간 사람들도 있는데……."

쿠이 오빠가 말을 하다가 사원에서 들려오는 총소리에 멈칫한다. 우리는 황급히 짐을 꾸려 그곳을 떠난다. 나중에 그 크메르루주 군인들이 사원에 들어간 두 사람을 죽이고 많은 사람들을 다치게 했다는 말을 듣는다.

오늘은 우리가 길을 나선 지 사흘째 되는 날로, 내 발걸음은 살짝 튀는 듯 활기에 찬다. 프놈펜에서 군인들은 우리에게 사흘 후면 집에 돌아갈 수 있다고 말했다. 군인들은 미군이 도시에 폭탄을 떨어뜨릴 것이니 떠나라고 했다. 하지만 하늘에는 비행기 한 대 보이지 않고 폭탄 떨어지는 소리도 들리지 않았다. 그들이 사흘 후면 집으로 돌아갈 수 있다면서 우리를 떠나게 한 게 이상하다. 사흘 내내 걷다가 사흘째 날이 저물면 곧바로 발길을 돌려 집으로 돌아가는 모습을 상상해보니 까만 개미 떼처럼 행진하고 있는 우리의 모습이 어리석어 보여서 웃음이 난다. 이해되지 않지만 나는 그들이 도시를 청소하는 데 걸리는 시간이 사흘일 거라고 추측한다.

"아빠, 이제 곧 집에 갈 거죠? 군인들이 사흘 후에 집으로 돌아갈 수 있다고 했잖아요."

내가 아빠 바짓가랑이를 잡아당기며 떼를 써도 아빠는 여전히 걸음을 늦추지 않는다.

"글쎄, 아무튼 우린 걸어야 해."

"그렇지만 아빠, 오늘이 사흘째예요. 이제는 뒤돌아서 집으로 갈 거잖아요?"

"아니, 계속 걸어야 해."

아빠의 대답이 슬프게 들려서 나는 마지못해 아빠 말에 따른다. 다들 뭐든 들고 가야 해서 나도 꾸러미 중에서 가장 작은 쌀냄비를 집어든다. 태양이 하늘 위로 점점 더 높이 떠오르자 냄비가 점점 더 무거워진다. 금속 손잡이가 손바닥을 파고들어 화끈거린다. 나는 냄비를 두 손으로 들고 가다가 오른팔에서 왼팔로 옮기며 옆으로 든다. 하지만 어떻게 들고 가든 냄비는 내 다리를 고통스럽게 눌러댄다.

어느새 저녁이 되자 나는 오늘 밤 우리가 집에 돌아갈 수 있다는 희망을 잃어버린다. 피곤하고 배가 고픈 탓에 발이 질질 끌리다가 보폭이 점점 좁아지더니 결국 가족들 뒤로 멀리 처져버린다.

"아빠, 진짜 배고프고 다리가 아파요."

내가 아빠에게 소리친다.

"지금은 안 돼. 갈 길은 먼데 먹을 게 얼마 남지 않아서 조금씩 나눠 먹어야 해."

"왜 먹을 걸 아껴야 하는지 모르겠어요."

나는 꼼짝 않고 서서 뺨에 흐르는 눈물과 먼지를 닦아내려고 쌀냄비를 내려놓는다.

"곧 사흘이 끝나잖아요. 집에 돌아갈 수 있잖아요. 당장 집에 가요. 집에 가고 싶어요."

흐느낌 사이로 더듬더듬 말이 튀어나온다. 18킬로그램밖에 안 되는 내 몸이 더는 걷기를 거부한다. 길에서 일어나는 붉은 먼지와 몸에서 흘러나온 땀이 한데 섞여 진흙층이 생기는 바람에 건조해진 피부가 따끔거린다. 아빠가 케아브 언니가 들고 가는 단지에서 주먹밥을 하나 꺼내더니 내 손에 건넨다. 부끄러워 고개를 떨구면서도 나는 아빠가 건네준 주먹밥을 받는다. 목메어 울면서 주먹밥을 먹는데 아빠가 말없이 내 머리를 쓰다듬어준다. 그러고는 몸을 구부려 내 눈을 바라보면서 나지막이 말한다.

"그들이 거짓말을 했어. 군인들이 거짓말을 한 거야. 오늘 밤 우리는 집에 갈 수 없단다."

아빠의 말에 나는 더욱 거세게 운다.

"하지만 사흘이라고 했잖아요."

"군인들 말을 믿다니 안타깝지만 그들은 거짓말을 했어."

"군인들이 왜 거짓말을 했을까요?"

내 목소리가 떨린다.

"아빠도 모르겠지만 어쨌든 그건 거짓말이란다."

희망이 무너진다. 팔뚝으로 코를 닦자 온 뺨이 콧물 범벅이 된다. 아빠가 손으로 살며시 내 뺨을 깨끗이 닦아준다. 그러고는 내게서 쌀냄비를 가져가며 남은 길은 빈 몸으로 걸으라고 한다.

게악을 안은 엄마가 내게 걸어와 햇빛이 닿지 않게 스카프로 내 머리를 빙 둘러준다. 나도 게악처럼 조그만 아기였으면 좋겠다. 게악은 언제나 엄마가 안고 가니까 한 걸음도 걷지 않아도 된다. 비참하지만 그래도 나에게는 신발이 있다. 불볕더위에도 생존에 필요한 소지품을 등에 지거나 머리에 이고 맨발로 걷는 사람들이 나보다 형편이 더 나쁘다는 걸 깨닫는 순간 미안한 마음이 든다. 우리가 아무리 멀리 가도 도처에는 꼭 더 많은 사람들이 있다. 밤이 되면 우리는 또다시 길에다 우리 집을 만들고, 프놈펜에서 강제 이주해온 수십만 명의 다른 가족들과 함께 잠을 잔다.

길을 나선 지 나흘째 되는 날도 여느 날처럼 똑같이 시작된다.

"아직 멀었어?"

나는 계속 킴 오빠에게 묻는다. 아무런 관심을 못 받자 코를 훌쩍이며 울어버린다.

"아무도 날 걱정하지 않아!"

나는 끙끙거리며 계속 걷는다.

정오 무렵에 콤바울이라는 마을의 크메르루주군 검문소에 다다른다. 검문소는 작은 임시 천막 몇 개와 그 옆에 세워놓은 트럭들이 전부다. 여기에는 군인들이 많은데 헐렁한 검은 바지와 셔츠를 똑같이 입고 있어서 금방 알아볼 수 있다. 다들 등에 똑같은 총을 메고 있다. 그들은 방아쇠에 손가락을 걸고 날렵하게 이리저리 움직이거나 군중 앞에서 왔다 갔다 하며, 확성기에 대고 고래고래 지시 사항을 외친다.

"여기는 콤바울 기지다! 너희들은 우리가 허가할 때까지 통과할 수 없다! 가족과 함께 한 줄로 서도록! 우리 군인 동지들이 몇 가지 간단한 질문을 할 거다! 솔직하게 답변해야지 앙카르*에 거짓말해선

---

* 캄보디아어로 '상위 조직'이라는 뜻으로 중앙정부, 곧 크메르루주 정권을 말한다.

안 된다! 앙카르에 거짓말을 하면 우리가 적발해낼 것이다! 앙카르는 모든 걸 알고 있고, 온 곳에 눈과 귀가 있다."

나는 이때 조직을 뜻하는 '앙카르'라는 말을 처음 듣는다. 앙카르는 캄보디아의 새 정부라고 아빠가 일러준다. 이전에는 시아누크 왕자가 군주로서 캄보디아를 다스렸다. 그 뒤 1970년, 시아누크 정부에 불만을 품은 론 놀 장군이 군사 쿠데타로 그를 몰아냈다. 그때부터 론 놀 민주정부와 공산주의 크메르루주는 줄곧 내전을 벌여왔다. 이제 크메르루주가 전쟁에서 이겼고, 그 정부를 앙카르라 한다.

"오른쪽에 너희들을 돕기 위해 우리 동지들이 앉아서 기다리는 탁자가 보일 것이다. 지난 정부에서 일했던 사람, 군인이나 정치가는 모두 탁자로 가서 직업을 등록하도록. 앙카르는 지금 당장 너희들이 필요하다."

크메르루주 군인들을 보자 온몸에 불안감이 퍼진다. 토할 것만 같다. 아빠가 재빨리 우리 식구들을 불러 모아 농부 가족들 줄에 서게 한다.

"우리가 농부 가족이라는 걸 잊지 마라. 저들이 원하는 건 뭐든 말대꾸하지 말고 줘버려. 아빠가 말할 테니까 아무 말도 하지 말고 다른 데도 가지 말고 아빠가 움직이라고 할 때까지 꼼짝 말고 있어."

아빠가 우리에게 단호히 지시한다.

많은 사람들 사이로 끼어들어가 줄을 서자, 여러 날 동안 씻지 않아 몸에서 나는 썩은 냄새가 코를 찌른다. 냄새를 걸러내기 위해 나는 스카프를 코와 입 위로 꼭 갖다 댄다. 전에 군인이었고 국가 공무원이었고 정치인이었던 사람들이 직업을 등록하러 탁자 앞으로 걸어간다. 그러면서 우리 앞에서 줄이 둘로 나뉜다. 가슴이 벌렁벌렁 뛰지만 나는 아무 말도 안 하고 아빠 다리에 기댄다. 태양과 군인들로부터 나를 보호하려는 듯 아빠가 내 머리에 손을 얹는다. 얼마 뒤 머리가 서늘해지면서 가슴이 좀 진정된다.

줄지어 선 우리 앞에서 크메르루주 군인들이 군중에게 뭐라고 고함치지만 무슨 말인지 알아들을 수가 없다. 곧이어 한 군인이 어떤 남자의 어깨에서 가방을 거칠게 확 잡아채더니 안에 든 물건을 땅바닥에 쏟는다. 그 군인이 물건 더미에서 낡은 론 놀 군복을 집어든다. 군인이 비웃으며 남자를 옆에 서 있는 다른 군인에게 떠민다. 크메르루주 군인이 총구로 떠미는데도 군복 주인 남자는 눈을 내리깔고 어깨를 떨어뜨리고 팔을 양옆으로 축 늘어뜨린 채 대들지 못한다. 그 군인은 다음 가족에게 다가간다.

몇 시간 뒤 마침내 우리가 질문받을 차례가 온다. 지금은 태양이 머리 꼭대기가 아니라 더 아래쪽 등을 데우고 있어서 오랜 시간 서 있었다는 걸 알 수 있다. 크메르루주 군인이 우리에게 다가오자 위장이 비틀리며 바짝 조여온다. 나는 아빠에게 더 가까이 기대며 아빠 손을 잡는다. 아빠 손이 내 손보다 훨씬 커서 손가락들로 감싸야 아빠의 집게손가락을 잡을 수 있다.

"직업이 뭔가?"

군인이 아빠에게 퉁명스럽게 묻는다.

"부두에서 짐을 꾸리는 일을 했습니다."

"직업이 뭔가?"

그 군인이 손가락으로 엄마를 가리킨다.

"시장에서 헌 옷가지를 팔았어요."

엄마가 땅바닥을 뚫어져라 내려다보며 간신히 들리는 목소리로 대답한다.

그 군인이 우리 가방을 하나하나 뒤지더니 곧 몸을 숙여 아빠 발 옆에 있는 쌀냄비 뚜껑을 연다. 군인이 냄비를 살펴보자 아빠 손가락을 더 세게 잡고 있는데도 심장이 쿵쾅거린다. 군인 얼굴이 내 얼굴 가까이에 있다. 나는 더러운 내 발가락을 빤히 내려다본다. 군인들의 눈을 들여다보면 악마를 보게 된다는 말을 들었던 터라 나는 감히 그 군인의 눈을 쳐다보지 못한다.

"좋다, 검사 끝. 가도 된다."

"고맙습니다, 동지."

아빠가 순종적으로 대답하며 군인에게 머리를 조아린다. 그 군인은 벌써 아빠를 지나치며 우리에게 얼른 가라고 손을 까딱해 보인다.

검문소를 무사히 통과한 우리는 해가 산 너머로 기울고 어둠이 내릴 때까지 몇 시간 더 걷는다. 수많은 사람들 속에서 아빠가 길가 근처 사람이 없는 풀밭을 찾아준다. 엄마는 게악을 내 옆에 내려놓고 동생을 잘 지켜보라고 이른다. 나는 게악 옆에 있다가 몹시 창백한 동생 얼굴을 보고 깜짝 놀란다. 게악은 나직이 숨을 쉬면서 계속 눈을 뜨고 있으려 애쓰다가 결국 잠이 든다. 내 배가 꼬르륵거리자 동생 배가 으르렁거리며 답한다. 당분간 먹을 게 없다는 걸 알기에 나는 조그만 옷 꾸러미 위에 눕고는 순식간에 잠에 빠져든다.

내가 잠에서 깨어나 멍석 위에 똑바로 앉자 케아브 언니가 입에 음식을 넣어준다.

"이거 먹어. 버섯을 넣은 주먹밥이야. 쿠이 오빠랑 멩 오빠가 숲에서 버섯을 따왔어."

내 눈은 여전히 감겨 있지만 주먹밥은 나의 마른 목을 타고 천천히 내려가며 허기를 달래준다. 적은 양의 내 몫을 먹고 난 뒤엔 도로 누워서 크메르루주 군인들의 세상을 잊어버린다.

한밤중에 새해맞이 퍼레이드에 간 꿈을 꾼다. 올해 캄보디아의 음력설은 4월 13일이다. 새해가 오면 사흘 낮과 밤 동안 행진을 하고, 음식을 먹고 음악을 들으며 축하하는 게 전통이다. 꿈속에서 폭죽이 펑펑 터지고 요란하게 울리는 가운데 우리는 기쁘게 새해를 맞이하고 있다. 식탁에는 빨간 쿠키, 빨간 사탕, 빨간 돼지고기 구이, 빨간 국수 같은 온갖 음식이 차려져 있다. 온통 빨갛다. 나까지 엄마가 특별한 때를 맞이해 만들어준 빨간색 새 드레스를 입고 있다.

빨간색은 지나치게 시선을 끌기 때문에 중국 문화에서는 여자들이 빨간색 옷을 잘 안 입는다. 주목받길 원하는 여자들이나 빨간색 옷을 입는데, 그들은 대개 나쁜 가족에게나 있을 법한 '부도덕하고' '부적절한' 사람으로 여겨진다. 하지만 새해는 특별한 때라 축하하는 동안에는 모든 사람들이 빨간 옷을 입을 수 있다.

초우 언니가 내 옆에서 무언가를 보고 박수를 치고 있다. 내가 빙글빙글 돌며 달려가자 게악이 깔깔거리며 나를 따라잡으려고 애쓴다. 우리는 모두 똑같은 드레스를 입고 있다. 머리를 뒤로 한데 모아서 빨간 리본으로 묶은 데다 뺨에 붉은 연지를 바르고 입술에 빨간 립스틱을 발라서 정말 예쁘게 보인다. 뒷마당에서 불꽃이 터지자 우리 자매들은 소리 내어 웃는다.

이튿날 아침, 오빠들과 아빠가 어젯밤에 일어난 일에 대해 소곤거리는 소리를 들으며 잠에서 깨어난다.

"아빠, 어떤 아저씨가 그러는데 어젯밤 소음이 크메르루주 군인들이 직업을 등록한 사람들에게 총을 쏘는 소리였대요. 군인들이 그 사람들을 싹 다 죽였대요."

멩 오빠가 겁에 질린 목소리로 말한다. 그 말들이 내 관자놀이를 쳐대며 내 머리를 공포로 욱신거리게 만든다.

"아무 말 마라. 군인들이 우리가 하는 말을 들으면 위험해질 테니."

나는 무서워서 아빠에게 다가간다.

"우린 닷새 동안 걷고 또 걷고 있어요. 대체 언제 집에 갈 수 있어요?"

"이제 그 말은 그만하렴."

아빠가 소곤거리며 나를 케아브 언니에게 보낸다. 내가 볼일을 볼 수 있게 케아브 언니가 내 손을 잡고 숲으로 데려간다. 몇 걸음 움직였을 때 쿠이 오빠가 우리를 멈춰 세운다.

"돌아와! 그만 가!"

오빠가 외친다.

"가야 해."

케아브 언니가 단호하게 말하자 오빠가 설명을 덧붙인다.

"몇 걸음 더 가면 풀밭에 시체가 있어. 그래서 어젯밤 여기에 사람들이 없었던 거야."

케아브 언니 손을 더 꼭 잡자 갑자기 어떤 냄새가 내 코에 와닿는다. 썩은 풀 냄새나 내 몸 냄새가 아니라 심하게 부패해서 속을 뒤틀리게 하는 역겨운 냄새다. 뜨거운 태양 아래 여러 날 꺼내놓은 썩은 닭내장 냄새와 비슷하다.

나를 둘러싼 모든 것이 흐릿해지고, 어서 걸어가라고 재촉하는 케아브 언니 말도 잘 들리지 않는다. 시체 위에서 잔치를 벌이는 파리들이 윙윙대는 소리만 들린다. 나를 잡아끄는 케아브 언니 손이 느껴지자 내 발이 저절로 언니 쪽으로 움직인다. 우리는 손을 잡고 다른 가족을 따라잡으며 엿새째의 행군을 시작한다.

우리가 걸어가는 길마다 군인들이 계속 우리를 재촉한다. 총과 확성기로 우리에게 방향을 알려주며 지시한다. 4월의 불볕더위에 많은 노인들이 열사병과 탈수증에 걸렸지만 쉴 엄두를 내지 못한다. 누가 아파서 쓰러지면 그의 가족이 그 사람의 소지품을 내던지고는 아픈 사람을 등에 업거나, 운 좋게 수레가 있으면 거기에 태우고 행진을 계속한다. 우리는 오전과 오후 내내 줄곧 걸으며, 밥을 먹거나 해가 졌을 때만 걸음을 멈추고 쉰다.

우리 주변의 다른 가족들도 밤 동안 쉬기 위해 가던 길을 멈춘다. 휘청거리며 들판으로 가서 밥 짓는 데 쓸 불쏘시개를 모으거나, 일찌감치 밥을 먹고서 눕자마자 그대로 곯아떨어진 사람들도 있다. 우리는 우리만의 빈 장소를 찾기 위해 웅크린 사람들을 빙 둘러 걷는다.

엄마와 케아브 언니가 지친 얼굴로 쉴 곳을 만들어 불을 피운다. 케아브 언니가 소지품을 넣은 비닐봉지에서 침대보를 꺼내 땅바닥에 펼치자, 엄마가 멍석을 풀어서 침대보 옆에 펴놓는다. 내가 게악과 함께 작은 꾸러미 위에 앉아서 지치고 아픈 발목을 문지르는 동안 초우 언니와 킴 오빠가 다른 가방을 침대보 위로 옮긴다. 내가 게악의 손을 잡고서 침대보에 앉히려고 하자, 게악이 내 손을 뿌리치고 아빠에게 아장아장 걸어간다. 아빠가 게악을 들어 가슴에 안는다. 아빠가 몸을 좌우로 흔들자 게악이 햇볕에 그을고 물집이 잡힌 얼굴을 아빠 목덜미에 묻고는 이내 잠이 든다.

우리의 저녁밥이 쌀 몇 그램으로 줄어들자 세 오빠는 쌀을 대신할 다른 먹을거리를 찾아나선다. 오빠들은 앙스누르라는 마을 근처까지 800미터를 걸어갔다가 한 시간 뒤에 돌아온다. 킴 오빠는 마른나무를 한 아름 안고 있고, 멩 오빠 손엔 조그만 물고기 두 마리와 들채소를 꽂은 작은 나뭇가지가 들려 있다. 쿠이 오빠는 기쁜 얼굴로 조그만 단지를 들고 우리를 향해 걸어온다.

"엄마, 보세요! 설탕이에요!"

쿠이 오빠가 기쁨을 참지 못하고 엄마에게 말한다.

"갈색 설탕이구나!"

엄마가 단지를 받아들며 외친다. 나는 피곤했지만 그 두 마디에 곧장 단지 쪽으로 달려간다.

"갈색 설탕이에요!"

쿠이 오빠가 거듭해서 나직이 말한다. 짧은 두 마디가 이렇게 큰 행복을 가져다줄 줄은 정말 몰랐다.

"엄마, 한번 맛보게 해주세요! 단지에 설탕이 거의 반의반이나 있어요!"

"쉿! 그렇게 크게 떠들지 마. 사람들이 몰려와서 설탕을 달라고 할 거야."

케아브 언니가 주의를 준다. 나는 그제야 우리 쪽을 바라보는 몇몇 이웃들의 시선을 알아챈다.

"자, 조금만 맛보자. 설탕은 좀 아껴둬야 해."

우리가 모여들자 엄마가 말한다. 우리 남매는 손가락을 단지에 넣었다가 빼내면서 딸려온 설탕을 핥아먹는다.

"나도…… 나도…… 나도요……."

엄마가 내 눈높이까지 천천히 단지를 내리자 내가 애원한다. 되도록 많은 설탕을 먹을 수 있는 기회라 재빠르게 입 안에 침을 모은다. 곧이어 손가락을 입에 넣고 손가락을 돌려서 빠짐없이 침을 묻힌다. 손가락이 충분히 젖었다고 판단했을 때 손가락을 빼내서 설탕 윗부분에 대고 천천히 굴린다. 어찌나 천천히 굴렸던지 손가락에 달라붙는 거친 알갱이가 느껴질 정도다.

단지에서 손가락을 빼내 내가 이뤄낸 결과를 보자 행복해진다. 내 손가락에는 다른 누구보다 더 많은 설탕이 묻어 있다! 손가락에서 떨어질지도 모르는 설탕 알갱이를 놓치지 않으려고 다른 쪽 손으로 신중하게 내 보물을 받친다. 그런 다음 조심조심 내 자리로 가서 설탕 알갱이를 아주 천천히 핥아먹는다.

저녁을 먹고 나자 엄마가 우리 자매들을 근처 연못으로 데려간다. 그곳에는 벌써 빨래하는 사람들과 벌거벗은 아이들이 북새통을 이루며 흙탕물에 머리를 들이밀고 있다. 아이들은 너무 피곤해서 위아래로 움직이지도 못하고, 웃거나 서로 물장난 치지도 못하는 것 같다.

엄마가 우리에게 옷을 벗으라고 한다. 나는 누르스름하게 바랜 셔츠를 벗는다. 엿새 전에 급하게 입은 노란색 셔츠다. 초우 언니와 나는 먼저 발가벗고 기다린다. 그사이 엄마는 사롱 아래로 옷을 벗어 케아브 언니에게 건넨다. 케아브 언니는 강가로 옷을 가져가 비누 없이 바위에 문질러 옷들을 빤다.

엄마가 엿새 만에 몸을 씻으려 초우 언니와 나를 연못 속으로 데려간다. 우리는 손을 잡고서 물이 허리춤에 닿자 멈춰 선다. 피부에 닿은 물이 시원하고 상쾌하다. 우리는 쌓인 때를 서서히 벗겨낸다. 물속의 미끈미끈한 풀이 우리의 움직임에 맞춰 왔다 갔다 흔들리며 부드럽게 내 다리를 쓸어준다. 이름 모를 풀잎이 미끄러지듯 발목을 스치자 등골이 서늘하다. 나는 펄쩍 뛰어 물속으로 들어가며 아직도 엄마 손을 꼭 잡고 있는 초우 언니를 함께 끌어당긴다. 내가 다시 물 위로 떠오르자 엄마와 초우 언니가 나를 보고 웃는다. 모두 함께 다시 웃을 수 있어서 행복하다.

이튿날 아침, 엄마가 깨우자 우리는 이레째 걸을 준비를 한다. 우리 앞에 놓인 길이 열기로 희미하게 어른거리고 사방에 흙먼지가 일어 눈이 따끔거린다. 그때 멀리서 혼자 자전거를 타고 오는 남자가 눈에 들어온다. 키가 큰지는 모르겠지만 몹시 말랐다는 건 알 수 있다. 게다가 수많은 사람들의 행렬을 거슬러오고 있어서 더 이상해 보인다. 나는 갑작스런 엄마의 외침에 깜짝 놀란다. 간헐적인 흐느낌 사이로 엄마가 간신히 말을 내뱉는다.

"레앙 오빠야!"

우리는 팔을 높이 들고 펄쩍펄쩍 뛰면서 외삼촌에게 미친 듯이 손을 흔든다. 레앙 외삼촌이 한 손을 흔들어 답하고는 페달을 더 빨리 밟는다. 외삼촌이 몇 걸음 앞에서 멈추자 우리는 동시에 외삼촌을 향해 달린다. 외삼촌이 눈물을 글썽이며 엄마를 끌어안는다. 아빠는 그 옆에 말없이 서 있다. 그제야 지난 며칠간의 온갖 걱정과 두려움이 끝난다. 외삼촌이 자전거 앞쪽 걸대에서 무언가를 싼 꾸러미를 건네주자, 엄마가 참치 캔을 따고 다른 음식을 펼쳐놓는다.

그러는 동안 외삼촌은 아빠에게 오늘 아침 외삼촌 마을에 프놈펜에서 사람들이 왔다고 말한다. 갓 도착한 그들은 외삼촌에게 프놈펜의 소개(疏開)에 대해 전한다. 크메르루주가 프놈펜과 바탐방, 시엠레아프를 비롯한 모든 도시에서 사람들을 강제로 죄다 내쫓았다고 말이다. 그 말을 들은 외삼촌은 자전거를 타고 오전 내내 우리를 찾아다녔던 것이다. 곧이어 우리는 헤앙 큰외삼촌이 우리를 소달구지에 태우러 오고 있다는 멋진 소식을 듣는다. 이제 더는 걷지 않아도 되고 며칠 후면 소달구지를 타고 집에 갈 수 있다고 생각하자, 기뻐서 웃음이 절로 난다.

레앙 외삼촌은 키가 엄청 커서 그 옆에 서서 외삼촌 얼굴을 보려면 고개를 한껏 뒤로 젖혀야 한다. 그런데 보이는 것이라곤 외삼촌이 엄마에게 말할 때 겨우 몇 초마다 벌어지는 얇은 입술과 넓고 검은 콧구멍뿐이다. 키가 거의 180센티미터나 되는 외삼촌은 우리 위에 우뚝 서 있다. 외삼촌은 팔다리가 길고 가늘어서 내가 교과서에 그리곤 했던 막대기처럼 보인다.

레앙 외삼촌은 크랑트루오프라는 마을에 살고 있다. 레앙 외삼촌과 헤앙 외삼촌은 둘 다 크메르루주의 공산혁명 전부터 시골에서 살았고 도시에서 살아본 적이 없다. 크메르루주는 그런 사람들을 부패하지 않은 새 사회에 적합한 모범 인민들로 여긴다. 아빠는 우리가 외삼촌네 마을로 가서 함께 살 거라고 말한다.

비쩍 마른 누렁이 두 마리가 끄는 소달구지는 느릿느릿 움직여 저녁 늦게서야 도착한다. 아빠와 엄마가 헤앙 외삼촌과 이야기를 나누는 사이에 나는 재빨리 초우 언니, 게악과 함께 소달구지의 한 자리를 차지한다. 우리는 크메르루주가 점령한 밧뎅이라는 마을에 다다를 때까지 26번 길을 따라 서쪽으로 자갈길을 여행한다. 어디를 가든, 어느 방향으로 돌든 우리 앞뒤엔 사람들이 걸어가고 있다. 군중 한가운데에서도 우리 소달구지는 멈추지 않고 크메르루주 마을을 통과한다. 어느덧 우리는 서쪽으로 방향을 틀어 행렬을 빠져나온다. 밧뎅과 크랑트루오프 사이 어딘가에서 나는 잠에 빠져든다.

크랑트루오프

1975년 4월

프놈펜의 우리 집을 나선 지 여드레째인 4월 25일 아침에 우리는 목적지에 다다른다. 크랑트루오프는 눈이 닿는 먼 곳까지 논으로 둘러싸인 칙칙한 작은 마을이다. 물에서 미끄러지듯 헤엄치는 뱀처럼 논에는 작고 붉은 흙길이 굽이굽이 이어져 있다. 풀밭에서는 회색 들소들과 갈색 암소들이 한가로이 풀을 뜯고 있는데, 녀석들이 천천히 고개를 움직일 때마다 목에 걸린 종들이 땡그랑거린다. 소들이 달릴 때면 프놈펜의 아이스크림 수레가 떠오른다. 여기서는 사람들이 도시의 콘크리트 빌딩이나 집이 아니라 논 한가운데 부들 너머로 네 개의 기둥 위에 지푸라기를 엮어 만든 오두막에서 산다.

"얘들이 나보다 더 지저분해요! 엄마가 항상 나를 야단쳤잖아요. 그런데 쟤들 좀 봐요."

한 아이가 우리 앞을 가로질러 달려가자 나는 지저분한 내 모습을 잊고 외친다. 아이들은 옷이며 살갗이며 머리카락이 온통 시뻘건 흙 투성이다.

초우 언니가 나를 보고 얼굴을 찌푸리며 절레절레 머리를 흔든다. 나하고 겨우 세 살 차이밖에 안 나는데도 이따금 언니는 나보다 훨씬 더 많은 걸 알고 있다는 듯이 군다. 그래도 아주 드문 일이긴 하지만 내가 몸집이 더 큰 탓에 언니를 쉽게 이겨먹을 때도 있다. 초우 언니는 내성적이고 조용하며, 순종적이고 말이 많지 않다. 언니와 오빠들은 모두 초우 언니 말을 꽤 중요하게 여겨서 우리가 싸우면 주로 초우 언니 편을 든다. 내가 시끄럽고 수다스럽기 때문에 내 말은 흔해빠지고 터무니없다고 생각하는 것이다.

내 말을 이해하려고 애쓰는 듯이 초우 언니가 미간을 찡그리며 나를 바라본다. 나는 언니에게 혀를 쏙 내밀고는 더 이상 신경 쓰지 않는다. 우리가 여기에 있다는 사실과 며칠 후면 집에 돌아갈 수 있다는 생각에 흥분될 뿐이다.

외숙모들을 비롯한 많은 사촌들과 반갑게 인사를 나눈 뒤, 아빠는 이곳에 살아도 된다는 허락을 받으러 레앙 외삼촌과 함께 촌장을 만나러 간다. 크메르루주가 전쟁에서 이긴 뒤 군인들이 옛 촌장을 제거하고 크메르루주 간부로 교체했다고 레앙 외삼촌과 헤앙 외삼촌이 알려준 참이다. 이제 마을 사람들은 가족이 함께 산다거나 마을을 떠나 다른 곳을 방문하는 것처럼 아주 단순한 일조차 촌장에게 허락을 얻어야 한다.

아빠와 외삼촌은 이내 돌아와서 우리가 여기서 살아도 된다는 허락을 받았다고 알린다. 아빠는 우리가 레앙 외삼촌 집에서 외삼촌네 식구들과 함께 살 거라고 말한다. 그 말을 듣자마자 마을에 대한 관심이 금세 사라진다. 외삼촌과 외숙모는 아이들이 여섯이다. 여기에 우리 아홉 식구가 더해져 열일곱 명이 한 초가지붕 아래에서 살아야 한다. 도시 사람들 기준으로 보면 외삼촌네 집은 집이라고 할 수도 없다. 그보다는 가난한 사람들이 사는 소박한 오두막에 가까워 보인다. 지붕과 벽은 지푸라기로 이었고 바닥은 흙이다. 침실이나 욕실도 없고 오로지 널따란 방 하나만 있다. 게다가 주방도 없어서 바깥의 지푸라기 차양 아래에서 요리를 해야 한다.

밤늦게 킴 오빠가 나를 데려가더니 내가 우리 새집에 대해 교양 없이 굴었다며 꾸짖는다. 열 살 소년인데도 오빠는 외삼촌이 용감하게 새 크메르루주 촌장한테 가서 우리가 함께 살 수 있도록 부탁했다는 걸 알았던 것이다.

"마을이 너무 가난해요."

식구들이 레앙 외삼촌네 마루에 모였을 때 내가 아빠에게 말한다. 우리는 멍석이나 나무스툴 또는 나무의자에 앉아서 아빠의 지시 사항을 귀 기울여 듣는다.

"우리도 가난하단다."

아빠가 엄한 목소리로 입을 떼자 부끄러움에 얼굴이 화끈거린다.

"이제 우리는 여기 사는 사람들처럼 가난해. 무엇보다 우리는 아빠의 정체를 아는 사람들이 많은 도시에서 멀리 떨어져 살아야 한다. 가족 말고는 누가 됐든 우리에게 어디서 왔는지 물으면 외삼촌처럼 우리도 시골 사람이라고 말하렴."

"아빠, 왜 우리가 누군지 알게 하면 안 돼요? 왜 우리 집에 갈 수 없어요? 군인들이 사흘 뒤에 집에 갈 수 있다고 약속했잖아요."

"우리는 돌아갈 수 없단다. 크메르루주가 거짓말을 한 거야. 넌 우리가 집에 돌아갈 수 있다는 생각을 버려야 해. 프놈펜은 잊어라."

아빠가 이렇게 퉁명스럽게 말한 적은 처음이라 나는 아빠가 말한 현실을 받아들일 수밖에 없다. 두려움과 불신으로 온몸이 떨린다. 나는 절대 집에 못 간다. 다시는 프놈펜을 볼 수 없고, 우리 차를 타지 못하고, 엄마와 시클로를 타고 시장에 갈 수 없으며, 포장마차에서 음식을 사 먹지도 못한다. 모든 것이 사라진 것이다. 내가 눈물을 글썽이며 입술을 떨자 아빠가 나를 안아준다.

아빠가 말을 계속하자 나는 아빠 팔에서 살며시 빠져나와 케아브 언니에게 안긴다. 아빠는 오빠들에게 캄보디아 정치사를 이해시키려고 애쓴다. 프랑스 식민지였던 캄보디아는 1953년 시아누크 왕자에 의해 독립국가가 되었다. 1950년대와 1960년대를 거치면서 캄보디아는 번성했고 자급자족할 수 있었다. 그러나 많은 사람들이 시아누크 정부에 만족하지 않았다. 그들은 시아누크 정부를 이기적이고 부패한 정부로 여겼으며, 그런 가운데 가난한 사람은 더 가난해지고 부자는 더 부유해졌다고 생각했다. 그러자 온갖 국수주의적 당파들이 생겨나며 개혁을 요구했다. 그 무리 중 하나인 비밀 공산당 크메르루주가 캄보디아 정부에 대항해 무장투쟁을 벌였다.

미국이 북베트남의 근거지를 파괴하려고 베트남과 닿아 있는 캄보디아 국경에 폭탄을 떨어뜨리자 베트남전쟁이 캄보디아까지 확산되었다. 폭탄 투하로 많은 마을이 파괴되고 많은 사람들이 죽었다. 그러는 사이 크메르루주는 소작농과 농민들의 지지를 얻었다. 1970년 시아누크 정부는 론 놀 장군에게 전복당했다. 하지만 미국의 지원을 받은 론 놀 정부는 부패하고 약해서 크메르루주에 쉽게 패배했다.

아빠가 더 많은 일들을 오빠들에게 알려주고 있다. 나는 정치에 별로 신경 쓰지 않는다. 오로지 바보처럼 행동하면 안 된다는 것과, 도시에서 우리가 어떻게 살았는지 절대 말해선 안 된다는 것만 기억한다. 다른 사람에게 집에 가고 싶다고, 예전으로 돌아가고 싶다고 말하면 절대 안 된다는 것도 말이다. 나는 이를 악물고서 케아브 언니 어깨에 머리를 기대고 눈을 감는다. 언니가 내 머리를 살살 쓰다듬고 뺨을 어루만져준다.

"걱정하지 마. 큰언니가 널 보살펴줄게."

언니가 내 머리에 대고 나직이 속삭인다. 언니 옆에는 엄마가 잠든 게악을 안고 조용히 앉아 있다. 엄마 옆에 앉아 있는 초우 언니는 골똘히 생각에 잠긴 채 빨갛고 하얀 체크무늬 크로마를 접고 또 접는다.

늦은 밤에 나는 나무판자 침대에 누워 줄곧 뒤척거리며 초우 언니를 깨운다.

"난 이게 싫어. 너무 불편해!"

나는 옆에 누워 있는 초우 언니에게 불평을 늘어놓는다. 도시에서 살 때 우리 세 자매는 한 침대에서 잤다. 이곳에서는 여자들이 대나무로 만든 거친 널빤지에서 한 줄로 **빽빽하게** 붙어서 자고, 남자들은 해먹에서 잔다. 나도 해먹에서 자고 싶다.

"조용히 잠이나 자."

"초우 언니, 나 화장실 가고 싶어."

"그럼 가."

"무서워. 나랑 같이 가."

언니가 거절의 뜻으로 등을 돌린다. 여기선 볼일을 보러 갈 때마다 혼자 밖으로 나가 숲속으로 걸어가야 한다. 지금은 화장지 용도 말고는 쓸모가 없어진 종이돈을 쓸 것이다. 초우 언니가 낙엽으로 닦는 방법을 가르쳐주었지만 아무것도 안 보이는 한밤중이라 벌레가 있을까봐 두렵다.

밤에 숲에 들어가는 건 잊지 못할 경험이다. 상상력이 풍부한 사람에겐 특히 더 그렇다. 나는 어둠 속에서 나무들을 흔드는 영혼들을 보고 그들이 나를 기다리고 있다고 생각한다. 영혼들은 바람이 나뭇잎을 통해 실어 나르는 주문과 마법을 내 귀에 속삭인다. 그들은 내 몸을 사로잡기 위해 자기들한테 다가오라고 나를 부른다. 그래서 나는 한밤중에 혼자 볼일 보러 가기가 두려워서 억지로 참았다가 새벽이 되면 미친 듯이 숲속으로 달려간다.

이튿날 아침, 내가 일어나기 한참 전부터 모든 사람들이 농장에서 바쁘게 일하고 있다. 그 모습을 보고 나는 곧 그들이 얼마나 일찍 일어나는지 알아차린다. 농장생활은 지루하고 따분하지만 적어도 먹을거리는 충분하다. 이곳에서는 프놈펜에서 생활할 때와 달리 식구들 말고는 친구가 전혀 없다. 우리 가족의 비밀을 불쑥 말하게 될까 봐 말을 걸기가 무섭고 친구를 사귀기도 어렵다. 앙카르가 시장과 학교와 대학을 파괴하고, 돈과 손목시계, 괘종시계, 카세트 플레이어와 텔레비전을 금지했다고 아빠가 알려준다.

우리 가족이 소작농이 된 후로 나는 하늘의 태양과 달의 위치에 따른 낮과 밤의 시간을 꼭 배워야 했다. 다른 아이들과 우연히 마주쳐서 말을 해야 할 때는 단어를 신중하게 골라 조심스럽게 말해야 한다. 먹고 싶은 음식이나 보고 싶은 영화나 타고 다니던 시클로는 언급할 수 없다. 그런 것들을 말하면 내가 도시에서 왔다는 사실을 아이들이 금세 알아차릴 테니까. 도시에서는 나의 관심과 우정을 바라는 아이들과 친해졌지만, 여기서는 아이들이 나를 의심하고 내가 다가가면 달아난다. 그래도 내겐 함께 놀 사촌들이 많다. 우리를 감시하는 다른 사람들을 신경 쓰지 않아도 될 때는 소들을 몰고 풀을 먹이러 가는 손위 사촌들을 따라가 돕는다. 나는 그렇게 서서히 농장생활에 적응하며 집에 돌아가는 꿈을 접는다.

리 천 사촌 언니가 처음으로 나를 소 등에 태워준다. 소는 나보다 훨씬 키가 크다. 사촌 언니는 열여섯 살로 소보다 키가 더 크다. 언니가 나를 소 등 위로 가볍게 번쩍 들어올린다. 소 등에 앉자 내 다리가 소의 배 중간쯤에 닿는다. 나는 다리를 소 옆구리에 걸친 채 코뚜레에 매단 줄을 꼭 잡는다. 소가 움직일 때마다 거대한 갈비뼈가 내 다리 사이에서 움직이고, 내 발꿈치는 피아노 건반 위의 손가락처럼 갈비뼈 위에서 미끄러지듯 움직인다.

"긴장하지 마. 소들은 게을러서 느릿느릿 움직여. 그렇게 뻣뻣하게 앉아 있다간 떨어지고 말 거야."

나는 언니의 조언에 따라 힘주어 매달리지 않고 소의 움직임에 맞춰 상체를 움직인다. 몇 분이 지나자 두려움이 가라앉는다.

"얼마나 더 가야 돼? 덥고 엉덩이도 아파."

내가 불평한다.

"풀이 더 푸르게 우거진 언덕으로 가고 있어. 네가 오고 싶어 했으니까 그만 불평해. 저기 좀 봐. 넌 적어도 저런 일은 안 하잖아."

사촌 언니가 먼 들판에서 걷고 있는 한 무리의 여자아이들을 가리킨다. 내 또래로 보이는 소작농의 딸들이 들판을 이리저리 돌아다니고 있다. 자세히 보니 여자아이들은 등에 비스듬히 망태기를 메고서 땅바닥을 보고 있다. 이따금 한 여자아이가 몸을 숙여 둥그렇고 검푸른 덩어리를 집어서 망태기에 넣는다.

"쟤들 뭐 하는 거야?"

"마른 쇠똥을 모으고 있어."

"더러워라!"

"대개는 소작농들이 소달구지를 타고 지나가다가 땅에 거름을 주려고 쇠똥을 주워 담아. 쟤들은 마른 쇠똥이 약효가 있다고 믿기 때문에 모으는 거야. 저걸 물에 넣고 끓여서 차처럼 마시거든."

"더러워!"

나는 다시 외친다.

소를 타고 달리는 새로운 경험일지라도 그것이 일상이 되면 지루해지게 마련이다. 농장생활은 단조롭지만, 우리가 크랑트루오프에 오래 머물수록 나는 점점 더 두렵고 불안해진다. 가는 곳마다 누가 나를 감시하고 따라다닌다는 느낌을 떨쳐버릴 수 없다. 갈 곳이 전혀 없는데도 아빠가 일하러 가기 전에 잠깐이라도 아빠 얼굴을 보려고 나는 아침마다 서둘러 옷을 입는다. 내가 잠에서 깰 즈음이면 대개 아빠와 오빠들은 벌써 나가고, 엄마는 가족을 위해 바느질을 하거나 밭에서 일하고 있다.

옷을 입은 뒤에는 내 몸을 청결하게 유지하는 일을 한다. 아빠가 우리에게 중요한 일이라고 강조해서 나는 아빠를 만족시키려 애쓴다. 칫솔과 치약이 없어서 풀 한 줌을 솔처럼 이용해 이를 문지르고, 손톱으로 뒤쪽 치아에 낀 두껍고 누런 이물질을 긁어내기도 한다.

씻을 때는 옥외 변소와 비슷한 목욕 칸막이를 이용한다. 안에는 90센티미터 높이의 진흙 화분처럼 보이는 둥그런 용기가 있는데, 킴 오빠와 다른 사촌들이 저녁마다 그곳에 물을 채워놓는다. 나는 옷을 벗어 나무고리에 걸어두고 물 한 바가지를 떠서 몸에 퍼붓는다. 비누나 샴푸가 없으니 머리카락이 끈적거리고 엉켜버려서 빗으로 머리를 빗는 게 고역이다.

아빠는 지저분하고 지친 모습으로 밤늦게 돌아온다. 때로는 밥을 빨리 먹고 나서 조용히 바깥에 나가 앉아 하늘을 바라본다. 그러다가 오두막에 들어오면 바로 잠에 곯아떨어진다. 이제는 좀처럼 아빠 무릎에 앉아 있을 수가 없다. 아빠의 포옹이 그립다. 나를 웃게 했던,

아빠가 들려주던 중국의 옛이야기가 그립다. 아빠는 종종 부처 이야기라든가, 악당과 싸우고 사람들을 지키려 지구에 내려오는 용들 이야기를 들려주곤 했다. 신과 용들이 우리를 도와주러 오기는 할까.

대기 장소

1975년 7월

"무슨 일이에요? 왜 깨워요?"

나는 눈을 비비며 엄마에게 묻는다. 하늘은 아직 컴컴한데 레앙 외삼촌과 케앙 외숙모, 사촌들이 모두 일어나 있다. 초우 언니는 내 옆에서 얇은 담요를 둘둘 말고 옷들을 개어 베갯잇에 넣고 있고, 바깥에서는 사촌 언니가 밥을 주걱으로 푹 떠서 바나나잎에 담고 있다. 킴 오빠가 석유통에 물을 채우는 동안 케아브 언니는 탁탁거리는 불에 마른 생선을 굽는다.

"조용히 해. 우린 떠날 거야."

엄마가 손을 내 입에 갖다 댄다.

"가고 싶지 않아요. 다시는 걷고 싶지 않아요."

나는 도로 잠들고 싶다. 크랑트루오프에 두 달간 살면서 겨우 발에 생긴 물집이 사라졌는데 다시 걸어야 한다고 생각하니 발목이 욱신거린다.

"조용히 해라. 네 울음소리를 듣는 사람이 없으면 좋겠구나. 우리가 여기 머무는 게 더는 안전하지 않아. 꼭 가야 해. 우린 트럭을 타고 갈 거야."

아빠가 혼내듯 내게 말한다.

"아빠, 왜 가야 해요?"

"여기 있는 게 더는 안전하지 않다고 했잖니."

"오래 걸어갈 거예요?"

"아니, 외삼촌이 촌장님한테 우리를 태워줄 크메르루주 트럭을 준비해달라고 했어. 트럭이 우리를 바탐방까지 데려다줄 거다. 거긴 너희 할머니가 사시는 곳이야."

"하지만 아빠, 난 더 이상 이사 가고 싶지 않아요."

아빠는 나를 달래주지도 않는다. 나는 눈물을 참으면서 고무샌들을 신고 케아브 언니가 내민 손을 향해 다가간다. 아빠와 엄마가 레앙 외삼촌에게 함께 지내게 해주어 고맙다고 인사한다. 레앙 외삼촌이 엄마를 보고 고개를 숙이더니 눈을 깜빡거리며 우리 가족이 무사히 갈 수 있기를 빌어준다. 사촌들은 우리를 배웅하려고 오두막 바깥에 나와 있다. 그들은 아빠가 우리를 데리고 가는 모습을 지켜보며 힘없이 손을 흔든다.

길가 집합 장소에 도착하니 벌써 서른 명쯤 되는 사람들이 모여 있다. 네 가족이 제각각 자갈길에 쪼그리고 앉아 있는데, 대부분 아몬드 모양의 눈과 길쭉한 코, 밝은 톤의 피부인 것으로 보아 중국인의 후손인 듯하다. 크메르인은 검은 곱슬머리에 납작한 코, 두툼한 입술, 진한 초콜릿색 피부가 특징이다.

동행할 가족들은 우리가 온 것도 아랑곳없이 그저 물끄러미 길만 바라보고 있다. 그들도 우리처럼 가벼운 옷보따리와 작은 음식 꾸러미 따위를 들고 있다. 우리는 그들 옆 자갈길에 앉았지만 한 마디도 나누지 않는다. 모두들 어둠 속에서 트럭을 기다린다. 주변 세상이 고요히 잠들어 있는 가운데 오로지 귀뚜라미 울음소리만 들린다. 그 순간이 영원할 것처럼 느껴진다.

그때 갑자기 눈부신 전조등을 켠 군용 트럭이 나타나더니 우리 앞에 멈춘다. 아빠가 나를 따뜻한 두 팔로 안아서 딱딱하고 차가운 트럭 바닥에 내려놓는다. 나는 아빠의 손길을 놓고 싶지 않다. 아빠의 안전한 팔에서 떠나고 싶지 않다.

트럭을 타고 가는 길은 덜컹거리고 시끄럽지만 차가운 새벽 공기를 맞으니 꽤 편안해진다. 엄마는 잠든 게악을 두 팔로 안고서 먼 곳을 응시하고 있다. 내가 다시 아빠의 팔에서 안정을 느끼는 동안 언니들과 오빠들은 반은 졸고 반은 잠을 잔다. 다들 매우 조용하다.

해가 점점 더 높이 떠오르는데 트럭은 오전 내내 북서쪽을 향해 달린다. 바람이 조금이나마 햇빛을 가려주는 구름을 날려버린다. 트럭 운전사는 아빠와 달리 운전 실력이 없다. 게다가 트럭 짐칸에 탄 우리가 튀어오르거나 서로 부딪치든 말든 신경도 쓰지 않는다. 트럭은 온종일 달리다가 우리가 음식을 만들 수 있게끔 저녁에만 멈춘다.

트럭이 멈추자마자 다들 지친 몸을 풀기 위해 뛰어내린다. 아빠가 나를 트럭에서 들어올려 초우 언니 옆에 내려놓는다. 주변 사람들은 바짓가랑이를 타고 올라오는 벌레들이라도 떨쳐내려는 듯이 다리를 마구 흔들어댄다.

쿠이 오빠가 빙그르르 원을 그리며 걸으면서 아주 빠르게 팔을 좌우로 흔든다. 오빠는 가라테 검은 띠를 딴 무도인이다. 키가 174센티미터이고 몸이 날렵하다.

프놈펜에서 나는 한곳에 자리 잡고 앉아서 가라테 연습을 하는 오빠를 지켜보는 걸 좋아했다. 오빠가 한쪽 다리를 머리 위로 올려 차고는 오랫동안 그 자세를 유지하는 모습을 보고 놀랐다. 오빠는 얼굴을 일그러뜨리고 이상한 소리를 크게 내면서 공중 높이 점프한 채 재빨리 발을 몇 번 차고는 몇 초 만에 안전하게 착지했다. 그 모습을 보며 나는 늘 소리 내어 웃었다.

지금 오빠는 더 빠르게 원을 그리며 빙글빙글 걷고 있다. 오빠의 두 팔이 오빠를 실어 나르려는 헬리콥터의 프로펠러 같다. 전에도 수없이 봤던 똑같은 동작이지만, 이번에는 오빠 얼굴이 웃기지 않아서 나는 소리 내어 웃지 않는다.

잠깐 쉬면서 밥을 먹은 뒤 다시 트럭에 올라 밤새 달린다. 아침에 아빠의 무릎에서 깨어나고서야 '대기 장소'에 도착했다는 걸 알게 된다. 거기에는 사방에서 온 사람들이 있다. 아침밥을 짓거나 막 일어나는 사람들도 있지만 길가나 풀밭에서 아직 자는 사람들이 많다. 트럭 짐칸에 앉은 우리는 군인들이 무언가 지시를 내릴 때까지 움직일 생각조차 못 한다.

"우린 푸르사트주에 있다. 구(舊)인민이 너희를 데리러 올 때까지 여기서 기다리도록."

한 군인이 우리에게 말하고 가버린다.

"왜 어젯밤에 떠나야 했어요?"

내가 아빠에게 묻는다.

"크랑트루오프로 새로 온 사람들 중에 프놈펜에서 온 사람들이 있었어. 비록 친구이긴 해도 그 사람들이 아빠 정체를 알고 있는 한 거기서 사는 건 위험하단다."

"아빠, 친구잖아요. 우리에 대해 말하지도 않고 우리를 곤란하게 하지도 않을 거예요!"

"우정은 중요하지 않아. 그들에겐 선택권이 없어."

나를 설득하는 아빠 모습이 사뭇 진지하다. 아빠 말이 무슨 뜻인지 잘 이해되지 않지만, 그렇더라도 이해하기 위해 계속 질문을 해대는 짓 따위는 안 하리라 마음먹는다.

"이 트럭을 타고 바탐방으로 갈 거예요?"

내가 조용히 묻는다.

"아니, 여기는 바탐방으로 가는 길이 아니야. 군인들이 우리를 다른 장소로 데려왔어."

"그 사람들한테 우리가 바탐방에 가야 한다고 말하지 않았어요? 그래서 엉뚱한 곳으로 온 거예요?"

"아니, 우린 그 사람들에게 항의할 수 없어. 우린 그저 그들이 데려다주는 대로 갈 수밖에 없단다."

아빠가 나를 땅에 내려놓는데 목소리가 피곤하게 들린다. 아빠는 킴 오빠에게 나를 돌보라 이르고는 우리가 언제 떠날 수 있는지 알아보러 간다. 아빠가 한 무리의 사람들 속으로 걸어가자 나는 아빠 모습이 사라질 때까지 지켜본다.

킴 오빠가 내게 앞으로는 스스로를 돌보라고 충고한다. 우리의 예전 생활을 절대 다른 사람들에게 말해서도, 절대 다른 사람을 믿어서도 안 된다고 말한다. 무심코 우리 가족에 대한 정보를 털어놓지 않으려면 입도 뻥긋하지 않는 게 상책이다. 입을 열면 가족을 위험에 빠뜨릴지도 모른다. 다섯 살밖에 안 됐는데도 나는 벌써 외로움이 어떤 느낌인지, 나를 해치려는 사람인지 아닌지 의심하는 게 어떤 느낌인지 깨닫기 시작한다.

"좀 둘러보고 올게."

나는 지루해서 킴 오빠에게 말한다.

"멀리 가지 말고 아무한테 말 걸지 마. 곧 떠날지 모르는데 널 찾아다니게 하지 마."

나는 오빠의 경고를 지켜 멀리 가지 않기로 했지만 호기심 때문에 어쩔 수 없다. 우리 가족이 다른 곳을 보는 사이에 몰래 '대기 장소'를 탐험한다. 멀리 갈수록 사람들이 더 많이 보인다. 캠프에 있는 사람들이 수백 명은 돼 보인다. 그들은 말하거나 앉아 있거나 잠잘 수 있는 곳에서 자고 있다. 수많은 텐트 주변에는 젖은 옷들을 걸어놓은 빨랫줄들이 보인다. 타닥타닥 타는 모닥불 옆에는 나뭇더미가 있고 손으로 만든 나무벤치들도 있다. 그들은 오랫동안 기다리고 있는 모양이다. 살아 있는지 의심될 정도로 꼼짝 않고 누워 있는 이들도 보인다. 나는 한 할머니를 보려고 걸음을 멈춘다. 갈색 셔츠와 밤색 사롱을 입은 그 할머니는 작은 보따리를 베고 두 팔을 옆구리에 댄 채 땅바닥에 누워 있다. 눈은 반쯤 감겨 있고, 흰 머리카락은 사방팔방 비어져나오고, 노란 피부는 쭈글쭈글하다. 옆에서 젊은 여자가 숟가락으로 할머니에게 죽을 떠먹여주고 있다.

"할머니가 돌아가신 것 같아요. 할머니께 무슨 일 있어요?"

내가 젊은 여자에게 묻는다.

"할머니가 초주검 상태인 거 안 보이니?"

여자가 화를 내며 대꾸한다.

할머니를 오래 바라볼수록 내 몸에서 땀이 자꾸만 비어져나온다. 전에는 초주검 상태인 사람을 본 적이 없다. 젊은 여자는 나를 무시하고 계속 할머니에게 죽을 떠먹인다. 죽이 한쪽으로 들어가서는 다른 쪽으로 질질 흘러내린다. 전에는 이런 상태가 가능하다고 생각해본 적이 없다. 완전히 죽었거나 살아 있거나 그 두 가지만 생각했다. 할머니가 안타까우면서도 삶과 죽음이라는 두 세계에 갇힌 상황이 흥미로운 건 어쩔 수 없다. 그 젊은 여자에 대한 두려움보다 호기심이 더 나를 자극한다.

"할머니를 도와줄 의사나 사람이 없어요?"

"의사는 없어. 저리 가! 너네 부모는 널 찾지도 않니?"

물론 그 젊은 여자의 말이 맞다. 바로 그때 엄마가 돌아오라고 손짓하며 내 이름을 부르는 소리가 들렸으니 말이다.

다행히 우리 가족은 다른 트럭에 짐을 싣느라 바빠서 나한테 화를 내지 않는다. 아빠가 나를 트럭에 태울 때 우리 옆에 서 있는 깡마른 중년 남자 두 명이 눈에 띈다. 그들은 헐렁한 검은색 바지와 셔츠를 입고 있는데, 한 남자는 검은색 펜으로 조그만 갈색 종이에 무언가를 적고 있고, 다른 남자는 트럭에 올라타는 우리 머리를 가리키며 수를 센다.

나는 시골길을 볼 수 있는 자리를 차지한다. 네 가족이 재빨리 트럭에 올라타자 중앙의 빈 공간이 꽉 들어찬다. 모든 가족이 다 올라타자 두 남자는 웃거나 인사를 건네지도 않고 다시 머릿수를 세어 적는다. 일이 끝난 뒤 그들은 트럭 운전사와 함께 앞자리에 탄다. 드디어 트럭이 움직이기 시작한다.

트럭은 대기 장소를 벗어나 산을 가로지르며 울퉁불퉁 비좁은 길로 굴러간다. 가족들은 조용하고 침울하다. 트럭 옆을 스치는 나뭇가지 소리와 타이어에 들러붙는 진흙 소리만 들린다. 영원 같은 시간이 흐른 뒤 풍경에 싫증난 나는 아빠 무릎 위로 올라간다.

"아빠, 우리가 방금 떠나온 곳엔 왜 그렇게 사람들이 많아요?"

나는 다른 사람들에게 내 말이 들리지 않도록 조용히 아빠에게 묻는다.

"구인민들이 와서 데려가기를 기다리는 거란다."

"우리를 데려가는 것처럼 그 사람들도 데려가요?"

"응, 검은색 옷을 입은 사람들은 시골 마을에서 온 대표들이야. 그 사람들이 대기 장소에서 마을로 데려갈 사람들의 명단을 받아 데려갈 거야."

아빠가 조용히 대답한다.

"저기 두 아저씨가 마을 대표예요?"

"그래."

"근데 구인민이 뭐예요?"

"쉿……. 나중에 말해주마."

"다른 사람들은 기다리고 있는데 우리는 왜 이렇게 일찍 가는 거
예요?"

"우리가 얼른 떠날 수 있게 명단에 이름을 올려달라고 엄마 금목
걸이를 뇌물로 줬다."

아빠가 한숨을 내쉬고는 또다시 조용해진다. 나는 아빠 가슴에 머
리를 기대며 이런 아빠가 있어서 정말 운이 좋다고 생각한다. 나는
아빠가 나를 사랑한다는 걸 안다. 프놈펜에서 영화관에 가면 나는
항상 아빠 옆자리에 앉겠다고 고집했다. 영화가 무서워지면 아빠 팔
을 꼭 움켜쥐고 아빠 무릎에 올라갈 준비를 하고 있다는 신호를 보
냈다. 아빠가 내 의자에서 나를 번쩍 들어 무릎에 앉혀주면 아빠 몸
이 내 의자가 되고 아빠 팔은 내 팔걸이가 되었다. 이제는 아주 오래
전 일 같다. 아빠가 너무 심각하고 슬퍼 보인다. 언제쯤에나 재미있
는 아빠를 다시 보게 될까.

안룽트모르

1975년 7월

잠이 깨자마자 트럭에서 내리는 가족들이 보인다. 트럭이 길가에 멈춘 것이다. 마을 대표들이 우리를 인적이 드문 곳에 내려놓고 떠나려는 트럭 운전사와 서너 마디를 주고받는다. 주변의 푸른 산봉우리들이 잿빛 하늘 높이 솟아 있다. 7월은 우기가 한창인 달로, 시원하지만 공기가 무겁고 습하다. 초록 잎이 무성한 큰 나무들과 코끼리풀들이 우리를 둘러싸고 있다. 다른 사람들이 기지개를 켜는 동안 나는 게악과 초우 언니와 함께 작은 옷보따리 위에 나란히 앉아서 지저귀는 새소리를 듣는다. 몇 걸음 떨어진 곳에서는 아빠와 다른 가족의 아버지들이 마을 대표가 일러주는 지시 사항에 귀를 기울이고 있다.

"여기부터 산까지는 걸어서 가야 한다."

아빠가 우리에게 말하고는 게악을 둘러업는다. 대표들이 산으로 이어지는 오솔길로 이끌자 세 오빠와 케아브 언니가 짐을 모아서 그들을 따라간다. 초우 언니와 나는 엄마 손을 잡고 뒤에서 좇아간다. 산에 어린아이를 잡아먹는 뱀이나 들짐승이 있을까봐 나는 아빠 가까이에 있으려고 달려간다. 하지만 자갈과 돌이 샌들 안으로 들어와서 번번이 털어내느라 걸음이 느려진다. 우리는 말없이 좁은 길을 걸어 올라간다.

해 질 무렵, 드디어 목적지에 도착한다. 촌장은 다섯 가족을 자기 집으로 데려가서 저녁에 먹을 쌀과 생선을 나눠주고, 어른들은 더 많은 지시 사항을 들으러 간다. 나중에 촌장은 자기 집 뒤에 있는 작은 오두막으로 우리를 데려간다. 우리가 살 집이다. 땅에서 90센티미터 높이의 네 기둥 위에 지은 집인데 지붕과 벽은 대나무잎과 지푸라기로 덮여 있다.

"여긴 안룽트모르라는 마을이다. 당분간 여기서 살 거야. 트럭이 물품을 언제 실어오느냐에 따라 1주일이나 2주일마다 촌장이 가족별로 소금과 쌀과 곡식을 배분해줄 거다. 부족한 몫을 채우려면 헛간 뒤쪽 밭에다 채소를 길러도 된다는구나. 프놈펜에 대해 말해선 안 된다는 사실을 꼭 명심하렴. 크메르루주군이 마을을 순찰하면서 우리의 동태를 앙카르에 보고하니까. 지금부터는 우리도 여기 사람들처럼 시골 사람이다."

그날 밤 아빠가 우리에게 단단히 이른다.

우리 가족은 다 함께 커다란 모기장 안에서 몸을 한껏 움츠리고 빽빽하게 한 줄로 나란히 누워 잠을 잔다.

둘째 날 밤에 내 몸에서 지독하게 열이 난다. 온몸이 욱신거리고 아주 많이 토한다. 몸이 추웠다 더웠다 한다. 잠을 잘 수 없고 식욕도 없다. 엄마가 담요로 나를 몇 겹이나 감싸주지만 그래도 따뜻해지지 않는다. 그런데 점점 온몸이 뜨거워지자 나를 죽이려고 달려드는 유령과 괴물들이 보인다. 타는 듯한 통증이 등골을 타고 올라가자 심장이 터질 것만 같다. 괴물들이 무서워서 도망가려고 달리고 또 달리지만 아무리 빨리 달리고 멀리 달아나도 괴물들한테서 조금도 벗어나지 못한다. 정신을 차리자 엄마가 킴 오빠와 초우 언니도 몹시 아프고 괴물들에게 붙잡혀 죽는 악몽을 꾸었다고 말해준다.

"산들과 날씨 때문이야. 결국은 익숙해질 거다. 먹는 걸 조심해야 해. 여긴 의사도 없고 약도 없고 오로지 민간요법만 있으니까."

모기가 닿은 음식을 조심하라고 아빠가 말한다. 모기에는 병을 일으키는 위험 인자가 있기 때문이다.

이곳에 온 신(新)인민은 우리 가족만이 아니다. 쿠이 오빠가 안룽 트모르에는 8백 명 정도가 있는데, 그중 약 3백 명이 신인민이라고 알려준다. 하지만 앙카르가 마을 안팎으로 끊임없이 사람들을 이동시켜서 날마다 마을 인구가 바뀌는 바람에 다행히 우리는 빈집에 들어갈 수 있었다.

아빠와 쿠이 오빠, 멩 오빠는 매일 해가 뜰 때 일어나 일하러 갔다가 해가 지면 집에 돌아온다. 어떤 날은 벼와 채소를 심거나 나무를 베어내고, 또 어떤 날은 댐을 만들고 도랑을 파며 정말 열심히 일한다. 하지만 아무리 열심히 일해도 첫 달이 지나자 먹을 음식이 점점 줄어든다. 우리는 날마다 오빠들이 잡아온 물고기를 먹고 살아간다. 흰쌀밥을 계속 먹을 수 있는 상황이 아니어서 밥에다 버섯이며 바나나 줄기며 다른 잎들을 섞어 먹는다. 몇 주 후에는 잎마저 부족해져서 엄마가 우리에게 밭에서 연두색 잎 말고 시든 진초록색 잎을 따오라고 이른다. 연두색 잎들은 자라게 놔둬야 먹을거리를 더 많이 얻을 수 있다고 한다. 짐승을 잡으면 우리는 발부터 혀, 껍질과 내장까지 죄다 먹는다.

어느 날 킴 오빠가 작은 들새를 잡아 들고서 입이 찢어져라 싱글거리며 집에 돌아온다. 엄마가 환하게 웃으며 오빠 머리를 쓰다듬는다. 오빠가 다리를 모아 묶어놓았는데도 새가 푸드덕거리며 엄마 손을 쪼려고 난리다.

"얼른 가서 그릇과 칼을 가져오렴."

엄마가 초우 언니에게 이르고는 날갯죽지를 잡아서 새의 등 너머로 올려 두 날개를 맞잡는다. 날개가 잠잠해지자 엄마가 언니에게 새 아래에 그릇을 놓게 한다. 엄마가 두 무릎으로 새의 몸통을 잡고서 머리를 뒤쪽으로 꺾더니 휙 잡아당긴다. 위험을 감지한 듯 새가 큰 소리로 울며 벗어나려고 애쓰지만 소용없다. 엄마가 다른 손으로 칼을 집어서 재빨리 새 목을 잘라 울음을 잠재운다. 새의 목에서 흘러나온 탁한 피가 그릇에 쏟아진다.

"흘리지 말고 잘 받아. 이건 좋은 피란다."

엄마가 걱정스러운 투로 초우 언니에게 말한다. 언니는 새의 목 가까이에 그릇을 들고서 피를 모두 받는다.

"더 빨리 응고되게 시원한 그늘에 두렴. 이걸로 쌀죽을 만들어 먹자. 오늘 저녁은 맛있는 걸 먹겠구나."

드디어 엄마가 웃으며 새를 내려놓는다. 피로 얼룩진 새의 몸이 땅바닥에서 격렬하게 흔들린다.

"새가 불쌍해요."

나는 새의 깃털을 살살 매만지며 흐느낀다. 손에 피가 묻지만 새의 떨림이 완전히 멎을 때까지 살살 쓰다듬어준다.

먹을 게 부족해지자 결국 촌장이 멩 오빠, 쿠이 오빠와 다른 청년들을 산꼭대기로 보내 마을 사람들에게 먹일 토란과 죽순, 식물 뿌리를 캐오게 한다. 그들은 매주 월요일에 떠났다가 수요일이나 목요일에 기진맥진해서 돌아온다. 수확이 좋은 날에는 식량 자루를 많이 갖고 와서 촌장이 모든 마을 사람들에게 각자의 몫을 나누어준다. 수확량이 거의 없을 때는 하루에 조그만 감자 한 알씩만 준다.

안룽트모르에서 지낸 지 두 달째 접어들어 우리는 최악의 폭우를 만난다. 폭우는 매일 아침에 시작해서 낮 동안 줄곧 내리다가 한밤중에만 잠깐 멈춘다. 비가 하도 심하게 쏟아지는 탓에 오빠들은 산에 가서 토란과 죽순을 캐올 수 없다. 우리가 뒷밭에 심은 채소도 비에 씻겨 떠내려간다.

언니와 오빠들은 살아남기 위해 밤에 나무를 흔들며 풍뎅이라도 발견하길 바란다. 키가 땅에 더 가까운 어린 우리들은 식량으로 개구리와 메뚜기를 잡는다. 비는 땅을 무르게 하고 진창으로 만든다. 초우 언니와 킴 오빠와 나는 개구리를 못 찾고 진창에서 미끄러지기도 한다. 얼굴이며 머리카락이며 옷이 진흙 범벅이 되어도 우리는 깔깔거리며 돼지처럼 진흙탕에서 뒹군다. 그래도 잠시 뒤면 비가 쏟아져 몸에 묻은 흙과 진흙이 씻겨 내려간다. 우리는 벌레의 날개와 머리를 떼어내고 소금과 후추를 뿌려 구워 먹는다.

몇 주가 지나도 여전히 비가 내린다. 홍수로 마을이 물에 잠기고 아빠 허리까지 물이 차올라 많은 동물이 익사한다. 아빠가 이런 홍수 때문에 집을 땅에서 높이 올린 기둥 위에 지은 거라고 일러준다. 춥고 배고프지만 우리가 먹어야 할 식량은 오로지 물에 떠내려가는 물고기들과 토끼들뿐이다. 그것들이라도 홍수에 휩쓸려 우리 오두막 옆을 지나갈 때 잡으려고 아빠가 긴 막대기에 그물을 쳐놓는다.

어느 날 나는 흥분해서 소리친다.

"아빠! 아빠! 여기 뭐가 있어요!"

"좋은 거구나. 토끼 같아."

"아빠, 여기 하나 더 있어요."

초우 언니가 아빠에게 말한다.

아빠가 그물로 토끼들을 잡아서 손으로 더듬으며 토끼 두 마리의 머리를 잡아당긴다. 털이 온통 헝클어진, 큰 쥐만 한 녀석들이 기운 없이 축 늘어져 아빠 손에 들려 있다. 아빠가 토끼들을 도마에 올려놓고 작은 칼로 목을 자르자 녀석들 목에서 작은 소리가 난다. 곧이어 킴 오빠가 물 한 바가지를 퍼부어 피를 씻어낸다. 아빠가 목부터 배 아래까지 가죽을 가른 뒤 목 부분의 가죽을 잡고 몸통 아래쪽으로 벗겨낸다. 곧이어 뼈에서 살코기를 발라내 아주 얇게 저며서 엄마가 마련해놓은 라임즙에 담근다. 발아래는 30센티미터나 물이 차오른 데다 사방이 젖어 있어서 불을 피울 수 없다.

아빠가 우리에게 토끼 고기 몇 점을 먹여준다. 라임즙이 냄새를 살짝 덮어주긴 하지만 나는 여전히 토끼 고기의 질감이 싫다. 살이 입 안에서 늘어지고 질겨서 씹기가 힘들다. 속이 니글거려서 도로 뱉어내고 싶지만, 뱉어내면 공복이 되기 때문에 나는 라임 조각을 빨며 토끼 고기를 억지로 위 속에 담아둔다.

드디어 우기가 끝나고 홍수로 불어난 물이 빠지면서 젖은 진흙땅이 드러난다. 먹을 것이 없어 마을 사람들은 공황 상태에 빠진다.

어느 날 밤, 아빠가 우리에게 말한다.

"우리는 떠나야만 해. 사람들이 불만을 품고 있어. 그들은 배가 고프단다. 토착민들이 모든 사람들을 의심하고 질문을 너무 많이 하는구나. 우리는 다르게 생기고, 엄마는 중국어 억양으로 크메르어를 말하고, 너희들은 피부색이 밝아. 아빠 말고는 아무도 농사일을 잘 모르고. 그래서 마을 사람들은 식량 문제를 해결하기 위해 가장 먼저 우리를 희생양으로 삼을 거다."

아빠는 마을 사람들이 굶주림과 공포 때문에 서로 반목할 거라며 우리가 또 도망가야 한다고 말한다. 아빠는 마을 사람들이 우리에게 등을 돌리기 전에 다른 마을로 가게 해달라고 촌장에게 간청한다. 내일 아침이면 우리는 가방에 옷가지만 넣어 마을을 떠날 것이다. 산을 내려가 우리를 데리러 오는 크메르루주 트럭을 기다릴 것이다.

"학살이 시작됐단다."

우리가 산을 걸어내려와 접선 장소로 갈 때 아빠가 오빠들에게 말한다.

"크메르루주가 앙카르에 위협이 될 만한 사람들을 죽이고 있어. 이 새 나라엔 법이나 질서가 없다. 도시 사람들은 이유도 없이 죽임을 당하고, 크메르루주 군인들은 예전 공무원들과 승려, 의사, 간호사, 예술가, 교사, 학생 들을 모두 앙카르에 위협적인 존재로 여기지. 심지어 안경을 지성의 표시로 보기 때문에 안경 낀 사람들마저 위협적인 존재로 여긴단다. 크메르루주는 반란을 일으킬 기미가 있다고 여겨지는 사람들을 다 학살하고 있어. 우리는 아주 조심해야 해. 하지만 계속 다른 마을로 옮겨다니면 안전하게 지낼 수 있을 거다."

이즈음 다른 곳으로 옮기는 건 우리에게 매우 익숙한 일이 된다. 아침 일찍 엄마가 깨우자 나는 아무 질문도 하지 않는다. 그건 일상이 된다. 우리는 몇 시간을 걸어서 몇 달 전 우리가 내렸던 바로 그곳에 도착한다. 거기서 오후부터 밤늦게까지 우리를 아는 사람이 없는 아주 먼 곳으로 데려다줄 트럭을 기다린다. 그 트럭은 촌장이 마련해준 것이다. 어둠 속에서 트럭이 오자 우리는 재빨리 짐칸에 탄다. 트럭에는 벌써 다른 가족들이 타고 있다. 우리는 인사도 나누지 않은 채 그들의 몸을 타넘어 빈 곳을 찾아 조용히 앉는다.

트럭은 우리를 산 맞은편에 있는 레아크라는 마을로 데려간다. 우리는 그곳에서 군인들이 새로 내릴 명령을 기다린다. 나는 앙카르가 계속 사람들을 이주시키고 재배치하며 소처럼 한 장소에서 다른 장소로 몰아대는 이유가 궁금하다. 아빠는 우리가 무사하려면 계속 옮겨다녀야 한다고 말한다. 다른 가족들도 그 문제에 대해 말이 없다. 마을 사람들은 우리를 원하지 않고 군인들도 우리를 어떻게 해야 할지 모르는 것 같다.

결국 다른 트럭이 와서 우리를 로레아프라는 마을로 데려간다. 트럭에 오른 우리 가족들은 가까이 모여 있지만 나는 한구석에 혼자 앉는다. 우리가 다섯 달 전 안룽트모르에 갔을 때는 신인민이 약 3백 명 있었는데 지금은 기아와 식중독, 말라리아로 2백 명이 넘게 죽었다고 멩 오빠가 말한다. 나는 게악을 꼭 안고 있는 엄마를 건너다본다.

"엄마, 배고파."

게악이 운다.

"쉿…….. 곧 괜찮아질 거야."

"배고파서 배가 아파."

게악이 계속 칭얼거린다.

"엄만 너를 정말 많이 사랑해. 곧 괜찮아질 거야. 집에 돌아가면 공원에 가서 네가 가장 좋아하는 걸 사줄게. 중국식 돼지고기 만두도 먹자. 그럼 맛있겠지? 소풍도 가고 수영도 하고 공원에도 가고, 그리고 또…….."

게악은 너무 말라서 광대뼈가 툭 튀어나왔다. 뺨은 움푹 파이고 살가죽과 뼈가 맞붙을 정도로 바짝 말랐으며, 눈빛은 굶주림으로 흐릿하다.

로레아프

1975년 11월

크메르루주가 우리를 프놈펜에서 강제로 소개한 지 일곱 달 뒤에 우리는 로레아프라는 마을에 도착한다. 늦은 오후, 구름이 하늘을 가르고 해가 우리의 새집에 하얀 빛줄기를 비추고 있다. 로레아프는 우리가 지나쳐온 다른 마을들과 별로 달라 보이지 않는다. 밀림에 둘러싸여서 우기에는 푸르게 우거지고, 건기에는 찌는 듯이 덥고 먼지가 날리는 마을이다. 나는 하늘을 올려다보고 웃음 지으며 무사히 도착하게 도와준 신들에게 감사를 드린다. 여기는 우리가 일곱 달 만에 세 번째로 이주한 곳이다. 이곳에서는 오래 머물면 좋겠다.

길에서 120미터 떨어진 마을 광장은 메마른 땅과 나무 몇 그루만으로 이루어진 곳이다. 사람들이 공지나 지시 사항, 작업 내용 따위를 듣기 위해 모이는 곳이다. 또는 우리처럼 마을 촌장을 기다리는 곳이다. 마을 사람들은 광장 뒤쪽 숲 가장자리에 줄지어 선 오두막에 산다. 기둥 위에 지은 오두막들은 모두 똑같은 모양인데 서로 약 4.5미터씩 떨어져 숲가에 여러 줄로 늘어서 있다.

트럭 운전사가 갓 도착한 사람들에게 차에서 내려 촌장의 지시를 기다리라고 명령한다. 우리 가족은 나만 남기고 재빨리 트럭에서 뛰어내린다. 나는 트럭 끄트머리에 서서 구석으로 도망가 숨고 싶은 충동과 싸운다. 마을 사람들이 신인민인 우리를 먼저 보려고 트럭 주변에 모여 있다. 다들 낯익은 헐렁한 검은색 바지와 셔츠를 입고 어깨나 머리에 빨갛고 하얀 체크무늬 크로마를 두르고 있다. 총을 들지 않았다는 것 말고는 프놈펜에 들이닥쳤던 크메르루주 군인들의 늙은 버전으로 보인다.

"자본가들은 총을 쏴 죽이자."

군중 속에서 누가 우리를 쳐다보며 고함친다. 또 다른 사람이 걸어오더니 아빠 발치에 침을 뱉는다. 아빠가 반갑다는 듯 어깨를 수그리며 양손을 모아 쥔다. 나는 트럭에서 내리기가 무서워 트럭 끄트머리에서 몸을 움츠린다. 사람들이 나에게 침을 뱉을까봐 그들의 눈을 피한다. 그들은 몹시 비열해 보이며 굶주린 호랑이들처럼 당장이라도 우리에게 달려들 태세다. 경멸에 가득 찬 검은 눈들이 우리를 노려보고 있다. 실제로는 서로 비슷해 보이는데도 내가 마치 낯선 동물이라도 되는 양 나를 노려보는 까닭을 모르겠다.

"트럭에서 내려라."

아빠가 내게 조용히 이른다. 아빠가 팔을 활짝 벌리자 나는 아빠에게 조심조심 다가간다. 아빠가 두 팔로 나를 들어올리자 나는 아빠 귀에 대고 속삭인다.

"아빠, 자본가가 뭐예요? 왜 죽여야 해요?"

아빠가 대꾸하지 않고 나를 내려놓는다.

로레아프에는 벌써 5백 명의 구인민이 살고 있다. 그들은 혁명 전부터 이 마을에 살았기 때문에 '구인민'이라 불린다. 대부분은 혁명을 지지했던 문맹의 농부와 소작농들이다. 많은 이들이 마을 밖으로 나가본 적이 한 번도 없고 서구문화에 오염된 적이 없기 때문에 앙카르는 그들을 모범시민이라 일컫는다. 우리는 신인민으로, 도시에서 이주해온 사람들이다. 혁명 전부터 시골에서 살아온 소작농들은 그들의 마을에서 살아도 된다는 보상을 받는다. 다른 이들은 군인들이 선택해서 옮기라고 말하면 모두 그들의 명령에 따라 강제로 이주해야 한다. 구인민은 우리를 굳건한 노동자로 훈련하고 조국에 대한 자부심을 품도록 가르칠 것이다. 그제야 우리는 스스로를 크메르인이라고 부를 자격을 갖게 된다.

그들이 왜 나를 증오하는지, 왜 자본가들을 죽여야 한다는 건지 이해할 수 없다. 아무튼 이해하려면 기다려야 한다. 나는 초우 언니 손을 잡고 엄마를 따라 광장에 모여 있는 사람들에게로 간다.

내가 자본가가 무엇인지 묻자 킴 오빠가 도시에서 온 사람이라고 말해준다. 그러면서 크메르루주 정부는 과학과 기술, 기계로 작동하는 어떤 것이든 반드시 파괴해야 할 악으로 여긴다고 말한다. 앙카르는 자동차와 손목시계, 탁상시계, 그리고 텔레비전 같은 전자제품이 부자와 빈자 사이에 심한 계급 분열을 일으켰다고 여긴다. 지방의 가난한 사람들이 식구들을 먹이고 입히느라 투쟁했던 반면에 도시의 부자들은 이것으로 부를 과시했다고 말이다. 이 기계 장치들은 다른 나라에서 수입한 것이라 오염되었으며, 또한 수입품들은 다른 나라들이 캄보디아를 물리적, 문화적으로 침략하게끔 허용하기 때문에 악으로 정의한다. 따라서 이제 이 물건들은 모두 폐기 대상이다. 트럭만이 사람들을 재배치하고 앙카르에 대항하는 반대 목소리를 잠재울 무기를 옮기는 데 사용되도록 허락받는다.

나는 킴 오빠의 설명에 진저리를 치며 초우 언니에게 바싹 붙어 언니 어깨에 머리를 기댄다. 우리가 촌장을 기다리는 동안 이주자들을 가득 실은 트럭들이 속속 도착한다. 저녁 무렵에 약 60가족, 약 5백 명의 신인민들이 광장을 채운다.

죽 늘어선 나무들 뒤로 해가 지자 드디어 촌장이 신인민들 앞에 모습을 드러낸다. 키가 아빠만 한 촌장은 몸이 마르고 짧은 회색 머리카락이 밀림의 수풀처럼 솟아 있다. 까만 석탄 조각 같은 두 눈은 날카롭고 가느다란 코 때문에 더욱 뚜렷하게 분리되어 보이고 입술은 얇다. 촌장은 팔다리를 의도적으로 정확히 움직이며 성큼성큼 걸어온다. 촌장이 입은 검은 바지는 뒤따라오는 두 군인들의 바지보다 훨씬 더 헐렁하다. 등에 비스듬히 총을 멘 두 남자에게 명령할 수 있다는 점 말고는 특별해 보이는 게 전혀 없다.

"우리는 이 마을에서 앙카르가 우리를 위해 정해준 엄격한 법과 규칙을 지키며 살고 있다. 너희들도 모든 규칙을 따르기 바란다. 규칙 중 하나는 우리가 입는 옷에 적용된다. 보다시피 우리는 똑같은 옷을 입고 모든 사람이 똑같은 스타일로 머리를 기른다. 이렇게 똑같이 함으로써 우리에게 있는, 타락한 서양문화에 대한 허영심을 제거할 것이다."

그가 밀림 사람들처럼 강한 어조로 말해서 무슨 말을 하는지 이해하기가 힘들다.

촌장이 손을 까딱하자 한 군인이 어떤 가족에게 걸어가더니 한 여자의 가방을 잡아챈다. 가방이 어깨에서 미끄러지자 그 여자는 눈을 내리깐다. 군인은 가방을 뒤지며 안에 든 화려한 옷들을 경멸하는 눈빛으로 바라보더니, 사람들이 빙 둘러선 한가운데로 가방에 든 것들을 던져버린다. 이런 일이 한 사람 한 사람에게 되풀이된다. 광장에 있는 가족들의 옷가방 위에 다른 옷가방이 내동댕이쳐진다. 그 꼭대기에 핑크색 실크 셔츠, 청재킷과 갈색 코르덴 바지가 쌓인다. 제거해야 할 과거 삶의 유물들이다.

군인이 다가오기 전에 엄마는 우리 가방을 모두 모아서 바로 앞에 야트막이 쌓아둔다. 군인이 우리 가방을 집어서 옷 무더기 위로 우리 옷을 던진다. 그가 어떤 가방에서 빨간 옷을 꺼내자 나는 호흡이 빨라진다. 여자아이의 드레스. 군인은 그걸 보는 것만으로도 속이 뒤집힌다는 듯 얼굴을 찡그리더니 손으로 드레스를 뭉쳐서 옷더미 위로 던진다.

나는 눈으로 그 드레스를 좇으며 내 모든 에너지를 그 옷에 쏟는다. 드레스가 옷더미에서 꺼내지기를 간절히 바라면서. 나의 첫 번째 빨간 드레스, 엄마가 새해를 맞아 만들어준 드레스. 엄마가 내 몸의 치수를 잰 뒤 부드러운 시폰 천을 내 몸에 대고서 맘에 드는지 묻던 기억이 생생하다.

"색깔이 너한테 정말 잘 어울리는구나. 시폰 소재라 시원할 거야."

엄마는 초우 언니와 계약과 나에게 똑같은 드레스를 만들어주었다. 세 벌 다 소매는 볼록하고 치마는 무릎 위에서 나팔꽃처럼 퍼진 형태였다.

군인이 언제까지 옷 무더기에 옷을 다 내던질지 알 수 없지만, 나는 그저 내 드레스에서 눈을 떼지 못하고 엄마 아빠 사이에 마냥 서 있는다. 곤란하게도 비명이 내 목을 헤집고 터져나오려 하지만 꾹 내리누른다.

'안 돼요! 내 드레스는 안 돼요. 내가 뭘 어쨌다고 그러는 거예요?'

내 머릿속에서 비명이 터지고 눈에서 눈물이 솟구친다.

'제발 도와주세요! 난 이럴 때 어떻게 해야 할지 몰라요! 당신이 왜 이토록 날 증오하는지 모르겠어요!'

어찌나 이를 세게 갈았는지 목의 통증이 관자놀이까지 올라온다. 나는 주먹을 불끈 쥐고서 계속 내 드레스를 응시한다. 군인이 주머니에 손을 넣어 성냥갑을 꺼내는 것도, 그가 성냥갑에 성냥을 긋는 소리도 못 듣는다. 곧이어 옷더미가 불길에 확 타오르고 내 빨간색 드레스가 불 속에서 비닐처럼 녹아내린다.

"색깔 옷을 입는 건 금지다. 입고 있는 옷도 벗어서 이렇게 태워야 한다. 밝은색은 너희들의 정신을 썩게 하는 데 일조할 뿐이다. 너희들은 이곳에 있는 여느 사람과 다르지 않다. 지금부터는 검은색 바지와 셔츠를 입는다. 한 달에 한 번 새 옷이 지급될 거다."

촌장은 자기 말을 명확하게 전달하려는 듯 천천히 왔다 갔다 하더니, 신인민들의 눈을 보며 기다란 집게손가락으로 그들을 가리킨다.

"민주캄푸치아*에서는 모두가 평등하므로 다른 사람에게 위축될 필요가 없다. 외국인들이 캄푸치아를 강탈하면서 나쁜 습관과 복잡한 호칭을 들여왔다. 앙카르는 더 이상 복잡한 호칭을 사용해 서로를 부르지 못하게 외국인들을 모두 몰아냈다. 지금부터 너희들은 모든 사람을 '멧'이라 불러야 한다. 예를 들면 남자는 멧 루네, 여자는 멧 스레이라고 하면 된다. 더 이상 미스터라든가 미시즈, 서(Sir), 로드(Lord), 각하라는 호칭은 쓰지 않는다."

"네, 동지."

멧은 캄보디아어로 '동지'라는 뜻이다. 촌장의 말에 우리는 입을 모아 대답한다.

"아이들은 제 부모를 부르는 말도 바꿔야 한다. 이제 아버지는 대디, 파 또는 다른 어떤 말이 아닌 '포'다. 어머니는 '메'다."

촌장이 큰 소리로 새 단어를 외치자 나는 아빠 손가락을 더 세게 잡는다. 촌장은 또 새 크메르어가 먹고 자고 일하는 데뿐만 아니라 우리 같은 신인민에게 더 좋은 호칭이며, 우리를 평등하게 대하려고 만들어진 것이라고 덧붙인다.

• '민주캄푸치아'는 크메르루주가 공산혁명으로 세운 캄보디아의 사회주의 공화국으로, 캄푸치아는 '캄보디아'의 베트남식 발음이다.

"이 마을, 곧 우리의 순수한 새 사회에서는 우리 모두 공동 사회제도 아래 살며 모든 것을 공유한다. 동물, 땅, 밭이나 집도 개인 소유는 없다. 모든 것이 앙카르에 속한다. 앙카르는 너희가 배신자라고 의심되면 너희들 집에 가서 무엇이든 조사할 것이다. 너희에게 필요한 모든 것은 앙카르가 제공한다. 너희 신인민은 함께 식사한다. 식사는 오후 12시에서 2시까지, 오후 6시에서 7시까지 제공된다. 늦게 오면 아무것도 못 먹는다. 너희에게 식사가 배분될 터인데 열심히 일하면 일할수록 더 많이 먹을 수 있다. 그리고 저녁식사 후 매일 밤에 집회가 열릴지 안 열릴지 알려주겠다. 구인민과 군인 동지들이 너희 작업장을 순찰한다. 너희가 의무에 태만한 모습을 보고 그들이 게으르다고 보고하면 너희는 아무것도 먹을 수 없다."

빙 둘러선 사람들 주변을 왔다 갔다 하는 촌장을 눈으로 좇으며, 나는 그가 한 말을 내 머릿속에 온전히 담아둘 수 있기를 기도한다.

"너희는 앙카르가 너희를 위해 정한 규칙을 지켜야 한다. 우리는 너희의 죄와 비리를 도시 사람들이 하는 식으로 처리하진 않을 것이다."

"네, 동지."

신인민들의 목소리가 동시에 울린다.

"각 가족마다 마을에 있는 집이 배당된다. 오늘 집을 배당받지 못한 가족은 내일 집을 지을 것이다. 너희의 첫 번째 작업은 서로를 위해 집을 짓는 일이다."

"네, 동지."

"새 사회에서 아이들은 학교에 가지 않는다. 학교교육은 쓸데없는 정보로 머리를 혼란스럽게 만들 뿐이다. 우리가 힘든 일을 부과하면 아이들은 예리한 정신과 날렵한 신체를 갖추게 될 것이다. 앙카르는 게으름을 용인하지 않는다. 고된 노동은 모두에게 좋다. 정부가 승인하지 않은 자가 실시하는 학교교육은 엄격히 금지한다."

"네, 동지."

"좋다, 우리가 너희들 집을 정하는 동안 너희는 앉아서 기다려도 된다."

촌장이 또 우리 앞 흙바닥에 침을 뱉고 가버린다. 그가 안 보이자 초조한 군중은 쉬기 위해 그늘진 곳을 찾아 흩어진다. 나는 엄마가 펴놓은 멍석에서 초우 언니 옆에 누워 잠이 든다. 그러고는 몇 시간 뒤 근처에서 소곤거리는 사람들 소리에 깬다. 몇 걸음 떨어진 곳에 수많은 사람들이 모여 있고 아빠가 그들 속으로 사라지는 모습이 보인다. 잠시 뒤 아빠가 돌아와, 프놈펜에서 온 의사가 아내와 세 아이들과 함께 독약을 마시고 자살했다는 소식을 전해준다.

우리 모두가 평등하다고 하지만, 그럼에도 마을에는 세 계급의 시민이 있다. 일등 시민은 온 마을에 권력을 행사하는 촌장, 그의 조력자와 크메르루주 군인들로 구성된다. 그들은 구인민으로, 크메르루주 핵심 당원들이다. 그들은 교육, 치안, 재판, 처형에 관한 권한을 쥐고 있다. 노동의 세부 사항, 가족당 배분되는 음식의 양, 엄격한 처벌에 관한 모든 사항을 결정한다. 그들은 지역 차원에서 앙카르의 눈이고 귀다. 모든 활동을 앙카르에 보고하고 앙카르의 법을 집행하는 완전한 권력을 행사한다.

그다음은 구인민이다. 일등 시민들이 전권을 쥔 무자비한 권력자라면 구인민은 그들 가까이에서 일하는 폭력배다. 일등 시민들처럼 전능하지는 않지만 그들은 군인들의 감시망을 벗어나 거의 자율적인 삶을 산다. 마을의 다른 쪽에 있는 자기 집에서 우리와 분리되어 생활하며, 신인민과 함께 밥을 먹거나 일하지 않는다. 그들은 우리 쪽 마을을 순찰하고 우리가 해야 할 일을 지시한다. 또 우리의 일상 활동을 촌장에게 계속 보고하기도 한다.

신인민은 마을에서 가장 낮은 계급으로 간주된다. 그들은 다른 계급에게 복종해야 하고 말할 자유도 없다. 신인민은 도시에서 살다가 시골 마을로 강제 이주당한 사람들이다. 지방민들처럼 농사를 지을 수 없다. 앙카르에 대한 충성심이 없어서 반란의 기미가 보이는지 늘 감시당한다. 부패한 삶을 살아왔기 때문에 생산적인 노동자로 훈련받아야만 한다. 앙카르에 대한 충성심을 주입하고 크메르루주가 부적절하다고 여기는 도시 노동의 가치체계를 깨부수기 위해 신인민에게는 가장 고되고 가장 긴 시간의 노동이 주어진다.

신인민들 사이에도 온갖 다른 계급이 존재한다. 공식적으로 학생이었거나 공공 서비스 부문, 의료·예술 부문이나 교사 같은 전문직에 종사했던 사람들은 도덕적으로 타락했다고 간주된다. 그다음 베트남인, 중국인과 다른 소수민족은 인종적으로 부패했다고 여겨진다. 예전 직업에 대해 질문을 받으면 신인민은 우리 아빠처럼 가난한 소작농이나 작은 가게 주인이었다고 거짓말을 한다. 크메르루주의 농경사회에서는 좋은 노동자만이 가치 있으며 나머지는 모두 희생 대상이다. 그래서 신인민은 자기들이 쓸모 있는 존재라는 것을 증명하기 위해 극도로 열심히 일해야 한다. 아빠는 우리가 중국계 캄보디아인이기 때문에 다른 사람들보다 더 열심히 일해야 한다고 말한다.

촌장이 그릇과 숟가락을 지급하고 오두막을 배정해준 뒤 겨우 몇 분밖에 안 되는 시간이 우리에게 주어진다. 곧 6시가 되자 식사시간을 알리는 종이 울린다. 나는 나무그릇과 숟가락을 들고서 식구들과 함께 공동식당으로 달려간다. 초가지붕에 벽 없이 사방이 뚫린 공동식당에는 넓은 홀 가운데에 벽돌 몇 개로 만든 오븐과, 의자나 벤치 없이 기다란 식탁만 하나 놓여 있다. 식탁 위에는 솥이 두 개 있는데, 하나에는 밥이 수북하고 다른 하나에는 소금을 뿌려 구운 생선이 있다.

구인민 여자들 예닐곱 명이 솥을 저으며 음식을 퍼준다. 벌써 신인민들이 길게 줄을 서서 식탁 주위를 둘러싸고 있다. 그들도 우리처럼 도시 옷을 벗고 헐렁한 검은색 바지와 셔츠로 갈아입은 모습이다. 바로 지금부터 우리가 입어야 할 유일한 옷이다.

긴 줄을 보자 갑자기 심장이 요동친다. 모락모락 김이 나는 음식이 수북하게 담긴 검은 솥들을 뚫어져라 바라보며 나는 허기진 배를 진정시키려 애쓴다. 빠르면서도 조용히 줄이 움직인다. 나는 숨을 죽이고 초조하게 차례를 기다리면서 내 앞의 머릿수를 세며 한 사람씩 지워나간다.

드디어 엄마 차례가 온다. 엄마가 게악을 내려놓고 두 그릇을 든다. 요리사보다 키가 더 큰 엄마는 키를 낮추려고 고개와 어깨를 숙이고는 낮은 목소리로 말한다.

"죄송하지만 동지, 하나는 제 거고 다른 하나는 세 살 난 딸아이 겁니다."

여자가 겨우 엄마 허벅지께에 닿는 게악을 물끄러미 내려다보고는 엄마 그릇에는 밥 두 주걱과 생선 두 마리, 게악의 그릇에는 밥 한 주걱과 생선 한 마리를 넣는다. 엄마가 고개를 숙여 여자에게 고맙다 말하고는 음식을 들고 걸어가자 게악이 엄마 뒤를 졸졸 따라간다.

식탁 앞으로 걸어가는데 배 속이 요란하게 꼬르륵거린다. 솥 안은 보이지도 않지만 밥과 생선 냄새를 맡자 입 안에 침이 고인다. 여성 동지가 음식을 퍼주기 쉽게 내 눈높이까지 그릇을 들어올린다. 자기를 쳐다봤다고 화가 나서 음식을 안 줄까봐 나는 감히 그녀를 올려다보지 못한다. 나는 그릇에 시선을 고정한 채, 밥을 퍼주고 그 위에 온전한 생선 한 마리를 떨어뜨리는 여성 동지의 손을 본다. 어쨌든 나는 "고맙습니다, 동지."라고 간신히 속삭이고는, 넘어지기라도 해서 음식을 쏟지 않기를 기도하며 걸어간다.

우리 가족은 나무 그늘에 앉아서 함께 저녁을 먹는다. 최근 들어 가장 많이 먹었지만 해가 지기도 전에 또다시 배가 고파온다. 음식을 더 많이 구할 방법을 궁리한 끝에 아빠가 킴 오빠를 촌장 집에 심부름꾼으로 보낸다.

다음 날 밤, 킴 오빠가 남은 음식을 갖고 집에 돌아와 말한다.

"촌장님이 나한테 일을 안 시키고 촌장님네 아이들을 위해 일하라고 했어요. 내 또래 남자아이가 둘인데 그 애들이 날 좋아해요."

킴 오빠가 말한다. 그날 하루를 어떻게 보냈는지 우리가 묻자 오빠의 입꼬리가 올라간다.

"그 애들이 나를 쥐고 흔들기 때문에 걔들을 위해 일하고 심부름해야 하지만, 나한테 준 걸 보세요! 앞으로는 남은 음식을 집에 가져가도 된다고 했어요!"

우리는 믿을 수 없다는 듯 킴 오빠가 식탁에 펼쳐놓은 쌀밥과 고기를 바라본다.

"리틀 멍키, 정말 잘했다."

엄마가 킴 오빠에게 말한다.

"남은 음식이 진수성찬이에요! 흰쌀밥과 닭고기예요! 아빠, 보세요. 닭뼈에 고기도 붙어 있어요!"

나는 닭뼈에 붙어 있는 살점을 보며 흥분해서 소리친다.

"조용히 해라. 우리가 하는 말을 다른 사람들이 듣지 않았으면 좋겠구나."

엄마가 내게 주의를 준다.

우리는 걸신들린 사람들처럼 그릇을 들고 아빠 주위로 모여든다. 아빠가 밥을 조금씩 퍼서 닭뼈 조각과 함께 차례차례 나눠준다. 내 차례가 오자 아빠는 고기가 제일 많이 붙어 있는 가슴뼈를 준다. 나는 오두막 구석으로 가서 살점이 하나도 안 남을 때까지 고기를 발라먹는다. 그날 밤은 부른 배를 안고 잠이 든다.

그다음 몇 주 동안 킴 오빠와 촌장의 아이들은 금세 친해진다. 그리고 그 애들이 매일 밤 오빠에게 남은 음식을 가져가도 좋다고 허락한다. 얼굴과 다리에 생긴 뻘건 자국으로 보아 오빠가 새 '친구들'의 학대로 고통을 겪는 게 분명하다. 오빠에게 침을 뱉고 때리는 게 틀림없다. 하지만 오빠는 겨우 열 살밖에 안 됐는데도 가족에게 음식을 먹이기 위해 그 아이들의 잔인함을 견뎌야 한다. 아침에 오빠가 촌장 집에 갈 때마다 엄마는 오빠를 보며 "가엾은 리틀 멍키, 가엾은 리틀 멍키."라고 속삭인다.

오빠의 외모가 점점 더 원숭이처럼 보이기 시작한다. 검은 머리카락은 빡빡 깎고, 몸은 영양실조로 비쩍 마르고, 이마는 넓게 훤히 드러났다. 여윈 갈색 얼굴 때문에 눈과 이가 더 튀어나와 보여서 어린 남자아이의 얼굴이라고 하기엔 몹시 크다. 검은 옷을 입은 오빠의 모습이 사라지자마자 고개를 떨구면서도 나는 오빠가 우리에게 가져다주는 여분의 음식에 감사한다.

킴 오빠에게서 음식을 받는 아빠 얼굴을 볼 때마다 내 위가 꼬여 온다. 이제 아빠 얼굴은 너무 말라서 더는 보름달 모양이 아니다. 폭신폭신하던 몸이 비쩍 마른 탓에 아빠는 게악이 무릎 위로 올라갈 때마다 얼굴을 찡그린다. 한때 내가 두 팔로 감싸 안기를 좋아했던 불룩한 배는 푹 꺼져서 갈비뼈가 다 보인다. 그래도 아빠는 항상 마지막에 가장 적은 몫을 가져간다. 마음은 도로 뱉어내고 싶은데 억지로 한 입 한 입 씹어 삼키는 듯 아빠는 주춤주춤 음식을 먹는다. 이따금 킴 오빠 얼굴에 새로 생긴 멍을 잠시 바라보다가 힘겹게 음식을 넘기며 애써 아래로 내려보낸다. 아빠 얼굴에 드리워진 고통에 부끄러움을 느끼면서도 나는 오빠의 희생에 기뻐한다. 매일 밤 어두운 오두막 구석에서 부끄러움에 남몰래 눈물 흘리며 아무것도 남지 않을 때까지 닭뼈를 씹어 삼킨다.

우리의 새집에서는 이웃을 사귀거나 다른 사람들을 방문하거나 산책을 하거나 가족 이외의 사람들과 대화를 나누지 않는다. 신인민들 사이에 사교적인 접촉은 거의 없다. 다른 사람과 개인적인 생각이나 감정을 나누면 누가 앙카르에 보고할까봐 두려워한다. 누군가를 촌장에게 고자질하면 더 많은 음식을 보상으로 받거나 호의를 얻거나 때로는 죽음을 모면할 수 있기 때문이다.

킴 오빠가 가져오는 음식 덕분에 우리는 처음 몇 달 동안 새로운 환경에서 더 나은 생활을 한다. 나와 동생이 뒤에 남아 공동밭에서 일하는 동안 부모님과 오빠들과 언니들은 논에서 일한다. 가족들은 열두 시간에서 열네 시간을 일하고 지쳐서 집에 돌아오기 때문에 밤에나 잠깐 볼 수 있을 뿐이다. 신인민은 저녁식사 후 일주일에 세 번이나 네 번, 한 시간 또는 그 이상 걸리는 집회 시간 내내 앉아 있어야 한다. 마을은 바깥세상은 물론 심지어 다른 마을과도 단절돼 있다. 우편, 전화, 라디오, 신문, 텔레비전이 모두 금지되어 우리는 오직 촌장을 통해서만 소식을 들을 수 있다.

"아빠, 오늘 밤 집회는 어땠어요?"

밤늦게 아빠가 돌아오자 나는 자다 말고 일어나 묻는다.

아빠가 내 이마에 입을 맞추며 집회는 매번 똑같다고 말한다. 모든 신인민이 앉아서 듣는 동안 촌장이 앙카르의 철학을 가르치고 설명한다. 앙카르가 범죄, 사기, 계략과 서구의 영향이 전혀 없는 완벽한 농경사회를 세웠다며 정부의 철학과 앙카르의 업적을 되풀이해 설교한다. 앙카르는 우리의 새 사회가 2년 안에 수천 킬로그램이나 되는 많은 양의 쌀을 생산하게 될 거라고 말한다. 그때 우리는 원하는 만큼 밥을 먹고 자립할 것이다. 국가는 자립을 통해서만 제 운명의 주인이 된다. 외국의 원조를 받아들이지 않으면 모두가 힘든 시기를 겪으며 충분히 못 먹겠지만, 우리가 열심히 쌀을 재배하면 곧 온 나라를 먹여 살릴 수 있을 거라고 한다.

밤에는 우리가 하는 말이 들릴까봐 두려워서 잠들기 전에 서로에게 겨우 몇 마디만 한다. 어둠 속에서 군인들이 마을을 순찰하며 집집마다 귀를 기울이고 들여다보기 때문이다. 군인들이 정치, 특히 자본주의에 대해 토론하는 사람들의 소리를 듣거나 의심하면 아침에 그 가족은 모두 사라지고 없다. 군인들은 그들이 재교육 수용소에 갔다고 말하지만, 우리는 그들이 사라졌고 다시는 볼 수 없음을 알고 있다.

우리는 일주일에 7일 동안 날마다 일한다. 우리가 매우 생산적인 노동자라고 평가받으면 몇 달에 한 번 반나절의 쉬는 시간이 주어진다. 그 시간에 엄마와 우리 자매는 근처 시내에서 빨래를 하는데 세제가 없어서 옷들이 썩 깨끗하지 않다. 나는 우리가 특별하게 보내는 시간들을 기대한다. 우리 마을의 5백 명 남짓 되는 신인민 가족들 중에는 아기가 둘이나 셋뿐이다. 엄마는 여자들이 너무 과로하고 영양이 부족한 데다 두려움에 휩싸여서 더는 임신할 수 없다고 말한다. 우연히 들은 말이지만 나는 완벽하게 이해하지 못한다. 임신을 해도 많은 이들이 유산하는 고통을 겪는다. 갓 태어난 아기들은 대부분 이틀 이상 살지 못한다. 그 아기들이 우리 나라에서 완전히 누락된 어린이 세대가 될 거라고 아빠는 말한다.

아빠가 머리를 절레절레 흔들며 계악을 바라다본다.

"언제나 최초의 희생자는 아이들이구나."

아빠는 촌장이 아빠에게 호의적이기 때문에 계악이 크메르루주의 다음 희생자는 되지 않을 거라고 말한다. 촌장이 오빠에게 남은 음식을 집에 가져가도록 허락하고, 그 덕분에 우리 형편이 더 나아졌다는 걸 아빠는 알고 있다. 아빠는 누구보다도 더 열심히, 더 오래 일한다. 아빠는 가난하게 자랐기 때문에 기술이 많아서 촌장이 요구하는 어떤 일이든 할 수 있다. 아빠는 숙련된 목수이자 건축가이자 농부다. 아빠는 언제나 묵묵히 열성적으로 일하는 것 같은데, 바로 이 점이 아빠가 부패하지 않은 사람이라는 사실을 촌장에게 증명할 수 있는 특징이기도 하다. 촌장은 음식 몫이 늘어나는 위치인 신인민의 통솔자로 아빠를 선택한다.

민주캄푸치아에서는 모두가 평등하다고 앙카르는 주장하지만 실은 그렇지 않다. 우리는 노예처럼 취급받으며 산다. 앙카르가 씨앗을 제공해줘서 우리는 우리 밭에 무엇이든 심을 수 있다. 하지만 우리가 키워도 그건 우리 식구 것이 아니라 공동 소유가 된다. 구인민은 공동밭에서 나오는 베리류와 채소를 먹지만, 신인민이 똑같이 그러면 벌을 받는다. 추수 기간에 논에서 나온 농작물은 마을 촌장에게 양도된다. 그러면 그가 50가구에 식량을 분배한다.

농작물이 아무리 풍부해도 신인민의 양식은 언제나 충분하지 않다. 식량 절도는 극악무도한 범죄로 간주되어서 식량을 훔치다가 잡히면 광장에서 손가락을 절단당하거나 지뢰가 묻혀 있는 곳 근처에서 채소를 재배해야 하는 위험을 감수해야 한다. 크메르루주군은 혁명기에 론 놀 군대에게 양도받은 지역을 지키기 위해 그곳에 지뢰를 묻어놓았다. 크메르루주는 많은 지뢰를 묻어놓고도 그곳 지도를 그려두지 않아서 많은 사람들이 그곳을 가로질러 가다가 부상을 입거나 목숨을 잃곤 한다. 그곳에서 일하는 사람들은 마을로 돌아오지 못한다. 지뢰를 밟아서 팔이나 다리가 잘려나간 사람들은 더는 앙카르에 쓸모가 없기 때문이다. 그러면 군인들이 총을 쏘아 죽인다. 순수한 새 농경사회에는 장애인을 위한 자리가 없다.

크메르루주 정부는 종교활동도 금지한다. 킴 오빠 설명에 따르면, 사람들이 신이나 여신들을 숭배하게 되면 앙카르에 대한 헌신성이 엷어질지도 모르기 때문에 종교를 금지하는 것이라고 한다. 크메르루주는 이 법을 실제로 집행한다는 것을 확실히 보여주기 위해 전국의 불교 사원과 예배 장소를 파괴하고, 캄보디아 역사에서 중요한 고대 종교 유적지인 앙코르와트마저 파괴해버렸다.

앙코르와트는 40킬로미터가 넘는 드넓은 사원 지역이다. 9세기에 강력한 크메르 왕들의 우월감을 나타내는 기념비들로 세워지기 시작해 3백 년 후에 완성되었다. 15세기에 앙코르와트는 시암*의 침략으로 밀림에 버려져 오랫동안 잊힌 채로 방치돼 있었다. 그런데 19세기에 프랑스 탐험가에게 다시 발견된 이후로 아름다운 조각상과 석조 구조물, 다층탑 들과 함께 전투의 상흔을 입은 사원들은 세계 7대 불가사의 가운데 하나가 되었다.

예전에 아빠 손을 꼭 잡고서 돌 조각상이 있는 드넓은 회랑을 따라 걸었던 일이 기억난다. 사원 벽에는 옛날 사람들, 소들, 마차들, 그리고 일상생활과 전투 장면이 화려하고 정교한 조각으로 장식돼 있었다. 거대한 화강암 사자와 호랑이, 머리가 여덟 개인 뱀과 코끼리들이 고대의 계단을 지키고 있었다. 그 옆에는 손이 여덟 개인 사암 신들이 연꽃잎 위에 책상다리를 하고 앉아서 연못을 지켜보았다. 밀림의 덩굴 아래 벽들에는 몸에 짧은 치마만 두른, 가슴이 크고 둥그런 수천 명의 아름다운 압사라 여신들이 웃으며 방문객들을 바라보고 있었다. 나는 팔을 뻗어 여신의 가슴을 떠받치고서 손바닥에 닿는 차갑고 거친 돌의 촉감을 느껴보았다. 그러고는 재빨리 손을 입으로 가져가 터져나오는 웃음을 막았다.

아빠는 하늘까지 닿을 듯한 큰 나무들이 있는 사원 지역으로 나를 데려갔다. 배배 꼬인 줄기와 뿌리, 덩굴 들이 거대한 보아뱀처럼 폐허 주변을 친친 감싼 채 쓰러진 돌들을 뭉개고 삼키고 있었다. 아빠가 흔들리는 계단 위로 나를 번쩍 안아서 사원 동굴의 시커먼 입구

_____

• 태국의 옛 이름.

로 데려갔다.

"여기는 신들이 사시는 곳이란다. 네가 큰 소리로 외치면 그분들이 대답하실 거야."

아빠가 조용히 일러주었다.

나는 안절부절못하며 입술에 침을 바르고 외쳤다.

"쫌립쑤어, 드싸이프다(안녕하세요, 신들이시여)!"

"드싸이프다! 드싸이프다! 드싸이프다!"

신들이 내게 응답하자 나는 아빠의 다리를 부여잡았다.

군인들이 이곳 사원들의 동물 수호자들을 훼손했다고 쿠이 오빠가 말해주었다. 그들은 돌로 조각된 신들의 머리를 쓰러뜨리거나 총을 쏘아서 신성한 몸에 총구멍을 냈다. 사원을 파괴한 뒤로 군인들은 온 나라를 샅샅이 뒤져 승려들을 찾아내서 강제로 그들을 앙카르로 개조했다. 이를 거부한 승려들은 살해당하거나 지뢰밭에서 일해야 했다. 몰살을 피하기 위해 많은 승려들이 머리를 기르고 밀림으로 들어가 몸을 숨겼다. 자살을 택한 승려들도 많았다. 사원을 유지하고 보살피던 그들이 또다시 밀림으로 들어가버린 것이다. 자신들이 살던 집이 파괴된 지금, 신들은 다 어디로 갔을까.

노동수용소

1976년 1월

로레아프에서 지낸 지 석 달째 될 무렵, 상황이 더 나빠진다. 마을 사람들은 제 몫의 음식이 줄어들어도 더 오랜 시간 일해야 한다. 군인들은 날마다 마을을 어슬렁거리면서 젊고 사지가 멀쩡한 남자들을 찾아 신병을 모집한다. 징집당하면 반드시 군대에 가야 한다. 거부하면 배반자로 찍혀서 죽는다.

이런 상황에서 부모님은 쿠이 오빠를 근처 마을 출신의 소녀인 라이네와 결혼시키기로 한다. 겨우 열여섯 살밖에 안 된 오빠는 원치 않지만, 아빠는 크메르루주군에 들어가면 안 된다고 말한다. 앙카르를 위해 아들을 낳아줄 아내가 있으면 크메르루주가 오빠를 신병으로 징집할 가능성이 적어진다. 라이네 언니도 오빠와 결혼하고 싶어 하지 않았지만 언니 부모님의 억지에 결혼하고 만다. 그들은 언니가 혼자 남겨져서 우리 마을의 또 다른 10대 소녀 다비처럼 군인들에게 강간당할까봐 두려워한다.

다비는 우리 이웃의 딸이다. 열여섯 살쯤 된 그녀는 매우 예쁘다. 전쟁과 기근에도 다비의 몸은 젊은 여인의 몸으로 계속 성장한다. 우리처럼 머리를 짧게 깎았지만, 우리와 달리 숱이 많고 곱슬곱슬한 머리카락이 다비의 작은 계란형 얼굴을 멋지게 감싸고 있다. 사람들은 종종 다비의 부드러운 갈색 피부와 도톰한 입술, 그리고 속눈썹이 긴, 유난히 크고 둥근 갈색 눈에 대해 이야기하곤 했다.

다비 부모님은 딸 혼자서는 절대로 아무 데도 못 가게 했다. 그녀가 불쏘시개를 주우러 갈 때도 어머니가 함께 가고, 볼일을 볼 때도 어머니가 지켰다. 누가 다비에게 말이라도 걸라치면 항상 부모님이 기겁을 하며 딸의 팔을 잡아끌고 그에게서 떼어놓았다. 다비는 아름다운 외모를 숨기기 위해 머리에 스카프를 두르거나 얼굴에 진흙을 바르고 나타나곤 했다. 하지만 다비 부모님의 그 어떤 조치도 마을을 순찰하는 군인들의 시선에서 딸을 보호하기엔 역부족이었다.

어느 날 저녁, 군인 셋이 다비네 오두막에 와서 다비와 다른 친구한 명을 데려가야 한다고 알렸다. 특별행사에 대비해 옥수수 수확을 도와줄 여자들이 필요하다는 이유였다. 다비 어머니가 울면서 딸을 두 팔로 감싸 안았다.

"절 데려가세요. 다비는 게을러요. 제가 더 빨리 일할 수 있고, 단시간에 애보다 옥수수를 더 많이 딸 수 있어요."

다비 어머니가 군인들에게 애원했다.

"아니! 우린 저 여자애가 필요하다!"

군인들이 날카롭게 대꾸했다. 그 말에 다비는 더욱 거세게 울부짖으며 절망적으로 어머니에게 매달렸다.

"절 데려가세요! 그 누구보다 제가 더 빨리 일할 수 있어요."

다비 아버지가 무릎을 꿇고 간청했다.

"안 돼! 우리에게 대들지 마. 우리는 네 딸이 필요하고, 네 딸은 앙카르를 위해 자신의 임무를 수행해야 한다! 네 딸은 아침에 돌아올 거다."

곧이어 군인들은 딸의 팔을 잡고 떨고 있는 어머니에게서 다비를 끌어냈다. 다비는 큰 소리로 흐느끼며 어머니와 함께 있게 해달라고 간청했지만, 군인들은 그녀를 끌고 가버렸다. 다비 어머니가 무릎을 꿇고 손바닥을 모으며 딸을 데려가지 말라고 간청했다. 다비 아버지도 계속 무릎을 꿇은 채 머리를 조아리고 땅바닥에 이마를 찧으며 군인들에게 애원했다. 군인들이 끌고 나가자 다비는 수없이 몸을 돌려 여전히 땅바닥에서 손을 모으고 자신을 위해 기도하는 부모님을 바라보았다.

다비 부모님의 고통에 찬 울음소리가 어둠 속으로 메아리쳤다. 그들은 왜 다비에게 그 짓을 하려는 걸까? 우리 가족들 얼굴도 침울하고 절망적이었다. 쿠이 오빠와 아빠는 두려움에 얼굴이 일그러지고 창백해진 케아브 언니의 양옆에 앉아서, 군인들이 케아브 언니를 데려갔으면 어쩔 뻔했나 생각하고 있었다. 케아브 언니는 열네 살로 다비와 나이가 비슷하다. 언니가 무릎을 끌어안고 눈물을 글썽이는데 어깨가 눈에 띄게 들썩거렸다.

엄마가 언니의 울음소리를 듣고는 계약을 초우 언니에게 맡기고 케아브 언니를 안아주었다. 남은 우리는 말없이 각자의 잠자리로 가서 잠을 청했다. 나는 벌벌 떨며 초우 언니에게 기어가서 언니의 축축해진 손을 잡고 누워 멍하니 천장을 쳐다보았다. 칠흑같이 어두운 밤, 우리는 자려고 애썼지만 다비 어머니의 울음소리를 들으며 깨어 있었다. 그녀는 새끼를 잃은 어미 늑대처럼 울부짖었다.

군인들은 자기들이 말한 대로 이튿날 아침에 다비를 부모님에게 돌려보냈다. 하지만 그들이 돌려보낸 다비는 지난밤과 같은 사람이 아니었다. 머리가 헝클어지고 얼굴이 부어오르고 어깨가 축 처진 다비는 무거운 짐을 진 듯이 두 팔을 힘없이 늘어뜨린 채 부모님 앞에 서 있었다. 다비는 부모님의 눈을 마주 보지 못하고 말없이 오두막 안으로 들어갔다. 그들은 딸이 들어가도록 옆으로 비켜섰다가 안으로 따라 들어갔다. 그때부터 다비네 오두막은 조용하다.

며칠 뒤 다비 얼굴에 생긴 멍이 짙은 자주색으로 변하더니 서서히 사라진다. 두 팔에 난 상처도 딱지가 졌다가 작은 흉터가 되어 거의 보이지 않는다. 하지만 다비에게 그 흉터는 항상 그 자리에 있을 것이다. 이따금 식사시간에 줄 서 있는 다비를 볼 때가 있는데, 다비는 아무한테도 말을 걸지 않는다. 다비는 다리에 힘이 하나도 없는 듯이 흐느적거리며 걷고 고개는 늘 떨구고 다닌다.

아무도 그날 밤에 대해 말하지 않는다. 아무도 그녀에게 그날 밤 무슨 일이 있었는지 묻지 않는다. 그녀의 부모님도 마을 사람들도. 나는 다비를 볼 때마다 느릿느릿 걸음을 늦춘다. 사람들은 이야기를 하고 있다가도 그녀를 보면 다들 입을 꾹 다문다.

날이 갈수록 점점 더 많은 사람들이 다비를 투명인간처럼 대한다. 때때로 마을 광장에 모인 사람들을 바라다보는 다비의 눈을 볼 때가 있다. 군중이 떠난 뒤에도 그녀는 오랫동안 그곳을 서성거린다. 어떤 때는 다비가 모여 있는 사람들에게 곧장 다가가서 자기한테 무슨 말이든 해보라고 과감하게 도발한 적도 있다. 그러면 사람들은 뒷걸음질치거나 헛기침을 하고 시선을 돌리며 반대쪽으로 가버린다. 케아브 언니는 가끔 다비에게 다가가서 손을 꼭 잡아주고는 우리에게 돌아온다.

군인들은 다비로 그치지 않는다. 수많은 밤에 와서 다른 많은 여자들을 데려간다. 몇몇 여자들은 아침에 돌아왔지만 돌아오지 않는 여자들도 많다. 때로는 군인들이 여자와 함께 와서 그녀의 부모에게 결혼하겠다고 말하는 경우도 있다. 군인과 결혼해서 앙카르를 위해 아들을 낳는 게 여자의 의무라고 하면서. 군인들과 강제로 결혼한 여자들이 많지만 소식은 전혀 들을 수 없다. 그들이 '남편들'의 수중에서 몹시 고생하고 있다는 소문만 무성하다.

여자들이 앙카르를 위해 제 의무를 다해야 한다는 군인들의 말이 종종 들려온다. 여자들은 아기를 낳도록 만들어진 존재이므로 앙카르를 위해 아이를 낳는 게 의무라는 것이다. 의무를 다하지 못하면 가치도 없고 쓸모없는 존재가 된다. 쓸모가 없어지면 그 여자들 몫의 음식이 나라를 재건하는 데 헌신할 사람들에게 가게끔 차라리 죽는 편이 낫다고 여겨진다. 군인들이 전권을 쥐고 있기 때문에 어린 딸들의 납치를 막기 위해 부모들이 할 수 있는 일은 전혀 없다. 군인들은 재판, 배심, 경찰과 군대라는 힘을 갖고 있다. 총도 갖고 있다. 많은 여자들이 자살로써 자기들을 납치한 군인들에게서 탈출한다.

쿠이 오빠는 군대 징집을, 라이네 언니는 군인들의 납치를 피하기 위해 두 집 부모님들의 축복을 받으며 재빨리 비밀 결혼식을 올린다. 결혼 후에 두 사람은 새로 배치된 노동수용소에 가서 살게 된다. 아빠는 멩 오빠를 걱정하지 않는다. 멩 오빠는 몸이 약하기 때문에 크메르루주군이 오빠를 군대에 보내지 않을 것이므로 결혼하지 않아도 된다고 한다. 하지만 군인들은 열여덟 살인 오빠가 우리와 함께 살기엔 나이가 너무 많다며 강제로 쿠이 오빠, 라이네 언니와 함께 노동수용소로 보내버린다.

우리 마을과 달리 젊은 남자들은 아내가 있든 미혼이든 수용소에서 살며, 그곳에서 그들은 트럭에 짐을 싣고 부리는 고된 육체노동을 한다. 쿠이 오빠는 그들이 주로 트럭에 쌀을 싣고 무기와 탄약을 내린다고 한다. 일이 고된 만큼 그들에게는 음식을 아주 많이 준다. 두 오빠는 남은 음식을 몰래 말려서 집에 올 때 우리에게 가져다준다. 처음에 두 오빠는 2주에 한 번씩 가족에게 오는 걸 허락받는다. 하지만 시간이 지나면서 군인들이 더 오래 일을 시키는 바람에 석 달에 한 번씩만 로레아프에 올 수 있다.

오빠들이 집에 올 때면 쿠이 오빠의 신부인 라이네 언니는 가족이 우리 마을에 없기 때문에 수용소에 남는다. 이런 이유로 나는 올케 언니에 대해 거의 모른다. 결혼식에서 딱 한 번 봤는데, 비록 눈물에 젖어 있었지만 나는 언니가 아주 예쁘다고 생각했다. 집에 와 있는 동안 쿠이 오빠는 올케언니가 건강하고 살아 있다는 말 외에는 거의 입에 올리지 않는다. 내가 봐도 그건 사랑이 아니라 어쩔 수 없는 결혼임이 분명하다.

방에서 나오는 오빠를 응시하며, 공중에서 점프하며 나를 웃게 했던 무도인으로서의 모습을 찾아볼 때가 있다. 그러나 이제 그 무도인은 사라지고 없다. 프놈펜에 살 때 쿠이 오빠는 한 장소에서 다른 장소까지 결코 그냥 걸어가는 법이 없었다. 어슬렁어슬렁 미끄러지듯 걷다가 도중에 수없이 걸음을 멈추고 친구들과 젊고 예쁜 여자들에게 인사했다. 오빠가 가는 곳마다 한 무리의 사람들이 늘 오빠를 에워쌌다.

로레아프의 조그만 오두막에서 쿠이 오빠는 아빠 옆에 앉아 줄기차게 말한다. 오빠는 벽에 기대고 있기가 두려운 듯 등을 곧게 펴고 앉는다. 책상다리를 하고 손바닥으로 바닥을 짚고서 곧바로 날쌔게 움직일 준비를 하고 있다. 오빠는 여전히 강하지만 여자들의 주목을 끌던 활력과 자신감은 사라지고 없다. 열여섯 살인 오빠는 벌써 늙고 고되고 외로워 보인다. 오빠는 가족들 앞에서마저 용기라는 가면을 쓰고 강인한 얼굴로 심하게 긴장하고 있다.

쿠이 오빠가 항상 용감한 태도를 취하는 반면, 멩 오빠의 얼굴은 우리에게 아무것도 숨기지 않는다. 엄마 아빠를 안심시키려고 수용소에서 지내는 게 괜찮다고 말할 때 멩 오빠의 목소리는 낮아지고 떨린다. 힘든 노동으로 더 근육질 몸이 된 쿠이 오빠와 달리 멩 오빠의 몸은 마르고 홀쭉하다.

　오두막에 앉아서 대나무 벽에 구부정하게 기댄 채 한 마디 한 마디 내뱉을 때마다 오빠는 힘들게 숨을 쉬며 지친 목소리로 말한다. 오빠는 우리 얼굴을 오래도록 빤히 바라본다. 마치 우리를 잊지 않으려고 모든 것을 세세히 담아두려는 것 같다. 멩 오빠가 바라보자 나는 오빠의 눈길을 피하며 안절부절못한다. 주변이 온통 증오뿐인데 오빠의 그런 사랑을 받는다는 게 당혹스럽다.

　쿠이 오빠와 멩 오빠가 떠나고 몇 달 후에 요운*, 곧 베트남인이 캄보디아를 침략하려고 한다는 소문이 돈다. 이 때문에 크메르루주가 수많은 10대 소년과 소녀들을 데려간다. 어느 날 군인 셋이 마을에 와서 광장에 모인 신인민들에게 내일 모든 10대 소년 소녀들은 10대들의 노동수용소인 콩차랏으로 갈 것을 앙카르가 명령했다고 말한다. 그 소식을 듣자마자 케아브 언니가 울면서 엄마에게 뛰어간다.

　"모두 앙카르를 존경하고 앙카르를 위해 희생해야 한다! 앙카르의 요구를 거부하는 자는 적으로 간주되어 제거당할 것이다! 앙카르를 의심하는 자는 재교육 수용소로 보내질 것이다!"

　케아브 언니와 엄마는 서로를 바라보며 껴안는다. 아빠는 말없이 고개를 돌려 초우 언니의 팔에서 게악을 받아든다.

　이튿날 아침, 엄마가 보자기에 케아브 언니의 검은색 바지와 셔츠

---

*베트남 또는 베트남 사람을 낮추어 부르는 말.

를 싼다. 케아브 언니는 엄마 옆에 앉아서 서로 손을 매만진다. 조용히 밖으로 나와서 광장으로 가자 벌써 다른 소년 소녀들과 그 가족이 모여 있다. 그들은 모두 괴로워하는 부모들과 마찬가지로 눈물을 머금고 있다. 케아브 언니와 엄마는 손가락 마디가 하얗게 변할 정도로 서로 꼭 끌어안는다. 곧이어 우리가 절망에 빠져 말없이 지켜보는 가운데 군인들이 와서 소년 소녀들을 끌고 간다.

짐승들이 내 심장을 후벼파는 것 같다. 그래도 나는 억지로 웃음 지으며 언니가 가는 길에 마지막 희망이 함께하길 바란다. 아빠의 첫딸이자 겨우 열네 살인 언니는 이제 스스로 살아남아야 한다.

"아빠, 걱정하지 마세요. 괜찮을 거예요. 전 살아남을 거예요."

언니는 이렇게 말하고 손을 흔들며 떠난다. 엉덩이 아래까지 오는, 아랫단이 해진 검은 티셔츠와 검은 바지를 입은 언니는 다른 소녀들보다 더 작아 보인다.

프놈펜에 있을 때 우리 동네에서 가장 아름다웠던 케아브 언니 모습이 생각난다. 엄마는 언니가 배우자를 맘껏 고를 수 있을 거라고 했다. 언니는 엄마랑 다달이 미용실에 가서 머리를 매만지고 손톱에 매니큐어를 칠했다. 언니가 흰색 셔츠에 파란색 주름치마를 받쳐 입는 교복을 되도록 빳빳하고 새것처럼 보이게 하려고 유난을 떨며 다림질하고 또 다림질하던 모습도 떠오른다.

이제 언니의 삶에서는 미적 기쁨이 사라진다. 언니의 머리를 감싼 빨갛고 흰 체크무늬 크로마 아래로 떡진 검은 머리카락이 삐죽 튀어나와 있다. 그런 모습이 열네 살이라기보다는 열 살 아이처럼 보인다. 케아브 언니는 스무 명의 다른 소년 소녀들과 함께 군인들을 따라가면서 단 한 번도 우리를 뒤돌아보지 않는다. 초우 언니와 나는 나란히 서서 눈물을 흘리며 더는 보이지 않을 때까지 언니를 지켜본다. 언제 다시 언니를 볼 수 있을까.

마을 광장 맞은편에서 구인민 아이들 몇몇이 허둥지둥 집으로 돌아간다. 문은 없지만 보이지 않는 선이 마을을 둘로 나누고 있다. 신인민들은 그 선을 넘을 만큼 어리석지 않다. 이따금 구인민 남자들이 우리 쪽으로 와서 신인민들을 감시하고 신인민들이 하는 일을 면밀히 검사한다. 아직 집으로 돌아가지 않은 구인민 아이들 몇몇이 얼굴을 찡그리고 우리를 쳐다보며 서 있다. 나는 그 애들을 거의 바라보지도 않는다. 그 아이들이 누구인지도 모르고, 마을에 얼마나 많은 구인민 아이들이 있는지 알고 싶지도 않다. 그들은 새것처럼 보이는 검은색 바지와 셔츠를 몸에 꽉 끼게 입고 있다. 얼굴도 둥글고 투실투실하다. 나는 질투와 증오심에 실눈을 뜨고 그 애들을 노려본다.

"식구들이 흩어지는 게 좋겠다."

아빠가 조용히 말하고 일하러 간다. 엄마는 말 한 마디 없이 케아브 언니가 사라진 쪽을 계속 응시한다.

"왜 언니가 갔어? 왜 아빠는 촌장님에게 언니를 보내지 말라고 부탁하지 않았어?"

엄마와 아빠가 우리가 하는 말을 들을 수 없을 때 내가 킴 오빠에게 묻는다.

"아빤 군인들이 아빠의 정체를 알게 될까봐 두려운 거야. 아빠가 론 놀 정부에서 일했다는 사실을 알면 크메르루주군이 우리 가족을 해칠 테니까. 우리가 흩어져 살면 설령 그들이 아빠의 정체를 알게 된다 해도 우리 모두를 해칠 수 없을 거야."

나는 아빠가 어떻게 상황을 알았는지 전혀 모른다. 아빠는 언제나 상황을 정확히 파악하고 우리가 부주의하게 우리의 정체를 드러내지 않도록 계속 주의를 준다.

나는 그날 밤 늦게 아빠에게 묻는다.

"아빠, 그들이 우리를 죽일까요? 광장에서 다른 신인민들이 크메르루주 군인들이 론 놀 정부에서 일한 사람들뿐 아니라 교육받은 사람들은 다 죽인다고 하는 말을 들었어요. 우린 교육을 받았으니까 우리도 죽일까요?"

질문을 하는데 심장이 거세게 뛴다. 아빠는 단호하게 고개를 끄덕인다. 그런 이유로 아빠는 우리에게 바보처럼 행동하고 우리의 도시 생활은 절대 얘기하지 말라고 했던 거다.

아빠는 전쟁이 오래갈 것이며, 이 때문에 살아가는 일이 슬플 거라고 생각한다. 살아남아 공포의 끝을 볼 자신이 없어서 자살하는 다른 가족들의 이야기를 우리는 날마다 듣는다. 우리는 언제든 발각될 위험에 놓여 있다는 걸 알면서 살아간다. 죽음을 생각하자 구역질이 날 것처럼 속이 메스껍다. 그런 슬픔을 안고 어떻게 계속 살아갈 수 있을까.

엄마는 내가 도자기 접시를 깼다고 때리거나, 가구 위에서 뜀뛰고 초우 언니와 싸운다고, 또는 수납장에서 사탕을 몰래 훔치려 한다고 고함칠 때가 있었다. 그때 엄마에게 느꼈던 분노가 고통스럽게 떠오른다. 당시 다섯 살짜리 여자애는 제 고집대로 했기 때문에 화가 나면 아파트를 폭풍처럼 휩쓸고 다녔다. 내 방에 누워 울면서 골을 내고 가끔은 차라리 죽었으면 좋겠다고 생각하곤 했다. 엄마가 나한테 그랬던 것처럼 나도 엄마를 고통스럽게 하고 싶었다. 엄마가 나를 자살하도록 만들었다는 사실을 알게 해서 엄마에게 고통과 죄의식을 느끼게 하고 싶었다. 그러면 고통에 찬 엄마 모습을 하늘에서 기분 좋게 내려다볼 테고, 그게 나의 복수였다. 구름 위에서 엄마의 부풀어오른 슬픈 얼굴을 내려다보다가 엄마가 충분히 고통을 겪었다고 생각될 때 엄마를 용서하러 돌아오는 것이다. 이제야 나는 죽으면 자신이 원할 때마다 살아서 돌아올 수 있는 게 아님을 깨닫는다. 죽음은 영원하다.

죽지 않고 살기 위해 신인민은 벼와 채소를 키우며 열심히 일한다. 하지만 아무리 농작물을 많이 심어도 우리가 받는 음식은 계속 줄어든다. 더 열심히 일할수록 우리는 점점 더 마르고 굶주린다. 전쟁을 계속하기 위해 트럭이 와서 농작물을 싣고 가는 동안에도 여전히 우리는 농작물을 심고 거둔다.

엄마와 아빠가 논에서 전쟁에 협력하는 동안 촌장의 심부름꾼인 킴 오빠는 매일 밤 자기만의 전쟁터에서 멍이 들고 상처를 입은 채 집으로 돌아온다. 엄마가 그 상처를 어루만지며 "리틀 멍키, 고맙다."라고 소곤거린다. 그러면 오빠는 가져온 음식을 아빠에게 건네

132

고 자신의 하루가 어땠는지 요란하게 떠들어댄다. 아빠는 조용히 음식을 받아서 우리에게 나눠준다.

어느 날 저녁, 초우 언니와 계단에 앉아서 천천히 집으로 걸어오는 킴 오빠의 모습을 본다. 오빠 위로 짙은 먹구름이 하늘을 가려서, 별들이 오빠가 오는 길을 밝혀주지 못한다. 오빠 손에 들려 있을 음식 보따리를 생각하니 내 위장이 미리부터 행복에 겨워 꿀렁댄다. 오빠가 우리에게 가까이 다가오자 몹시 움츠린 어깨와 진흙 속에서 질질 끌려오는 듯한 발이 보인다.

"킴 오빠, 왜 그래?"

초우 언니가 오빠에게 묻는다. 오빠가 대답하지 않고 말없이 오두막으로 올라가서 초우 언니와 나도 바로 뒤에서 따라간다.

오빠는 어둠 속에서 아빠 앞에 무릎을 꿇더니 고개를 숙이고 떨리는 목소리로 말한다.

"아빠, 촌장님이 이제 더는 오지 말라고 했어요."

아빠가 꼼짝 않고 조용히 숨을 내쉰다.

"아빠, 미안해요."

킴 오빠가 거듭 말한다.

"아빠, 미안해요."

그 말들이 나직이 공중에 떠돈다. 절망에 찬 오빠의 목소리를 듣고서 엄마가 계약을 내려놓고 오빠에게 기어간다. 그러고는 팔을 뻗어 오빠의 머리를 감싸고 가슴에 안는다.

"리틀 멍키, 고맙다."

오빠 어깨가 들썩이자 엄마가 이렇게 속삭이며 오빠 머리를 쓰다듬는다.

어느새 바깥에서 바람이 세차게 불며 구름을 흩트리려 했지만 소용없다. 별들은 여전히 우리에게 모습을 숨기고 있다. 초우 언니와 나는 서로 손을 맞잡고 불안에 맞선다. 다섯 달 전 우리가 로레아프에 도착하던 첫날부터 오빠가 촌장 집에서 안정적으로 가져온 음식 덕에 우리는 굶주림을 면했다. 이제 우리는 또다시 굶주린 채 잠을 자야 한다. 침묵 같은 긴 시간이 지난 뒤, 아빠는 우리에게 어떻게 해서든 이 상황을 극복하게 될 거라고 말한다.

다음 날, 빨갛게 익은 피망과 토마토, 주황색 호박, 초록색 오이 밭에 서서 나는 케아브 언니를 생각한다. 어느덧 3월이 되어 언니가 떠난 지 한 달이 되었다. 언니는 호박씨를 좋아해서 영화관에서 요란맞게 먹곤 했다. 언니 생각을 하는데 햇볕이 뜨겁고 땀이 줄줄 흘러내려 옷이 흠뻑 젖는다.

내 옆에서는 킴 오빠가 이마를 훔치며 묵묵히 일하고 있다. 우리는 채소를 바구니에 가득 채워서 공동식당의 요리사에게 배달하는 일을 한다. 손가락으로 껍질콩을 따는데 입 안에 침이 고인다. 엄지손가락과 집게손가락 사이로 껍질콩의 보슬보슬한 솜털이 느껴지자, 다른 사람이 보기 전에 얼른 입 속에 넣고 싶은 충동이 인다. 하지만 그러지 못하고 바구니에 넣어버린다.

"배고파."

내가 조용히 오빠에게 말한다.

"밭에 있는 채소 먹지 마. 그러다가 걸리면 촌장이 널 때릴 거야."

나는 오빠 말을 귀담아들으며 내 일을 계속하면서 가끔 일손을 멈추고 오빠를 몰래 훔쳐본다. 프놈펜에서 아빠가 일요일에 우리 자매들을 수영장에 데려가면 그동안 킴 오빠는 대개 우리 아파트 맞은편에 있는 영화관에 갔다. 우리가 집에 돌아오면 이소령, 중국의 여러 신, 손오공 또는 술 취한 수련생이나 용 발톱에서 소림사 승려에 이르는 수많은 쿵푸 달인이 문간에서 반갑게 우리를 맞이했다. 오빠와 함께 방에 들어갈 때마다 오빠는 그날 본 영화 배역에 따라 온종일 초우 언니와 나를 향해 펄쩍 뛰고, 흔들흔들 건들거리고, 휙휙 돌고 주먹을 날리며 발을 날렸다.

프놈펜의 리틀 멍키가 생각나서 나는 시선을 피한다. 오빠가 다시 촌장 집으로 일하러 가서 남은 음식을 우리에게 계속 가져다주면 좋겠지만, 촌장은 더 이상 킴 오빠가 그를 위해 일하는 걸 바라지 않는다. 오빠도 아빠도 촌장이 오빠를 쫓아낸 이유를 듣지 못했다. 하지만 아빠는 폴 포트라는 사람과 관련이 있다고 의심한다. 최근에 마을 구인민들은 강력한 마법이라도 되는 양 폴 포트라는 이름을 수군거린다. 그가 어디 출신인지, 어떤 사람인지, 어떤 모습을 하고 있는지 아무도 모른다. 그가 앙카르의 지도자일지 모른다고 말하는 사람들도 있고, 앙카르 지도부는 일단의 많은 사람들로 구성된다고 말하는 사람들도 있다.

폴 포트가 마을 규모에 따라 더 많은 군인을 배치하라고 지시했다면 늘어난 병력이 권력 이동에 변화를 불러왔을 것이다. 처음에는 촌장이 전권을 쥐고 거칠게 구는 군인들과 마을을 다스렸다. 하지만 이제 군인의 수가 늘어난 만큼 그들이 권력을 더 휘두를 테고, 따라서 촌장의 역할은 관리인 역할로 줄어들었을 것이다.

"킴 오빠, 군인들이 식량을 어디로 다 가져가는 거야?"

내가 묻는다.

"앙카르가 군대를 만들었을 때는 총과 군용품을 살 돈이 충분하지 않았어. 그래서 앙카르는 총과 무기를 사기 위해 중국에서 돈을 빌려야 했지. 그런데 이제 그 돈을 중국에 갚아야 해."

킴 오빠가 계속 바구니에 채소를 담으며 설명해준다.

"중국이 앙카르를 도와주고 돈도 빌려줬는데, 왜 군인들은 우리 중국인들을 그렇게 미워해? 내 피부가 더 희다고 다른 애들이 날 미워해. 걔들은 내가 중국 혈통이래."

내가 오빠에게 속삭인다. 킴 오빠가 허리를 쭉 펴고서 다른 아이들이 우리 말이 안 들릴 정도로 멀리 떨어져 있는지 살핀다.

"나도 몰라. 그 얘긴 하지 말자. 앙카르는 외국인이면 다 싫어해. 특히 요운을. 아마 소작농들은 중국인과 요운의 차이를 구별하지 못할 거야. 둘 다 피부색이 옅잖아. 마을을 거의 벗어나본 적이 없는 사람한테는 피부가 하얀 아시아 사람들은 죄다 똑같아 보일 테니까."

그날 밤 늦게 아빠는 킴 오빠에게 앙카르가 외국인을 모두 내쫓고 싶어 한다고 말한다. 민주캄푸치아를 되살려서 영광스러운 과거로 되돌아가려는 것이라고. 바로 캄보디아가 태국과 라오스, 지금의 남베트남 지역을 포함하는 영토를 가진 거대한 제국이었을 때로 말이다. 앙카르는 외세가 우리를 지배할 수 없게 해야 하며 우리만이 그 일을 할 수 있다고 말한다.

　나는 앙카르가 캄보디아 재건 계획을 세운 이유라든가 방법에는 관심이 없다. 오로지 속이 비어 온종일 배가 아프다는 사실만 알 뿐이다.

새해

1976년 4월

다시 4월이 되고 곧 설이 다가온다. 설이 지나면 나는 여섯 살이 되는데 아직도 키가 아빠 엉덩이께밖에 닿지 않는다. 엄마는 내 키가 영원히 이 상태로 멈출까봐 걱정한다. 엄마와 아빠는 내가 영양실조 때문에 성장이 더뎌서 두 분처럼 크게 자라지 못할 거라며 걱정하는 것이다. 나는 도시를 떠난 뒤로 거울에 비친 내 모습을 본 적이 없다. 가끔 연못에 비친 내 모습을 보려고 시도해봤지만 언제나 물이 더러웠다. 나를 되쏘아보는 뿌연 아이는 뺨이 움푹 꺼지고 일그러져 보인다. 프놈펜의 이웃들이 '못생겼다'고 했던 그 꼬마 여자애와 완전히 딴판이다.

크메르루주 치하의 캄보디아는 설이나 다른 명절을 쇠는 걸 허락하지 않는다. 여전히 나는 우리가 프놈펜에서 맞이했던 새해 축하 행사를 그리워한다. 캄보디아에서 설은 가장 크고 가장 중요한 명절이다. 사흘 동안 가게며 식당이며 회사며 학교가 다 문을 닫는다. 맛있는 음식을 먹고 축제를 즐기는 것 말고는 할 일이 없다. 매일매일 친구 집에서 파티가 열린다. 이런 파티에서 주인은 구운 돼지고기와 오리고기, 소고기, 달콤한 케이크, 예쁜 사탕 따위를 대접한다. 내가 가장 좋아한 파티는 부모님들이 아이들을 데리고 부모님 친구 집에 갔을 때의 파티였다. 설 명절 동안 아이들은 선물을 받지 않는다. 대신 장식을 한 빨간색 종이 봉투에 넣은 빳빳한 새 지폐를 받는다. 하지만 두말할 나위 없이 나는 어느새 음식 생각뿐이다.

음식을 떠올리자 배 속이 고통으로 으르렁거린다. 나는 월병 조각이든 구운 오리 다리든 아무거나 배 속에 집어넣는 상상을 한다. 그런 생각을 하자 입에 침이 고이고 서러움이 파도처럼 몰려온다. 내가 아무리 열심히 상상을 해도 그것이 불가능하다는 사실을 안다. 엄마와 아빠는 늘 우리들이 생각이라는 걸 하지 않기를 바랄 것이다. 두 분은 우리가 과거의 삶을 잊고 현재를 살아가길 원한다. 음식을 구할 수 없다는 걸 알면서 음식 생각을 해봐야 소용이 없다. 그래도 다른 걸 생각하기가 힘들다. 굶주림이 내 정신을 좀먹고 있다.

마을의 많은 사람들이 목숨을 걸고 근처 밭에서 옥수수를 훔친다. 나는 그들이 몰래 음식을 먹는 걸 보았다. 옆을 지나가는 나를 보면서 그들이 재빨리 음식을 숨기는 것도 보았다. 그들에게 음식을 조금만 나눠달라고 부탁하고 싶지만, 음식을 나눠준다면 그들 스스로 범죄를 인정하는 꼴이 되기 때문에 부탁해봐야 소용없다. 그렇다고 나 스스로 도둑이 될 용기도 없다. 내가 프놈펜에서 부잣집 아이였고 버릇없는 아이였던 때가, 아이들이 내 물건을 훔쳐가도 신경 쓰지 않던 시절이 까마득하게만 느껴진다. 나는 도둑질을 눈감아주면서도 그런 짓을 한 아이들을 매몰차게 평가했다. 도둑들은 아무 쓸모가 없으며, 너무 게을러서 원하는 것을 얻기 위해 노력하지 않는 사람들이라고 생각했다. 하지만 이제는 그들이 생존을 위해 훔쳐야 하는 처지였다는 것을 이해한다.

그믐날 밤, 최고의 꿈과 최악의 악몽을 꾼다. 나는 긴 식탁에 홀로 앉아 있다. 식탁엔 내가 세상에서 가장 좋아하는 온갖 음식이 가득하다. 눈길이 닿는 모든 곳이 온통 음식 천지다! 바삭바삭하게 구운 붉은 돼지고기, 갈색이 도는 황금빛 오리고기, 모락모락 김이 나는 만두, 기름에 튀긴 통통한 새우와 온갖 종류의 달콤한 케이크! 모두 다 진짜처럼 보이고 하도 진짜처럼 먹어서 꿈인 줄 모른다. 양손으로 이런저런 음식을 동시에 입에 밀어넣고는 맛있게 손가락을 핥는다. 하지만 먹으면 먹을수록 배가 점점 더 고프다. 그런데도 몹시 불안해서 다급하게 음식을 먹는다. 크메르루주 군인들이 와서 음식을 몽땅 빼앗아갈까 두렵다. 음식에 너무 탐욕을 부려서 어느 누구와도, 심지어 우리 가족들과도 음식을 나눠 먹지 않는다.

아침에 나는 죄의식을 느끼며 우울한 기분으로 잠에서 깨어난다. 절망한 나머지 어찌할 바를 몰라서 비명을 지르고 게악에게 소리친다. 초우 언니를 때려주고 싶다. 굶주림의 고통은 언제나 그렇게 존재하며 끝없이 나를 괴롭힌다. 나는 종종 꿈속에서나마 게걸스럽게 음식을 먹고, 게악한테조차 그 꿈을 숨기며 죄의식을 느낀다.

그날 시시각각으로 내 위는 스스로를 먹어 삼키려는 듯 으르렁거린다. 음식량이 서서히 줄어들어 요리사들이 열 사람당 쌀이 340그램밖에 안 되는 작은 깡통을 받는 지경에 이른다. 오빠들에게 주어지는 음식량도 얼마나 적은지 집에 올 때 아주 조금밖에 가져오지 못한다. 오빠들은 집에 자주 오려고 애쓰지만 군인들이 더 고되게 일을 시키며 집에 올 시간을 주지 않는다.

요리사들은 계속 큰 솥에 죽을 쑤어 마을 사람들에게 제공한다. 식사시간 동안 우리 가족은 각자 죽그릇을 들고 다른 사람들과 함께 줄을 선다. 내 차례가 되자 그릇을 내밀면서 죽을 휘젓는 요리사들을 초조하게 쳐다본다. 솥 안은 멀건 국물이 대부분이고 밥알은 별로 눈에 띄지 않는다. 긴장해서 숨을 죽이고 요리사가 나를 불쌍히 여겨 그나마 밥알이 가라앉아 있는 솥바닥 깊은 곳에서 떠주기를 기도한다. 하지만 솥을 빤히 보다가, 요리사가 멀건 국물만 두 국자 떠주자 절망스런 한숨이 나온다. 양손으로 그릇을 꼭 잡고서 두 국자를 받아든 나는 다른 사람들과 떨어진 나무 아래 그늘진 내 자리로 걸어간다.

나는 절대 한꺼번에 죽을 먹지 않는다. 행여나 우리 가족이 내 것을 덜어갈세라 멀찌감치 떨어져 앉아서 먼저 국물을 한 숟가락 한 숟가락 음미하며 떠먹는다. 그릇 바닥에 남은 세 숟가락쯤 되는 밥알을 맨 마지막에 먹어야 하기 때문이다. 밥알을 느릿느릿 씹어 먹다가 혹 밥알이 땅에 떨어지기라도 하면 냉큼 주워 먹는다. 죽을 다 먹으면 내일까지 기다려야 다시 음식을 먹을 수 있다. 그릇을 들여다보고 그 안에 여덟 개밖에 남지 않은 밥알을 세면서 나는 속으로 울음을 터뜨린다. 여덟 알이 나한테 남은 전부라니! 밥알을 한꺼번에 삼켜 없애고 싶지 않아서 한 알씩 건져 천천히 씹으며 그 맛을 음미한다. 입 안에서 눈물과 밥알이 섞인다. 여덟 알을 모두 먹고 나서 아직 자기 몫의 죽을 먹고 있는 다른 사람들을 보니 심장이 쿵 내려앉는 것 같다.

날이 갈수록 마을 인구는 점점 줄어들고 있다. 어떤 이는 독이 든 음식을 먹고, 또 어떤 이는 군인들에 의해 죽는다. 하지만 무엇보다 많은 사람들이 죽는 이유는 굶주림 때문이다. 우리 가족도 서서히 굶주려 죽어가는데 정부는 음식 몫을 줄인다. 굶주림, 그렇게 늘 굶주림이 존재한다. 우리는 땅 위의 썩은 잎부터 캘 수 있는 뿌리까지 먹을 수 있는 건 뭐든 다 먹는다. 덫을 놓아 잡은 쥐와 거북과 뱀을 요리해서 뇌와 꼬리, 가죽과 피까지 하나도 버리지 않고 몽땅 다 먹는다. 짐승들을 잡지 못하면 들을 헤매며 메뚜기와 풍뎅이, 귀뚜라미를 잡는다.

프놈펜에서 누가 나에게 그런 것들을 먹어야 한다고 말했다면 다 토해냈을 거다. 그러나 지금은 그런 것들이라도 먹지 않으면 굶어죽는 수밖에 없다. 길에 죽어 있는 동물을 놓고도 다른 사람들과 싸운다. 또 하루를 생존한다는 것이 내게 가장 중요한 일이 된다. 내가 먹지 않는 단 하나는 인육이다. 다른 마을 사람들이 인육을 먹었다는 이야기가 많이 들려온다. 인육을 먹은 근처 마을의 여자 이야기도 있다. 그녀는 군인들이 묘사한 괴물이 아니라 좋은 여자였다고 한다. 하도 배가 고픈 나머지 남편이 독이 든 음식을 먹고 죽자 남편의 살을 먹었고, 아이들에게도 먹였다. 그녀는 남편 몸 안에 퍼진 독이 자신과 아이들까지 죽게 할 줄은 몰랐을 것이다.

어느 날 우리 마을의 한 남자가 우연히 떠돌이 개를 만났다. 그 불쌍한 개는 비쩍 말라 먹을 게 별로 없었지만 그 남자는 개를 잡아먹었다. 다음 날 군인들이 남자의 집을 찾아갔다. 남자가 울부짖으며 자비를 베풀어달라고 간청해도 군인들은 눈 하나 깜짝하지 않았다. 남자가 방패 삼아 팔을 올렸지만 군인들의 주먹과 총부리를 막지는 못했다. 남자는 군인들에게 끌려간 뒤로 다시는 보이지 않았다. 그의 죄는 개고기를 공동체와 함께 나눠 먹지 않았다는 거였다.

나는 그 사람의 운명을 애처롭게 여긴다. 나도 그런 개가 있었다면 그 사람과 똑같이 했을 것이기 때문이다. 프놈펜에서 살 때 우리 집에 정겨운 작은 강아지가 있었다. 코가 촉촉하고 털이 바닥에 질질 끌릴 정도로 긴 복슬강아지였다. 그 녀석은 동양풍 융단 위에 놓인 옷더미에 숨는 걸 정말 좋아했다. 우리 집 가정부는 꽤나 뚱뚱했는데, 그 강아지가 몰래 숨는 걸 좋아한다는 사실을 몰랐다. 그녀가 강아지를 밟아 죽인 모습은 정말 끔찍했을 것이다. 아빠는 우리 자매들이 그 광경을 보기 전에 시체를 치워버렸다. 지금 그 녀석이 살아 있다면 잡아먹었을 거다. 그런 생각이 나를 부끄럽게 한다.

음식 생각을 하자 배 속에서 꼬르륵 소리가 난다. 아빠가 오늘이 설날이라고 알려준다. 발이 아프지만 가까운 들을 산책하기로 결정한다. 내가 아프니까 집에서 쉬어도 된다고 아빠가 촌장에게 허락을 받은 참이었다. 오두막에 몇 시간 누워 있었더니, 배가 울려대며 먹을 것을 찾으라고 재촉한다. 나는 굶주린 배를 채울 만한 음식을 발견하길 바라며 땅바닥을 살핀다. 날이 몹시 덥다. 태양이 머리 위에서 타오르며 기름투성이가 된 두피를 태운다. 손가락으로 더듬자 머리를 가렵게 만드는 이가 만져진다. 샴푸나 비누가 없으니 청결을 유지하는 게 끊임없는 전쟁과도 같다. 머리카락이 기름과 엉키는 탓에 이 잡는 것마저 힘들어진다. 나는 잠깐 걸음을 멈추고 나무 그늘에서 쉬기로 한다.

프놈펜의 우리 집에서 나는 모퉁이나 가구의 뾰족한 모서리를 피해 아주 빨리 달릴 수 있었다. 다음 날 학교에 가야 하는데도 밤늦게까지 좀체 자려고 하지 않았다. 지금은 늘 피곤하다. 굶주림 때문에 내 몸은 끔찍하게 변했다. 한 달 넘게 음식을 거의 먹지 못해서 내 몸은 배와 발만 빼고 가늘어졌다. 흉곽의 갈비뼈는 일일이 셀 수 있을 정도로 뼈가 드러났지만, 가슴과 엉덩이 사이로 툭 튀어나온 배는 공처럼 부풀어 있다. 두 발은 발볼의 살이 통통 부어서 곧 터져버릴 것처럼 번들거린다.

호기심에 엄지손가락으로 부푼 발을 누르니 살이 쑥 들어가서 커다랗게 움푹 파인 자국이 생긴다. 파인 자국이 부풀어오를 때까지 시간이 얼마나 걸리는지 나지막이 수를 세면서 지켜본다. 잠시 뒤에 발과 팔다리, 얼굴에 움푹 파인 자국을 또 만든다. 내 몸이 풍선 같다. 내가 만든 자국들이 천천히 다시 부풀어오른다. 움직일 때마다 관절이 아파서 걷는 것조차 몹시 힘들다. 눈은 부어서 거의 감겨 있기 때문에, 움직일 때 갈 곳을 보는 게 일종의 도전이 된다. 걸을 수 있을 정도로 충분히 잘 보이면 폐가 많은 공기를 필요로 해서 숨이 차오른다. 균형을 잡는 데에도 힘겨운 노력이 필요하다. 거의 매일 주변을 걸을 의지도 힘도 없지만, 오늘은 먹을거리를 찾아 걸어야만 한다.

나는 느릿느릿 마을 뒤쪽 어두컴컴한 숲으로 간다. 일 년에 두어 번, 농지를 더 만들려고 군인들이 숲 여기저기에 불을 놓는다. 우리는 개간한 땅에서 일할 힘도 없는데 왜 그런 짓을 하는지 이해할 수 없다. 이곳은 며칠 전 불에 태워져서 땅이 여전히 뜨겁고 연기가 난다. 당장 먹을 만한 익은 음식이 있는지 찾아본다. 덫에 갇히거나 불에 타 죽었을지 모르는 동물과 새들을 찾아서 바닥을 살펴본다. 지난달에는 크메르루주가 더 많은 농지를 만들려고 태운 숲의 다른 쪽에서 몸이 공처럼 말린 채 껍데기가 파삭파삭하게 구워진 아르마딜로*를 발견했다. 나로서는 그 공을 펴서 맛있게 익은 안쪽 고기를 얻는 게 꽤나 수고스러웠다. 하지만 오늘은 그런 운도 없다.

오래전에 아빠는 4월이 매우 운 좋은 달이라고 말했다. 캄보디아의 설날은 언제나 4월에 있다. 그 말은 설 전에 태어난 아이들은 모두 한 살을 더 먹는다는 뜻이다. 캄보디아 달력에 따라 이제 킴 오빠는 열한 살, 초우 언니는 아홉 살, 나는 여섯 살, 게악은 네 살이다. 캄보디아에서는 50세를 넘을 때까지 생일을 축하하지 않는다. 50세

---

*아메리카에 분포하는 포유류로, 등이 갑옷 모양의 많은 골판으로 덮여 있다. 공격을 받으면 몸을 공처럼 둥글게 말아 제 몸을 지킨다.

가 넘으면 가족과 친구들이 모여서 호화로운 음식으로 잔치를 벌이고 그 사람의 장수에 경의를 표한다. 다른 나라 사람들은 세상에 태어난 바로 그달의 그날이 지나야만 한 살을 더 먹게 된다고 아빠가 내게 말해주었다. 해마다 생일이면 친구와 가족들이 모여서 음식과 선물로 축하해준다고 했다.

"아이들도요?"

믿기지 않아 아빠에게 물었다.

"특히 아이들을 축하해주지. 아이들은 크고 달콤한 케이크를 혼자서 다 먹고."

혼자서 몽땅 다 먹는 달콤한 케이크 생각을 하자 배 속이 으르렁거린다. 땅에서 숯 한 조각을 집어든다. 망설이며 그것을 입에 넣어 씹어본다. 분필 맛과 약간의 짠맛뿐, 아무 맛도 느껴지지 않는다. 여섯 살이 된 나는 생일 케이크로 축하하는 대신 숯조각을 씹는다. 나중에 숯을 두어 조각 더 집어 주머니에 넣고 집으로 향한다.

썩은 살과 인간의 분뇨에서 풍기는 악취가 온 마을에 무겁게 가라앉아 있다. 많은 마을 사람들이 질병과 기아로 점점 더 병들어간다. 그들은 움직이지도 못하고 오두막에 누워 있다. 일단 살이 썩어 들어가면 그들의 얼굴은 옴폭 들어간 모양으로 변한다. 퉁퉁 부어 비대해진 병자의 잿빛 얼굴은 온화한 미소를 뺀 퉁퉁한 부처를 닮았다. 바짝 마른 팔다리는 손가락과 발가락이 붙어 있는 뼈에 지나지 않는다. 그들은 너무나 허약해져서 얼굴에 달라붙는 파리를 찰싹 쳐서 쫓아버리지도 못한다. 더는 이 세상에 존재하지 않는다는 듯이 그저 집에 누워 있다. 때로는 무의식적으로 몸에서 경련이 일어나 그들이 살아 있다는 사실을 일깨워주지만, 우리는 그들이 죽을 때까지 그 자리에 누워 있게 할 뿐, 할 수 있는 일이 전혀 없다.

우리 가족도 그들과 별로 다르지 않다. 엄마 아빠에게 내가 어떻게 보일까 생각해본다. 내 모습을 보는 두 분의 마음은 틀림없이 무너질 거다. 우리를 볼 때 아빠의 눈빛이 흐려지는 이유도 아마 그 때문일 것이다. 우리 오두막에 가까워지자 악취와 열기가 더 심해져 관자놀이가 욱신거린다. 발의 통증이 위장까지 올라온다. 태양은 일말의 자비심도 없이 내 검은색 옷들을 뜨겁게 달구며 번들번들해진 피부를 태운다. 얼굴을 위로 젖히고 억지로 태양을 똑바로 올려다본다. 환한 빛이 내 눈을 찌르자 일시적으로 앞이 보이지 않는다.

4월에서 5월이, 5월에서 6월이 되면서 잎들은 시들고, 나무들은 갈색으로 변하고, 강줄기는 메마른다. 여름의 태양 아래 마을에는 죽음의 악취가 더욱 심해져서 손으로 코와 입을 막고 손가락들 사이로 들어오는 공기만 들이쉰다. 여기에는 죽은 사람이 너무나 많다. 사람들은 몹시 허약해져서 시체를 땅에 파묻지도 못한다. 냄새가 주변 공기에 스며들어서 모두 코를 막고 지나가는 지경이 될 때까지 시체를 뜨거운 태양 아래 방치한다. 파리들이 시체 주위를 날며 거기에 수백만 개의 알을 낳는다. 그래서 마침내 시체를 땅에 묻을 즈음이면 그것은 커다란 구더기 둥지에 지나지 않게 된다.

몸이 너무 약해져 밭에서 일을 할 수 없을 때, 달리 할 만한 일이 없어서 나는 종종 시체를 처리하는 마을 사람들을 구경한다. 마을 사람들이 몸을 웅크리고서 죽은 가족이 살던 오두막 밑에 구멍을 파고 시체를 넣는 모습을 본다. 죽은 가족들은 한 무덤에 함께 묻힌다. 그런 광경을 보면 무서울 때가 종종 있지만, 이제는 하도 많이 봐서 아무 느낌이 없는 의식 절차로 느껴진다. 여기서 죽는 사람들은 애도해줄 친척들이 없다. 외삼촌도 우리 행방을 모를 게 확실하다.

이웃 중에 아이가 셋인 여자가 있다. 총이라는 이름의 그 여자는 군인들이 남편을 죽인 뒤로 홀몸이 되었다. 딸인 페우와 스레이는 다섯 살과 여섯 살이고, 막내인 아들은 두 살 정도인데 굶주림으로 마을의 최근 희생자가 되었다.

그 애가 죽기 전에 나는 보았다. 그 애의 몸도 내 몸처럼 퉁퉁 부었고, 흰 고무처럼 보이는 피부는 핏기가 없었다. 총은 어디를 가든 아들을 안고 다녔다. 가끔 그 애를 어깨나 등에 보자기로 비스듬히 메고 다닐 때면 그 애의 기운 없는 발이 공중에서 대롱거렸다.

한번은 총이 우리 집에서 아들에게 젖을 먹이려고 애썼지만 아무 것도 나오지 않았다. 그녀의 가슴은 갈비뼈에 매달린 텅 빈 주머니에 지나지 않았지만, 그럼에도 애정을 품고 아들의 입에 젖을 물렸다. 그 애는 엄마의 젖꼭지에 전혀 반응하지 않았다. 혼수상태에 빠진 듯 그녀의 품에서 움직이지도 울지도 않고 그저 누워만 있었다. 어쩌다 고개를 젖히거나 손가락을 움직여 자신이 살아 있다는 것을 보여주었지만, 우리는 모두 그 애가 살지 못하리라는 걸 알고 있었다. 우리가 그 애를 위해서 할 수 있는 일은 아무것도 없었다. 그 아이에겐 음식이 필요했지만 우리에게는 나눌 음식이 하나도 없었다.

총은 아들을 품에 안고서 죽지 않고 자고 있다는 듯 말을 건넸다.

총이 우리 집에 다녀간 지 며칠 후에 그 애는 자면서 조용히 숨을 거두었다. 하지만 총은 여전히 아들을 데리고 다녔다. 촌장이 강제로 그녀의 팔에서 아들을 빼앗아 묻을 때까지 총은 그 애가 죽었다는 사실을 믿지 않았다.

그 애가 죽은 뒤로 총과 두 딸의 상황은 더욱 나빠졌다. 남동생이 죽은 지 며칠 후에 두 딸은 숲으로 가서 직접 먹을 걸 찾아보기로 했다. 두 딸은 배가 하도 고파서 버섯을 따먹었는데 하필이면 독버섯이었다. 두 딸이 죽자 총은 미친 듯이 우리 집으로 달려왔다.

"내 딸들이 온몸을 덜덜 떨어요! 계속 도와달라고 날 부르는데 도와줄 수가 없었어요! 그 애들이 계속 울고 있어요. 그 애들은 자기들한테 어떤 일이 일어났는지도 몰라요!"

총이 무릎을 꿇자 엄마가 양팔로 감싸주었다.

"딸들은 이제 쉬게 된 거예요. 걱정하지 마요, 자고 있으니까요."

엄마가 두 팔로 총을 안았다.

"걔들이 온통 창백해지고, 몸의 털들이 곤두서고, 땀구멍에서 피가 났어요! 내 아기들이 몸을 흔들며 나더러 구해달라고, 고통을 없애달라고 울며 소리쳤어요. 난 걔들을 위해 아무것도 할 수 없었어요. 걔들이 고통에 겨워 소리치고 바닥에서 데굴데굴 구르며 고통을 멈추게 해달라고 애원했어요. 그 애들을 잡아주려고 해봤지만 난 힘이 약했어요. 걔들이 죽는 걸 봤어요! 걔들이 죽는 걸 봤다고요! 나를 보고 울면서 죽어가는데도 난 도와주지 못했어요."

총이 걷잡을 수 없이 흐느끼며 주저앉더니 엄마 무릎에 고개를 묻었다.

"지금 우리가 할 수 있는 건 아무것도 없어요. 그 애들은 이제 편히 쉬게 된 거예요."

엄마가 총의 팔을 쓰다듬으며 달래주었다. 하지만 어느 누구도 그녀를 고통에서 구해줄 수 없었다. 총은 미친 듯이 울부짖으며 고통을 몰아내려는 듯이 가슴을 문질러댔다.

나는 엄마 옆에 서서 여자애들이 자기 집 근처에 묻히는 것을 지켜보았다. 그 아이들의 몸은 볼 수 없었다. 일찍이 마을 사람 둘이 낡은 검은색 천으로 둘둘 만 작은 꾸러미 두 개를 바깥에 가져다놓았다. 꾸러미가 어찌나 작은지 그것이 한때 내가 알던 그 여자애들이라고는 상상하기 힘들었다. 앙카르가 그들의 죽음에 신경이나 쓰는지 궁금했다. 처음 로레아프에 도착했을 때, 앙카르가 우리를 보살펴주고 우리에게 필요한 모든 것을 제공해줄 거라고 했던 촌장의 말이 떠올랐다. 우리가 먹어야 한다는 사실을 앙카르는 결코 모를 것이다.

나는 고개를 돌려 초우 언니와 함께 나무 아래 앉아 있는 게악을 바라보았다. 게악은 아주 작고 약했다. 아름다웠던 머리카락이 영양실조로 너무 많이 빠져서 지금은 머리털이 여기저기 듬성듬성 나 있었다. 내 눈길을 느꼈는지 게악이 내 쪽으로 고개를 돌리고 손을 흔들었다. 가엾은 내 동생, 다음 차례로 네가 저 아이들처럼 둘둘 말린 꾸러미가 되면 어쩌니?

나는 조용히 흐느꼈다. 게악이 다시 내게 손을 흔들며 이를 드러내고 웃어 보이려 했다. 파도에 짓눌리듯 마음이 무거웠다. 게악이 웃자 피부 거죽이 뒤로 쭉 늘어나 팽팽해졌다. 그 애가 죽어서 피부 거죽이 뼈에 말라붙었을 때 어떤 모습일지 보이는 것 같았다.

마을 사람들이 작은 구덩이 속으로 두 딸을 집어넣자 총이 큰 소리로 흐느꼈다. 총은 사람들이 두 딸의 몸 위에 흙을 덮어 묻는 모습을 보자 달려가서 무덤에 들어가려고 했다. 그녀의 눈, 코, 입에서 눈물과 콧물과 침이 흘러나와 셔츠를 적셨다.

"안 돼! 나 혼자야, 나 혼자라고!"

총이 울부짖었다.

총을 무덤에서 끌어낸 마을 어른들이 무덤에 마지막 흙 한 삽을 떠넣고 다질 때까지 그녀를 붙잡고 있었다. 일이 끝나자 마을 사람들은 다음 무덤을 파기 위해 다른 오두막으로 걸음을 옮겼다.

"이번에는 더 쉬울 거요. 가족 중에 생존자가 하나도 없소."

한 남자가 머리를 흔들며 말했다.

두 딸이 죽은 뒤로 총은 미쳐버렸다. 그녀가 마치 딸들과 함께 있는 것처럼 딸들에게 말을 걸면서 돌아다니는 모습이 가끔 눈에 띄었다. 그녀의 눈빛이 흐려지면서 딸들이 죽었다는 사실을 깨닫고 소리치며 주먹으로 가슴을 쳐대는 모습을 볼 때도 있었다.

며칠 뒤 총이 엄마에게 대단한 소식을 갖고 우리 집에 왔다.

"완벽한 음식을 발견했어요. 전엔 왜 그 생각을 못 했는지 모르겠어요! 안전하고 맛도 나쁘지 않아요."

총이 흥분해서 엄마에게 말했다. 그러고는 눈이 흐려지더니 몹시 흥분해서 손을 흔들며 속삭였다.

"진작 알았더라면 우리 애들을 구할 수 있었을 거예요."

"잠깐, 그게 뭐예요? 그게 뭔데요?"

엄마가 초조하게 물었다.

"지렁이요! 통통하고 촉촉한 지렁이 말예요. 지렁이를 흙 속에서 꺼내 갈라서 씻은 다음 익혀요. 국수처럼 요리하면 나쁘지 않아요. 내가 해봤어요! 여기 조금 있어요."

총이 지렁이가 담긴 그릇을 엄마에게 건넸다.

"고마워요."

엄마가 간신히 대답했다.

"가야 해요. 아이들을 찾으러 가야 해요."

총이 엄마에게 웃음을 지어 보이고는 황급히 가버렸다.

지렁이를 먹는다는 생각을 하자 구역질이 났다. 지렁이는 땅속에서 죽은 시체를 먹는다. 그러니 지렁이를 먹는다는 건 죽은 사람들을 먹는 거나 다름없다. 깨끗하고 맛있는 지렁이 요리를 그려보려고 애썼지만, 아니나 다를까 그림은 우리가 묻은 시체의 썩은 살 위를 기어다니며 시체 속에서 꿈틀거리는 수천 마리 지렁이로 바뀌었다.

"걱정 마. 아직 식량과 바꿀 수 있는 보석이 좀 남아 있으니까. 우린 이걸 안 먹어도 돼."

엄마가 내게 말했다.

우리는 마을에서 구인민들과 식량을 거래할 재산이 있는, 몇 안 되는 매우 운 좋은 사람들이다. 아직도 금과 다이아몬드와 보석이 있기 때문에 우리 형편은 다른 사람들처럼 나쁘지 않다. 엄마는 레앙 외삼촌 집에서 우리 가방 끈에 보석을 넣어 바느질해놓았다. 군인들에게 빼앗기지 않으려고 가까스로 숨긴 것이다. 그래서 군인들이 우리 옷들을 태워버린 뒤에도 보석을 지킬 수 있었다. 이 보석들은 아름답지만 지금은 전쟁 중이기 때문에 거의 가치가 없다. 운이 좋으면 금 30그램으로 쌀 몇 킬로그램을 살 수 있지만 대부분은 그보다 더 적게 얻는다.

크메르루주 사회에 존재하는 많은 범죄 중에 식량과의 물물교환은 반역 행위로 간주된다. 잡히면 상인은 매질을 당하고 관련된 모든 사람들의 이름을 털어놓아야 한다. 크메르루주는 한 개인이 나머지 국민이 갖지 못하는 물건을 소유해서는 안 된다고 믿는다. 한 사람이 다른 사람보다 더 많은 음식을 몰래 갖게 되면 공동체의 음식 분배가 부적절해진다. 우리는 모두 평등해야 하기 때문에 한 사람이 굶주리면 모두 굶주려야 한다.

몇 주 전에 킴 오빠가 이젠 앙카르를 절대 비난하지 말아야 할 것 같다고 말했다. 논과 마을에서 많은 입들을 통해 폴 포트라는 이름이 퍼져나가고 있다고 한다. 폴 포트는 앙카르의 지도자이지만 그가 누구인지는 여전히 아무도 모른다고 많은 사람들이 말한다. 그들은 그가 군인인데 매우 총명하며, 국부라고 소곤거린다. 사람들은 그가 뚱뚱한 사람이라고 말하기도 한다.

사람들은 그가 암살에 대비해서 자신의 정체를 비밀로 유지한다고 말한다. 외국의 지배에서 우리를 해방하고 우리에게 독립을 선사했다고 말한다. 폴 포트는 우리의 정신을 정화하고, 우리가 진정한 농민이 되도록 돕길 바란다고 한다. 때문에 우리가 열심히 일하도록 독려한다고 한다. 그는 얼굴이 둥글고 입술은 두툼하며 친절한 눈을 하고 있다고 하지만, 과연 그의 친절한 눈이 굶주리는 우리를 보고 있는지 궁금하다.

마을 사람들이 아이들을 매장한 뒤로 총을 보는 게 점점 드물어진다. 그녀는 마을에서 '미친년' 취급을 받는다. 결국 그녀는 독이 든 음식을 먹고 딸들처럼 죽었다. 죽은 다음 날 온통 뒤틀리고 피투성이가 된 총을 마을 사람이 발견했다. 그들은 총을 아이들 옆에 묻는다.

이 시기에 우리는 아빠가 촌장과 친한 덕분에 살아남는다. 구인민은 공동식당에서 식사하지 않고 집에서 직접 요리를 해 먹는다. 그들 중에 촌장 가족이 살이 가장 많이 쪄 있다. 그들은 우리가 입는 빛바랜 회색 넝마가 아니라 반짝이는 검은색 새 옷을 입는다. 촌장에게 준 물건의 대가로 아빠는 여분의 쌀을 구한다. 아빠는 촌장에게 자신은 프놈펜에서 가게를 운영했는데, 강제로 퇴거당하는 동안 폐가에서 보석을 발견했다고 거짓말을 한다. 생쌀 몇 킬로그램과 바꾸기 위해 엄마의 루비 팔찌, 다이아몬드 반지와 더 많은 것을 바친다. 마을 사람들이 볼 수 없도록 아빠는 자루에 담긴 쌀을 용기 안에 넣어서 작은 옷더미 밑에 숨겨둔다. 정말로 쌀이 필요한 날 밤에 아빠는 엄마에게 아주 조금만 밥을 짓게 하고는 축축하고 썩은 나뭇잎을 태워서 밥 냄새를 감춘다. 이 여분의 쌀 덕분에 우리는 완전히 굶어죽진 않을 것이다. 이 쌀은 이를테면 우리 가족의 방어 무기와도 같다.

어느 날 아침, 초우 언니가 큰 소리로 울면서 우리 모두를 깨운다.

"아빠, 어젯밤에 누가 용기에 들어갔었나 봐요."

우리의 눈은 일제히 모습을 드러낸 쌀 용기로 향한다. 뚜껑 위쪽이 살짝 구부러지고 조금 열려 있다.

"쥐들이 용기에 들어가서 쌀을 좀 훔쳤구나. 걱정하지 마라. 오늘 밤 아빠가 단단히 막아놓을 테니. 이 쌀은 우리 모두의 것이란다."

아빠가 말한다.

아빠는 우리 가족 중 누군가 쌀을 훔쳤다고 생각한다. 나는 아빠가 그렇게 생각한다는 걸 안다. 쥐 이야기는 사실이 아니라는 것도 다들 안다. 그 쥐가 바로 나라는 사실을 아빠가 알고 있다는 확신이 들자 나는 아빠 눈을 피한다. 모두 보고 있는 가운데 뜨거운 쇠로 낙인을 찍힌 듯 부끄러움에 내 손이 뜨거워진다. 아빠가 가장 좋아하는 아이가 가족들의 식량을 몰래 훔쳤던 것이다. 나를 구하려는 듯 게악이 잠에서 깨어나 운다. 허기진 게악의 울음소리에 한바탕 벌어진 소동이 수그러든다.

'저예요, 아빠!'

나는 속으로 외친다.

'제가 훔쳤어요. 죄송해요!'

그렇지만 나는 아무 말도 못 하고 죄를 털어놓지 않는다. 죄의식이 나를 무겁게 짓누른다. 나는 한밤중에 일어나 쌀을 훔쳤다. 내가 쌀을 훔쳐 먹던 그 비몽사몽 같은 세상에 있으면 좋겠다. 하지만 그런 세상은 진짜가 아니다. 쌀을 한 줌 훔칠 때 나는 내가 무슨 짓을 하고 있는지 정확히 알고 있었다. 너무나 배가 고픈 나머지 뒷일을 생각하지 않았다. 잠든 식구들을 넘어서 쌀 용기로 다가갔다. 심장이 쿵쿵 뛰었다. 천천히 뚜껑을 들어올린 뒤 용기 안에 손을 넣어 생쌀 한 줌을 꺼냈다. 그러고는 가족들이 깨어나 내게 도로 갖다놓으라고 하기 전에 재빨리 굶주린 입 속으로 밀어넣었다. 생쌀을 씹는 소리에 다른 사람들이 깰까 겁이 나서 침으로 쌀알을 충분히 불렸다. 쌀이 충분히 부드러워지자 목 너머로 편하게 넘어가도록 이로 쌀알을 잘근잘근 빨아서 달콤하게 만들었다. 나는 더 먹고 싶었다. 벌받을 걱정은 나중에 하고 배부를 때까지 먹고 싶었다.

'나빠! 넌 나빠! 아빠는 알아.'

속으로 나를 꾸짖는다.

오래전에 아빠가 내게 말했다. 사람들은 잡힐까 두려워서가 아니라 일생 동안 자신을 따라다닐 업보 때문에 착해야 한다고 말이다. 나쁜 사람은 속죄할 때까지 다음 생에서 뱀이나 달팽이나 지렁이로 태어나게 된다. 여섯 살인 나는, 나쁜 내가 다음 생에서 하등동물로 태어나도 싸다고 생각한다. 도대체 나쁜 사람이 아니라면 가족들이야 굶주리든 말든 어느 누가 자기 배만 채우겠는가.

그날부터 나는 점점 더 나 자신 속에 틀어박힌다. 아빠에게 가서 질문하거나 아빠 가까이 앉는 것조차 그만둔다. 영양실조로 스러져

가는 네 살 난 여동생을 바라보지도 못한다. 유일하고도 지속적인 내 동료라고는 꼬르륵거리는 위장뿐이다. 비열하고 불안한 나는 나보다 나이는 많아도 더 겁이 많은 초우 언니와 끊임없이 싸움을 벌인다. 언니는 말로 되받아치기만 하지만 나는 종종 언니가 나랑 몸싸움을 하게끔 몰아댄다. 일부러 누가 나를 해치게 만들어서라도 가족들의 쌀을 훔친 벌을 받고 싶다. 아빠는 여전히 자제력이 있는 유일한 사람이라서 우리가 끊임없이 싸워도 크게 화를 내지 않는다.

어느 날 둘이 싸우다가 초우 언니가 나를 밀자 나는 언니를 더 멀리 밀어버린다. 언니는 내 적수가 못 된다는 것을 알고 엄마에게 도와달라고 소리친다. 엄마가 야자열매를 집어서 내게 던진다. 딱딱한 껍질이 쿵 소리를 내며 내 머리를 맞히자, 순간 내 머릿속에서 강렬한 빛이 고통스럽게 번쩍인다. 나는 균형을 잡으려고 벽에 기대어 천천히 숨을 쉰다. 곧이어 내 이마에서 뭐가 떨어지더니 뺨 아래로 흘러내린다. 핏방울이 셔츠로 떨어지는 걸 보고 뺨을 훔친다. 나는 주저앉아서 거칠게 엄마를 쏘아보며 앙칼지게 외친다.

"엄마 때문에 난 죽을 거예요!"

자신이 무슨 일을 했는지 깨닫자 엄마 얼굴이 걱정으로 어두워진다. 엄마가 재빨리 내게 달려와서 상처를 살핀다.

"어디 좀 보자. 그건 네가 자초한 거야. 너희들 정말 그만두지 못하겠니? 로옹, 언제나 네가 먼저 싸움을 걸지. 엄마를 정말 짜증나게 만드는구나."

엄마 목소리가 갈라진다.

내가 나쁘다는 말에 부끄러워서 입술이 떨린다. 나 때문에, 내가 나쁘고 제대로 하는 게 하나도 없어서 엄마가 울고 있다. 그날 저녁 늦게 돌아온 아빠가 내 머리를 살펴보더니 심하게 베인 상처일 뿐이라며 죽지는 않을 거라고 말한다. 나는 아빠를 신뢰하고 아빠 말을 믿는다. 아빠는 나를 두고 엄마에게 간다.

엄마는 아빠를 피한다. 부모님은 싸우는 적이 거의 없다. 아빠는 항상 자제하는 사람이라 나는 화내는 아빠를 본 적이 한 번도 없다. 그런데 이번에는 아빠가 큰 소리를 치며 엄마에게 화를 낸다. 엄마는 한구석에 가만히 앉아서 우리의 검은 옷과 식기들을 정리하고 또 정리한다. 아빠가 일어서서 엄마를 내려다본다.

"왜 그런 거요? 애 눈에라도 맞았으면 큰일 날 뻔했잖소. 그랬으면 어떻게 할 거요? 여기서 어떻게 맹인으로 살라는 말이오. 이제는 그런 경우를 생각하시오!"

엄마는 대꾸 한 마디 없이 조용히 빨간 스카프로 눈을 닦는다. 아빠가 엄마에게 다른 많은 말을 하지만 나는 듣기를 그만둔다.

아빠가 일하러 가자 엄마가 게악을 안고 내게 온다.

"널 다치게 할 생각은 없었어. 너희가 하도 심하게 싸워서 엄마가 이성을 잃었구나. 근데 넌 왜 늘 누구하고나 싸우려 드니?"

캄보디아에서 아이들이 어른들에게서 들을 수 있는 사과의 말은 딱 그렇다. 나는 엄마를 보고 이를 갈며 외면해버린다. 다른 사람의 말을 듣고 싶지 않을 때면 아무도 다가올 수 없는 내면으로 침잠한다. 엄마가 말을 계속 이어가도 무시해버린다. 엄마는 내 상태를 알아차리고 한숨을 내쉬고는 결국 나가버린다. 엄마와 게악이 오두막을 나가자 내 안에서 분노의 회오리가 몰아치고 숨이 가빠진다. 화가 나고 단호해져서 내게 이런 고통을 일으킨 엄마에게 분노를 쏟아낸다. 텅 빈 내 밥그릇을 멍하니 응시하며 엄마가 내게 한 말에 개의치 않는 듯 군다. 심지어는 아주 잠깐 동안 엄마가 죽었으면 좋겠다고까지 생각한다. 내가 나쁘다는 걸 엄마가 죽음으로 보여주기를 바란다. 늘 사고뭉치인 데다 착하지 않은 나 자신이 증오스럽다.

잠시 뒤 킴 오빠가 초우 언니를 불러 우리에게 할당된 노동량을 채워야 한다며 공동밭으로 향한다. 나를 보자 오빠는 노려만 보고 말 한 마디 건네지 않고 쌩하니 가버린다. 초우 언니가 달려와서 내 손을 잡는다. 나는 고개를 숙인다. 내가 잘못해서 싸움이 일어난 건데도 언니는 내게 화를 내지 않는다. 언니는 싸움을 끝내고 벌써 나를 용서했다. 언제나 나를 사랑하고 용서하리라는 것을 알기에 내가 언니를 싸움 상대로 골랐다는 사실을 언니가 아는지 궁금하다. 우리 둘은 깍지를 끼고 함께 밭으로 걸어간다.

그날 밤 나는 초우 언니와 게악 사이 내 자리에 누워서, 아빠 옆에서 잠든 엄마를 건너다본다. 분노가 가라앉자 나는 절망의 구렁텅이로 깊이 빠져든다. 프놈펜에서 시클로를 타고 갈 때 내가 엄마 무릎 위에서 뛰어도 소리 내어 웃던 엄마 모습이 떠오른다. 엄마는 정말 아름다웠다. 예전에 엄마를 알고 있던 어느 누구도 엄마를 알아보지 못할 것이다. 엄마의 붉은 입술은 메마른 자주색이 되었고, 뺨은 푹 파였으며, 눈 밑에는 깊은 그늘이 지고, 도자기처럼 흰 피부는 햇볕에 그을어 주름진 구릿빛이 되었다. 우리 집에서 들리던 엄마의 웃음소리가 그립다. 내 엄마가 그립다.

아빠와 달리 엄마는 힘든 일이나 노동에 전혀 익숙하지 않다. 중국에서 태어난 엄마는 꼬마일 때 캄보디아로 이주해왔다. 결혼한 뒤로는 아빠가 모든 면에서 엄마를 보살폈다. 하지만 이제 아빠는 엄마에게 마을의 다른 신인민 여자들보다 더 열심히 일하라고 다그친다. 게다가 엄마는 중국어 억양으로 크메르어를 하기 때문에 더욱 조심해야만 한다. 아빠는 이 때문에 엄마가 캄보디아에서 '민족적 독극물'로 취급되는 외국인을 제거하고 싶어 하는 군인들의 표적이 될까봐 두려워한다. 엄마는 자신의 유산을 자랑스러워하지만 우리 모두가 위험에 노출될까봐 숨겨야만 한다.

아빠는 앙카르가 인종 청소에 혈안이 돼 있다고 말한다. 앙카르는 진정한 크메르인이 아닌 사람은 죄다 증오한다. 민주캄푸치아에서 악과 부패, 독의 원인인 다른 민족들을 제거하고 싶어 한다. 그래야 진정한 크메르 후손들이 다시 집권할 수 있단다. 나는 인종 청소가 무엇을 뜻하는지 모른다. 나 자신을 보호하기 위해 종종 구인민들처럼 거무스름해 보이게끔 살갗에 흙과 숯을 발라야 한다는 것만 알 뿐이다.

케아브 언니

1976년 8월

케아브 언니가 우리 마을을 떠난 지 6개월, 크메르루주가 정권을 잡은 지 16개월이 지난 어느 날 아침, 젊은 여자가 우리 마을에 와서 엄마와 아빠를 찾는다.

"케아브 소식을 갖고 왔어요. 병원에 가보세요. 케아브가 정말 많이 아파요. 두 분을 무척 보고 싶어 해요."

"왜요? 그 애한테 무슨 문제가 생겼나요?"

엄마가 게악을 엉덩이 쪽으로 옮기며 간신히 묻는다.

"간호사는 케아브가 먹은 음식 때문이라고 믿어요. 설사가 정말 심해요. 당장 가보셔야 해요. 아침나절 내내 앓으면서 계속 두 분을 찾았어요."

아빠는 케아브 언니를 보러 가기 위해 일을 그만둘 수 없는 형편이다. 우리는 언니가 얼마나 아픈지 모른다. 엄마가 촌장에게 허락을 받고 그 여자와 함께 케아브 언니를 만나러 간다.

케아브 언니는 여전히 160명쯤 되는 노동자들과 함께 10대 노동 수용소인 콩차랏에서 산다. 10대 소년 소녀들은 분리되어 두 가옥에서 따로따로 지낸다. 그들은 새벽부터 어스름한 저녁까지 논에서 일한다. 소녀들은 소년들보다 음식을 덜 받지만 똑같이 열심히 일해야 한다. 음식은 양쪽 다 묽은 죽과 젓갈을 배급받는다.

아빠와 킴 오빠가 일하러 간 뒤 나는 초우 언니, 게악과 함께 엄마가 돌아오기만을 기다린다. 시계가 없어서 해가 떠 있는 위치로 시간을 가늠해보지만 잘 알 수가 없다. 기다림이 영원처럼 느껴진다. 초우 언니가 옆에서 자는 게악에게 부채질을 해주며 파리를 쫓아낸다. 나는 우리 오두막 앞을 서성거린다. 걸음을 뗄 때마다 땅이 흔들리는 것 같아 균형을 잃는다. 호흡이 가빠지고 숨이 막힌다. 나는 마음속으로 수용소에 있는 케아브 언니를 그려본다.

어느 날 잠에서 깬 케아브 언니는 위가 부풀고 요란하게 울린다는 사실을 깨닫는다. 무언가가 속을 휘젓는 듯한 소리가 난다. 언니는 그 소리를 무시하고 그냥 공복통이라고만 생각한다. 심호흡을 하자 왈칵 눈물이 쏟아진다. 늘 공복통이 있다. 때로는 그 통증이 너무나 심해서 온몸으로 퍼진다. 음식을 많이 먹어본 지도 오래다. 언니는 통증이 가라앉길 바라며 손으로 배를 문지른다.

언니는 수용소의 규칙을 지키려고 멍석에서 바닥으로 굴러 벽에 몸을 기댄다. 더러운 바닥은 딱딱하고 온통 검은 개미와 온갖 벌레들 천지다.

언니는 밤마다 입을 꼭 다물고 머리끝까지 담요를 뒤집어쓰고는 벌레들이 기어들어올 틈이 없기만을 바란다. 언니는 수용소를 한번 둘러본 뒤 함께 사는 80명의 소녀들 중에 아는 몇몇 얼굴을 빤히 바라본다. 언니가 그들에게 미소를 보내자 그들은 공허한 눈길로 인사를 받는다. 이를 악물고 그들을 외면하며 심호흡을 한다. 언니는 자신의 감정을 드러내면 안 된다는 걸 안다. 그랬다가는 감독관이 언니가 약하다는 사실을 알아채고 계속 살아 있을 가치가 없다고 생각할지도 모른다. 로레아프에 있는 우리 가족의 오두막과 달리 노동수용소에는 언니가 감정을 해소할 자신만의 사적인 공간이 없다. 수용소에서 울기라도 하면 160개의 눈이 언니를 나약하다고 판정할 것이다. 그래서 가족이 더 보고 싶다. 눈물이 흐르자 언니는 누가 보기 전에 재빨리 소매로 눈을 훔친다.

나는 마음의 눈으로 케아브 언니가 심호흡을 하며 텅 빈 마음을 채우려 애쓰는 모습을 본다. 언니가 가족 생각을 떨쳐내며 숨을 깊이 들이마시자 폐가 부풀어오른다. 지독한 외로움, 언니는 어떻게 이 외로움을 이겨내야 할까. 언니를 걱정하는 사람이 전혀 없는 곳에서 산다는 건 아무도 언니에게 다가오지 않는다는 뜻이다. 그곳에서 언니는 보호를 받을 수 없다. 철저히 완벽하게 혼자다. 언니는 아빠가 아주 많이 보고 싶고, 아빠의 보살핌이 그립고, 언니를 보호하고 걱정해주던 아빠의 손길이 그립다. 언니를 꼭 안아주고 머리를 쓰다듬던 엄마의 손길도 그립다.

언니는 물탱크로 가서 바가지에 물을 떠서 세수를 한다. 낡은 검은 셔츠 조각으로 이를 닦으며, 아빠는 언니가 몸조심하길 간절히 바랄 거라고 생각한다. 천으로 이를 몇 번 문지르다가 잇몸이 너무 쓰려서 그만둔다. 언니는 물에 비친 자기 모습을 보고 흠칫 놀란다. 보기 흉하다. 언니가 한때 아름다운 소녀였다는 사실을 누가 믿을까? 열다섯 살인데도 열두 살밖에 안 돼 보인다. 툭 튀어나온 광대뼈를 손가락으로 살짝 만져본다. 프놈펜에서는 세안제와 보습제로 피부를 보호했다. 지금은 얼굴이 햇볕에 상해 상처와 여드름이 났다. 기름진 머리카락은 몹시 가늘어져서 두피가 살짝 드러나 보인다. 80명의 다른 소녀들처럼 똑같은 스타일로 머리를 짧게 깎아서 소년처럼 보인다. 언니는 자기 몸을 훑어보고 움찔한다. 팔다리는 나무 막대기 같지만 배는 임신이라도 한 것처럼 불룩하다.

눈물이 주르륵 흐르지만 그래도 괜찮다. 얼굴에 물을 끼얹어 눈을 닦는 척하며 눈물을 감추면 그만이다. 열다섯 살인 언니는 남자 손을 잡아본 적도, 남자에게 키스를 받아본 적도, 연인의 따뜻한 포옹을 느껴본 적도 없다. 이제까지 살아오면서 못 해본 일이 많지만 그런 건 아무것도 아니다. 하지만 언젠가는 엄마와 아빠처럼 서로 아끼고 존중해주는 그런 사랑을 하고 싶다.

언니는 머리에 빨간색 스카프를 두르고 논으로 향한다. 날마다 논에서 일하며 벼를 심고 쌀을 수확한다. 그건 매일같이 하는 등골 빠지는 노동이다. 새벽 5시인데 하늘엔 구름 한 점 보이지 않고 안개만 자욱하다. 벌써 공기가 뜨겁고 습하다. 한 시간 뒤에 안개가 흩어지며 하얀 하늘이 드러난다. 검은색 바지와 셔츠가 햇빛을 빨아들이자 모든 땀구멍에서 땀이 뚝뚝 떨어진다. 햇볕이 정수리에 내리쬐자 열기와 습기로 숨 쉬기도 힘겹다.

한 시간이 지나도 배가 계속 꿀렁이며 요란하게 성난 소리를 낸다. 언니는 이를 무시하고 곧 저절로 잦아들기를 바란다. 일할 때는 말을 해도 안 되고 노래를 해도 안 된다. 이제 모내기는 정신을 집중할 필요 없이 자동적으로 할 수 있게 된다. 그래서 언니는 많은 시간 이런저런 생각에 잠긴다. 너무나 많은 시간을 그렇게 보낸다. 마음이 나태해지고 온갖 잡생각이 떠오른다. 학교 숙제, 프놈펜에서 만났던 귀여운 소년, 예전에 봤던 영화 등등. 하지만 언제나 가족 생각으로 되돌아간다. 가족이 몹시 그립다.

또 한 시간이 흐르자 위에 큰 통증이 일어 몸을 웅크린다. 배를 움켜쥔 채 숲으로 달려가서 발목까지 바지를 내리고 독을 배출해낸다. 바지를 올리고 논으로 돌아가지만 곧 다시 숲으로 달려가야만 한다. 대여섯 번 숲으로 달려간 뒤 결국 감독관에게 간다.

"죄송하지만 배가 너무 아파요. 남은 시간은 쉬면서 병원에 가도 될까요?"

언니가 감독관에게 간청한다. 감독관은 혐오스럽고 넌더리가 난다는 표정으로 언니를 바라본다.

"안 돼. 네가 아프다는 걸 믿을 수 없다. 공복통은 누구에게나 있어. 넌 게으르고 쓸모없는 도시 계집애구나. 돌아가서 일해."

심한 모욕에 가슴이 떨린다.

또다시 한 시간이 흐르지만 위는 진정되지 않는다. 그 한 시간 동안 논에서 버틴 시간은 고작 10분이고 나머지 시간은 숲속에서 머문다. 너무 아프고 힘이 없어서 몸을 질질 끌며 다시 감독관에게 간다.

"제발…… 너무 아파요. 더는 서 있을 수가 없어요."

감독관이 언니의 다리를 빤히 보자 언니도 자기 다리를 내려다보다가 복통 못지않게 당황해서 얼굴을 붉힌다. 마지막으로 숲에 갔다 오다가 바지를 더럽혔던 것이다.

"냄새가 끔찍하군. 좋아, 병원에 가는 걸 허락한다."

드디어 감독관의 허락이 떨어지자 언니는 비틀거리며 수용소로 돌아가 그대로 쓰러진다.

논을 벗어난 지 한 시간 뒤에야 언니는 간호사를 만나기 위해 많은 환자들이 기다리는 임시 병원에 도착한다. 병원은 땅바닥에 많은 간이침대가 줄지어 있고 덜컹거리는 낡은 건물이다. 언니가 간호사에게 다가가 증상을 설명하자, 간호사가 언니 손을 잡고 침대로 데려가서 언니를 눕게 한다. 간호사는 혈압을 재거나 언니 몸을 만져보지도 않고 증상만 간단히 묻는다. 그러고는 나중에 돌아와서 살펴보고 약을 갖다주겠다며 급히 자리를 뜬다.

언니는 이 말이 거짓임을 안다. 그곳에는 약이 없다. 진짜 의사나 간호사도 없고, 오직 의료 전문가인 척하라는 지시를 받은 보통 사람들만 있다. 진짜 의사와 간호사는 모두 오래전에 앙카르 손에 죽었다. 그래도 뜨거운 햇볕을 벗어나니 기쁘다.

로레아프에서는 해가 머리 꼭대기에 있을 때인 1시에 점심 종이 울린다. 초우 언니와 게악과 나는 우리 오두막에서 달려나와 음식을 배급받는 공동식당에서 아빠와 킴 오빠를 만난다. 우리는 그늘에 앉아서 끼니로 묽은 쌀죽과 젓갈을 조용히 먹는다. 초우 언니는 게악이 음식을 흘리거나 떨어뜨리지 않게 조심하며 죽을 떠먹인다. 게악의 둥그렇게 부푼 배와 작은 머리, 막대기 같은 팔다리가 기형적으로 보인다. 우리 주변에서는 사람들이 다섯에서 열 명쯤씩 모여 앉아 또 하루를 겨우 버텨낼 정도밖에 안 되는 음식을 조용히 먹고 있다.

고개를 들자 엄마가 돌아오는 모습이 보인다. 엄마 얼굴이 벌겋게 부은 걸 보니 운 게 틀림없다. 우리는 무언가 심각하게 잘못됐다고 짐작은 하지만 누구도 충격적인 소식을 마주할 자신은 없다.

"케아브가 얼마 못 살 것 같아. 버텨낼 것 같지 않아."

엄마가 나직이 말하며 흐느낀다.

"케아브가 밤을 못 넘길 것 같구나. 심한 이질에 걸려 너무 아프단 다. 그들은 케아브가 독이 든 음식을 먹었다고 생각해. 애가 너무 마르고 아침 내내 설사 때문에 혼났대."

엄마는 우리에게 케아브 언니의 상태를 설명하면서 손바닥으로 얼굴을 쓸어내린다.

언니는 뼈밖에 안 남아 있다고 했다. 눈은 안구 깊숙이 푹 꺼지고 눈을 못 떠서 엄마를 바라보지도 못했다. 처음에는 엄마를 알아보지 도 못했다고 한다. 엄마에게 뭔가 말하려고 애썼지만 쌕쌕거리고 헐 떡거리기만 했다. 엄마가 절망하며 큰 소리로 울었다. 마침내 말문 을 연 언니는 계속 아빠를 찾았다.

"엄마, 아빠는 어디 있어요? 엄마, 가서 아빠를 데려와요. 내가 죽 을 거라는 거 알아요. 마지막으로 아빠를 보고 싶어요. 아빠가 나를 우리 가족이 있는 집에 데려가줬으면 좋겠어요."

엄마가 우리에게 이어서 말한다.

"그게 케아브의 마지막 소원이었어. 가족들을 보고, 죽은 뒤엔 가족들과 가까이 있는 거. 케아브는 피곤해서 자고 싶지만 거기서 아빠를 기다리겠대. 케아브는 너무 허약해서 얼굴에 달라붙은 파리조차 쫓아내지 못해. 케아브는 너무 비위생적인 상태야. 내가 거기에 도착할 때까지 그들은 케아브의 분비물도 치워주지 않았어. 아픈 아이를 더러운 시트에 그냥 누워 있게만 했어. 아무도 우리 딸을 돌봐주지 않아."

케아브 언니를 데려와도 된다는 촌장의 허락을 받은 뒤, 엄마와 아빠는 서둘러 병원으로 떠난다. 우리는 오두막 계단에 앉아서 큰언니를 집에 데려오려고 떠나는 부모님을 바라본다. 킴 오빠와 초우 언니는 조용히 앉아서 골똘히 생각에 잠긴다. 게악이 내게 기어와서 엄마는 어디 갔느냐고 묻는다. 게악은 우리에게서 아무 대답도 못 듣자 계단을 내려가 땅바닥에 앉는다. 그러고는 나뭇가지를 집어들고 땅바닥에 원과 사각형, 조잡한 우리 오두막을 그린다. 우리는 기다린다. 몇 분이 몇 시간이 되고, 몇 시간은 영원이 된다. 시간이 더 빨리 지나가야 하는데 해는 좀처럼 기울지 않는다.

나는 마음속으로 언니를 찾으러 병원에 간 엄마 아빠를 좇는다. 병원에서 부모님을 기다리는 케아브 언니를 상상해본다.

케아브 언니는 자기 이마를 부드럽게 어루만지던 엄마의 손길을 떠올린다. 자기를 사랑해주는 누군가가 있다는 건 세상에서 가장 근사한 일이다. 몸으로 제대로 느낄 순 없지만, 엄마 손이 자신의 몸에 닿는 게 좋다. 엄마가 씻어주고 닦아주고 머리를 매만져주는 게 좋다. 그런 손길이 무척 그립다! 당장 엄마가 너무나 보고 싶다!

그 생각을 하자 입가에 작은 미소가 떠오른다. 엄마 생각을 하며 또다시 미소 짓지만, 미소는 이내 눈물로 변한다. 언니는 숨죽여 울면서 끝내 감정을 토해내고 만다. 엄마가 이런 자신을 보지 않았기를 바란다. 케아브 언니는 지난번에 엄마가 왔을 때 자기가 어떻게 보였을까 걱정한다.

엄마는 이런 상태의 케아브 언니를 보자 슬프고 충격을 받는다. 애달프게 울면서 언니를 정말 많이 사랑한다고 하염없이 말해준다. 언니 손을 살며시 잡고 이마에 키스를 한다. 언니는 잠깐이라도 앉아 있고 싶지만, 몸이 너무 허약해서 살짝만 움직여도 고통스럽다. 엄마에게 하고 싶은 말이 정말 많은데 말하기가 힘들다.

언니는 옴짝달싹할 수 없는 상황에 좌절한다. 엄마가 떠날 때에야 간신히 고개를 돌려 멀어지는 엄마를 하염없이 바라볼 수 있을 뿐이다.

"엄마, 빨리 돌아오세요."

언니가 속삭인다. 엄마는 언니 곁을 떠나고 싶지 않지만, 언니가 마지막으로 아빠를 보고 싶어 한다는 걸 안다. 언니도 엄마의 그런 마음을 안다. 언니는 아빠와 형제자매들이 많이 보고 싶다. 너무 슬퍼서 숨이 멎을 것만 같다. 엄청난 슬픔에 압도되어 언니는 어떻게 해야 할지 모른다. 파리 한 마리가 위에서 윙윙거리다가 언니 손에 내려앉는다. 언니는 힘이 없어서 파리를 쫓아버리지 못한다. 등골이 오싹해진다. 언니는 그것이 완전한 두려움임을 안다. 가슴이 몹시 뻐근해지고 숨 쉬기가 점점 더 힘들어진다.

"아빠, 너무 무서워요. 제발 얼른 오세요."

언니가 가냘픈 숨을 내쉬며 울부짖는다.

드디어 돌아오는 부모님의 모습이 멀찌감치 보이자 우리 남매는 그쪽으로 달려간다. 큰언니 없이 돌아오는 부모님을 보자 가슴이 무너진다. 두 분의 얼굴은 굳어 있고 침울하다. 언니가 이미 죽었다는 걸 알면서도 우리는 언니 소식을 들으려고 부모님에게 달려간다. 큰딸을 잃은 엄마가 네 살배기 막내딸 게약에게 달려가서 꼭 끌어안는다.

"우리가 거기 갔을 때 언니는 벌써 죽었단다. 우리가 도착하기 직전에 말이다. 간호사 말이, 언니가 우리가 도착했는지 계속 물어보면서 다른 곳이 아니라 집에 정말 가고 싶다고 했다는구나. 우리가 너무 늦게 간 거야. 아빠가 간호사에게 언니를 집에 데려가도 되는지 물어봤는데 언니가 어디 있는지 모른다더구나. 다음 환자 때문에 침대가 필요해서 언니를 밖에 내다버린 거야. 바닥에 있는 시체들 사이에서 언니를 찾아봤지만 찾을 수 없었어."

아빠가 지친 목소리로 말한다.

간호사는 그날 식중독으로 소녀들이 열두 명 넘게 죽었다고 했다. 그러면서 그들에 대해 조금이라도 알릴 수 있어서 다행이라고 말했다. 대부분은 부모에게 어떻게 알려야 할지 몰라서 부모와 연락이 닿지 않은 사망자는 바로 매장된다. 케아브 언니는 그런 사람들과 뒤섞여 있는 게 분명하다.

"그들은 우리가 언니 소식을 들은 것만으로도 감사해야 한다는 듯이 굴더구나. 이제 언니는 죽었고 우리는 언니를 볼 수 없단다."

170

아빠는 분노를 억누르려고 애쓰지만 얼굴이 일그러진다. 아빠는 어깨를 떨면서 우리에게 눈물을 보이지 않으려고 두 손으로 얼굴을 가린다.

엄마가 쉰 목소리로 속삭인다.

"간호사에게 케아브의 소지품이 있는지 물었어. 그 말을 듣고 간호사가 찾아보러 가더니 빈손으로 오더구나. 전에 봤을 때는 케아브가 몰래 간직해둔 금시계를 차고 있었는데. 우리가 선물로 준 그 금시계 말이야. 간호사는 케아브가 죽었다는 걸 알았을 때 제일 먼저 시계를 빼서 감췄을 거야. 하지만 간호사는 케아브 손목에서 시계를 본 적이 없다며 그게 어디 있는지 모른다고 하더구나."

아마도 누가 언니 손목에서 시계를 훔쳐갔을 것이다. 엄마 얘기를 더 들을 수가 없다. 나는 어느새 숲을 향해 달려가고 있다. 나는 우거진 관목 옆 큰 나무 아래로 가서 무릎을 꼭 끌어안고 고개를 묻는다. 두 손으로 입을 막은 채 목을 태우기라도 할 듯 고통스럽게 비어져 나오는 울음을 애써 누르며 하염없이 눈물만 쏟아낸다.

사람들은 늘 케아브 언니와 내가 많이 닮았다고 말했다. 우리는 거의 쌍둥이처럼 닮았고 성격 또한 비슷했다. 둘 다 고집이 세어서 항상 싸울 태세였다. 케아브 언니의 마지막 소망은 이루어지지 않았다. 언니는 죽기 전에 아빠를 만나지 못했다.

나는 두 팔로 배를 감싸고 고통에 몸을 웅크리며 땅바닥에 쓰러진다. 무성한 풀밭에 떨어진 눈물이 땅속으로 스며든다.

그날 밤 나는 두 손을 가슴에 엇갈리게 얹고 누워서 사람들이 죽으면 어떤 일이 일어날지 초우 언니에게 묻는다.

"확실히 아는 사람은 없어. 하지만 그들은 처음엔 죽은 줄도 모르고 평화롭게 자고 있다고 생각해. 그들은 사흘 동안 잠을 자고 사흘째 되는 날 밤에 일어나서 집으로 돌아오려고 해. 그때 그들은 자기가 죽었다는 걸 깨닫는대. 슬프지만 그들은 스스로 평화를 찾아. 곧이어 강으로 가서 몸을 씻고, 환생을 기다리기 위해 하늘나라로 여행을 간대."

"언제 환생하는데?"

"나도 몰라."

초우 언니가 대답한다.

"언니가 여기로 환생하지 않으면 좋겠다."

나는 나지막이 대꾸한다. 초우 언니가 소매로 눈을 닦고는 살며시 내 손을 잡는다. 나는 방금 초우 언니가 해준 이야기를 되새기며, 어딘가에서 평화롭게 자고 있는 케아브 언니를 그려본다. 사흘째 되는 날 밤에 언니는 깨어나서 자기가 죽었다는 걸 깨닫는다. 집에 돌아올 수 없다는 것을 알자마자 언니가 느낄 고통이 떠올라서 슬퍼진다. 천국에서 드디어 다시 행복해진 언니가 우리를 지켜보는 모습을 상상한다. 전쟁 전의 언니의 눈길과 흰 가운을 입은 모습, 강에서 빨래하던 언니의 모습 따위를 그려본다. 엄마가 들려준 죽음을 앞둔 언니의 모습이 아니라, 프놈펜에서 엄마가 바라보던 모습의 언니를 본다.

케아브 언니가 죽었다는 현실이 너무 슬퍼서 나는 살고 싶은 판타지 세상을 만든다. 마음속으로 언니의 마지막 소원을 이루게 해준다. 아빠가 늦지 않게 그곳에 도착해서 아빠를 정말 많이 사랑한다는 언니 말을 듣는다. 아빠는 언니에게 우리가 사랑한다는 메시지를 전한다. 언니가 두려움이 아니라 사랑을 느끼며 평화롭게 숨을 거둘 때 아빠가 언니를 꼭 안아준다. 곧이어 아빠가 언니의 시신을 잃어버리지 않고 우리 집으로 데려와서는 우리와 영원히 함께할 수 있도록 잘 묻어준다.

이튿날 아침에 일어난 나는 케아브 언니 꿈을 전혀 꾸지 않았다는 사실에 죄의식을 느낀다. 아빠는 벌써 일하러 나갔고, 엄마는 벌겋게 퉁퉁 부은 얼굴로 늘 그랬듯이 게악을 안고 있다. 엄마와 케아브 언니는 잘 지내지 못했다. 언니는 거칠고 급한 성격이었다. 엄마는 언니가 더 숙녀다워지고 더 차분해지길 바랐다. 엄마가 언니와의 관계를 후회하는지 궁금하다. 프놈펜에서 살았을 때 언니가 듣는 음악이나 입는 옷을 두고서 둘이 다투곤 했던 것을 후회하는지 궁금하다.

엄마가 고개를 돌려 나를 바라보는데 눈에 눈물이 고여 있다. 나는 엄마를 위로해주고 싶지만, 그러지 못하고 나를 응시하는 눈을 피해버린다. 케아브 언니가 죽은 뒤 우리의 삶은 절대 예전 같지 않을 것이다. 굶주림과 죽음은 우리의 정신을 마비시킨다. 우리는 삶의 에너지를 모두 잃어버린 것 같다.

"우린 케아브의 죽음을 잊고 계속 살아야 한다. 아무 일도 일어나지 않은 것처럼 우리의 길을 가야 해. 촌장이 우리가 마을에서 아무

짝에도 쓸모없는 사람들이라고 여기게 해선 안 돼. 우린 힘을 내서 살아야 한다. 케아브도 우리가 계속 살아가길 바랄 테니까. 그게 우리가 살아남는 유일한 길이란다."

아빠가 우리의 기운을 북돋워주려고 애쓴다.

아빠

1976년 12월

시간이 천천히 흘러간다. 지금은 공기가 더 뜨겁고 건조한 한여름이다. 케아브 언니가 죽은 지 넉 달이 다 되어간다. 가족들은 결코 언니 얘기를 꺼내지 않지만, 이제 우리와 함께 있지 않은 언니가 생각날 때면 여전히 가슴이 메어온다.

정부는 꾸준히 우리의 음식량을 줄이고 있다. 나는 늘 배가 고파서 어떻게 하면 음식을 더 먹을 수 있을까 궁리한다. 매일 밤 자려고 할 때면 배가 꿀렁거리고 아프다. 우리 가족은 쿠이 오빠와 멩 오빠가 집에 올 때마다 가져다주는 음식에 의존한다. 두 오빠는 수용소에서 음식을 훔칠 수 있을 때마다 몰래 가져온다. 하지만 앙카르가 계속 바쁘게 일하게 해서 예전처럼 우리에게 자주 올 수가 없다.

전 정부의 지지자였던 우리는 언제 발각당할지 모르는 두려움 속에서 살고 있다. 우리 마을로 걸어오는 군인들을 볼 때마다 심장이 널뛴다. 그들이 아빠를 데리러 올까봐 두렵다. 그들은 아빠가 가난한 농부가 아니라는 사실을 모른다. 그들이 우리가 거짓 삶을 살고 있다는 걸 알아차리는 데 얼마나 오래 걸릴까? 어디를 가든 사람들이 나를 노려보며 의심의 눈초리로 바라보다가, 내가 실수로 가족의 비밀을 누설하기를 기다리고 있다는 생각에 시달린다. 그들이 내 말투나 걸음걸이나 시선을 보고 비밀을 알아낼 수 있을까?

"그들은 알 거요."

어느 날 밤 느지막이 아빠가 엄마에게 속삭이는 소리가 들린다. 나는 초우 언니와 킴 오빠 옆에 누워서 자는 척하고 있다.

"군인들이 우리 이웃들을 많이 데려갔소. 아무도 그들의 실종에 대해 말하지 않아요. 우리는 최악의 경우를 대비해야 하오. 아이들의 이름을 바꾸고 다른 곳에서 살게 내보내야 하오. 우리가 애들을 고아수용소에 가서 살게 해야 하오. 아이들은 누구에게든 자신이 고아이고 부모가 누군지 모른다고 거짓말을 해야만 하오. 그래야 서로를 폭로하지 않고 군인들로부터 스스로를 안전하게 지킬 수 있을 거요."

"안 돼요, 너무 어려요."

엄마가 아빠에게 애원한다. 나는 경련이 이는 눈꺼풀을 멈추게 할 수 없어 옆으로 구른다. 엄마와 아빠가 조용해지며 내가 다시 잠들기를 기다린다. 나는 킴 오빠의 등을 응시하며 숨을 고르게 내쉬려 안간힘을 쓴다.

"아이들이 스스로를 지키기엔 너무 어리다는 것도 사실이오. 하지만 상황이 심각하니 지금 당장은 어렵겠지만 곧 그렇게 해야 하오."

아빠 목소리가 잦아든다.

초우 언니 옆에서 계악이 절박하게 다가온 운명을 감지한 듯 발을 차고 잠꼬대를 한다. 엄마가 계악을 안아서 아빠와 엄마 사이에 누인다. 나는 다시 옆으로 굴러서 이번에는 초우 언니 등을 마주한다. 그러고는 계악을 가운데 두고 양옆에서 서로 얼굴을 마주 보며 잠을 청하는 엄마와 아빠를 엿본다. 두 분 다 계악의 머리를 쓰다듬고 있다.

다음 날 저녁 킴 오빠와 함께 우리 오두막 계단에 앉아서, 삶의 기쁨을 전혀 느낄 수 없는데 어떻게 세상은 여전히 아름다울 수 있을까 생각한다. 날이 어둑어둑해지면서 마법이라도 부린 듯 지평선 너머로 하늘이 붉은빛과 자줏빛, 황금빛으로 일렁거린다. 어쩌면 저 위에 신들이 살고 있을지 모른다. 언제쯤에나 신들이 여기로 내려와서 우리 땅에 평화를 가져다줄까?

다시 땅으로 눈을 돌리자 등에 총을 메고 우리를 향해 걸어오는 검은 옷의 두 남자가 보인다.

"아버지 있니?"

한 남자가 우리에게 묻는다.

"네."

킴 오빠가 대답한다. 아빠가 그들의 소리를 듣고 오두막에서 나온다. 주위로 가족들이 모여들자 아빠의 몸이 굳어진다.

"무슨 일입니까?"

아빠가 묻는다.

"당신의 도움이 필요하오. 몇 킬로미터 떨어진 진흙탕에 우리 우마차가 빠졌소. 그걸 끌어내는 걸 도와줘야겠소."

"가족들에게 얘기하고 올 테니 좀 기다려주시겠습니까?"

군인들이 아빠에게 고개를 끄덕인다. 아빠와 엄마가 오두막 안으로 들어가더니 잠시 뒤 아빠가 홀로 나온다. 안에서 엄마가 조용히 흐느끼는 소리가 들린다. 아빠가 군인들 맞은편에서 어깨를 쭉 펴고 크메르루주가 정권을 탈취한 뒤 처음으로 당당하게 우뚝 선다. 턱을 내밀고 고개를 높이 들고는 군인들에게 갈 준비가 됐다고 말한다.

나는 아빠를 올려다본다. 아빠가 숨을 깊이 쉬자 가슴이 오르락내리락한다. 이를 악물고 있어서 턱이 직각이 된다. 나는 아빠 바짓가랑이를 살짝 당긴다. 아빠가 좋은 마음으로 우리를 떠날 수 있게 하고 싶다. 아빠가 손을 내 머리에 올리고 머리카락을 헝클어뜨린다. 그러더니 갑자기 나를 번쩍 들어올려서 나를 놀라게 한다. 아빠가 두 팔로 나를 꼭 안고서 머리에 키스를 한다.

이렇게 아빠가 나를 안아주는 건 정말 오랜만이다. 내 발이 공중에서 대롱거린다. 아빠를 놓치고 싶지 않아서 나는 눈을 꼭 감고 두 팔로 아빠 목을 감싼다.

"예쁜 우리 딸, 저 아저씨들과 잠깐 갔다 올게."

아빠가 입술을 떨며 희미한 웃음을 짓는다.

"아빠, 언제 돌아와요?"

내 물음에 한 군인이 아빠를 대신해 대꾸한다.

"내일 아침에 돌아올 거다. 걱정하지 마, 눈 깜짝할 새에 돌아올 테니."

"아빠, 나도 같이 가도 돼요? 거긴 그렇게 멀지 않잖아요. 나도 도울 수 있어요."

나는 아빠에게 함께 가게 해달라고 애원한다.

"아니, 넌 함께 갈 수 없어. 이제 그만 가야겠다. 자, 너희들 착하지. 몸조심해라."

아빠가 나를 내려놓고는 천천히 초우 언니에게 걸어가서 언니 팔에 안겨 있는 게악을 들어올린다. 아빠가 게악을 안고 얼굴을 들여다보며 앞뒤로 살살 흔든다. 곧이어 몸을 숙여 초우 언니도 품에 안는다. 킴 오빠가 고개를 높이 들고 가슴을 쑥 내밀며 아빠에게 걸어가더니 조용히 옆에 선다. 아빠가 허리를 굽혀 두 손을 킴 오빠 어깨에 얹는다. 킴 오빠는 얼굴이 일그러지지만 아빠 얼굴은 단호하고 차분하다.

"몸조심하고, 엄마와 동생들 잘 보살펴주렴."

아빠가 말한다.

아빠가 양옆에 선 군인들과 함께 떠난다. 나는 그 자리에 서서 아빠에게 손을 흔든다. 아빠가 뒤돌아서 손을 흔들어주길 바라며, 점점 작아지는 아빠 모습을 보며 계속 손을 흔든다. 아빠는 결코 뒤돌아보지 않는다. 나는 아빠의 모습이 붉은 황금빛 지평선 너머로 사라질 때까지 지켜본다.

더는 아빠가 보이지 않자 돌아서서 집 안으로 들어간다. 엄마가 한구석에 앉아 울고 있다. 프놈펜에서 집을 나서는 아빠를 헤아릴 수 없이 많이 봤지만 엄마가 이렇게 침통해하는 모습은 본 적이 없다. 내 마음은 진실을 알면서도 이 상황이 뜻하는 현실을 인정할 수 없다.

"엄마, 울지 마요. 군인들이 내일 아침 아빠가 돌아올 거라고 했잖아요."

나는 내 손을 엄마 손 위에 얹는다. 내 손길에 엄마 몸이 떨린다. 나는 우리 남매들이 앉아 있는 계단으로 나가서 두 팔로 게악을 안고 있는 초우 언니 옆에 앉는다. 우리는 그렇게 다 함께 계단에 앉아서 아빠가 떠난 길을 응시하며 내일 아빠가 우리에게 돌아오기를 기도한다.

하늘이 새까매지고 구름이 몰려와 별들을 가린다. 엄마가 들어와서 자라고 할 때까지 초우 언니, 킴 오빠, 게악과 나는 여전히 계단 위에서 아빠를 기다린다. 나는 오두막 안에 누워서 두 팔을 엇갈리게 가슴에 얹는다. 초우 언니와 킴 오빠는 조용히 깊은 숨을 쉬고 있지만 잠들었는지는 알 수 없다. 엄마는 초우 언니 옆에 누워서 게악을 꼭 끌어안고 있다.

바깥에서 나뭇가지 사이로 바람이 불자 나뭇잎들이 바스락거리며 서로 노래를 부른다. 구름이 흩어지자 달과 별이 빛나며 밤에 생명력을 불어넣는다. 아침이 오면 태양이 떠오르고 낮에 활동하는 동물들이 잠에서 깨어날 것이다. 하지만 그날 밤 우리의 시간은 멈춰버린다.

이튿날 아침에 잠을 깨어보니 엄마가 계단에 앉아 있다. 얼굴이 부은 것을 보니 밤새 잠을 못 이룬 것 같다. 멀찍이서 숨죽여 울고 있다.

"엄마, 아빠 아직 안 왔어요?"

엄마는 내 말에 대답도 없이 눈을 가늘게 뜨고 아빠가 떠난 길을 계속 바라다본다.

"군인들이 아침에 아빠가 돌아올 거라고 했잖아요. 좀 늦는 걸 거예요. 아빠는 우리에게 돌아올 거예요."

이 말을 하는데 폐가 단단히 조여와서 나는 숨을 헐떡거린다. 숨을 쉬려고 안간힘을 쓰면서 나는 정신없이 머리를 굴린다. 정말로 이것이 뜻하는 바가 궁금하다. 아침이 왔는데 아빠가 안 돌아왔다! 아빠는 어디에 있는 걸까?

나는 우리 남매들과 앉아서 길 쪽을 향해 아빠를 찾아본다. 그러고는 아빠가 우리에게 늦게 돌아와야 하는 이유를 생각해낸다. 우마차가 진흙 속에서 망가지고 소는 움직이지 못한다. 군인들이 우마차를 고쳐야 한다며 아빠가 도와야 한다고 했다. 내 핑곗거리를 믿으면서 그들의 말이 이치에 맞다고 생각하려 애써보지만, 내 마음은 두려움으로 가득 찬다.

우리는 촌장에게 아프다고 말하고 집에 있어도 된다는 허락을 받는다. 아침과 오후 내내, 걸어서 우리에게 돌아올 아빠를 기다린다. 밤이 오자 신들은 또다시 찬란한 일몰로 우리를 비웃는다.

"이것보다 아름다운 건 없는 듯해. 신들이 우리를 놀리나봐. 어쩜 잔인하게도 하늘을 저렇게 아름답게 만들 수가 있어?"

나는 초우 언니에게 나직이 소곤거린다. 이 말을 내뱉자 심장이 더욱 조여온다. 내가 이렇게 아프고 비통한데 신들이 우리에게 아름다움을 보여주는 건 부당하다.

"아름다운 것들을 싹 다 부숴버리고 싶어."

"그런 말 하지 마. 정령들이 들어."

초우 언니가 내게 주의를 준다. 나는 언니 말에 털끝만큼도 신경 쓰지 않는다. 이게 바로 전쟁이 우리에게 행한 짓이다. 그 때문에 지금 나는 파괴를 원한다. 내 안의 증오와 분노는 어마어마하다. 앙카르가 깊이 증오하라고 가르쳐서 지금 내가 파괴력과 살상력을 갖게 된 것이다.

곧 어둠이 땅을 덮을 텐데 아빠는 아직도 돌아오지 않는다. 우리는 다 함께 계단에 앉아서 말없이 아빠를 기다린다. 서로 한 마디도 하지 않고 아빠가 집으로 돌아오길 기다리며 눈으로 들을 살핀다. 아빠는 돌아오지 않는다는 걸 모두 알지만, 희망이라는 환상이 깨질까봐 감히 그 말을 입 밖으로 내뱉지 못한다.

파리들이 어둠과 함께 사라지자 이번에는 모기들이 달려든다. 엄마는 게악을 꼭 안은 채 이따금 모기를 쫓으려고 팔로 게악의 몸을 부채질한다. 엄마의 고충을 알아차린 듯 게악이 엄마 뺨에 살짝 뽀뽀를 하고는 엄마의 머리카락을 어루만진다.

"엄마, 아빠 어디 있어요?"

게악이 묻지만 엄마는 침묵으로 대답한다.

"안에 들어가. 너희들 다 안 들어가니."

엄마가 피곤한 목소리로 우리에게 말한다.

"엄마도 우리랑 안으로 들어가요. 다 함께 안에서 기다려요."

초우 언니가 엄마에게 말한다.

"아니, 엄마는 여기서 돌아오시는 아빠를 맞이하는 게 좋을 것 같구나."

초우 언니가 엄마에게 계약을 받아서 오두막 안으로 들어간다. 엄마 혼자 계단에 앉아서 아빠를 기다리게 놔두고 킴 오빠와 나도 언니를 따라 들어간다.

나는 계약과 초우 언니의 나지막한 숨소리를 들으며 눈을 치켜뜨고 기다린다. 아빠는 20개월 동안 군인들에게 정체를 숨겼지만 결국 그들이 아빠를 찾아냈다. 아빠는 늘 정체를 영원히 숨길 수 없다는 사실을 알고 있었다. 나는 아빠가 숨기지 못했다는 게 믿기지 않는다. 잠을 잘 수가 없다. 아빠도 걱정되고 우리도 걱정된다. 앞으로 우리는 어떻게 될까? 우리는 우리의 생존을 당연하게 여겼지만 이제는 아빠 없이 어떻게 살아남을 수 있을까?

내 머릿속에선 온통 죽음과 처형 장면만 떠오른다. 나는 군인들이 어떻게 죄수들을 죽이고 그들의 시체를 커다란 무덤에 던지는지 수없이 들었다. 그들이 어떻게 포로를 고문하고 참수하는지, 또 귀한 탄약을 낭비하지 않으려고 도끼로 두개골을 내려친다는 말도 들었다. 아빠 생각이, 아빠가 의연하게 죽음을 맞이했는지 그렇지 않았는지 하는 생각이 멈추질 않는다. 그들이 아빠를 고문하지 않았기를 바란다. 산 채로 묻히는 죄수들도 있지만, 아빠가 그런 죽임을 당했다고는 생각할 수 없다. 하지만 아빠 몸에 흙이 쌓이고, 아빠가 숨을 쉬려고 목을 할퀴며 사투를 벌이는 장면이 사라지지 않는다!

아빠가 빨리 죽음을 맞았다고 믿어야 한다. 그들이 아빠를 고통스럽게 죽이지 않았다고 말이다. 아빠, 제발 두려워하지 마세요. 아빠의 마지막 순간을 생각하자 호흡이 빨라진다.

"그만 생각해. 안 그러면 너도 죽을 거야."

나는 혼잣말을 내뱉는다. 그래도 생각을 멈출 수가 없다. 예전에 아빠가 내게 말했다. 고승들은 몸에서 영혼이 빠져나와 그 영혼으로 세상을 여행한다고. 내 영혼도 내 몸에서 빠져나와 아빠를 찾아 온 나라를 여행하고 있다.

무릎을 꿇은 채 큰 구덩이를 빙 둘러싸고 있는 많은 사람들이 보인다. 구덩이 안에는 이미 죽은 사람들이 많이 있다. 그들의 시체가 시체 위에 포개져 큰대자로 뻗어 있다. 검은색 옷들이 피와 오줌똥, 그리고 허연 작은 물질로 젖어 있다. 머리가 덥수룩한 군인들이 새로 온 죄수들 뒤에 서서 한 손에는 커다란 도끼를 들고 다른 손으로는 담배를 피우고 있다.

한 군인이 구덩이 가장자리로 어떤 남자를 끌고 온다. 내 심장이 고통으로 울부짖는다.

"아빠! 안 돼요!"

군인이 아빠의 어깨를 밀쳐서 다른 사람들처럼 무릎을 꿇게 만든다. 군인들이 아빠 눈을 가려준 것에 대해 신에게 조용히 감사를 전하는데 내 눈에서 눈물이 흐른다. 아빠는 다른 사람들이 처형당하는 모습이 보이는 곳에서 떨어져 있다. "아빠, 울지 마요. 아빠가 두려운 거 알아요."라고 아빠에게 말하고 싶다. 아빠 몸이 긴장하는 게 느껴지고, 아빠 심장이 고동치는 게 들리고, 눈가리개 아래로 흘러내리는 눈물이 보인다.

아빠는 옆에서 두개골을 내려치는 도끼 소리를 들으며 고함치고 싶은 충동과 싸운다. 시체가 쿵 소리를 내며 다른 사람 위로 떨어진다. 아빠 주변의 다른 아버지들이 소리 내어 울면서 자비를 구하지만 아무 소용이 없다. 한 사람씩 차례차례 도끼에 의해 울음소리가 잦아든다. 아빠는 조용히 신에게 우리를 보살펴달라고 기도한다. 우리에게 온 마음을 집중하며 우리 얼굴을 하나하나 떠올린다. 세상을 떠나면서 마지막으로 우리의 얼굴을 보고 싶은 것이다.

"아빠, 사랑해요. 난 언제나 아빠가 그리울 거예요."

나는 영혼이 되어 울면서 아빠에게 다가가 맴돈다. 보이지 않는 팔로 아빠를 꼭 감싸며 눈물 흘리는 아빠를 가만히 지켜본다.

"아빠, 언제나 아빠를 사랑할 거예요. 아빠를 절대 놓지 않을 거예요."

군인이 아빠에게 걸어오지만 나는 아빠를 놓지 않는다. 그 군인은 나를 보거나 내 목소리를 듣지 못한다. 그의 영혼을 태워버리는 내 눈을 보지 못한다.

"우리 아빠를 내버려둬!"

군인이 아빠 머리 위로 도끼를 치켜들어도 그에 맞서는 뜻에서 나는 눈 한 번 깜빡이지 않는다.

"아빠, 이제 아빠를 놓아줄게요. 난 여기서 살 수 없어요."

나는 속삭인다. 아빠만 혼자 그곳에 두고 날아가는데 눈물이 온몸을 적신다.

나는 오두막으로 들어가 초우 언니 옆으로 다가간다. 언니가 두 팔을 벌려 나를 맞는다. 우리는 서로 부둥켜안고 운다. 시원한 공기가 땀을 식혀주자 이가 딱딱 부딪친다. 킴 오빠는 우리 옆에서 계약을 꼭 안고 있다.

'아빠, 난 그 구덩이 안에서 아빠가 다른 사람들 위에 누워 고통스럽게 숨을 쉬고 있었다고 생각하지 않을래요. 군인이 아빠를 불쌍히 여겨서 곧바로 총을 쏘았다고 믿을 거예요. 아빠, 숨 쉴 수가 없어요. 아빠를 떠나보내서 미안해요.'

내 마음이 고통과 분노로 소용돌이친다. 고통은 배 속에서 더 커져간다. 나의 내면을 침식하려는 듯 극심한 통증이 인다. 나는 고통을 멎게 하려고 옆으로 돌아누워서 손으로 배를 움켜쥐고 격렬하게 쥐어짠다.

곧 슬픔이 나를 에워싼다. 컴컴한 어둠이 스산하게 내게 다가와서 나를 그 속으로 깊디깊게 끌어당긴다. 곧이어 또다시 그 일이 일어난다. 잠깐 동안 내가 다른 곳에 있다는 착각이 들고 감정마저 잃어버린 듯하다. 살아 있지만 살아 있는 것 같지 않다. 밖에서 엄마가 숨죽여 우는 소리가 희미하게 들려오지만 엄마의 고통을 느낄 수가 없다. 아무것도 전혀 느껴지지 않는다.

이튿날 아침, 엄마가 가장 먼저 일어난다. 엄마 얼굴이 여전히 퉁퉁 부어 있다. 충혈된 눈도 부어서 거의 감겨 있다. 초우 언니가 엄마에게 우리가 남긴 죽을 아주 조금 가져다준다. 하지만 엄마는 먹지 않을 것이다. 나는 계단에 앉아 있는 언니, 오빠에게 가서 행복했던 프놈펜 시절로 돌아가 그때의 삶을 상상한다. 한번 울어버리면 영원히 절망에 빠질 것 같아서 울 수가 없다.

사흘째 되는 날, 우리는 우리가 가장 두려워하던 일이 일어났다는 걸 깨닫는다. 케아브 언니, 그리고 지금은 아빠. 크메르루주가 우리 가족을 한 사람씩 죽일 것이다. 배가 너무 아파서 위장을 갈라 독을 꺼내버리고 싶다. 몸속에 악마가 들어간 것처럼 몸이 떨려서 비명을 지르며 두 손으로 가슴을 치고 머리카락을 뽑아버리고 싶다. 눈을 꼭 감고 또다시 세상과 단절하고 싶지만 어떻게 해야 마음대로 될지 모르겠다. 아침에 일어났을 때 아빠가 함께 있으면 좋겠다.

그날 밤 나는 신들에게 기도한다.

'신들이시여, 아빠는 아주 독실한 불교 신자예요. 제발 아빠가 집에 돌아오도록 도와주세요. 아빠는 비열하지 않고 다른 사람들을 해치는 걸 좋아하지 않아요. 아빠가 돌아오도록 도와주세요. 그러면 당신이 하라는 건 뭐든 할게요. 일생을 당신께 헌신할게요. 언제나 당신을 믿을게요. 아빠를 우리에게 돌려줄 수 없다면 그들이 아빠를 해치지 못하게 해주세요. 아니면 아빠가 빨리 죽음을 맞게 해주세요.'

"초우 언니, 난 폴 포트를 죽여버릴 거야. 그자를 증오해. 천천히 고통스럽게 죽어가게 할 거야."

나는 언니에게 소곤거린다.

"그런 말 하지 마. 그랬다간 네가 다쳐."

"난 그자를 죽여버릴 거야."

어떻게 생겼는지 모르지만 폴 포트가 앙카르의 지도자라면, 우리 삶이 이렇게 비참하고 고통스러운 건 그자의 책임이다. 우리 가족을 파괴했기 때문에 그를 증오한다. 나의 증오심은 너무나 강해서 마치 살아 있는 것처럼 느껴진다. 시간이 갈수록 증오가 점점 더 커져간다. 나는 아빠를 우리에게 돌려보내주지 않은 신들을 증오한다.

나는 일곱 살도 안 된 아이지만 어떻게든 폴 포트를 죽일 것이다. 그자를 모르지만 틀림없이 지구에서 가장 뚱뚱하고 비열한 뱀일 것이다. 나는 그자의 몸속에 괴물이 살고 있다고 확신한다. 그는 고통스럽게 몸부림치며 죽을 것이다. 그를 죽게 만드는 데 내가 일조할 수 있기를 기도한다.

내게 심한 증오심을 품게 한 폴 포트를 경멸한다. 나의 증오는 나를 압도하며 두렵게 한다. 왜냐하면 마음속에 증오를 품고 있어서 슬픔에 내줄 자리가 없기 때문이다. 슬픔은 나를 죽고 싶게 만든다. 슬픔은 희망 없는 삶에서 탈출하는 방편으로 자살을 부추긴다. 분노는 내게 살아남으로고, 그자를 죽이기 위해서라도 살라고 한다. 나는 살해당해 피투성이가 된 채 땅바닥에서 질질 끌려다니는 폴 포트의 시체를 떠올리며 분노를 키운다.

다음 날 아침, 엄마가 우리에게 선언하듯 말한다.

"아빠가 돌아가셨는지 확실하지 않으니까 엄만 아빠가 어딘가에 살아 있다는 희망을 놓지 않을 거야."

희망이라는 사치를 누릴 수 없다는 걸 알면서도 엄마 말에 내 마음이 단단해진다. 희망을 품는다는 건 스스로를 죽게 내버려두는 것과 마찬가지다. 희망을 품는다는 건 아빠의 부재를 비통해하고, 아빠가 없으면 내 영혼이 공허하다는 걸 인정하는 셈이다.

진실을 받아들이고 나니까 엄마에게 무슨 일이 생길지 걱정된다. 엄마는 아빠에게 많이 의지했다. 엄마가 더 편히 살아갈 수 있게끔 아빠는 언제나 그 자리에 있었다. 아빠는 시골에서 자랐고 역경에 익숙했다. 프놈펜에서는 우리 일을 전부 입주 가정부에게 시켰다. 아빠는 우리의 지주였다. 살아가기 위해서는 우리 모두에게, 특히 엄마에게는 아빠가 필요했다. 아빠는 생존에 강했고 우리를 위해 어떻게 해야 할지를 가장 잘 알았다.

오늘 밤 아빠가 내게 오기를 바란다. 아빠가 잠든 나를 찾아와 꿈속에서 만날 수 있기를 바란다. 어젯밤에는 아빠를 만났다. 아빠는 론 놀 정부의 황갈색 제복을 입고 있었다. 얼굴은 예전처럼 달걀이 둥글고 몸은 폭신폭신했다. 내 옆에 서 있는 아빠는 진짜 같았고, 전쟁 전의 아빠처럼 크고 강했다.

"아빠! 아빠, 안녕하세요? 그들이 아빠를 다치게 했어요?"

내가 달려가자 아빠가 나를 번쩍 들어올렸다.

"걱정 마."

아빠가 나를 달래주려고 했다.

"아빠, 왜 우리를 떠났어요? 아빠가 너무 보고 싶어서 배가 아팠어요. 왜 날 찾아오지 않았어요? 아빠, 언제 또 우릴 만나러 올 거예요? 내가 고아수용소에 가도 날 찾을 수 있어요?"

나는 아빠 어깨에 머리를 기댔다.

"그럼, 찾을 수 있지."

그는 우리 아빠였다. 아빠가 나를 찾을 수 있다고 말하면 정말 그렇게 할 거라고 나는 믿었다.

"아빠, 아빠랑 함께 있는데 왜 이렇게 아파요? 아프고 싶지 않아요. 그렇게 느끼고 싶지 않아요."

"네가 아프다니 슬프지만 아빤 가야 해."

나는 아빠 팔을 더 세게 잡고서 놓지 않았다.

"아빠, 아빠가 정말 많이 보고 싶어요. 프놈펜에서 그랬던 것처럼 아빠 무릎에 앉고 싶어요."

"아빤 가야 해. 하지만 너를 항상 보살펴줄 거야."

아빠가 조용히 말하며 나를 내려놓았다. 나는 아빠의 손가락을 잡고서 나를 두고 가지 말라고 애원했다.

"가지 마요! 가지 마요! 여기 있어요. 아빠, 우리랑 있어요. 아빠가 보고 싶고 무서워요. 우리에게 어떤 일이 일어날까요? 아빠는 어디로 가요? 나도 데려가요!"

아빠가 따뜻한 갈색 눈으로 나를 바라봤다. 나는 아빠에게 손을 뻗었다. 하지만 손을 더 멀리 뻗을수록 아빠는 점점 더 멀어지다가 완전히 사라졌다.

아침이 왔다고 알리려는 듯 햇살이 우리 집 문틈으로 환히 새어들어오자, 나는 잠을 더 자려고 몸부림친다. 아빠와 함께 있기 위해 영원히 잠들고 싶다. 이승에서 언제 다시 아빠를 보게 될지 모른다. 천천히 눈을 뜨자 아직도 눈앞에 아빠 얼굴이 아른거린다. 군인들이 데려간 수척한 늙은 남자의 얼굴이 아니라 한때 내가 신이라고 생각했던 남자의 얼굴이다.

내가 아빠를 신이라고 맨 처음 생각한 때는 우리가 앙코르와트를 여행하는 도중이었다. 그때 나는 겨우 서너 살이었다. 아빠가 내 손을 잡고 수많은 사원들 중 앙코르톰에 들어가자 돌산 같은 잿빛 탑들이 우리 앞에 불쑥 나타났다. 탑 꼭대기에는 화려하게 머리를 장식한 거대한 얼굴들이 각각 다른 방향에서 우리의 땅을 바라보고 있었다.

그 얼굴들을 말똥말똥 쳐다보며 내가 외쳤다.

"아빠, 저 신들이 아빠를 닮았어요! 신들이 아빠를 닮았어요!"

아빠가 소리 내어 웃으며 나를 사원 안으로 들여보냈다. 나는 아몬드 모양의 눈과 납작한 코, 두툼한 입술의 거대한 둥근 얼굴에서 눈을 뗄 수가 없었다. 정말 완전히 아빠와 꼭 닮은 모습이었다!

아빠 없는 생활을 시작하면서 나는 잠에서 깨어날 때마다 아빠 모습을 계속 간직하려고 애쓴다. 엄마는 초우 언니에게 게악을 맡기고 논에 가서 하루에 열두 시간에서 열네 시간 동안 일한다. 게악은 우리 꽁무니를 졸래졸래 따라다니고 언니와 나는 다른 아이들과 함께 밭에서 단조롭고 지루한 노동을 이어간다.

아빠가 끌려간 지 한 달이 넘어간다. 엄마는 아빠의 부재에서 회복됐는지 삶을 이어나가려 애쓴다. 하지만 엄마의 진정한 미소는 절대 다시 못 볼 것이다. 이따금 나는 엄마가 한밤중에 계단에서 아빠를 기다리며 흐느끼는 울음소리에 잠을 깨곤 한다. 엄마는 할머니처럼 몸을 구부정하게 숙이고 두 팔로 몸을 감싼 채 문틀에 기대어 서서 한때 아빠가 걸어다니던 논길을 내다보고 있다. 울면서 아빠를 기다리는 것이다.

우리는 미치도록 아빠가 보고 싶다. 아주 어린 게악만이 계속 아빠를 찾으며 칭얼댄다. 나는 게악이 걱정된다. 이제 네 살인데 영양실조로 성장이 멈추었다. 예전에 게악이 먹었어야 할 쌀을 훔친 사람이 나라는 걸 떠올리면 죽고만 싶다.

"아빠가 돌아오실 때 먹을 걸 많이 가져오실 거야."

게악이 아빠를 찾으면 엄마는 이렇게 대답한다.

군인들이 점점 더 자주 우리 마을에 와서 다른 가족의 아버지들을 데려간다. 결코 같은 사람들끼리 짝을 지어 오지는 않지만 항상 총을 들고 짝을 지어 와서는 온갖 핑계를 댄다. 그들이 오면 어떤 사람들은 자기 아버지를 숲에 가게 하거나 일단 집에서 나가게 해서라도 아버지를 숨기려고 애쓴다. 하지만 군인들은 시간이야 얼마든지 있다는 듯 촌장 집 근처에 서서 천천히 담배를 피우며 기다린다. 담배를 다 피우고 나면 희생자의 오두막으로 걸어간다. 오두막 안에서 요란한 울음소리와 비명이 뒤따른다. 그런 다음 침묵이 이어진다.

다음 날 아침이면 아버지들이 돌아오리라는 그들의 말이 거짓이라는 게 드러난다. 그들을 막기 위해 우리가 할 수 있는 일은 여전히 전혀 없다. 촌장도 마을 사람들도 엄마도, 아무도 이런 실종에 의문을 제기하지 않는다. 이제 나는 앙카르와 그들의 지도자 폴 포트만큼이나 군인들을 증오한다. 내 머릿속에 그자들의 얼굴을 똑똑히 새겨넣고 그들을 죽여버리겠다는 계획을 세운다.

아빠가 크메르루주의 대량학살로 살해당하지 않았다는 소문이 마을에 돈다. 군인들이 아빠를 먼 산으로 데려가 포로로 삼고 날마다 고문했다는 소문이 퍼진다. 아빠는 살아서 산꼭대기로 탈출한다. 군인들이 아빠를 찾으려 수색했지만 아빠는 붙잡히지 않았나 보다. 우리 마을을 지나가는 사람들이 아빠와 인상착의가 비슷한 사람을 보았다고 한다. 아빠가 직접 군대를 꾸리고 크메르루주와 맞서 싸울 군인들을 더 많이 모으고 있다고 이야기한다.

이 소문을 듣자마자 엄마는 또다시 희망에 차서 얼굴이 밝아지고 눈이 빛난다. 며칠 동안 엄마는 생기가 넘치는 발걸음으로 일하러 간다. 심지어 열두 시간을 일한 뒤에도 얼굴에 희미한 미소가 남아 있다. 밤에 엄마는 우리 얼굴에 묻은 흙을 닦아주고 엉킨 머리카락을 빗겨주면서 우리의 용모에 대해 쉴 새 없이 잔소리를 해댄다. 엄마는 마을에 도는 소문을 진심으로 믿고 있다.

"아빠가 탈출하셨다면 머지않아 우리를 찾으러 오실 거야. 아빠의 운명을 확실히 알 때까지 절대 희망을 버려선 안 돼."

또다시 예전처럼 엄마는 계단에 앉아서 온 마음을 다해 아빠가 돌아오길 기다린다.

아빠에 관한 소문을 들은 지 몇 주가 흐르지만 아빠는 아직 돌아오지 않는다. 나는 엄마가 아빠를 그리워하며 어딘가에 아빠가 살아 있다고 믿는다는 것을 알고 있다. 결국 엄마는 더 이상 아빠를 기다리지 않고 다시 살아나가기 위해 애쓴다.

아빠가 없는 우리 삶에서 시간은 더디 흘러간다. 우리 몫의 음식이 있지만 우리의 생존은 매주 오빠들이 갖다주는 많은 음식에 의존한다. 쿠이 오빠가 병이 들어 피를 토하게 되면서 이제 우리는 스스로를 부양해야만 하는 상황이 된다. 쿠이 오빠는 강한 청년이지만 고된 노동에 내몰린다. 100킬로그램이나 되는 쌀가마를 중국으로 보내는 트럭에 싣고 내리는 일을 끊임없이 해야 한다. 멩 오빠도 군인들이 바쁘게 일을 시켜서 집에 오지 못한다. 우리 모두 두 오빠를 걱정한다.

아빠 없는 삶은 힘들다. 마을 사람들은 엄마가 들일을 제대로 못한다고 멸시한다. 친구를 사귀는 것도 몹시 위험해서 엄마는 누구에게도 말을 걸지 않는다. 마을 사람들은 엄마와 엄마의 하얀 피부를 경멸하며 종종 '게으른 허연 작자들'이라는 말로 무례하게 군다. 하지만 놀랍게도 엄마는 굳센 일꾼으로 거듭나며 아빠 없이 살아간다.

마을 여자 열다섯 명과 함께 인근 호수에서 새우잡이 일을 배정받은 날, 엄마는 초우 언니에게 게악을 맡기고 나와 함께 일하러 간다. 나는 새우를 잡는 사람들에게 물을 날라다주고, 엉킨 그물을 풀고, 잡초 사이에서 새우를 골라낸다. 배가 고파도 우리는 우리가 잡은 새우를 먹어선 안 된다. 왜냐하면 그 새우는 마을에 속한 것으로 모두가 함께 나누어야 하기 때문이다. 새우를 훔치다가 들키면 촌장이 사람들 앞에서 모욕을 주고, 소지품을 빼앗고 때린다. 처벌은 가혹하지만 굶주림 때문에 도둑질은 끊이질 않는다.

"로웅, 물 좀 마셔야겠으니 이리 오련?"

엄마가 일어서서 소매로 이마를 훔치자 얼굴에 진흙 자국이 남는다. 나는 코코넛 껍질에 양동이의 물을 떠서 엄마에게 달려가 건넨다.

"자, 아무도 안 볼 때 얼른 엄마에게 손 좀 줘."

엄마가 속삭인다. 엄마가 주위를 휙 둘러보고는 우리를 보는 사람이 없는지 확인하려고 신중하게 한 번 더 다른 사람들을 살핀다. 곧이어 코코넛 껍질을 받아들며 재빨리 내게 작은 새우 한 줌을 쥐여준다.

"아무도 안 볼 때 얼른 먹어."

나는 머뭇거리지 않고 기어다니는 날새우를 껍질까지 몽땅 입 안에 쑤셔넣는다. 진흙과 썩은 잡초를 섞은 듯한 맛이 난다.

"얼른 씹어서 삼켜. 이제 엄마가 먹는 동안 망 좀 봐. 누가 보면 엄마를 불러."

이제 엄마가 다르게 보인다. 나는 엄마의 강인함에 자부심을 느낀다. 아무튼 이런저런 방법으로 우리는 목숨을 유지할 온갖 방법을 찾아낸다.

엄마의 리틀 멍키

1977년 4월

크메르루주가 트럭을 몰고 프놈펜으로 진입한 지 2년이 된다. 군인들이 아빠를 끌고 가 킴 오빠가 우리 집 가장이 된 지는 넉 달째이고, 멩 오빠와 쿠이 오빠를 못 본 지도 거의 석달이 지난다. 새해가 오고 가면서 우리는 모두 나이를 한 살씩 더 먹어 이제 게악은 다섯 살, 나는 일곱 살, 초우 언니는 열 살, 그리고 킴 오빠는 열두 살이다.

우리 집 가장인 킴 오빠는 우리를 돌봐줘야 한다는 아빠의 말을 진지하게 따른다. 매일 새벽에 우리보다 먼저 일어나 마을 광장으로 달려가서 우리에게 배정된 작업량을 받아온다. 엄마는 우리 자매들을 깨워서 몇 분 동안 함께 시간을 보낸다. 엄마가 게악의 머리를 빗기고 얼굴을 씻기기 전에 킴 오빠가 그날의 지시 사항을 받아 돌아온다. 내가 느릿느릿 잠에서 깨어날 때 오빠는 벌써 엄마에게 어디로 갈지 말하고 있다. 엄마가 논으로 일하러 가면 우리는 킴 오빠 등에 계약을 매달고 공동밭으로 간다. 킴 오빠 얼굴은 전보다 더 원숭이처럼 보이지만, 아빠가 끌려간 뒤로 엄마는 오빠의 별명을 부르지 않는다. 오빠는 이제 우리에게 킴 오빠일 뿐이다.

우리 마을에서 몇 킬로미터 떨어진 아래쪽 길에 옥수수밭이 있다. 올해는 꽤 괜찮은 우기를 보냈고 어느덧 옥수수가 충분히 익어서 수확할 때가 됐다. 절도죄로 받는 벌이 아무리 두려워도 옥수수를 훔치고 싶은 절박함을 막지는 못한다.

"엄마, 왜 안 돼요? 우리는 옥수수를 심고 기르느라 아침이든 점심이든 밤이든 일하잖아요. 이제 옥수수가 익었는데 먹을 수 없다고 해요. 이러다 우린 몽땅 굶어죽고 말 거예요."

오빠가 엄마를 설득한다.

"킴, 그건 너무 위험해. 잡히면 군인들이 어떻게 할지 잘 알잖아."

"엄마, 우린 굶어죽을 거예요. 많은 마을 사람들이 굶어 죽어가고 있어요. 그런데도 정부는 더 많은 사람들을 죽이려고 총을 사기 위해 우리 농작물과 바꾸고 있어요."

"쉿……. 너무 크게 말하지 마. 앙카르를 비난하는 건 범죄야. 군인들이 네 말을 들으면 널 끌고 가서 죽일 거야."

"엄마, 오늘 밤 밭에 가서 옥수수를 가져올게요."

킴 오빠가 굳게 결심한 표정으로 말한다.

"조심하렴."

엄마는 체념한 듯 이렇게 말하고 고개를 돌린다.

초우 언니와 나는 몹시 위험하다는 걸 알면서도 오빠가 옥수수밭에 가는 걸 단념시킬 엄두가 나지 않는다. 폴 포트는 총과 무기로 무장한 군인들에게 매일 밤 옥수수밭을 지키게 한다. 군인들에게는 그들이 정한 대로 도둑을 벌줄 권리가 있다. 죽이기로 작정하면 죽여버릴 것이다. 그들의 권력이 얼마나 절대적인지 어느 누구도 감히 그들의 처사에 왈가왈부하지 않는다.

나는 무섭긴 해도 배가 너무 고파서 옥수수를 직접 훔쳐오고 싶다. 그러나 실제로 그렇게 감행할 힘이나 용기는 없다. 옥수수를 훔치다 잡히면 아무리 어려도 군인들이 그 여자들을 강간한다는 얘기가 들린다.

하늘이 어두워지자 킴 오빠가 자루 두 개를 들고 몸을 쭉 펴고 나선다. 한편으로는 오빠가 이 일을 하러 가서 기쁘다. 성공해서 갖고 돌아올 음식을 생각하자 입 안에 침이 고인다. 벌써 옥수수를 맛본 거나 다름없다!

오빠가 돌아올 때까지 기다릴 수가 없다. 배 속에서 달콤하고 촉촉한 옥수수를 달라고 아우성친다. 하지만 킴 오빠의 안전이 걱정이다. 우리는 이미 아빠와 케아브 언니를 잃었다. 우리 가족을 또 땅에 묻고 싶지 않다.

시간이 오래 지났는데도 오빠는 아직 돌아오지 않는다. 왜 이렇게 오래 걸릴까? 나는 느슨하게 게악을 안고 있는 엄마를 쳐다본다. 초우 언니는 구석에 혼자 앉아서 자기만의 생각에 잠겨 있다.

'신이시여, 다시는 제게 이런 일이 일어나지 않게 하소서! 오빠를 죽게 내버려둔다면 절대 용서하지 않을 거예요. 오빠를 죽게 놔두

는 그런 신이라면 지옥에나 가버려요. 지금 세상에는 진짜 신들이 전혀 없으니까요.'

나는 마음속으로 신들에게 외친다. 내 말에 응답한 듯 갑자기 오빠가 우리 오두막으로 올라온다. 싱글벙글 웃으며 갓 딴 옥수수를 담은 자루 두 개를 들고 있다. 나는 오빠에게 달려가서 자루를 집 안으로 옮기는 걸 도와준다. 엄마가 킴 오빠를 보고 웃음 지으며 게악을 내려놓고 오빠를 맞이한다.

"무슨 일 있었니? 너무 오래 걸려서 걱정돼 죽는 줄 알았어."

엄마가 오빠 어깨를 팔로 감싸고 안으로 데려오며 묻는다.

"엄마, 아주 쉬워요! 도둑질이 이렇게 쉬운 줄 정말 몰랐어요! 옥수수가 정말 많아서 누구도 한꺼번에 밭을 다 지킬 수 없어요! 날것인데도 다섯 개나 먹었어요!"

킴 오빠가 어떻게 옥수수를 훔쳤는지 엄마에게 얘기하기 시작한다. 나는 옥수수 자루로 점점 가까이 다가간다. 코로 옥수수 냄새를 맡고 눈으로 노란 열매를 응시한다. 얼른 옥수수를 먹고 싶다.

"엄마, 다음번엔 나도 오빠랑 같이 갈래요."

둘이 가면 오빠 혼자 가는 것보다 더 많은 옥수수를 집에 가져올 수 있다는 생각에 나는 점점 더 탐욕스러워진다.

"안 돼, 같이 가면 안 돼. 이걸로 끝."

그 말을 하고 엄마는 저녁 일찌감치 지펴놓은 모닥불에 옥수수를 구우러 나간다. 엄마는 임시 화덕 위에 불을 지피고 그 아래에 옥수수를 구울 구멍을 팠다. 마을에서 아빠와 다른 많은 아버지들이 사라지면서 군인들이 우리 오두막을 순찰하는 횟수가 점점 줄어들어 비교적 안전하다.

그다음 2주 동안 옥수수가 떨어질 때마다 킴 오빠는 우리를 위해 계속 옥수수를 훔쳐온다. 오빠가 집을 나설 때마다 우리는 두려움과 죄책감을 느끼며 오빠가 돌아오기를 기다린다. 매일 밤 그 시간이 점점 더 오래 걸린다.

킴 오빠가 빈 자루 두 개를 어깨에 걸치고 오두막 계단을 내려간다. 땅에 내려서자 무릎이 꺾이지만, 누가 알아차리기 전에 잽싸게 몸을 곧게 편다. 엄마와 여동생들이 자신을 의지하고 있어서 오빠는 스스로 강해져야 한다고 생각한다. 오빠는 이미 우리가 많이 두려워한다는 걸 안다. 그런 마당에 오빠도 무서워한다는 사실을 우리에게 들켜서 우리가 더 두려워하게 만들고 싶지 않은 것이다.

오빠는 두려워하지 않는다는 걸 보여주려고 애쓰고 있다. 그러나 이 임무를 수행하러 나갈 때마다 늘 두렵다. 오빠는 오두막으로 되돌아가서 이 위험한 일을 피하고 싶다. 하지만 해야만 한다. 가족을 보살펴야 한다. 하늘을 올려다보니 별이 하나도 안 보인다. 구름이 맹렬하게 빨리 흘러가면서 땅에 닿는 달빛을 가로막는다.

"좋아, 용기를 낼 때야."

오빠가 숨죽여 말한다. 그러고는 자신의 발에게 얼른 어둠 속으로 들어가라고 재촉한다. 엄마와 동생들의 눈길이 여전히 자기에게 향해 있고 자기 등을 짓누른다는 걸 알기에, 용기가 꺾일세라 뒤돌아서 가족을 바라보지도 않는다. 오빠는 잰걸음으로 뛰어간다. 들키지 않게 쏜살같이 뛰어가 이 관목에서 저 관목으로 몸을 숨긴다.

'사냥하는 사람들을 피하는 여우처럼 숨어야 해.'

오빠는 그 생각에 하마터면 미소를 지을 뻔한다. 어느덧 하늘이 컴컴해지고 공기 중의 습기가 짙은 안개로 변하고 있다. 행운이다. 아빠가 지켜주는 게 분명하다. 아빠 생각을 하자 아드레날린이 솟구쳐오른다. 아이들은 아빠가 가장 좋아하는 아이가 자기라고 생각한다. 오빠는 스스로 그렇게 여긴다. 아무튼 아빠는 늘 오빠의 출생과 용에 대해 모든 이들에게 말했다.

아빠 생각을 하자 오빠는 숨이 턱 막힌다. 마음이 아프고 짐이 너무 버겁다. 그렇다고 도망갈 수는 없다. 아빠를 향한 그리움은 누를 길 없지만, 이제는 한 집안의 가장이기에 고충을 툭 터놓고 말할 수도 없다. 축축하고 짭짜름한 무언가가 입 안으로 떨어지자 오빠는 다시 계획에 집중한다. 그것이 자기 눈물임을 깨닫고 재빨리 셔츠로 눈가를 닦아낸다. 오빠는 아빠가 몹시 보고 싶지만 지금은 그런 생각조차 할 수 없다. 가족을 책임져야 한다.

열두 살인 오빠는 키가 겨우 엄마 어깨까지밖에 안 오지만 자기가 강하다는 걸 알고 있다. 용감해져야 한다. 선택의 여지가 없다. 게악의 얼굴이 떠오르자 막냇동생이 걱정된다. 게악은 날마다 점점 힘을 잃어가면서 눈은 공허해지고 배는 불룩 튀어나오고 있다. 엄마에게 먹을 걸 달라고 애원하면서 칭얼대는 게악의 소리가 들린다. 먹을 걸 주지 않으면 게악이 얼마나 더 살지 모른다. 자기가 갖다주는 소량의 음식이 게악의 생명을 조금이나마 연장해주고 있다. 우리와 계약이 조금 더 함께할 수 있게 해준다. 그런 생각이 분노에 불을 붙이며 오빠를 옥수수밭으로 더 가까이 다가가게 밀어댄다.

하늘의 구름이 점점 시커매지고 커지더니 1초도 안 돼 팔뚝에 떨어지는 빗방울이 느껴진다. 갑작스레 하늘이 열리며 온 캄보디아 사람들의 눈물이 쏟아지는 듯하다. 그 바람에 오빠는 뼛속까지 흠뻑 젖는다. 공기 중의 습도를 덜어주기 때문에 비가 축복인 경우가 있다. 오빠는 언젠가 책에서, 몇몇 나라에서는 차가운 비 때문에 사람들이 병에 걸려 실내에서 꼼짝 못 한다는 내용을 읽은 기억이 난다. 캄보디아에서는 그렇지 않다. 이곳의 비는 따뜻하다. 프놈펜에서는 비가 올 때가 밖으로 나가 놀아야할 때였다. 비가 온다. 여전히 우리 친구인 비가 크메르루주 지배 아래에서도 내리고 있다.

곧이어 오빠 눈에 바로 앞의 밭이 보인다. 밭에는 오빠 키의 두 배나 되는 옥수수 줄기가 무성하다. 줄기마다 서너 개의 옥수수 열매가 달려 있다. 오빠 눈이 주변 일대를 훑는다. 심장이 더 빨리 뛰고 어느덧 분노가 끓어오른다. 이 모든 걸 먹을 수 있는데 왜 살인자들은 우리를 굶주리게 할까?

아드레날린이 솟구치자 오빠는 억지로 용기를 내어 옥수수밭으로 내달린다. 빗방울이 주변의 잎들 위에 퍼붓고 오빠 눈으로 튀지만 신경 쓰지 않는다. 줄기에서 첫 번째 열매를 따서 서둘러 껍질을 벗기고 덥석 베어 문다. 달콤하고 영양분이 많은 즙이 입가에서 셔츠로 흘러내린다. 오빠는 허기를 달랜 뒤 손가락을 바삐 놀려 자루를 채운다.

오빠는 너무 바빠서 자기 쪽으로 달려오는 발소리를 듣지 못한다. 뒤에서 두 손이 오빠를 잡아 땅바닥에 내동댕이치자 심장이 멎는다. 비 때문에 땅이 온통 진흙투성이가 되어 오빠는 다시 일어서려고 애쓰다가 미끄러진다. 젖은 속눈썹 사이로 등에 총을 비스듬히 멘 크메르루주 군인 둘이 보인다. 한 명이 팔을 잡고 오빠를 땅에서 끌어올리지만 오빠의 무릎이 꺾인다. 머리가 빙빙 돈다. 추위와 계속 커지는 공포로 몸이 떨린다. 한 손이 오빠의 얼굴을 세게 후려갈기자 귀가 쟁하고 울린다. 오빠는 살을 도려내는 듯한 고통을 참으려 입을 악문다.

'아빠, 제발 도와주세요. 저들이 날 죽이게 하지 마세요.'

오빠가 마음속으로 절규한다.

"이 개자식! 감히 앙카르의 것을 훔치다니! 이 쓸모없는 놈!"

그들이 오빠에게 고함친다. 역겨운 말을 퍼붓지만 오빠는 너무 놀라서 아무 말도 들리지 않는다. 더 많은 손이 오빠를 끌어내린다.

"일어서!"

그들이 계속 고함친다. 이제 오빠는 두 쌍의 손에 잡혀서 그들의 명령대로 한다. 순간 딱딱한 장화를 신은 발이 배를 걷어차서 오빠는 깜짝 놀란다. 다시 진창에 빠져 숨을 헐떡인다. 다른 발이 오빠 등을 짓밟자 얼굴이 진창에 박힌다. 오빠는 입을 벌려 공기를 들이마시려다가 진흙이 입안 가득 들어오는 바람에 숨이 막힌다. 공포에 질려서 다음에 어떻게 해야 할지 모른다. 한 군인이 오빠의 머리카락을 잡고 끌어올리자 다른 군인이 오빠를 노려본다.

"언제 또 와서 앙카르의 것을 훔쳐갈 거냐?"

군인이 오빠에게 묻는다.

"절대 안 해요, 동지."

입에서 핏방울이 떨어지자 오빠가 흐느껴 운다. 하지만 그들은 그것만으로는 성에 차지 않은지 쉴 새 없이 오빠에게 손찌검과 발길질을 해댄다. 그들은 똑같은 질문을 하고 오빠는 똑같은 대답을 한다.

마침내 한 군인이 어깨에서 총을 빼들고 오빠에게 겨눈다. 오빠가 곧바로 울음을 터뜨리지만, 비보다 더 빨리 솟구친 눈물이 빗물에 씻겨나간다.

"제발 동지, 살려주세요. 절 죽이지 마세요."

오빠가 온몸을 떨며 애원한다. 한 군인이 오빠를 비웃는다. 이제 오빠는 한 집안의 가장이 되려는 소년도 아니고, 용기를 내려고 기를 쓰는 소년도 아니고, 가족을 돌보고 싶어 하는 소년도 아니다. 이제는 단지 두려움에 떨며 총열을 들여다보고 있는 열두 살 소년일 뿐이다.

"제발 동지, 살려주세요. 제가 나쁜 짓을 했다는 거 알아요. 다시는 절대 안 할게요."

군인은 그대로 서서 총을 단단히 잡더니 곧 총을 돌려서 개머리판으로 오빠의 머리를 세게 내려친다. 오빠는 쓰러지지만 감히 울지도 못한 채 격렬한 고통에 온몸을 들썩인다.

"제발 동지, 살려……."

"가라. 자루를 들고 가. 다시는 오지 마라. 다음번에는 네 머리에 총을 쏴버릴 테니까."

킴 오빠는 비틀거리며 일어나서 절뚝대며 집으로 간다.

집에서는 초우 언니, 엄마, 게악과 내가 조용히 앉아서 오빠가 돌아오기만을 기다린다.

"초우 언니, 오늘 밤엔 오빠가 더 늦네. 오빠가 걱정돼."

내가 언니에게 말한다.

"밖이 잘 안 보여. 그래서 오빠가 길을 잃었나봐. 비도 아주 세차게 내리고."

우리의 대화가 끝나자마자 바람이 울부짖고 머리 위에서 천둥이 울리고 번개가 치더니 불길하게 새까만 밤으로 변한다. 엄마가 폭풍을 무서워하는 게악을 나지막이 달랜다. 고개를 돌리니 엄마가 비명을 억누르려고 손으로 입을 틀어막는 게 보인다. 내 눈길이 엄마가 바라보는 방향으로 향한다. 어둠을 배경으로 문에 기대어 있는 킴 오빠의 열두 살 몸이 보인다. 손에는 비에 젖은 빈 자루를 들고 있다.

비에 흠뻑 젖었지만 오빠의 옷에 난 선명한 핏자국과 진흙투성이 얼굴에 생긴 멍이 눈에 들어온다. 오빠는 눈을 반쯤 감고 몸을 떨고 있지만 울지는 않는다. 엄마가 오빠에게 달려가서 상처 난 얼굴을 살살 어루만진다. 찢기고 부은 오빠 입술을 보자 울음을 터뜨리고, 머리에서 흘러내리는 피를 만지며 움찔한다.

"불쌍한 우리 리틀 멍키, 불쌍한 우리 리틀 멍키. 그 사람들이 너한테 무슨 짓을 한 거니. 널 다치게 하다니, 불쌍한 우리 리틀 멍키."

킴 오빠는 조용히 젖은 셔츠를 벗겨주는 엄마를 막지 않는다. 나는 너무 심하게 얻어맞은 오빠의 몸을 보며 입술을 깨문다. 오빠의 가슴과 등에는 온통 시뻘겋게 생살이 드러나 있고 고통스러운 멍이 여기저기 생겼다. 오빠한테 달려가 고통을 없애주고 싶지만, 나는 구석에서 얼어붙은 채 꼼짝 못 하고 서 있다.

오빠 얼굴에 드러난 고통을 보면서 우리에게 음식을 가져다줄 수 없다는 오빠의 마음속 중압감을 느낀다. 나는 내 자리에 서서 그 군인들을 죽일 거라고, 오빠 머리에서 떨어지는 피의 원수를 갚아주겠다고 전보다 더 굳게 다짐한다. 언젠가 나는 그들을 모두 죽여버릴 것이다. 그들을 향한 나의 증오는 무한하다.

"비가 너무 억수같이 쏟아져서 군인들이 오는 소리를 못 들었어요."

"불쌍한 우리 멍키, 그들이 널 다치게 했구나."

"개머리판으로 내 머리를 내려쳤어요."

킴 오빠는 우리에게 다 이야기한 뒤에도 울지 않는다. 하지만 엄마가 멍 들고 피가 흐르는 오빠 머리에 젖은 헝겊을 대자 움찔한다.

"오늘 밤엔 옥수수를 가져오지 못해서 미안해요."

오빠가 말하고는 자리에 누워 눈을 감더니 그대로 잠에 빠진다.

오빠가 죽을지도 모르는데 죽는 걸 알아채지 못할까봐 두려워서 나는 몇 분마다 오빠에게 가서 오빠 코 아래에 손을 대고 숨을 쉬는지 살핀다.

'아빠, 킴 오빠를 죽지 않게 해주세요. 아빠, 이 모든 게 우리에게 먹인 옥수수 때문이라는 게 정말 화가 나요.'

나는 킴 오빠 옆에 웅크리고 앉아서 손으로 배를 쥐어짜며 복통을 몰아내려고 애쓴다.

'아빠, 난 그자들을 죄다 죽일 거예요. 내가 받은 고통을 꼭 되갚아 줄 거예요.'

머리가 아파서 집게손가락으로 관자놀이를 눌러 분노를 가라앉혀 보려 하지만, 분노가 점점 더 치솟아올라 슬픔과 절망감에 휩싸인다.

"아빠, 난 죽을 수 없어요. 우린 계속 살아가는 것 말고는 아무것 도 할 수가 없어요. 하지만 지금 우리가 고통을 겪고 있듯이 언젠가 그들도 고통을 겪을 거예요."

킴 오빠는 그날 밤 이후로 다시는 도둑질을 하지 않는다. 그즈음 오빠는 더 조용해지고 더 소극적이 된다. 아빠는 돌아가시고 오빠들 은 수용소에 있어서 킴 오빠가 우리 집 가장이다. 그러나 오빠는 단 지 어린 소년, 가족을 보살피기에는 역부족인 어린 소년일 뿐이다.

집을 떠나다

1977년 5월

킴 오빠가 옥수수를 훔치다 잡힌 지 한 달이 지났다. 앙카르는 식량 배급을 늘렸고, 그 결과 굶어죽는 사람이 점점 줄어들었다. 기근에서 살아남은 이들은 차츰 기력을 되찾아가고 있다. 크메르루주는 석달에 한 번씩 아무런 사전통보나 설명도 없이 식량배급을 늘렸다 줄였다 한다. 두세 달 동안은 목숨을 연명할 만큼의 식량을 주다가 또몇 달 동안은 먹을 것을 거의 주지 않다가 다시 식량배급을 조금 늘리는 식이다.

킴 오빠는 요운, 그러니까 베트남 사람들이 국경을 공격한다는 소문 때문에 그런 게 아닐까 추측한다. 요운들이 캄보디아에 쳐들어올 낌새가 있으면 군사용 식량과 물자를 비축해놓고 중국으로 쌀을 더많이 보내 총과 바꾸고, 공격이 없으면 무기 구입을 중단하고 식량 배급을 늘리는 식으로 말이다.

가족을 위해 식량을 구해야 한다는 압박감이 사라졌는데도 킴 오빠는 예전과 다르다. 프놈펜 시절의 오빠 같지가 않다. 킴 오빠는 더 조용해지고 말을 많이 하지 않는다. 사실 이제는 온 식구가 달라진 것 같다. 초우 언니와 나는 싸우지 않고, 게악은 점점 내성적이 되어 더는 아빠를 찾지 않는다. 하지만 엄마는 아직도 많은 밤을 문가에 앉아 아빠가 돌아오기를 기다린다. 슬프고 죽고 싶은 날도 많지만 내 심장은 여전히 생생하게 뛰고 있다. 아빠만 생각하면 눈물이 차오른다.

나는 아빠에게 속삭인다.

"아빠, 정말 보고 싶어요. 아빠 없이 사는 게 너무 힘들어요. 아빠를 그리워하는 것도 이젠 넌더리가 날 정도예요."

아무리 울어도 아빠는 되돌아올 수 없기에 헛되고 헛될 뿐이다. 아빠는 내가 포기하는 것을 바라지 않을 것이다. 이곳의 삶을 하루하루 견뎌내기가 몹시 힘들긴 하지만 앞으로 나아가는 것밖엔 다른 뾰족한 수가 없다.

마을에서는 하룻밤 사이에 가족들이 모두 사라지는 이상한 일들이 일어나고 있다. 킴 오빠는 크메르루주의 공포정치가 새로운 만행을 저지르고 있다고 말한다. 끌려간 가족들은 어른 아이 할 것 없이 모두 처형당한다. 앙카르는 자기들이 죽인 사람들의 아이들과 생존자들이 언젠가 들고일어나서 복수할까봐 두려워한다. 이런 위협의 싹을 아예 잘라버리려고 온 가족을 몰살하는 것이다. 우리 이웃인 사린네 가족도 그런 운명에 놓인 것 같다.

사린네 가족은 우리 집에서 몇 집 아래쪽에 살았다. 우리 집처럼 그 집 아버지도 군인들에게 끌려가고 엄마와 어린 세 아이만 남았다. 아이들은 우리 또래로, 다섯 살에서 열 살 정도였다. 2, 3일 전 밤에 그 집 쪽에서 요란한 비명소리가 들려왔다. 비명소리는 한참 동안 이어지더니 다시 조용해졌다. 아침에 그 집에 가보니 아무도 없었다. 세간살이는 그대로 남아 있었다. 방구석에는 검은색 옷가지들이 쌓여 있고, 빨간색 체크무늬 크로마와 나무 식기들도 그대로 있었다.

사흘쯤 지났는데도 여전히 그 집은 비어 있다. 온 식구가 마법처럼 사라져버렸지만 아무도 어디로 갔는지 물어볼 엄두를 내지 못한다. 모두들 사린네 식구들이 사라진 걸 모른 척한다.

어느 날 저녁, 일을 끝내고 돌아온 엄마가 할 말이 있다며 킴 오빠와 초우 언니와 게악과 나를 급히 불러모은다. 우리는 모두 둥그렇게 모여 앉아 엄마를 기다리고, 엄마는 엿듣는 사람이 없는지 확인하려고 초조하게 집 주변을 돌아보고 온다. 엄마 눈에 눈물이 가득하다.

엄마가 조용히 말한다.

"이대로 함께 지내다가는 다 같이 죽게 될 거야. 하지만 그들에게 들키지 않으면 죽임은 당하지 않겠지."

엄마 목소리가 떨린다.

"너희 셋은 멀리 떠나야 해. 게악은 너무 어려서 내가 데리고 있을 거야."

엄마의 말이 수천 개의 단검처럼 내 심장을 쿡쿡 찔러댄다.

"셋 다 다른 방향으로 가야 해. 킴은 남쪽으로 가렴. 초우는 북쪽으로 가고, 로옹은 동쪽으로 가거라. 노동수용소가 나올 때까지 걸어. 고아라고 하면 받아줄 거야. 이름도 바꿔. 너희끼리도 새 이름을 알려주지 마. 너희가 누군지 절대로 들켜선 안 돼."

엄마 목소리가 점점 단호해지고 힘이 실린다.

"이렇게 하면 너희들 중 하나가 잡혀도 다른 아이는 무사할 거야. 너희들도 서로 모르니까 그들에게 알려줄 수도 없겠지. 내일 아침 다른 사람들이 일어나기 전에 떠나야 한다."

엄마가 계속 무슨 말인가 하고 있지만 내 귀에는 아무 말도 들리지 않는다. 두려움이 몸속으로 스멀스멀 기어들어와 몸이 덜덜 떨린다. 나는 두려움 없는 강인한 태도로 엄마에게 걱정하지 않아도 된다는 것을 보여주고 싶다.

"난 가기 싫어요!"

"선택의 여지가 없어."

엄마가 단호한 눈빛으로 나를 바라본다.

이튿날 아침, 엄마가 깨우러 왔을 때 나는 벌써 일어나 있다. 초우 언니와 킴 오빠는 옷을 입고 떠날 준비를 한다. 엄마는 옷 한 벌을 챙기고 밥그릇을 보자기에 싸서 내 등 뒤로 비스듬히 묶어준다. 나는 천천히 계단을 내려간다. 초우 언니와 킴 오빠가 기다리고 있다.

엄마가 속삭인다.

"잊지 마. 함께 가지 말고, 돌아오지도 마."

엄마가 정말로 우리를 떠나보내고 있음을 깨닫자 가슴이 덜컥 내려앉는다.

"나 안 갈래."

나는 딱 버티고 서서 꼼짝도 하지 않는다.

엄마가 엄격하게 말한다.

"아니, 가야 돼! 이제 아빠도 안 계시고, 더는 너희들을 보살필 수가 없어. 너희가 여기 있는 게 싫다고! 혼자 감당하기 너무 힘들어! 제발 가라니까!"

엄마가 우리를 멍하니 바라본다.

"엄마."

나는 엄마가 나를 안아주면서 여기 있어도 된다고 말해주기를 바라며 두 팔을 뻗는다. 하지만 엄마는 내 손을 찰싹 때린다.

"이제 가!"

엄마가 내 어깨를 잡아 돌려세우고 엉덩이를 호되게 찰싹 때리며 떠민다.

킴 오빠는 벌써 저만치 가고 있다. 눈은 앞을 향하고 등은 딱딱하게 굳어 있다. 초우 언니는 소매로 계속 눈물을 훔치며 천천히 오빠 뒤를 따른다. 나는 마지못해 엄마한테서 떨어져나와 언니 오빠를 따라간다.

몇 발짝 갔을까, 돌아보니 엄마는 벌써 집으로 들어가고 없다. 게악만 문가에 앉아 떠나는 우리를 지켜보고 있다. 게악은 말없이 나에게 손을 흔들어준다. 우리는 감정을 소리 없이 억누르는 데 익숙해져 있다.

마을에서 벗어날수록 슬픔보다 분노가 더 커진다. 엄마가 그리운 게 아니라 엄마를 향한 분노가 부글부글 끓어오른다. 엄마는 더 이상 나를 곁에 두고 싶어 하지 않는다. 아빠는 우리를 보살펴주고 함께 살도록 해주었다. 엄마는 약하기 때문에 그러지 못한다. 앙카르가 그랬다. 여자는 약하고 필요 없는 존재라고 말이다. 나는 아빠가 가장 예뻐하는 아이였다. 아빠라면 나를 데리고 있었을 것이다. 엄마는 게악을 데리고 있다. 언제나 게악과 함께 있고 게악을 사랑한다. 게악이 너무 어려서 돌봐줘야 한다는 엄마 말도 맞지만 나 역시 여덟 살도 안 된 어린아이다. 나한테는 아무도 없다. 완전히 혼자다.

어느덧 해가 높이 떠오르자 뒤통수가 타는 듯이 뜨겁다. 자갈길은 뜨겁게 달아오르고 돌멩이가 발바닥으로 파고들며 딱딱하게 굳은 살을 찔러댄다. 나는 자갈길에서 벗어나 풀밭을 걷는다. 6월은 우기 초입이라서 아직 풀이 통통하고 푸르다. 11월이 되면 풀은 말라비틀어져 핀처럼 뾰족해질 것이다. 이제 발바닥이 두꺼워지고 딱딱하게 굳어서 그렇게 핀처럼 뾰족한 풀잎에도 베이지 않는다. 하지만 지금처럼 풀이 크게 자랐을 때는 풀잎이 종이처럼 살갗을 벤다. 신발을 신어본 지도 오래다. 언제부터 안 신었는지 기억도 나지 않는다. 우리가 로레아프에 도착하고 크메르루주가 내 빨간 원피스를 태웠을 때부터인 것 같다. 프놈펜에서는 교복과 어울리는 까만 버클 구두를 신었다. 군인들은 그 구두도 태워버렸다.

곧 킴 오빠와 헤어져야 하는 순간이 다가온다. 오빠는 우리를 멈취 세우더니 엄마가 당부한 말을 아무런 감정 없이 되풀이한다. 오빠는 이제 겨우 열두 살이지만 눈빛이 꼭 늙은이 같다. 잘 가라거나 행운을 빈다는 인사도 없이 오빠는 돌아서서 멀어져간다.

나는 오빠한테 달려가서 팔을 두르고 엄마와 계약을 포옹하듯이 안아주고 싶다. 언제 다시 오빠를 만날지, 아니 만날 수나 있는지 모른다. 오빠를 잃는 슬픔을 겪고 싶지 않다. 그러나 나는 꽉 쥔 주먹을 옆구리에 딱 붙인 채 오빠의 뒷모습이 보이지 않을 때까지 눈으로 좇기만 한다.

엄마의 경고를 어기는 짓이긴 하지만 초우 언니와 나는 차마 헤어질 수가 없어서 함께 간다. 물도 먹을 것도 없이 우리는 햇볕이 쨍쨍 내리쬐는 오전 내내 말없이 걷기만 한다. 인적을 찾을 수 있을까 싶어 이리저리 살펴보지만 아무리 찾아도 보이지 않는다. 주변에는 하얀 하늘의 열기에 시든 초록 잎을 축 늘어뜨린 갈색 나무들밖에 없다. 들리는 소리라고는 우리 발소리와 발에 차여 구르는 돌멩이 소리뿐이다.

해가 중천에 이를 무렵, 약속이나 한 듯 우리의 배가 꼬르륵거리며 먹을 것을 달라고 보채지만 당연히 아무것도 없다. 초우 언니와 나는 구불구불 뻗어 있는 붉은 흙길만 묵묵히 따라간다. 몸이 지치고 힘이 빠지자 그늘에 앉아서 쉬고 싶은 마음이 굴뚝같지만 힘겹게 나아간다. 언제 어디에서 이 길이 끝날지 모른다.

오후가 되어서야 드디어 수용소가 눈에 들어온다. 그 수용소는 짚으로 지붕을 이은 오두막 여섯 채로 이루어져 있는데, 우리가 살던 곳과 아주 비슷하지만 조금 더 길고 넓다. 오두막 맞은편에는 공동 식당으로 쓰는 개방된 오두막 두 채와 감독관들이 사는 좀 더 작은 오두막 세 채가 있다. 수용소는 넓은 채소밭으로 둘러싸여 있다. 밭 하나에 50명의 아이들이 한 줄로 쪼그리고 앉아 풀을 뽑거나 채소를 심고 있고, 50명의 아이들은 밭에 물을 주려고 우물가에 줄지어 서 있다. 양동이들이 한 아이한테서 다른 아이에게로 전해지고, 끝에 선 아이가 양동이 물을 밭에 붓고 빈 양동이를 다시 우물가로 전해준다.

정문에 서 있으니 수용소 감독관이 우리를 맞이한다. 그 여자 감독관은 엄마만큼 키가 크지만 덩치는 훨씬 더 크고 위협적이다. 검은 머리카락은 우리처럼 턱까지 오는 길이로 네모지게 싹둑 잘려 있다. 크고 둥근 얼굴 속의 까만 눈이 우리를 유심히 살펴본다.

"여기서 뭐 하고 있지?"

"언니랑 저는 살 곳을 찾고 있어요, 멧 봉."

나는 애써 힘찬 목소리로 대답한다. 멧 봉은 캄보디아어로 '여성 동지'라는 뜻이다.

"여긴 어린이 노동수용소다. 왜 부모랑 살지 않는 거냐?"

"부모님은 오래전에 돌아가셨어요. 저흰 고아여서 다른 가족이랑 살았는데 우리더러 나가래요."

거짓말이 술술 나오는 동안 죄책감에 심장이 쿵쿵거린다. 중국 문화에서는 다른 사람의 죽음을 입 밖에 내면 실제로도 그렇게 된다고 한다. 부모님이 돌아가셨다고 말함으로써 나는 엄마의 무덤을 미리

예약해놓는 건지도 모른다.

멧 봉이 묻는다.

"재교육 수용소에서 돌아가셨니?"

초우 언니가 헉 하고 숨이 막히는 소리를 내자, 나는 언니에게 잠자코 있으라고 눈짓을 보낸다.

"아니요. 저희는 시골에 사는 농부입니다. 너무 어려서 잘 기억나지는 않는데, 내전 때 싸우다가 돌아가신 걸로 압니다."

거짓말이 어찌나 쉽게 술술 나오는지 나도 놀랍다. 멧 봉은 내 거짓말을 믿는 것 같다. 어쩌면 그냥 신경 쓰지 않는 건지도 모른다. 백 명의 아이들을 맡고 있으니 두 명 더 늘어난다고 해도 상관없을 것이다.

"몇 살이지?"

"저는 일곱 살이고 언니는 열 살이에요."

"좋아, 들어와."

여기는 체력이 약해서 논일처럼 힘든 일은 하지 못하는 여자아이들이 모인 수용소다. 우리는 전쟁 보급품 가운데 가장 중요한 쌀을 생산하지는 못하기 때문에 쓸모없는 존재로 여겨진다. 그래도 우리는 아침부터 밤까지 땡볕 아래서 군대가 먹을 식량을 키운다. 해 뜰 때부터 해가 질 때까지 밭에 곡식과 채소를 심고 점심때와 저녁때만 잠깐 쉰다. 밤이면 기진맥진한 채 50명의 다른 여자아이들 틈에 끼어 대나무 판자 위에서 정신없이 곯아떨어진다. 나머지 50명은 다른 오두막에서 잔다.

수용소에서는 모든 걸 아껴 쓰는데, 특히나 물을 아껴야 한다. 우물물은 밭의 채소와 요리에만 쓸 수 있다. 씻고 빨래하려면 1.6킬로미터 떨어진 연못까지 걸어가야 한다. 이글거리는 태양 속에 긴 하루를 보내고 나면 씻기 위해 거기까지 걸어갈 생각이 싹 사라지기 때문에 우리는 거의 목욕을 하지 않는다. 모든 것은 알뜰히 모아서 다시 사용한다. 헌옷은 보자기가 되고, 오래된 음식은 말려서 보관하고, 분뇨는 밭에 뿌려 거름으로 쓴다.

첫날 저녁을 먹고 초우 언니와 나는 밤 공부를 위해 모닥불 주위에 모이라는 명령을 받는다. 가보니 다른 아이들이 모두 와 있다. 우리는 땅바닥에 앉아서 멧 봉이 최신 뉴스나 앙카르에서 나온 선전물을 읽어주기를 기다린다.

분노와 과한 칭송이 넘쳐나는 목소리로 멧 봉이 소리친다.

"앙카르는 전능하다! 앙카르는 크메르 인민의 구세주이며 해방자다!"

백 명의 아이들이 폭발하듯 빠른 박수를 네 번 치고 주먹 쥔 손을 하늘로 치켜들며 목청껏 소리친다.

"앙카르! 앙카르! 앙카르!"

초우 언니와 나도 멧 봉이 뭘 선전하는지 모르면서 덩달아 따라 한다.

"오늘 앙카르의 병사들은 우리의 적인 증오스러운 요운들을 몰아냈다!"

"앙카르! 앙카르! 앙카르!"

"크메르군보다 요운들 수가 훨씬 더 많지만, 우리가 더 강한 전사

217

여서 이길 것이다! 앙카르에 감사하라!"

"앙카르! 앙카르! 앙카르!"

"너희는 앙카르의 아이들이다! 너희는 약하지만 앙카르는 너희를 사랑한다. 많은 사람들이 너희에게 상처를 주었지만 이제부터는 앙카르가 보호해줄 것이다!"

우리는 밤마다 모여서 그런 뉴스와 선전을 듣고 앙카르가 우리를 사랑하고 보호해줄 거라는 이야기를 듣는다. 밤마다 나는 거기 앉아 증오심을 품은 채 그들이 하는 대로 따라 한다. 증오심은 날이 갈수록 커져만 간다. 앙카르가 그들을 보호해주었는지는 모르지만 나를 보호해준 적은 없다. 앙카르는 케아브 언니와 아빠를 죽였다. 앙카르는 다른 아이들이 초우 언니와 나를 괴롭힐 때도 우리를 보호해주지 않는다.

아이들은 내 피부가 흰 편이라는 이유로 나를 경멸하고 열등하다고 여긴다. 내가 옆에 지나가면 귓가에 그 애들의 잔인한 말이 웅웅거리고, 그 애들이 뱉은 침은 마치 산(酸)처럼 내 살갗을 부식시킨다. 아이들은 하얘서 추한 내 피부를 검게 해준다며 진흙을 던진다. 발을 쭉 뻗어 내 다리를 거는 바람에 넘어져서 무릎이 까지기도 한다. 멧 봉은 그때마다 다른 쪽을 보고 있다. 처음에는 주의를 끌지 않으려고 아무것도 하지 않고 괴롭힘을 묵묵히 참았다. 넘어질 때마다 나는 그 애들의 뼈가 부러지기를 꿈꾼다. 그 애들한테 이렇게 시달리려고 살아남은 건 아니다.

어느 날, 저녁을 먹기 위해 씻고 있는데 나를 괴롭히는 아이들 가운데 하나인 라니에가 다가와서 내 팔을 꼬집고 빈정거린다.

"이 멍청한 중국 요운 같으니!"

얼굴이 불붙은 듯 달아오르고 증오심으로 피가 끓는다. 자기만의 의지라도 있는 듯 저절로 내 팔이 확 뻗어나가 그 애의 목을 꽉 움켜쥐고 세게 조인다. 어리둥절한 그 애는 얼굴에서 핏기가 싹 가시더니 내 손아귀 힘에 숨이 막혀서 헉헉거린다. 내 팔을 잡고 손톱으로 내 살갗을 할퀸다. 그래도 나는 풀어주지 않는다.

그 애가 나를 걷어차자 정강이에 날카로운 통증이 느껴진다. 하지만 분노에 찬 나는 거인이 된 듯한 기분이다. 그 애한테 달려들어 땅바닥에 쓰러뜨린 뒤 그 애 가슴 위에 올라타서 눈을 찌를 듯이 노려본다. 그 애 얼굴을 후려치며 소리친다.

"죽어! 죽어!"

라니에의 눈이 공포로 커지고 코피가 터져 내 손에 묻는다. 그래도 나는 멈출 수가 없다. 그 애가 죽는 걸 보고 싶다.

"죽어! 미워! 죽여버릴 거야!"

내 작은 손이 다시 그 애 목을 감아 꽉 조여서 죽이려 한다. 그 애가 증오스럽다. 모두가 증오스럽다.

누군가 내 팔을 잡고 고통스럽게 뒤로 비튼다. 또 다른 손이 내 머리카락을 잡아끌어 라니에한테서 떼어놓는다. 나는 그 손아귀에서 풀려나려고 몸부림치며 그 애 얼굴을 향해 흙을 찬다.

"죽여버릴 거야!"

악을 쓰는데 커다란 손이 내 뺨을 찰싹 때리는 바람에 나는 땅바닥에 쓰러진다.

멧 봉이 버럭 소리친다.

"그만하면 됐어! 오늘 밤 죽이는 건 없어!"

라니에가 일어나 앉아 나를 가리킨다.

"쟤가 먼저 달려들었어요!"

멧 봉이 라니에한테 말한다.

"누가 먼저 시작했든 상관없어. 가서 씻어."

그러고는 나를 돌아본다. 멧 봉이 나를 뚫어지게 쏘아보며 소리친다.

"싸울 만큼 힘이 남아도나 보지? 그럼 오늘 밤 밭 전체에 물을 줘. 다 끝낼 때까지는 잘 수 없다. 그리고 오늘 밤은 굶는다!"

멧 봉은 다른 여자애한테 내가 명령대로 하는지 감시하라고 지시하고 자리를 뜬다.

내가 비틀거리며 몸을 일으키자 주위에 모여 있는 구경꾼들은 천천히 흩어진다. 초우 언니가 다가와서 손을 내밀지만 나는 잡지 않는다. 나는 곧장 물 양동이를 들고 밭에 물을 주기 시작한다. 다른 아이들이 저녁을 먹고 밤 공부 시간에 선전문을 암송하고 잘 준비를 하는 동안 나는 일을 한다. 울거나 소리 지르거나 용서해달라고 사정하지 않는다. 내 머릿속에는 대학살과 복수에 관한 생각만 가득하다. 내가 당한 괴롭힘을 머릿속에 하나하나 새겨둔다. 맞은 것보다 두 배는 더 되갚아줄 것이다.

밤이 되고도 한참 지나서야 멧 봉이 와서 자라고 한다. 나는 멧 봉을 쳐다보지도 않고 양동이를 놓아둔 뒤 오두막으로 가서 기진맥진

한 채 잠에 곯아떨어진다.

라니에와 싸운 뒤로 여자애들은 이제 나를 괴롭히지 않는다. 하지만 초우 언니한테는 계속 집적거린다. 약하고 두려운 기색을 보이기 때문이다.

이 수용소에 온 지도 3주가 지났다. 언니와 나는 입던 옷을 들고 여자아이들을 따라 첫 빨래를 하러 강으로 향한다.

내가 언니에게 말한다.

"언니, 맞고만 있지 마! 언니를 때려도 괜찮다는 생각을 아예 못 하게 본때를 보여주란 말야."

"나를 때리고도 무사히 넘어가는 게 사실인걸. 난 그 애들한테 맞서봤자 이기지 못하니까."

"그래서 뭐? 나는 일대일은 자신 있지만 패거리 지어 공격한다면 이길 수 없겠지. 하지만 그런 사실을 들키지 않을 거야. 나는 이기든 지든 피를 보고 말 거야. 내 주먹으로 말야. 초우 언니, 나는 우리가 다시 힘을 갖게 되는 날을 꿈꿔. 그런 날이 꼭 다시 돌아올 거야. 그러면 당한 만큼 갚아주고 지칠 때까지 때려줄 거야. 절대로 잊지 않을 거야."

"뭐하러 굳이 기억해? 나도 모든 상황이 다시 좋아지는 날을 꿈꿔. 하지만 그런 날이 오면 난 이 모든 일을 잊어버릴 거야."

초우 언니는 이해하지 못한다. 나는 슬픔에 빠지게 하는 예전 추억을 대신해 분노를 불러일으킬 만한 새로운 기억이 필요하다. 분노 때문에 나는 그저 복수하기 위해서라도 살고 싶어진다.

여자아이들은 연못에서 옷을 다 입은 채로 물속에 뛰어들어 첨벙거리고 서로 헤엄치는 모습을 보며 깔깔거린다. 초우 언니가 빨래하는 동안 나는 물에 둥둥 떠 있는다. 케아브 언니를 생각하면서 뺨과 코와 눈까지 물이 찰랑거리도록 가라앉는다. 다시 물 위로 올라오자 몇 주간 몸에 달라붙어 있던 흙이 풀어지며 피부와 손톱과 목과 발가락에서 떨어져나간 게 느껴진다. 물은 더러움을 씻어내도 내가 크메르루주에 품은 증오의 불길은 결코 끄지 못할 것이다.

어린 병사들

1977년 8월

몇 달 뒤 정부의 식량배급이 꾸준히 늘어남에 따라 나는 조금 건강해진다. 우리가 로레아프를 떠나오면서 킴 오빠와 엄마와 게악을 마지막으로 본 지 어느덧 석 달이 지났다. 나는 날마다 식구들을 떠올리며 어떻게 지내고 있을까 궁금해한다. 밤에 아이들이 곤히 잠들면 초우 언니와 나는 소곤소곤 엄마와 게악 이야기를 속삭인다. 멩 오빠와 쿠이 오빠, 킴 오빠가 엄마를 찾아가서 엄마가 잘 지내는지 확인했으면 좋겠다. 엄마도 너무 외로워서 게악을 데리고 있는 게 아닐까 생각하니 마음이 조금 가벼워진다.

아이들은 싸움꾼인 나를 더 이상 건드리지 않는다. 내가 일꾼으로서 명성을 높이는 동안 몸이 약한 초우 언니는 밭일에서 빠지고 요리사로 쫓겨났다. 하지만 언니는 다른 아이들과 어울리지 않아도 되는 부엌일을 훨씬 좋아한다.

내가 튼튼해서인지, 수용소에 온 지 석 달밖에 안 된 어느 날 멧 봉이 '좋은 소식'이 있다고 나에게 알려준다.

"너는 여기서 가장 어리지만 누구보다 열심히 일하고 있어. 앙카르에겐 너 같은 사람이 필요하단다."

멧 봉은 이렇게 말하며 웃고는 한마디 덧붙인다.

"남자아이가 아니라서 정말 아쉽구나."

멧 봉은 내가 그 소식에 기뻐하며 펄쩍펄쩍 뛰지 않는 것을 보고 얼굴을 찌푸린다.

"너희들의 첫 번째 의무는 앙카르지 다른 무엇도 아니야. 너는 자긍심을 가져도 돼. 이 수용소는 약한 아이들이 있는 곳이고, 네가 갈 수용소는 더 크고 강한 아이들을 위한 곳이야. 거기서 너는 전쟁에 보탬이 되는 병사로 훈련받을 거야. 여기 아이들보다 훨씬 많은 것을 배울 거다."

말을 마친 멧 봉의 얼굴이 자부심으로 환하게 빛난다.

"네, 기꺼이 가고 싶어요."

거짓말이다. 멧 봉의 득의양양한 태도가 이해되지 않는다. 나는 우리 아빠를 죽인 나라를 위해 목숨을 바치고 싶진 않다.

동이 틀 무렵 나는 옷가지와 밥그릇을 챙긴다. 초우 언니가 고개를 푹 숙인 채 내 옆에 서 있다. 초우 언니를 두고 가고 싶지 않지만 거부할 수 없다. 언니와 팔짱을 낀 채 정문으로 걸어가 멧 봉을 만난다.

"언니는 나보다 나이가 많으니까 더 이상 약하게 굴지 마."

나는 언니와 마지막 포옹을 나누며 속삭인다.

"네가 쓰레기통에서 발견된다고 해도 우린 언제까지나 자매일 거야."

초우 언니가 펑펑 우는 바람에 언니의 눈물이 내 머리카락을 적신다. 멧 봉이 우리를 떼어놓으며 나에게 어서 가야 한다고 재촉하지만 초우 언니는 내 손을 놓지 않으려 한다. 나는 온 힘을 다해 언니한테서 손을 빼내고 뛰어간다. 가슴은 아프지만 뒤돌아보지 않는다.

멧 봉은 나를 데리고 한 시간 거리의 다른 수용소로 간다. 새 수용소에서 무엇이 기다리고 있을지 모르겠지만, 어린이 병사 훈련소라고 하니 무기도 많고 병사들이 있는 큰 수용소일 것 같았는데 막상 가보니 우리 수용소와 거의 똑같다. 이목구비와 이미지가 비슷한 또 다른 멧 봉이 감독하고 있는데, 이전 감독관 못지않게 열성적인 앙카르 신도이다. 감독관들이 이야기하는 동안 나는 새 보금자리를 찬찬히 바라본다.

새 수용소는 논 가장자리, 숲으로 둘러싸인 곳에 자리 잡고 있다. 오두막들을 완전히 둘러싼 키 큰 야자수들이 바람에 가볍게 흔들리고 있다. 한 나무에서 사내아이가 은빛 식칼로 야자열매 송이를 자르고 있다. 열두 살에서 열네 살쯤 되어 보이는데 둥근 얼굴에 까만 곱슬머리, 작고 까맣고 다부진 몸을 가진 사내아이다. 원숭이처럼 발가락과 손가락으로 나무를 붙들고 있는 모습이 감탄스럽다. 한 손이 튼튼한 잎에 매달려 있는 동안 다른 손으로 식칼을 휘둘러 야자열매를 쳐낸다.

내 눈길이 느껴지는지 사내아이는 하던 일을 멈추고 나를 돌아본다. 몇 초 동안 눈이 마주친다. 그 아이는 씩 웃으며 식칼 쥔 손을 나에게 흔든다. 이제는 인간적인 호의가 담긴 이런 친숙한 몸짓도 몹시 낯설어졌는데, 그 애 손에 들린 칼이 그 생경한 느낌을 더욱 부채질한다. 나도 그 아이에게 웃음을 지어 보이고는 다시 수용소를 살핀다.

수용소에는 열 살에서 열다섯 살까지 80명쯤 되는 여자아이들이 살고 있다. 나는 채 여덟 살도 되지 않았다. 다른 수용소들과 달리 여기 여자애들은 모두 고아는 아니다. 근처 마을에 가족이 사는 아이들이 많다. 모두 촌장이나 이곳 근로감독관에게 뽑힌 아이들이다.

논 맞은편 멀지 않은 곳에는 비슷하게 운영되는 남자아이들 수용소가 있다. 약 80명의 남자아이들이 형 동지, 그러니까 멧 봉 프레우프의 감독 아래 살고 있다. 가끔 두 수용소 아이들은 한데 모여 앙카르에 관한 수업을 함께 받은 뒤 노래와 춤으로 앙카르의 승리를 축하한다고 한다.

첫날 밤, 활활 타오르는 모닥불 주위에 모여 최신 선전을 듣는다. 우리 앞에는 두 멧 봉이 서서 번갈아가며 설교한다.

"앙카르는 우리의 구세주다! 앙카르는 해방자다! 모든 것은 앙카르 덕분이다! 앙카르가 있어서 우리는 강하다!"

수도 없이 들은 말이고, 어느 시점에 의무적인 박수와 함성을 보내야 하는지도 다 외울 지경이다.

"우리 크메르루주 병사들은 오늘 우리 나라를 침략하려는 요운 병사 오백 명을 죽였다! 요운은 수가 더 많지만 어리석고 겁쟁이다!

우리 크메르루주 병사 하나가 열 명의 요운을 죽일 수 있다!"

우리는 외친다.

"앙카르! 앙카르! 앙카르!"

"요운은 무기가 훨씬 더 많지만 우리 크메르 병사들이 더 강하고 영리하고 용감하다! 요운들은 악마와 같고 몇몇은 죽기를 거부한다!"

멧 봉들은 목소리를 점점 더 높여가며 우리 크메르루주 군인이 요운들을 어떻게 죽였는지 들려준다! 크메르루주 군인들은 요운 군인의 내장을 꺼내 땅바닥에 뿌려놓는다. 캄보디아에 쳐들어오는 다른 요운들에게 경고하기 위해 목도 자른다.

멧 봉들은 둥글게 모여 앉은 아이들 주위를 돌아다니며 강력한 영에 사로잡힌 듯 하늘에 대고 격렬하게 팔을 흔들고 입술을 점점 더 빨리 움직여가며 앙카르와 무적의 크메르루주 군인들을 찬양한다. 요운들을 규탄하고 유혈이 낭자한 죽음에 대해 세세하게 들려준다. 아이들도 멧 봉들과 맞먹을 만한 광기 어린 열광으로 화답한다.

"너희는 앙카르의 아이들이다! 우리 미래는 너희에게 있다. 너희는 마음이 순수하고 사악함에 물들지 않으며, 앙카르의 방식을 배울 수 있다! 바로 그 때문에 앙카르는 누구보다도 너희를 사랑한다. 바로 그 때문에 너희에게 많은 힘을 부여한다. 너희는 우리의 구세주다. 너희에게는 힘이 있다!"

"앙카르! 앙카르! 앙카르!"

우리는 감탄하며 천둥처럼 외친다.

"요운들은 너희를 증오한다. 너희를 비롯해 크메르의 보물들을 빼앗아가려고 한다. 요운들은 너희가 우리의 보물임을 알고 있다."

멧 봉들이 쪼그리고 앉아 우리 눈을 들여다보며 요운들이 이미 우리를 잡기 위해 마을과 도시에 침투했다고 말해준다. 하지만 우리가 전적으로 충성한다면 앙카르는 우리를 보호해줄 것이다. 따라서 의심스러운 잠입자들과 배신자들을 앙카르에 알려야 한다. 친구든 이웃이든 친척이든, 심지어 우리 부모라도 앙카르에 반대하는 말을 하면 멧 봉들에게 알려야 한다.

심장이 멎을 것만 같다. 멧 봉들이 계속 뭐라고 떠벌리지만 내 귀에는 들리지 않는다. 아빠는 앙카르에 반대했다! 그래서 죽임을 당한 게 틀림없다. 엄마도 앙카르에 반대하지만 절대로 이 사실을 들켜서는 안 된다. 나는 주먹을 치켜들고 의무적으로 "앙카르!"라고 외친다.

연설이 끝나자 둥그런 원이 열리고 아이들이 모닥불 한쪽으로 모여든다. 만돌린과 북을 든 소년 넷이 일어선다. 그들은 군중 한쪽 옆에 서서 악기를 연주하기 시작한다. 발로 땅바닥을 톡톡 구르며 북을 치고 만돌린을 연주한다. 눈썹을 활처럼 휘게 하고, 눈을 가늘게 뜨고, 이가 훤히 드러나도록 입을 벌리며 서로를 바라본다. 화가 난 것처럼 보이진 않는다. 실은 행복해 보인다!

연주가 끝나자 누가 어떤 음을 틀렸는지를 놓고 서로 놀린다. 그러다가 갑자기 요란한 웃음을 터뜨린다! 콧소리가 섞이고 새된 진짜 웃음소리다. 크메르루주가 정권을 잡은 뒤로 이런 진짜 웃음소리는 처음 들어본다. 로레아프에서 우리는 너무나 큰 공포심을 안고 살았기 때문에 웃을 여유조차 없었다. 혹시라도 다른 이들의 관심이 쏠릴까봐 소리 내어 웃는 것조차 두려웠다.

남자아이들의 웃음이 잦아들자 여자애들 다섯이 앞으로 걸어나가 군중 앞에 선다. 모두 근사한 검은 셔츠와 바지를 입고 있다. 내가 입은 옷처럼 물 빠진 거무스름한 옷이 아니라 반들반들한 새 옷이다. 허리께엔 새빨간 스카프를 두르고 머리엔 염색한 지푸라기로 만든 빨간색 조화가 달린 붉은 리본을 두르고 있다.

여자아이들은 한 줄로 서서 노래하고 춤을 춘다. 모든 노래는 앙카르의 강력한 지도자인 폴 포트와 앙카르의 영광, 그리고 무적의 크메르루주 군인들을 숭배하는 노래다. 그들의 춤은 농부가 일하고, 쌀을 수확하고, 간호사가 다친 군인들을 치료하고, 군인들이 승리하는 장면 들을 표현한 것이다. 치마 속에 칼을 숨기고 들어가 요운의 심장을 찌르는 여병사에 관한 노래도 있다. 이 노래들은 싫지만 그래도 음악은 음악이다. 그리고 내가 처한 삶에서 잠시 벗어나게 해주는 것이기도 하다. 로레아프에서 살던 거의 2년 동안은 음악도 춤도 없었다. 촌장은 앙카르가 금지했다고 했다. 이것은 우리 어린 병사에게 주는 특혜가 틀림없다.

여자아이들이 노래하고 춤추는 모습을 지켜보자니 이상한 감정이 몰려온다. 피와 전쟁의 이미지를 묘사하는 가사인데도 여자애들은 웃음을 머금은 채 노래한다. 박자에 맞춰 손을 우아하게 움직이면서 리듬에 맞춰 몸을 흔들고 빙글빙글 돈다. 춤을 추고 나자 여자

아이들은 즐거웠던 양 서로 손을 잡고 키득거린다. 마음이 따스해지며 미소가 번진다. 너무나 오랜만에 듣는 웃음소리에 옛 추억이 되살아난다.

프놈펜에 살 때 초우 언니와 나는 케아브 언니의 옷들을 꺼내 차려입는 놀이를 하곤 했다. 열네 살인 케아브 언니는 아름답고 멋쟁이인 데다 최신 유행하는 옷만 샀다. 언니 옷들은 엄마 옷처럼 어른스럽고 예뻤다. 하늘거리는 긴 드레스, 은은하게 빛나는 짧은 치마, 주름 장식 칼라 셔츠 들이 옷장에 가득했다. 초우 언니와 나는 몰래 케아브 언니의 옷을 입었다 벗었다 하면서 깔깔거리고 키득거리며 서로를 부인이니 아가씨니 하고 불러댔다. 그러고는 케아브 언니의 보석함에서 목걸이와 귀걸이도 꺼내 걸어보았다. 그러다 케아브 언니가 오면 우리의 그런 장난은 어김없이 들키고 말았다. 그럴 때마다 언니는 소리 지르며 달아나는 우리의 엉덩이를 찰싹 때리곤 했다.

공연이 끝나자 우리는 모두 춤판에 초대된다. 여자애들은 일어나서 춤을 추지만 남자아이들은 그대로 모여 있다. 나는 늘 음악과 춤을 사랑했다. 몇 분 동안 내 발은 북소리에 맞춰 움직이고 팔은 노래의 리듬에 흔들린다. 마음이 가벼워지고 기쁨이 넘친다.

춤이 끝나자 멧 봉이 와서 말한다.

"어린아이치고는 춤을 참 잘 추는구나."

나는 나직이 대답한다.

"고맙습니다. 저는 춤을 좋아해요."

"이름이 뭐라고 했지?"

"사레네요."

내 입술은 새 이름을 술술 말한다.

"사레네, 넌 댄스 부대에 들어와라. 병사들을 위해 공연을 준비하고 있단다. 그래서 리허설을 할 때는 잠시 일을 쉬기도 하지. 지금은 그냥 재미로 춤을 추지만 부대가 마을에 오면 병사들을 위해 춤을 출 거야."

"고맙습니다, 멧 봉. 꼭 하고 싶습니다."

멧 봉이 간 뒤에 나는 함성이 터져나오는 걸 막으려고 손으로 입을 가린다. 내가! 무용수라니! 연습과 공연을 위해 일을 쉬기도 한다. 새 옷도! 머리에 조화도 달고! 크메르루주가 정권을 잡은 뒤 처음으로 다시 어린아이로 돌아가 발랄해진 기분이다. 얼굴에 웃음이 돈다.

그러나 현실은 생각했던 것보다 더 고통스럽고 고단하다. 멧 봉은 아침마다 연습 시간 전에 코끼리풀로 우리 손가락을 친친 감는다. 그러고는 손끝이 손등을 향해 구부러지게끔 고정한다. 그래야 나중에 코끼리풀을 풀었을 때 손이 아름답게 곡선을 그리며 휘어진다. 그 과정은 믿을 수 없을 만큼 고통스럽고, 손끝이 영구적으로 구부러지려면 여러 해가 걸린다.

한 시간 뒤 코끼리풀 붕대를 잘라내자 손가락이 뻣뻣하고 욱신거린다. 그러고 나면 멧 봉은 날마다 간단한 스텝 몇 가지를 가르쳐준다. 춤 연습으로 바쁘지 않을 때는 아침부터 오후 중반까지 논에서 일한다. 나머지 시간에는 노래를 배우고 앙카르의 철학에 관한 설교를 듣는다.

논에서 일하는 첫날, 몇 발짝 들어가지도 않았는데 발목과 발가락이 가렵기 시작한다. 흙탕물 위로 한쪽 발을 들어올린 순간, 나는 찢어지게 비명을 지른다. 발목과 발, 발가락 사이사이에 온통 통통하고 시커먼 거머리들이 붙어 있는 게 아닌가. 예전에도 본 적은 있지만 이렇게 크고 통통한 거머리는 처음 본다. 내 손가락보다 더 굵다. 까맣고 미끈거리는 거머리들이 빨판을 찰싹 붙이고 내 피를 빨고 있다!

거머리들이 꿈틀거리자 살갗이 가렵고 따끔거린다. 그 차갑고 물컹한 몸뚱이들을 손으로 붙잡고 미친 듯이 뜯어내려고 해보지만, 아무리 잡아당겨도 거머리들은 죽 늘어나며 좀체 떨어지지 않는다. 마침내 머리 쪽을 떼어냈지만 다른 쪽은 그대로 붙어서 계속 피를 빨고 있다.

같이 일하던 아이가 오더니 막 깔깔대고 웃는다. 한순간 그 웃음소리에 나는 화들짝 놀란다.

"너 바보구나! 거머리를 떼는 방법은 이것뿐이야."

그 아이는 풀 한 줄기를 뽑더니 양쪽 끝을 잡고 내 발목 주변을 후려친다. 거머리들이 떨어져나가며 내 발목에서 피가 흐른다.

"이렇게 해야 양쪽이 한꺼번에 떨어져. 다음번에는 아무것도 들어가지 못하게 바지를 조금 내리고 발목 근처에서 바짓단을 단단히 묶어야 돼."

나는 물에 젖지 않도록 바지를 걷어올린 상태였다. 그러잖아도 다들 왜 바지를 조금 내리고 있는지 이상하게 여기던 차였다.

나는 걱정스럽게 묻는다.

"발과 발가락은 어떻게 하지?"

그 여자아이는 어깨를 으쓱한다.

"딱히 할 수 있는 방법이 없어. 거머리는 상처를 내지도 않고 피를 많이 빨지도 못해. 나는 하루 일과가 끝나면 그때 거머리들을 떼어 내. 이젠 익숙해졌어."

생각만 해도 소름이 끼친다. 나도 과연 그렇게 할 수 있을까 의심스럽다. 멀리서 멧 봉이 빈둥거리지 말고 얼른 논으로 들어가라고 소리친다. 가슴이 두근거린다. 게으름은 앙카르에서 가장 사악한 범죄다. 나는 긴 풀줄기로 발목 근처에 바지를 단단히 묶고 다시 논으로 뛰어들어간다. 물속에서 따뜻한 진흙이 내 발가락 사이로 비어져 나온다. 몇 걸음 걷자 발과 발가락이 다시 가렵고 얼얼해진다.

"익숙해져야 돼!"

나는 중얼거린다. 단호하게 이를 악물고 허리를 숙여 모를 심는다. 모심기는 지루하고 뼈 빠지게 힘든 노동이다. 햇볕은 내 검은 옷을 태우기라도 할 듯이 쨍쨍 내리쬔다. 시간이 지나자 케아브 언니 생각이 난다. 언니는 죽을 때까지 날마다 이런 일을 했다. 배 속이 뒤틀리고, 얼굴과 턱을 타고 땀이 뚝뚝 떨어진다. 약해질 겨를이 없다. 하루가 끝날 무렵, 발에 달라붙는 거머리들에 대해서는 잊어버렸지만 언니는 잊히지 않는다.

9월. 초우 언니를 마지막으로 본 지 두 달이 지났다. 멧 봉은 이제 어린 축에 드는 아이들한테도 자신을 보호하는 법을 훈련시킨다. 그녀는 폴 포트가 곧 전쟁이 닥쳐올 것을 감지하고 있다며 우리도 그에 맞춰 준비해야 한다고 말한다. 폴 포트는 이미 군인들을 마을과 읍내로 보내 구인민 아이들을 포함해 여덟 살이 넘은 아이들을 모두 가정에서 차출하고 있다. 몸집과 나이에 따라 아이들에게는 다양한 임무와 훈련이 주어진다. 수용소에 보내져 식량을 재배하고, 연장을 만들고, 짐꾼으로 일하고, 우리처럼 기지에서 군사훈련을 받는다.

멧 봉이 말한다.

"너희는 자랑스러워해도 돼. 나와 함께 훈련받는다는 건 다른 아이들보다 훨씬 앞서간다는 뜻이니까."

내가 묻는다.

"멧 봉, 전 밭에서 일만 하고 큰 아이들이 훈련받는 것밖엔 못 봤는걸요."

멧 봉이 대답한다.

"무기를 쓰는 훈련은 쉬워. 하지만 정신을 훈련하는 건 훨씬 어렵지. 나는 요 몇 달 동안 너희의 정신을 단련시켜왔다. 폴 포트의 말씀을 머릿속에 집어넣고 요운에 관한 진실을 알리는 데 최선을 다했어. 아이들은 머뭇거리지도 묻지도 않고 명령에 따르며, 배신자는 부모라도 쏘아 죽일 수 있도록 교육받아야 한다. 그것이 훈련의 첫 단계이다."

그 말을 들으니 속이 부글부글 끓는다. 분노가 소리 없이 끓어오르지만 참는다. 그들을 위해 엄마를 죽이는 일은 절대 없을 것이다. 절대로!

축하도 기쁨도 없이 새해가 지나간다. 1월의 산들바람이 4월의 열기로 변하고, 나는 한 살 더 먹는다. 날마다 논에서 일하고 훈련받는 수용소 생활은 변함없이 계속된다. 80명의 소녀들과 같이 먹고 자지만 케아브 언니처럼 나도 여기서 혼자다. 폴 포트와 그 군대의 능력에 관해 의무적으로 토론할 때 말고는 여기 아이들은 함께 지내면서도 말이 없다. 다들 비밀을 숨기고 있기 때문에 서로 어울리지 못한다.

내 비밀은 프놈펜에서 살았던 생활이다. 다른 아이들도 장애를 가진 남자 형제가 있거나, 음식을 훔친 적이 있거나, 빨간 바지를 갖고 있거나, 근시여서 안경을 쓰곤 했거나, 초콜릿을 먹어봤다는 비밀 따위를 지녔을 수 있다. 그런 사실을 들키면 멧 봉한테 벌받을 수도 있다.

아이들과 우정을 나누는 것이 위험하다는 사실은 알지만 가끔은 아쉽기도 하다. 초우 언니가 없으니 나는 혼자다. 지금까지는 항상 초우 언니와 함께 놀고 싸우고 이야기해왔다. 프놈펜에서 살 때도 쿠이 오빠와 멩 오빠는 이미 성인이었고, 케아브 언니는 10대 소녀였으며, 킴 오빠는 사춘기를 앞두고 있었고, 게악은 아기였다. 초우 언니와 나는 가장 가까웠다. 내가 슬프거나 속상할 때면 언제나 함께해주던 언니였다. 언니와 헤어지기 전까지는 내가 언니를 이토록 그리워할 줄 몰랐다.

이 수용소에서 그나마 우정에 가까운 감정을 느껴본 존재는 야자나무 소년뿐이다. 그 아이의 이름도 모르고 말을 걸어본 적도 없지만 말이다. 그 아이는 우리 수용소에 자주 오는데, 혼자 오기도 하고 아버지와 함께 오기도 한다. 멧 봉한테 들으니 그 아이는 인근 마을에서 가족과 함께 산다고 한다. 그 아이와 아버지는 야자나무 수액과 열매를 촌장에게 가져다주는 일을 맡고 있다. 멧 봉한테도 종종 야자열매를 먹으라고 준다. 내가 가까이에 있으면 그 애는 식칼 쥔 손을 흔들고 웃으면서 내 쪽으로 야자열매를 던져주곤 한다.

밤 공부 시간이 점점 더 길어진다. 이제는 힘의 원천이 앙카르에서 폴 포트로 바뀐 것 같다. 왜, 어떻게 그렇게 됐는지는 모르겠다. 멧 봉이 밤 수업 시간에 말해주는 것 말고는 폴 포트에 관해서 아무것도 모른다. 멧 봉의 말로는 폴 포트 덕분에 크메르루주가 권력을 잡았다고 한다. 폴 포트는 캄보디아에 고대의 영광을 되돌려줄 사람이다. 그의 이름을 말할 때면 멧 봉의 목소리가 높아진다. '폴 포트'라는 이름을 말하면 그의 힘에 더 가까이 갈 수 있다는 듯이 말이다. 크메르루주가 프놈펜을 점령한 이후 폴 포트라는 이름은 들어봤지만 앙카르에서 그의 위치가 어떤지는 정확히 몰랐다. 이제 보니 앙카르는 그를 위해 일하고 있으며, 우리 모두 역시 그를 위해 일하고 있는 듯하다.

날이 갈수록 우리는 앙카르 대신에 폴 포트의 이름을 더 많이 불러댄다. 선전 보고 시간이면 이제 우리는 앙카르가 아니라 구세주이자 해방자인 폴 포트에게 감사드린다. 모든 것이 다 폴 포트 덕분이라고 한다. 올해 쌀 수확량이 늘어나면 그것은 폴 포트 덕분이다. 어떤 병사가 강하고 숙련된 전사라면 그것은 폴 포트한테 배웠기 때문이다. 그 병사가 죽었다면 그것은 폴 포트의 충고에 귀 기울이지 않

앗기 때문이다. 밤마다 우리는 적을 물리친 폴 포트와 그의 붉은 크
메르 병사들을 찬양하고 칭송한다.

소문에 따르면 크메르루주 군인들은 강력함과 초능력으로 요운
을 죽인다고 한다. 요운들은 죽을 때 신체 부위들이 함께 묻히지 않
으면 영혼이 영원토록 지상을 떠돌게 된다는 미신을 믿는다. 이런
영혼들은 안식에 들지 못거나 환생해서 이 세상에 태어나지 못한
다. 이 사실을 아는 우리 병사들은 요운들의 목을 잘라 덤불숲에 숨
겨놓거나 찾을 수 없도록 밀림에다 던져놓는다. 이런 이야기를 유혈
이 낭자한 장면과 함께 세세히 전해 듣다보니 어느새 우리도 폭력에
무감각해진다.

그다음 달에 나이 많은 소년들과 소녀들은 달랑 자기가 입은 옷만
가지고 하나둘씩 수용소를 떠난다. 전쟁을 돕기 위해 차출되었다고
한다. 그들은 다른 수용소에 가서 독이 발린 막대기를 만들기도 하
고, 짐꾼으로 크메르루주군을 따라다니기도 한다. 짐꾼으로서 군인
들을 위해 식량과 보급품, 의료품, 무기 따위를 나르다보면 가장 공
격받기 쉬운 사선(射線)에 놓일 때가 많다. 하도 여러 지역으로 이동
하는 경우가 많아서 부모도 자식들이 어디에 있는지 모른다. 일단
떠나면 두 번 다시 소식을 듣지 못하는 일이 수두룩하다.

그러고는 소년 수용소가 완전히 문을 닫는다. 멧 봉은 그 소년들
이 폴 포트의 명령에 따라 다른 군인들이 있는 산악지대에 가서 살
게 되었다고 한다. 군인들의 보호를 받을 수 있기 때문이다. 폴 포트
는 최선의 길을 알고 있다고 말하면서도 멧 봉 자신은 소년들의 이

동에 화가 난 것 같다.

소년들이 이동하기 전날 밤 모두 잠든 시각에 나는 오줌이 마려워 일어났다. 그러다 덤불 속에 숨어서 멧 봉과 멧 봉 프레우프가 모닥불가에 함께 있는 모습을 살짝 엿보았다. 두 사람은 어깨를 맞댄 채 앉아 있었다. 둘은 도란도란 이야기를 나누었는데, 모닥불이 타닥거리는 소리에 묻혀 잘 들리지 않았다. 멧 봉이 남자 감독관의 어깨에 머리를 기대자 그가 팔을 둘러 안아주었다. 어쨌거나 멧 봉도 젊은 여자였고, 여기 아니라면 어디서든 이런 광경은 흔히 볼 수 있을 것이다. 하지만 우리는 허락받지 못하는데 왜 멧 봉만 사람을 사귀나 하는 생각도 들었다.

소년들이 떠나면서 악기도 가져갔다. 그래도 멧 봉은 여전히 연습을 시킨다. 곧 소년들이 돌아와 모두 함께 춤출 수 있기를 바라면서.

곧 우리 수용소도 인원 수가 40명으로 줄고, 열 살에서 열세 살 아이들만 남는다. 멧 봉은 이제 훈련을 늘리고 폴 포트에 대한 의무를 다해야 할 차례라고 말한다. 아이들을 한데 모아놓고 둥글게 모여 앉으라고 지시한다.

"너희는 앙카르의 아이들이다. 너희는 가장 영리하고 재빠르기 때문에 이 자리에 있는 것이다. 너희는 두려움이 없고, 싸우는 것도 겁내지 않는다. 앙카르는 너희가 우리의 미래가 되어주기를 바란다."

멧 봉은 우리가 자부심에 벅차하도록 천천히 힘주어 말한다.

"언젠가 너희는 더 큰 소녀들 부대와 결합해 요운과 맞서 싸울 것이다. 하지만 지금 당장은 배워야 할 것이 많다."

멧 봉은 일어나서 어디로 사라지더니 잠시 뒤 연장들을 한 아름 안고 돌아온다. 그러고는 요란하게 쩔그렁 소리를 내며 연장들을 쏟아놓는다.

멧 봉이 우리 앞에 앉으며 말한다.

"너희도 다 아는 연장들이다. 추수를 하고, 채소를 심고, 집을 짓는 데 쓰는 연장들이지. 그렇지만 전사의 손에 들어가면 무기가 될 수 있다. 낫, 곡괭이, 갈퀴, 망치, 마체테*, 나무 막대기, 소총 등등."

멧 봉이 낫을 치켜든다.

"이 날카로운 날로 적의 머리를 벨 수 있지. 끝부분으로는 사람의 두개골을 꿰뚫을 수 있고."

멧 봉이 말한 것이 영상으로 떠오르자 나는 눈이 휘둥그레진다. 정수리가 따끔거리는 느낌이다. 둘러보니 다른 아이들은 아무런 감정도 드러내지 않은 채 열심히 귀를 기울이고 있다.

"망치는 적의 두개골을 부숴버린다. 마체테는 머리를 베어버리고. 자신을 방어해야 할 때면 가진 것은 뭐든지 무기로 써라."

멧 봉이 우리에게 설명해준다. 아무 감정도 드러내지 않고 멍하니 바라보며 듣는 동안 멧 봉을 향한 나의 증오심은 더욱 강렬해진다. 폴 포트의 부하들이 희생자들에게, 아빠 같은 희생자들에게 썼던 무기들이다. 나는 그 영상을 떨쳐내려고 눈을 몇 번이나 빠르게 깜박거린다.

---

* 날이 넓적하고 무거운 칼. 열대지방에서 주로 사탕수수를 자르거나 길을 낼 때 사용한다.

멧 봉이 연장 무더기에서 소총을 집어든다. 크메르루주 군인들이 메고 다니는 것과 같은 총이다.

"이 무기는 더 많았으면 좋겠지만 무척 비싸다. 총알도 비싸서 낭비할 수가 없다. 소총은 쏘기 쉬워서 누구라도 배울 수 있지. 어린아이라도 총을 쏠 수 있어."

멧 봉이 40명의 소녀들 중에서 나를 부른다.

"이렇게 갖고 다닐 수도 있다."

멧 봉이 총을 내 어깨 위에 올려놓자 개머리판이 가슴팍을 파고든다. 어깨가 묵직한 것으로 미루어 총 무게가 내 몸무게의 5분의 1은 되는 것 같다. 멧 봉은 나에게 한쪽 팔을 총 위로 걸쳐 총의 무게를 버티라고 지시한다. 그 지시를 따르기는 어렵지 않지만 내키지는 않는다.

멧 봉이 총을 잡고 그 끈을 내 어깨에 걸어준다. 등에 매달린 총은 땅바닥에서 30센티미터쯤 위에 있고, 뭉툭한 개머리판이 내 종아리에 툭툭 부딪힌다.

"사레네가 메고 다니기엔 총이 너무 길구나."

멧 봉이 말한다.

총을 찬찬히 보다가 문득, 바로 이런 총이 킴 오빠의 머리를 스쳐 피를 흘리게 한 것임을 깨닫는다. 나는 손이 떨려서 손마디가 하얘지도록 총의 개머리판을 꽉 잡는다.

"뻗은 왼손으로 총을 잡고 균형을 잡도록. 그리고 목표물을 겨눈 뒤에 오른손으로 방아쇠를 당긴다. 봐, 쉽지!"

멧 봉의 목소리는 열성적이고 의기양양하지만, 나는 기쁨도 열정도 느껴지지 않는다. 오로지 멧 봉과 폴 포트를 향한 증오심만 타오른다.

"총알은 발사되면 직선으로 날아간다. 그래서 많은 병사들이 말하기를, 지그재그로 달리면 총알을 피할 수 있다고들 하지."

멧 봉이 아이들을 한 명씩 불러서 총 쏘는 자세를 가르쳐준다. 첫 수업이 끝나자 멧 봉은 이것을 시작으로 훈련을 많이 할 거라고 말한다.

낮에는 아무도 나를 해칠 수 없지만, 밤에 초우 언니 없이 소녀들 40명 틈에 끼어 잠이 들 때면 깊이 잠들지 못하고 자꾸만 가족들 꿈을 꾸다가 깨어난다. 아침이면 머리가 지끈거리고 기운이 하나도 없다. 이런 나약함이 나를 지배하거나 정신에 스며들게 내버려둘 순 없다. 그렇게 되면 나는 죽을 것이다. 캄보디아에서 약한 자는 살아남을 수 없기 때문이다.

가족들 꿈을 꾸지 않는 날이면 누군가, 어떤 것이 나를 죽이려 하는 악몽을 꾼다. 그 악몽은 항상 똑같이 시작된다. 하늘은 시커멓고 우기의 천둥이 울려퍼진다. 덤불숲에 웅크리고 앉아 있는데 땀이 이마를 타고 흘러내려 눈이 따갑다. 오들오들 떨며 무릎을 가슴께로 바짝 끌어당긴다. 사방에서 나뭇잎 바스락거리는 소리가 나더니 발소리가 들리자 나는 숨을 죽인다. 뭐가 나를 쫓고 있음을 본능적으로 알수 있다. 무언가 나를 찾아내 죽이려고 근처 덤불숲을 뒤지고 있다.

내 눈앞에서 거대한 두 손이 내가 숨어 있는 덤불숲을 확 헤친다. 앞에 서 있는 존재를 본 순간 몸이 굳어버린다. 그것은 사람이자 짐 승이다. 우뚝 서 있는 그것은 석탄처럼 까만 눈이 불룩 튀어나와 있고, 털로 뒤덮인 통통한 얼굴에서 크고 펑퍼짐한 콧구멍을 벌름거리고 있다.

달빛을 받아 그의 손에서 사악하게 번뜩이는 은빛 마체테를 본 순간 나는 공포에 사로잡힌다. 야수가 나를 잡으려고 허리를 숙이는 찰나, 나는 그 다리 사이로 빠져나가 달아난다. 야수는 돌아서서 마체테를 휘둘러 나를 베려고 하지만 아슬아슬하게 내 다리를 빗나간다. 도망치는 동안 주위의 덤불을 가르며 마체테를 휘두르는 소리가 점점 더 가까워진다. 내가 빨리 달릴수록 야수도 빨리 쫓아온다. 쫓기다보니 어느덧 막다른 곳에 몰린다.

다음 순간 밀림이 두꺼운 벽을 만들며 나를 포위해 들어온다. 도 망칠 곳도 없다. 야수가 정확히 나를 겨누고 마체테를 머리 위로 치켜든다. 나는 이제 넌더리가 난다. 쫓기고 도망치는 것도 지긋지긋하다. 분노로 피가 끓어오른 내가 몸을 던져 달려들자 야수가 균형을 잃고 마체테를 손에서 떨어뜨린다. 다시 한 번 몸으로 부딪치자 야수는 땅바닥으로 쿵 쓰러진다. 나는 벌떡 일어나 마체테를 쥔다. 야수의 손을 잘라내는 동안 시간도 멈춘 듯하다. 잘린 손목에서 뿜어져나온 피를 뒤집어써도 나는 개의치 않는다. 몇 번이고 마체테를 들어서 야수가 더 이상 움직이지 않고 죽을 때까지 난도질을 한다. 아침이면 나는 땀과 공포에 흠뻑 젖은 채 일어나지만, 악몽 속일지라도 내가 승자였기 때문에 한층 강해진 느낌이 든다.

꿈은 항상 똑같지만 등장인물은 달라진다. '적', 크메르루주 군인, 야수, 괴물 또는 유령 같은 것이 단검이나 총, 도끼, 마체테를 들고 쫓아온다. 항상 악전고투 끝에 내가 무기를 손에 넣어 적을 죽인다. 쫓기던 내가 드디어 승리하는 것이다.

밤마다 자기 전에 멧 봉은 우리를 오두막에 모아놓고 선전 보고 시간을 마련한다. 멧 봉은 초 하나를 켜서 손에 들고 있다. 오렌지색 불빛이 멧 봉의 얼굴을 비추고 나머지 우리는 어둠 속에 앉아 있다.

내가 지푸라기 벽에 기댄 채 스르르 잠이 들려는 순간, 요란한 비명소리가 들려 화들짝 깨어난다. 가슴이 두근거리면서 혹시 내가 비명을 지른 게 아닐까 하고 두리번거린다. 여자아이들이 멧 봉 주위를 빽빽이 둘러싸고 있다.

"무슨 일이지?"

멧 봉이 비명을 지른 여자아이에게 묻는다.

"그게……. 커다란 손이 느껴졌어요. 벽에 기대앉아 있는데, 손이 볏짚을 뚫고 들어와 내 팔을 붙잡고 목을 움켜쥐었어요. 축축하고 차가운 손이었어요. 요운이 우리를 잡으러 온 거예요."

그 여자아이의 입술은 바르르 떨리고, 불빛에 비친 누런 얼굴은 꼭 유령처럼 보인다. 멧 봉이 큰 여자애들을 돌아보며 가서 살펴보라고 지시한다.

"총을 가져가라. 총알이 들어 있는지 확인하고. 움직이는 건 무조

건 쏴버려."

큰 여자애들이 밖으로 나간 뒤, 나머지 아이들은 방 한가운데 모여 벽을 바라보면서 옹그리고 있다. 요운이 공격해서 우리를 죽이는 장면이 머리를 스치고 지나가자 두려움이 잔뜩 차오른다. 프놈펜에 살 때 아빠가 요운은 피부가 우리보다 좀 더 희고 코가 약간 작을 뿐 우리와 똑같이 생겼다고 말해준 적이 있다. 하지만 멧 봉은 우리 나라를 점령하려고 혈안이 된 야만인으로 요운들을 묘사한다. 무엇을 믿어야 할지 모르겠다. 이 수용소 너머의 내가 아는 세계는 멧 봉이 그려주는 세계밖에 없다. 나는 어둠 속에 앉아서 어느새 멧 봉이 적에 대해 하는 말을 믿기 시작한다.

잠시 뒤 큰 여자애들이 돌아와서, 뭔가 오긴 했는데 이제는 물러 갔다고 보고한다. 달빛에 보니 수용소 주위에 커다란 발자국들이 나 있었다고 한다.

멧 봉이 알린다.

"요운들이 우리를 공격하고 있다."

멧 봉은 가슴에 총을 꼭 품고 있다.

"요운들은 읍내를 점령하면 감옥을 연다. 돌아다니면서 여자애들을 강간하고, 도시를 약탈하고, 폴 포트에게 반역하던 죄수들과 함께 행동할 것이다. 우리는 스스로를 지켜야 한다."

멧 봉은 미친 듯이 장광설을 늘어놓는다. 그날 밤 이후 멧 봉은 새로운 대책을 세우고, 우리는 밤마다 번갈아가며 수용소를 지킨다.

어느 날 밤, 자고 있는데 누가 거칠게 어깨를 흔든다.

"일어나. 네 차례야."

어둠 속에서 누가 말한다. 나는 부루퉁하니 일어나 앉아 졸린 눈을 비빈다. 그 애가 내 손에 묵직한 총을 쥐어준다. 손이 작은 나는 개머리판을 감싸 쥘 수 없어서 품에 안고 문간으로 가서 앉는다.

어두운 하늘에는 구름 한 점 없어서 보름달이 훤히 비치며 모든 것이 으스스하게 은빛으로 빛나고 있다. 서늘한 바람이 불어온다. 귀뚜라미 소리 말고는 사방이 조용하기 짝이 없다. 나는 여자아이들 40명과 살고 있지만 너무나 외롭다. 아이들 사이에 동지애도 없고 우정도 피어나지 않으며 역경 속에서 돈독해지는 것도 없다. 우리는 폴 포트를 위해 서로를 염탐하고, 멧 봉의 총애를 얻기 위해 서로 경쟁하며 살아간다.

멧 봉은 폴 포트가 나를 사랑한다고 말했지만, 나는 그렇지 않다는 것을 안다. 어쩌면 오염되지 않고 타락하지 않은 구인민의 아이들은 사랑하는지도 모르겠지만. 나는 구인민인 것처럼 위장하고 거짓말을 해서 이 수용소에 왔다. 여기서는 다들 내가 다른 아이들처럼 순수한 구인민의 아이인 줄 안다.

나는 실제로든 사진으로든 폴 포트를 본 적이 전혀 없다. 그에 대해서뿐 아니라 왜 아빠를 죽였는지에 대해서도 아는 게 거의 없다. 왜 나를 그토록 미워하는지도 모른다. 낮에는 애써 잊고 있지만 밤이 되면 이 식구 저 식구가 떠오른다. 엄마, 케아브 언니, 초우 언니, 오빠들이 생각난다. 게악의 얼굴이 떠오를 때면 목이 멘다. 그럴 때면 이렇게 중얼거린다.

"안 돼, 강해져야 해. 약해질 겨를이 없어."

아빠는 너무나 그리워서 숨 쉬는 것조차 아플 정도다. 아빠 손을 잡고 아빠 얼굴을 보고, 아빠의 사랑을 느껴본 지도 이제 일 년이 다 되어간다. 밤하늘은 내 앞에 그 어느 때보다 어둡게 드리워져 있다.

나는 허공에 대고 속삭인다.

"아, 아빠."

내 부름에 답이라도 하듯이 키 큰 풀 속에서 무언가 요란하게 버스럭거린다. 숨을 멈추고 주위를 둘러본다. 분명 무슨 소리가 들렸다! 심장이 두근거린다. 거기 있는 모든 것이 나를 향해 다가오고 있다. 나무줄기가 마치 숨을 쉬듯 부풀었다가 줄어든다. 나뭇가지가 흔들리고 하늘거리더니 손으로 변한다. 풀이 파도처럼 출렁이며 나를 향해 다가온다. 나를 공격하고 있다! 나는 방아쇠를 움켜쥐고 사방을 향해 쏘아댄다! 총이 뒤로 확 젖혀지면서 내 갈비뼈를 세게 때린다.

"죽여버릴 거야! 죽여버릴 거야!"

나는 고래고래 악을 쓴다.

다음 순간 어떤 손이 내게서 총을 빼앗고 또 다른 손이 내 얼굴을 찰싹 때린다. 눈이 크게 떠지면서 나는 또 다른 공격을 막으려고 두 팔을 들어올린다.

"정신 차려!"

멧 봉이 나에게 고함치고 있다.

"여긴 아무것도 없어! 쓸데없이 총알을 낭비하면 안 돼!"

멧 봉이 다시 손을 들자 나는 움찔한다. 멧봉이 다시 손을 내린다. 나는 작은 소리로 사정한다.

"하지만 멧 봉께서 말씀하시길······."

"유령이 아니라 진짜가 나타날 때 쏘라고 한 거지."

멧 봉이 내 말을 자르자 여자아이들이 키득거린다.

"형체 없는 마녀들을 잊지 마."

다시 잠자리로 돌아갈 때 누가 나에게 소리친다.

많은 이들이 몸은 없고 목만 있는 마녀는 단지 미신일 뿐이라고 주장한다. 이 마녀는 낮에는 보통 사람처럼 보이지만 밤이면 마녀가 된다. 이런 마녀를 알아내는 방법은 목 주위의 깊은 주름살을 확인하는 것뿐이다. 밤에 이 마녀들이 잠자리에 들면 머리와 몸통이 분리된다. 목만 있는 마녀들은 내장을 끌고 다니면서 피와 죽음이 있는 곳으로 날아간다. 머리가 어찌나 빨리 나는지 번쩍이는 붉은 눈동자 말고는 그 얼굴을 본 사람이 아무도 없으며, 어쩌다 머리와 창자 그림자만 언뜻 볼 뿐이다. 일단 시체를 발견하면 마녀는 밤새도록 시체 속으로 파고든다. 혀로 피를 핥고 살을 먹어치우는 동안 마녀들의 내장은 주위에서 꿈틀거린다.

그날 밤 나는 총을 품에 꼭 안고 손가락을 방아쇠에 건 채 요운이 있을 만한 곳과 마녀들이 있는 하늘을 번갈아가며 겨눈다.

닭 한 마리의 대가

1977년 11월

로레아프를 떠난 지 일곱 달이 지났다. 새 검정 셔츠의 단추를 채우는 손이 떨린다. 엄마에게 새 옷 입은 모습을 보여주고 싶다. 거울이 있으면 좋으련만 주위엔 없다. 여기엔 빗도 브러시도 없어서 기름진 머리카락을 손으로 빗어서 가다듬는다. 나는 긴장한 채 수용소 숙소를 나선다. 두세 시간 뒤면 엄마랑 함께 있게 된다.

이제 요운에 대한 공포는 지나가고 수용소도 평온을 되찾는다. 멧 봉은 몇 달마다 한 번씩 모든 아이들에게 하루 휴가를 준다. 많은 아이들이 그 기회에 가족을 찾아간다. 로레아프가 가까워질수록 숨이 가빠져온다. 멧 봉이 나를 고아로 알고 있기 때문에 나는 엄마가 아니라 초우 언니를 보러 간다고 말하고 왔다. 엄마는 내가 오는 줄도 모른다. 집에 없을 수도 있다. 엄마는 나한테 돌아오지 말라고 했다. 나를 보고 싶어 하지 않거나 아예 보지도 않으려 하면 어쩌나 걱정된다.

초우 언니와 함께 떠났던 바로 그 길을 따라서 마을을 향해 활기차게 걸어간다. 주변 환경은 마지막으로 봤을 때와 거의 변하지 않은 듯하다. 황톳길이 구불구불 이어지다가 작은 언덕 뒤로 사라지기도 하고 키 큰 티크나무에 가려지기도 한다. 지난번 떠날 때는 겁에 질린 채 엄마 곁에 있게 해달라고 애걸하는 어린애였다. 강해지고 싶었지만 약했고, 엄마의 보살핌 없이 어떻게 살아나갈지 막막하기만 했다.

하지만 지금은 더 이상 겁먹은 어린아이가 아니다. 이제 유일한 두려움은 엄마가 나를 반기지 않으면 어쩌나 하는 것뿐이다. 엄마가 엉덩이를 찰싹 때려서 나를 떠밀던 기억만 떠오르면 여전히 화가 난다. 오늘 여행길은 나무들도 그렇게 커 보이지 않고 무섭지도 않고, 길에는 끝이 있다. 바로 목적지가.

드디어 마을이 눈에 들어온다. 익숙한 풍경이지만 예전 같지는 않다. 읍내 광장은 텅 빈 채 조용하다. 나는 광장을 가로질러 죽 늘어선 오두막 쪽으로 걸어간다. 여기 처음 도착했을 때 아빠가 나를 트럭에서 내려주던 기억이 떠오르자 숨이 가빠온다. 그때 아빠 얼굴이 내 기억 속에 고스란히 박혀 있다. 나를 향해 오라고 눈짓하던 따뜻한 눈동자, 구인민이 아빠에게 침을 뱉을 때 나를 감싸며 보호해주던 아빠의 팔.

숨을 깊이 들이마시면서 떨어지지 않는 발걸음을 떼어 집으로 다가간다. 마치 유령 마을에 들어서는 기분이다. 케아브 언니가 자기는 살아남을 거라고 아빠에게 말하는 모습, 킴 오빠의 부어오른 뺨, 쌀통 속으로 가닿는 내 손, 사발 속에서 꿈틀거리던 지렁이들의 모습이 눈앞에서 떠다닌다. 천천히 오두막 계단을 올라가는 동안 그런 기억이 그림자처럼 맴돌며 따라온다.

엄마는 집에 없다. 다리가 아프지만 마을 텃밭으로 힘겹게 발길을 돌린다. 엄마와 동생은 마을 텃밭에 있다. 엄마는 나를 등진 채 텃밭에 쪼그리고 앉아 풀을 뽑고 있다. 검은 옷은 잿빛으로 색이 바랬다. 정오의 이글거리는 땡볕 속에서 엄마는 쉬지 않고 일하고 있다. 나는 등을 꼿꼿이 세우고 게악에게 눈을 돌린다. 여전히 작고 바싹 마른 게악은 나무 아래 앉아 엄마를 지켜보고 있다. 머리카락이 다시 나고 있지만 여전히 가늘다. 다섯 살이 다 되었는데 그 나이 때의 나보다 훨씬 작아 보인다. 엄마가 뭐라고 하자 게악은 작고 힘없는 소리로 살짝 웃는다. 가슴이 뛴다. 엄마와 게악은 함께 있다. 언제나 서로 함께할 것이다.

"엄마!"

내가 큰 소리로 부른다. 엄마의 등이 굳어진다. 엄마는 천천히 고개를 돌리고 햇빛 속에서 눈을 가늘게 뜬다. 잠시 뒤 엄마는 나를 알아보고는 벌떡 일어나서 뛰어온다. 엄마는 눈물을 펑펑 흘리며 두 손을 나에게 얹고, 허깨비가 아닌지 확인하려는 듯 내 머리와 어깨와 얼굴을 어루만진다.

"여기서 뭐 하는 거니? 잡히면 어쩌려고."

"엄마, 괜찮아요. 허가증이 있어요."

엄마는 허가증을 받아들고 재빨리 읽는다. 허가증은 그냥 종이쪽지로, 목적지는 딱히 적혀 있지 않고 그저 내가 수용소를 떠나도 된다고만 적혀 있다.

"좋아, 넌 여기서 동생하고 있으렴. 촌장한테 이걸 보여주고 잠깐 시간을 달라고 할게."

내가 뭐라고 대답하기도 전에 엄마는 가버린다. 혼자 덩그러니 남아 있는데 벌써부터 엄마가 그립다. 부드러운 손이 내 새끼손가락을 잡아당기는 듯한 느낌에 돌아보니 게악이 크고 촉촉한 눈으로 나를 빤히 올려다보고 있다. 게악은 키가 내 가슴팍까지도 오지 않는다. 다섯 살이지만 나한테는 늘 아기 같기만 하다. 어쩌면 게악이 연약하고 싸우지 않기 때문인지도 모른다. 나는 웃으며 게악에게 손을 내민다. 우리는 함께 나무 그늘로 가서 엄마를 기다린다.

나는 나무 그늘 아래 앉아서 게악의 손을 잡는다. 내 손에 잡힌 게악의 손은 햇볕에 까맣게 그을고, 손톱과 손마디 주름에는 시커먼 때가 끼어 있으며, 손톱은 부러져 있다. 게악의 얼굴을 보다가 그 눈 속에 비친 나의 죄책감을 보게 될까 두려워 그저 게악의 손만 뚫어져라 바라본다. 게악은 말이 거의 없는 아이다. 게악은 상냥한 성격이고 나는 까탈스러운 아이다. 나는 몸을 기울여 동생의 작은 어깨를 안아주면서 그 애 머리 위에 뺨을 살짝 올려놓는다. 게악은 움직이거나 몸부림치지도 않고 내게 안겨 있다.

엄마가 밥 한 사발과 몇 시간의 휴식 허가를 얻어 돌아온다.

"점심시간이 지났지만 너한테 주려고 얻어왔어."

나는 사발을 받아들고 엄마와 게악과 함께 집으로 돌아간다.

"촌장이 시간을 빼줬어요?"

"응, 몇 시간이긴 하지만. 나쁜 사람은 아니란다."

일단 집에 들어와 앉자 내가 말한다.

"엄마, 게악이 많이 아픈 것 같아요."

"알아. 나도 몹시 걱정이란다. 이제 더는 자라지 않을까봐 걱정돼. 지금이야 쌀을 많이 받지만 오랫동안 굶주렸잖니."

죄책감에 속이 쓰려온다.

"게악은 고기를 먹어야 해. 지난주에 내 루비 귀걸이를 주고 작은 닭 한 마리 얻으려고 했는데……."

엄마가 슬픈 눈으로 들려준 사연은 다음과 같다.

땅거미가 지고 하늘이 붉게 물든 무렵이었다. 게악과 함께 밥과 생선으로 식사를 마친 다음, 엄마는 옷더미 속 깊숙이에서 아빠의 낡은 셔츠를 찾아 호주머니를 뒤져 루비 귀걸이 한 쌍을 꺼냈다. 프놈펜 시절을 떠올리며 엄마는 슬픔에 휩싸였다. 예전에 거기에 살 때 엄마는 값비싼 골동품 보석을 수집하곤 했다. 엄마는 그 추억을 떨쳐버리려는 듯 고개를 흔들었다. 그런 추억에 잠길 때가 아니었다. 더 어두워지기 전에 집을 나서야 했다. 엄마는 게악에게 금방 돌아온다고 이르고 발걸음을 재촉했다.

20분쯤 걸어 근처 마을로 갔을 때 힘이 점점 부쳤다. 한 걸음 한 걸음 뗄 때마다 무릎이 쑤셨다. 게악을 혼자 두고 오기는 정말 싫었다. 게악은 단 몇 분이라도 떨어져 있으면 울면서 엄마를 찾았다. 가없은 내 아기.

엄마는 아빠에게 속삭였다.

"셍 임, 난 너무 지쳤어요. 서른아홉이고 하루가 다르게 늙어가고 있어요. 너무나 외롭고요. 기억나요? 우리는 함께 늙어가기로 했잖아요. 셍 임, 난 이렇게 살기엔 너무 늙었어요."

아빠를 생각하자 눈물이 차올랐다. 부질없는 줄 알면서도 엄마는 계속 아빠에게 말하며 갔다. 마을이 가까워졌다. 가슴이 미친 듯이 뛰면서 피가 빠르게 돌아 눈앞이 어질어질했다.

엄마는 생각했다.

'태연하게 해야 해. 의심하지 않을 거야.'

무슨 일로 왔는지 들키면 큰 곤경에 빠질 것이다. 그들이 어떻게 나올지 생각하자 몸서리가 났다. 아빠는 마을에서 구인민들하고 쌀과 다른 곡물을 교환했다. 그러나 엄마는 게악에게 먹일 고기를 얻고 싶었다. 다른 여자들이 그 방법은 더없이 조심스러운 만큼 안전하다고 장담했다.

엄마는 천천히 마을로 들어섰다. 아무도 엄마를 불러세워 캐묻지 않았다. 만일 그랬다면 친구를 만나러 왔다고 둘러댈 작정이었다. 그 집이 보이자 엄마는 안도의 한숨을 내쉬었다. 그 집에는 양계장에서 일하는 어떤 여인이 산다고 했다. 마을 아낙네들이 해준 말에 따르면 그 여자는 보석을 받고 닭을 훔쳐다준다고 했다. 그 여자의 생김새와 집 형태를 자세히 들어둔 터라 찾기는 쉬웠다.

엄마는 다가가서 큰 소리로 말했다.

"안녕하시오, 동지! 친구가 왔소이다."

그 여자가 밖을 내다보더니, 엄마를 알지 못하는데도 안으로 들였다.

일단 무사히 집 안으로 들어가자 엄마는 소곤거렸다.

"도움을 청할 게 있어요. 당신이 양계장에서 일한다고 들었어요. 어린 딸이 아파서 고기를 좀 먹여야 해요. 동지, 제발 도와주세요."

엄마가 스카프를 펼쳐서 귀걸이를 보여주었다.

"도와주시기만 하면 이걸 드릴게요."

"좋아요, 좋아. 작은 닭 한 마리를 갖다줄 순 있는데, 지금 당장은 안 돼요. 내일 다시 오구려. 같은 시간에."

그 말과 함께 여자는 서둘러 엄마를 내보냈다.

이튿날 밤 엄마는 귀걸이를 가지고 다시 그 마을로 갔다. 어제보다 발걸음이 더 빠르고 가벼웠다. 게악에게 닭고기를 먹일 생각에 웃음이 절로 나왔다. 고기를 마지막으로 먹어본 지가 언제인지도 까마득했다.

그 집에 가니 여자가 안으로 맞아들였다. 엄마는 맞은편에 앉았는데 왠지 그 여자가 겁을 먹고 불안해하는 기색이었다. 다음 순간, 어두운 구석에서 엄마 등 뒤로 발소리가 들려왔다. 엄마는 가슴이 철렁 내려앉아 공포에 사로잡힌 채 일어섰다.

"무슨 일이죠?"

엄마는 간신히 속삭이듯 여자에게 물었다.

바로 그때 어둠 속에서 한 남자가 나오더니 엄마가 달아나지 못하게 막아섰다.

"제발 동지, 딸이……."

사내의 손이 엄마 얼굴을 세게 후려쳤다.

엄마는 손으로 얼굴을 가리고 눈을 깜박이며 눈물을 참았다.

"귀걸이 내놔."

사내가 명령했다. 엄마는 떨리는 손으로 호주머니에서 귀걸이를 꺼내 사내의 손바닥에 내려놓았다.

사내가 명령했다.

"가진 것 다 내놔."

"동지, 정말 죄송하지만 이젠 아무것도 없습니다. 이게 전부 다예요……."

엄마의 목소리가 떨렸다. 사내가 주먹으로 엄마의 배를 쳤다. 엄마는 몸이 반으로 접힌 채 무릎을 털썩 꿇었다. 사내는 엄마의 허벅지를 걷어차더니 수없이 발길질을 해댔다. 엄마는 고통으로 숨을 헐떡이며 마룻바닥에 쓰러져 있었다.

엄마는 계약을 생각해서 사정했다.

"제발 자비를 베풀어주세요. 어리고 아픈 딸이 집에서 기다리고 있어요."

사내가 엄마의 배를 걷어찼다. 눈앞에서 하얀 반점들이 번쩍거렸다. 위가 찢겨나가는 느낌이었다. 숨을 헐떡이고 있는데 사내가 엄마를 일으켜세웠다. 그러고는 문가로 질질 끌고 가서 계단 쪽으로 떠밀었다.

"두 번 다시는 얼씬도 하지 마!"

사내가 고함을 질렀다. 계단 위에서 엄마는 다리 힘이 쫙 풀려 그 대로 계단을 굴렀다. 흙바닥에 떨어진 엄마는 간신히 몸을 일으켜 달아났다.

엄마는 이야기를 마친 뒤 셔츠를 걷어올려 사내한테 폭행당해서 생긴 멍을 보여준다. 몹시 아파 보인다. 툭 튀어나온 갈비뼈를 가로질러 검푸른 멍자국이 나 있다. 이번에는 치마를 들추고 하얀 허벅지를 뒤덮은 붉은 보랏빛이 도는 끔직한 멍들을 보여준다. 엄마 얼굴을 보니 분노가 끓어오른다. 생판 모르는 사람이 엄마를 때리는 모습이 떠오르자 엄청난 증오심이 솟구친다. 이 모든 것이 닭 한 마리 때문이라니!

내가 말한다.

"엄마, 그 자식 죽여버리고 싶어요!"

엄마가 조용히 하라고 한다.

"쉬잇……, 큰일 날 소리. 그런 말을 입 밖에 냈다가는 큰일 나. 어쨌든 죽지 않은 것만으로 행운이야. 게악이 고기를 못 먹은 게 가슴 아플 뿐이란다."

자기 이름이 들리자 게악이 엄마 무릎에 와서 앉는다. 엄마가 게악의 머리카락을 쓰다듬어주며 정수리에 입을 맞춘다.

"이제부터는 더 조심해야 돼. 나한테 무슨 일이라도 생기면 누가 게악을 돌봐줄지 걱정이란다."

엄마는 게약을 물끄러미 바라보며 한숨을 쉰다. 엄마의 가장 큰 걱정거리는 아픈 자식에게 필요한 걸 구하지 못하는 것이다. 나는 게약을 본다. 게약은 엄마 품에 얌전히 안겨 있다.

문득 게약은 배가 고프다고 불평하고 싶어도 잘 못할 거라는 생각이 든다. 다섯 살짜리 어린애가 배고픔과, 아빠에 대한 슬픔과, 케아브 언니에 대한 기억이 희미해지는 것을 어떻게 말로 다 표현할 수 있겠는가. 하지만 나는 게약이 아프고 고통받고 있다는 걸 안다. 게약은 잘 때마다 늘 몸을 뒤척거리고 운다. 눈빛도 불안해 보인다.

나는 눈으로 게약에게 말한다.

'정말 미안해. 내가 다른 식구들처럼 착하지 않아서 정말 미안해.'

엄마가 말한다.

"몇 주 전에 초우가 왔단다. 이제 두 달에 한 번씩 외출증을 얻을 수 있어. 예전 멧 봉이 군인들에게 끌려가고 새 멧 봉이 왔는데 좋은 사람이래. 이 수용소에 여동생이 가족과 함께 살고 있다고 새 멧 봉에게 말했대. 초우는 요리사라 부엌에서 몰래 쌀을 빼돌려 햇볕에 말려. 지난번에는 특별음식을 푸짐하게 가져왔더구나."

엄마 목소리가 점점 작아지자 부끄러움에 마음이 찔린다. 엄마 말이 더는 귀에 들어오지 않는다. 나는 빈손으로 집에 왔다. 우리 가족이 서로를 위해 기꺼이 희생할 각오가 돼 있음을 깨닫자 마음이 아프다. 음식을 훔치다 들키면 심한 벌을 받을 텐데도 초우 언니는 그런 위험을 무릅쓴 것이다. 킴 오빠는 우리를 위해 옥수수를 훔치다가 무자비하게 맞았다. 엄마는 게약에게 닭고기를 조금 먹이려다가 폭행을 당했다. 나는 아무것도 한 일이 없다.

　게악을 바라보면서 울컥 치밀어오르는 슬픔을 억누른다. 프놈펜에 살 때 게악은 정말 예뻤다. 그리고 누구한테서나 귀여움을 받았다. 커다란 갈색 눈동자는 언제나 생기로 가득 차 있었다. 그 통통한 장밋빛 뺨은 누구라도 만져보고 싶어 할 정도였다. 그런데 지금은 그 혈색이 사라져버렸다. 이젠 얼굴이 퀭하니 움푹 꺼지고 눈에는 항상 슬픔과 허기가 서려 있다. 그 애가 먹을 쌀을 훔쳐 먹었던 나는 이제 그 애가 굶주리는 것도 나 몰라라 하고 있다.

　"네가 떠난 뒤로 많은 일이 있었단다."

　엄마 말소리에 나는 다시 현실로 돌아온다.

　나는 게악한테서 눈길을 떼지 못한다. 게악은 말이 없다. 너무나 여위어서 마치 그 애 몸이 스스로를 파먹고 있는 듯하다. 피부는 핏기 없이 누르께하고 이는 썩거나 빠져 있다. 착하고 순수하기에 여전히 예쁘다. 게악을 보고 있으려니 죽고만 싶다.

　오두막 뒤로 해가 저물어 떠날 시간이 다가온다. 수용소까지 몇 시간 걸어가야 하는데, 깜깜해지기 전에 도착해야 한다. 엄마와 게악이 큰길까지 나와 배웅해준다. 게악이 엄마 다리에 매달린 상태에서 엄마가 나를 끌어안는다. 시큼한 체취와 흙 냄새가 난다. 나는 어색하게 손을 양옆에 늘어뜨린 채 엄마 가슴에서 얼굴을 들고 몸을 떼어낸다.

　"난 이제 아기가 아니에요."

　나는 투덜거리며 웃으려 애쓴다.

엄마는 눈물을 글썽이며 붉어진 눈으로 고개를 끄덕인다. 나는 허리를 숙여 게악의 머리에 손을 얹는다. 게악의 머리카락은 가늘고 보드랍다. 나는 비쭉 튀어나온 게악의 머리카락을 다정한 손길로 펴준다. 그러고 나서 재빨리 몸을 돌려 걸어간다. 엄마와 게악은 울고 있다.

나는 언제 다시 엄마와 게악을 만나게 될지 모르는 채 떠난다. 함께 있고 싶은 마음은 굴뚝같지만 함께 있으면 식구들 생각이, 케아브 언니와 아빠 생각이 너무나 많이 난다.

마지막 가족 모임

1978년 5월

식량배급이 넉넉한 시기는 오래가지 않았다. 다시 식량배급이 줄어들자 많은 사람들이 병들어간다. 나도 배와 발이 부어오르고 온몸에 뼈만 앙상하다. 아침이면 논까지 걸어가는 것만으로도 숨이 찬다. 체중이 너무 줄어서 관절끼리 서로 부딪치는 듯 온몸의 뼈마디가 욱신거린다. 논에서는 머리가 쿵쿵 울리고 일에 집중하기가 힘들다. 정오께가 되어 점심시간 동안에는 발에서 거머리를 떼어내는 것조차 힘에 부친다. 하도 피곤해서 거머리들이 피를 빨게 내버려두고 하루가 다 끝나갈 무렵에야 떼어낸다.

아침마다 내 얼굴은 조금씩 더 불룩해지고, 볼은 더 퉁퉁해지고, 눈두덩은 부어 있다. 아침에 일어날 때면 기운이 더 없고 팔이며 손이며 배며 발이며 발가락이 천근만근 무겁게 느껴져 결국에는 훈련도 노동도 할 수 없게 된다.

나는 힘겹게 쌕쌕거리며 말한다.

"멧 봉, 병원에 가는 허가증 좀 받을 수 있을까요? 배가 너무 아파요."

멧 봉은 짜증스럽게 한숨을 쉰다.

"그렇게 약해서 어디다 써먹겠니. 더 강해지는 법을 배워야 해."

멧 봉은 버럭 호통을 치고 가버린다. 나는 고개를 푹 숙인 채 햇볕 속에 서 있는다. 작고 약한 나 자신이 싫다.

돌아서서 오두막으로 돌아가는데 멧 봉이 소리친다.

"어디 가는 거냐, 이 멍청한 계집애야!"

멧 봉이 내 손에 종이 한 장을 쥐여준다.

"병원 가서 회복되면 오너라. 무용단에서 잠깐 빼줄 테니까!"

나는 안도의 한숨을 내쉬고 고맙다는 인사를 한다.

병원은 수용소에서 몇 시간 걸어가야 나온다. 나는 허가증을 들고 병원으로 향한다. 나무들 위로 해가 높이 떠올라 온 세상을 달궈놓는다. 길가의 얕은 연못으로 가서 쪼그리고 앉는다. 발가락 사이로 따스하고 부드러운 진흙이 비어져나오며 욱신거리는 통증을 누그러뜨려준다. 물이 맑은 쪽으로 깊이 들어가자 움직일 때마다 흙탕물이 뿌옇게 인다. 흙탕물이 가라앉을 때까지 가만히 서서 기다렸다가 손으로 물을 뜬다. 뜨뜻한 물이 목구멍을 달래주긴 하지만 썩은 풀맛이 난다.

물이 가슴팍에 닿을 때까지 들어간다. 물속에 천천히 얼굴을 담그고 팔은 수면 위에 띄운다. 윗몸이 물에 뜨자 발을 바닥에서 끌어올린다. 물속에 있으니 심장박동 소리가 커져서 쿵쿵 소리가 훨씬 더 크게 들려온다. 심장박동은 정상처럼 들리지만 내 가슴은 텅 빈 느낌이다.

나는 심장 뛰는 소리를 들으며 엄마와 계약을 떠올린다. 4월과 설날이 지나서 우리 모두 한 살씩 더 먹었다. 계약은 이제 여섯 살이다. 3년 전 크메르루주가 정권을 잡았을 때 내 나이보다 한 살이 더 많다. 로레아프에 가서 엄마의 명자국을 본 지도 벌써 여섯 달이 지났다. 초우 언니의 손길을 뿌리친 지도 아홉 달이 되었다. 킴 오빠와 작별 인사를 한 지는 열두 달이 지났고, 군인들이 아빠를 데려간 지는 열일곱 달이 지났고, 스물한 달 전에는 케아브 언니가……

나는 날짜를 세다가 멈춘다. 가족들을 마지막으로 본 때를 기억하는 건 부질없는 짓이다. 만날 기회가 생기는 것도 아니니. 하지만 이해되지 않는 것이 너무나 많은 이 세상에서 날짜 세기는 내가 제정신으로 할 수 있는 유일한 일이다.

열이 조금 식어서 고개를 들어보니 멀리 작은 목화밭이 눈에 띈다. 물에서 나와 그리로 간다. 내 가슴께까지 자란 목화는 구름처럼 폭신하고 하얗고 부드럽다. 목화가 손에 닿는다. 한 송이 따서 벌려보니 몽글몽글한 구름 한가운데에 후추처럼 까맣고 동그란 씨앗들이 모여 있다.

목화씨는 먹어도 된다는 말을 들은 적이 있지만 순간적으로 망설이다가 한 개를 입에 넣어본다. 씨앗을 혀 위에서 굴려본다. 딱딱하고 아무 맛도 나지 않는다. 머뭇거리다가 껍질을 와작 깨물고는 부드럽고 기름진 알맹이를 먹어본다. 살짝 달콤한 맛이 도는 게 빈 속을 달래준다. 나는 재빨리 나머지 씨앗들을 모은다. 보초가 있는지 밭을 죽 훑어보면서 씨앗을 잽싸게 입에 털어넣고는 한 줌씩 모아서 주머니에 집어넣는다.

아침나절에 병원에 도착한다. 병원이라야 곰팡이 피고 부스러져가는 벽과 방으로 쓰는 넓은 공간이 있는, 버려진 콘크리트 창고이다. 전깃불도 없어서 어두침침한데 유리 없는 창문으로 햇빛이 들어오는 곳만 환하다. 병실에는 소독용 알코올과 퀴퀴한 살 냄새가 풍긴다. 200명쯤 되는 환자들이 돗자리나 침대에 누워 있는데, 비명과 울음소리가 차가운 돌벽에 메아리치고 있다.

꼼짝 않고 누워 있는 몸들은 퉁퉁 붓기도 하고 해골처럼 마른 경우도 있지만, 어차피 둘 다 죽음의 문턱에 있기는 마찬가지다. 어떤 이들은 너무 아파서 볼일을 보려 해도 일어날 수가 없다. 도와줄 간호사가 거의 없어서 그냥 자기 배설물 위에 누워 있을 수밖에 없다.

케아브 언니의 얼굴이 눈앞에 휙 떠오르자 나는 숨을 헉하고 들이쉬었다가, 콧구멍으로 흘러들어오는 죽음의 악취에 컥컥거린다. 케아브 언니는 이런 침대에서 똥오줌에 범벅이 된 채로 잤던 것이다. 병이 낫기를 바라며 병원에 오는 이들도 있지만 대부분은 너무 약해서 일을 할 수 없고, 따라서 폴 포트한테 아무 쓸모가 없기 때문에 여기 버려진다. 더 이상 일할 수 없는 이들은 죽기 위해 여기 오는 것이다.

케아브 언니가 천여 명의 낯선 이들 사이에서 죽기 위해 혼자 비틀거리며 이 병원으로 들어오는 모습을 떠올리는 순간, 차가운 바람이 불어와 소름이 돋는다. 환자들 가운데 많은 이들이 임시 병원에서, 누렇게 얼룩진 이 침대 위에서, 내일 해가 떠오르기도 전에 죽을 것이다.

다른 것에 집중함으로써 이 환자들에게 이는 동정심을 떨쳐내려 애써본다. 노란빛 속에서 내 손을 뚫어지게 바라보자니 핏기 없는 통통한 벌레 다섯 마리가 손바닥에 붙은 것처럼 손이 뭉툭하고 밀랍 같다. 손을 움직여보니 손가락이 꿈틀거린다. 순간적으로 손가락이 떨어져나와 기어가는 영상이 떠오른다. 발가락도 똑같이 꼼지락거려본다.

병자들의 신음소리에 화들짝 놀라 환상에서 빠져나온다. 케아브 언니도 분명 이렇게 외로움과 두려움에 차서 죽어갔을 것이다. 나 또한 낯선 환자들 사이에서 죽어가게 될까?

꿈인지 현실인지 구별이 안 가는 상태에서 엄마 목소리가 들린다.

"로웅! 어디 가는 거니? 이리 오렴!"

나는 숨을 깊이 들이마시며 정신을 차린다. 진짜 엄마인가? 내가 미쳐가는 걸까?

나는 속삭인다.

"엄마?"

나는 희망으로 출렁거리는 가슴을 애써 누르며 고통스럽게 외친다.

"엄마!"

"여기야!"

초우 언니와 게악, 킴 오빠 목소리도 들린다! 나는 퉁퉁 부은 눈꺼풀을 애써 치켜뜨고 그 목소리들을 찾아 사람들 사이를 살핀다. 병실 저쪽 구석에서 격렬하게 흔드는 손들이 보인다. 엄마와 게악과 멩 오빠다. 초우 언니와 킴 오빠가 활짝 웃으며 나에게 달려온다. 쿠이 오빠만 빼고 온 가족이 여기 모여 있다! 믿기지 않는다. 활짝 웃는 식구들 얼굴을 들여다본다. 초우 언니는 웃음을 참지 못하고, 게악은 어리둥절한 표정으로 나를 바라보고, 엄마는 울고 있다.

엄마가 소리친다.

"이 바보야, 그냥 지나칠 뻔했잖아."

"우리 식구들이 여기 있어서 정말 기뻐요! 여기 혼자 있게 될까봐 겁났어요!"

엄마가 대답한다.

"이 지역에 병원은 여기뿐이잖니!"

엄마는 나더러 와서 앉으라고 옆의 땅바닥을 톡톡 친다. 나는 무릎에 힘이 풀려 엄마 품에 쓰러지고 만다. 나는 눈이 휘둥그레진 채 엄마 소매를 움켜쥐고, 나머지 형제들은 어색하게 바라보고만 있다.

"온 식구가 다 모였다. 모두 함께야."

엄마 목소리는 내 머리카락에 묻혀서 잘 들리지 않는다. 형제들 얼굴을 바라보고 있으니 혼자 죽을지 모른다는 공포도 씻은 듯이 사라진다.

엄마가 나를 품에서 풀어주자 게악이 다가와 엄마와 나 사이에 앉는다. 엄마와 게악은 복통으로 닷새 전에 여기 왔다고 한다. 형제들은 나처럼 다 따로 왔는데, 운 좋게 여기에서 만난 것이다. 초우 언니가 두 번째로 도착했고, 그다음에는 킴 오빠와 멩 오빠가 바로 어제 왔다고 한다. 쿠이 오빠만 빼고 온 식구가 모인 것이다!

우리는 병원에서 한가하게 이야기를 실컷 나누며 시간을 보낸다. 케아브 언니와 아빠 이야기는 절대 입에 올리지 않는다. 누구도 아빠와 케아브 언니 이야기를 화제에 올리지 말자고 한 적은 없다. 그래도 우리는 말하지 않아야 한다는 것을 안다. 저마다 마음속 상자 안에 아빠와 케아브 언니에 대한 추억을 은밀하고 안전하게 간직한다. 대신 우리는 그 시간 동안 엄마에게 우리가 어떻게 살고 있는지 들려준다.

초우 언니는 수용소에서 딱 두 명뿐인 요리사로 일하고 있는데 즐겁다고 한다. 같이 요리사로 일하는 여자아이도 착하단다. 음식 공급을 맡고 있어서 이것저것 조금씩 훔쳐내 엄마한테 가져다줄 수도 있다. 화나게 하는 여자애들이 있으면 음식에 침을 뱉어 앙갚음을 한다나.

소년 수용소에 있는 킴 오빠는 논에서 밤낮으로 벼를 심고 수확한다고 한다. 오빠네 수용소 구조는 초우 언니나 내가 지내는 수용소와 똑같아서 모든 아이들이 커다란 오두막에서 함께 잠을 잔다. 오빠도 초우 언니나 나처럼 밤마다 선전교육에 참석해야 한다.

멩 오빠는 아프기 전까지 쿠이 오빠와 함께 쌀자루를 트럭에 싣는 일을 했다고 한다. 그 쌀은 중국으로 간다는 소문이 있다. 또 여전히 쿠이 오빠와 오빠의 아내 라이네와 함께 살고 있다고 한다. 호기심은 생기지만 초우 언니와 나는 맹 오빠에게 쿠이 오빠의 아내에 대해서 절대 물어보지 않는다. 크메르루주 정권 아래 살아온 3년의 경험으로 우리는 모르는 편이 더 나을 때도 있다는 것을 배웠다.

일을 하지 않아도 우리는 쌀과 소금, 그리고 가끔은 생선을 배급받는다. 음식량은 내가 일할 때 받은 양과 비슷하다. 번들거리는 얼굴과 부은 몸을 보면 우리 모두 비슷한 증상을 앓고 있는 듯하다. 복통, 극도의 탈진 상태, 설사, 쑤시는 관절…… 오랜 토론 끝에 우리는 병에 걸려서가 아니라 굶주림으로 체력이 약해진 탓이라는 결론을 내린다.

아침에 일어난 직후와 저녁식사 후, 간호사들이 와서 매끄럽고 반들거리는 코코넛 껍질사발에 물을 붓고 하얗고 네모난 작은 덩어리를 건네주며 먹으라고 한다. 그것을 혀 위에 올리면 사르르 녹는 게 느껴진다. 그게 각설탕이라는 것을 알고서 내 얼굴에는 미소가 번진다. 약으로 설탕을 주다니! 나는 할 수 있는 한 오래 병원에 머물러야겠다고 마음먹는다.

'약'이 날마다 배급되긴 하지만 배는 늘 고프다. 걷기가 힘들어도 먹을 것을 찾아다녀야만 한다. 덤불을 뒤지며 개구리나 귀뚜라미, 메뚜기 등 먹을 수 있는 것은 뭐든지 찾아다닌다. 그렇지만 나는 아픈 상태라 동작이 굼뜬 서투른 포식자다.

그러던 어느 날 오후, 병원으로 돌아오다가 어떤 할머니 옆에 있는 주먹밥을 발견한다. 나는 얼른 주먹밥을 집어 주머니에 넣는다. 가슴이 두근거리고, 누가 볼세라 잽싸게 그 자리를 떠난다.

수용소 밖에 혼자 있으려니 죄책감이 몰려온다. 주먹만 한 주먹밥이 주머니 속에서 묵직하게 느껴지는 가운데 할머니 얼굴이 떠오른다. 그 할머니는 가슴팍이 오르락내리락하며 희미하게 숨을 내쉬고 있다. 눈꺼풀은 반쯤 감겨서 흰자위만 보인다. 돌봐주던 이들은 주먹밥이 없어진 것을 알아도 더는 못 줄지 모른다. 어차피 죽어가고 있기 때문에 더는 신경 쓰지 않을지도 모른다. 할머니의 음식을 훔침으로써 나도 할머니를 죽이는 데 한몫한 것이다. 그래도 주먹밥은 돌려줄 수 없다. 주먹밥을 입에 가져가자 짠 눈물이 떨어져 목구멍으로 들어온다. 딱딱한 밥알 뭉치를 아프게 삼키며 그렇게 나는 할머니에게 빚을 진다.

나는 무거운 발걸음으로 가족에게 돌아온다. 식구들은 함께 있음에 행복해하며 조용히 앉아 있다. 나는 침울하게 엄마 옆에 앉아 두 손으로 머리를 벅벅 긁는다. 머리가 떡이 지고 엉켜서 근질거린다. 옷은 낡을 대로 낡고 몇 주째 한 번도 빨지 않은 채였다. 우물물은 간호사들이 써야 하고 목욕할 수 있는 개울은 너무 멀었다.

엄마가 내 머리에 손을 뻗어 머리카락을 갈라준다.

"이리 와봐. 우리가 해줄게."

엄마는 가방에서 빗을 꺼내더니 나를 마주하고 앉아 땅바닥에 붉은색과 하얀색의 체크무늬 크로마를 펼쳐놓는다. 내 머리를 살짝 눌러 보자기를 보게 해놓고 촘촘한 갈색 플라스틱 빗으로 머리를 빗어내린다. 머리카락이 잡아당겨져 아팠지만 다리 여섯 개짜리 벌레들이 후드득 떨어져내리는 것을 보니 그만한 보람이 있다. 이들이 사방으로 흩어져 허둥지둥 달아나다가 우리의 엄지손톱에 으스러지고 만다. 피가 튀면서 조그맣게 딱딱 소리가 난다. 초우 언니와 게악은 깔깔거리며 같이 이를 죽인다. 엄마는 우리 머리를 차례로 빗겨서 이를 잡아준다. 우리는 이런 식으로 모여 앉아 이야기 나누고 웃고 서로 사랑하며 지낸다.

어느 날 밤, 나는 케아브 언니 꿈을 꾼다. 언니는 젊고 아름답고 생기가 넘친다. 꿈은 아주 평화롭게 시작된다. 나는 어딘가에 언니와 단둘이 있다. 우리는 이야기를 나누며 걷는다. 나는 언니 쪽으로 손을 뻗다가 멈칫한다. 언니의 외모가 변하고 있기 때문이다. 눈앞에서 언니는 계속 이야기하고 있지만 점점 여위어가더니 피부가 누리끼리하게 늙어가고 축 늘어진다. 그러더니 얼굴 피부가 녹아 투명해지면서 커다란 눈구멍과 해골이 드러난다. 도망치고 싶은 마음 반, 그대로 있고 싶은 마음 반이다.

언니의 입술은 여전히 움직이며 말을 한다.

"난 괜찮아. 너한테 보이는 모습은 진짜가 아니야."

나는 언니를 사랑하고 함께 있고 싶은 마음이 너무나 간절해서 언니가 지금 어디 있는지 찾고 싶다. 언니가 하는 말이 이해되지 않아 비명을 지르며 잠에서 깨어난다. 이튿날 아침, 그래도 나는 살아남기로 굳게 결심하고 억지로 힘을 내서 배를 채우기 위해 훔쳐 먹을 음식을 찾아 병원을 돌아다닌다.

나는 할 수 있는 한 오래 병원에 머무른다. 각설탕과 음식과 휴식 덕분에 나는 차츰 기운을 되찾는다. 한 주가 지나자 병원은 너무 많은 환자들로 넘쳐나서 간호사들이 우리를 쫓아낸다. 처음에는 멩 오빠를 쫓아내고, 그다음에는 킴 오빠를, 그리고 그다음에는 나를 쫓아낸다. 나는 울고 애걸하고 거짓말을 하지만 결국 떠날 수밖에 없다.

떠나면서 나는 스스로 정한 이별의 규칙을 깨고 뒤를 돌아본다. 엄마와 초우 언니와 게악이 문가에 서서 울고 있다. 돌아본 게 실수였다. 내 몸은 그들에게로 다시 달려가 품에 매달리고 싶어 못 견딜 지경이다. 나는 숨을 한껏 들이마시고는 어깨에 힘을 주고 확고한 걸음으로 씩씩하게 그곳을 떠난다. 언제 다시 만날 수 있을까 생각하면서.

무너지는 벽

1978년 11월

병원에서 가족들과 재회한 뒤로 또 여섯 달이 지났다. 수용소에 돌아오자 예전과 다름없는 생활이 이어지고, 다시 식량배급이 늘어난 덕분에 나는 몸이 많이 튼튼해진다. 요운이 우리 국경을 침범했다는 소문이 퍼지자 우리는 농사일을 하지 않고 몇 시간씩 전투훈련을 한다. 낮에는 수용소에서 구할 수 있는 몇 개 안 되는 낫과 곡괭이, 단검과 막대기와 총 따위를 가지고 훈련한다. 훈련은 대부분 반복적이다. 멧 봉은 동작이 반사적으로 나올 정도가 되어야 잘 싸울 수 있다고 주장한다. 저녁이면 식사 후에 막대기와 덤불을 모아 수용소 주위에 울타리를 만든다.

어느 이른 아침, 나는 공포와 경악 속에서 깨어난다. 간장이 조여드는 듯하고 온몸이 식은땀에 흠뻑 젖어 있다. 아무것도 아니라고, 그저 불안할 뿐이라고 스스로를 달래본다. 너무 쉽게 긴장하는 거라고 굳게 믿는다. 세수하고 나서 다른 아이들과 함께 훈련에 참가한다. 멧 봉은 헌옷에다 나뭇잎과 볏짚을 채워 허수아비를 만들고, 빨간 체크무늬 크로마에 볏짚을 채워 머리를 만든다. 그것을 요운이라 부르면서 들판의 나무들에 매달아놓는다. 멧 봉은 요운이 얼마나 사악한지 장황하게 이야기를 늘어놓은 끝에 우리를 그 허수아비들 앞에 한 줄로 세운다.

15센티미터짜리 단검을 손에 쥐고 나는 맨 앞에 차려 자세로 서 있다. 단검을 손에 꼭 쥔 채 짐승처럼 숨을 헐떡이고 다리를 덜덜 떨면서, 멧 봉의 신호에 따라 "죽어! 죽어!" 하고 소리치며 허수아비를 향해 돌진한다. 머리를 겨냥하지만 키가 작아서 허수아비의 배밖에 찌르지 못한다.

이튿날 아침, 나는 엄청난 고통 속에 일어난다. 머리가 지끈거리고 배가 아프고 누가 가슴 위에 앉아 있기라도 한 듯 답답하다. 배를 감싸쥔 채 세상을 향해 악을 쓰고 싶다. 내 안에서 뭔가가 아프다. 몸속에서 분노가 폭발해서 나는 벌떡 일어나 밖으로 뛰쳐나간다. 육체의 통증으로 드러나는 내 몸속의 이 전류가, 이 공포와 슬픔과 증오와 강렬한 감정이 무엇인지 알 수가 없다.

엄마를 보러 가야 한다. 허가 없이 여행하는 건 위험하지만 나는 개의치 않는다. 엄마한테 가야만 한다. 정문으로는 나가지 못한다. 다른 아이들이 보면 멧 봉에게 일러바칠 것이다. 나는 오두막을 돌아 울타리 쪽으로 가서 빠져나갈 수 있을 만한 곳을 찾는다. 막대기 사이의 간격이 넓고 덤불이 엉성하게 엮인 부분이 눈에 띈다. 보는 사람이 아무도 없는 것을 확인하고는 납작 엎드린다. 재빨리 가시덤불을 헤치고 기어서 울타리를 통과한다.

먹을 것도 물도 없이 뜨거운 땡볕 속을 걷는다. 목이 바짝 타고 발은 잠시 쉬고 싶어 하지만 계속 나아간다. 엄마와 게악의 모습이 눈앞에 나타나 가슴이 쿵쿵거린다. 두 사람 얼굴은 슬퍼 보이고 입꼬리가 축 처져 있으며 눈물을 글썽이고 있다. 그들이 로레아프의 오두막에 앉아서 무슨 말인가 하려는 듯 나를 부른다. 나는 엄마와 게악이 왜 나를 부르고 있는지 안다. 하지만 응할 수 없다.

아빠 생각이 난다. 아빠가 나한테 초능력이 있다고 했던 말이 생각난다. 나는 아직 어리지만 내 인생의 80퍼센트는 기시감 속에서 살고 있다는 느낌을 늘 받아왔다. 프놈펜에 살 때 전화벨이 울리면 아빠가 수화기를 들기도 전에 누구한테서 온 전화인지 알아맞히기 일쑤였다. 아빠와 거리를 걷거나 가게에서 엄마와 국수를 먹으면서도 누구와 만날 거라는 예감이 들면 꼭 만나곤 했다. 로레아프에서도 어떤 집에 불이 나는 꿈을 꾸면 실제로 불이 났다. 아빠는 그것도 능력이라고 했다. 그때는 그런 능력이 두렵지 않았지만 지금은 두렵다.

몇 시간이 지나 로레아프에 도착한다. 아직 아침나절이고 마을은 조용하다. 마을에 들어서자 엄마의 오두막으로 달려간다.

나는 미친 듯이 소리친다.

"엄마! 엄마! 게악!"

아무 대답이 없다.

"엄마!"

나는 전속력으로 텃밭으로 달려간다. 거기에도 없다. 눈물이 뿌옇게 앞을 가리는 가운데 나는 다시 엄마 집으로 뛰어간다. 모든 것이 그대로다. 나무 밥그릇과 숟가락도 있다. 옷가지도 있다.

나는 목이 쉬도록 외친다.

"엄마!"

"그 사람들은 여기 없단다."

어떤 목소리가 말한다. 이웃집 젊은 아낙네가 문가에 서 있다. 처음 보는 사람이다.

"어제 떠났어. 우리 아기가 아파서 어제 일을 나가지 않았거든. 그래서 내가 봤지."

"어디로 갔어요?"

"나도 모르지. 군인들이 데려갔어."

아낙네가 나직이 말하고 고개를 돌린다. 나를 차마 바라보지 못하고 먼 곳만 바라본다.

군인들이 마을에서 사람을 데려간다는 게 어떤 뜻인지 그 아낙네도 알고 나도 안다. 한편으로는 그 말을 믿고 싶지 않지만, 다른 한편으로는 그 말이 사실임을 안다. 어제부터 잠에서 깨어날 때 이유를 알 수 없는 불안감과 육체적 통증에 시달렸다. 이제는 엄마와 게악이 나에게 군인들에 대해 알려주려고 그런 것임을 안다.

"엄마, 어딨어요? 엄마, 나한테 이러면 안 돼요!"

나는 텅 빈 집에 대고 악을 쓴다. 지난 3년 동안 케아브 언니와 아빠를 잃고서도 굶주림을 견뎌가며 살아남았는데 이렇게 허무하게 잡혀가다니, 그럴 리가 없다! 지난번에 봤을 때 엄마는 아빠 없이도 잘 지내고 있었다. 잘해나가리라고 믿었다. 살기 위해서 엄마는 얼마나 치열하게 싸웠던가! 떠났을 리 없다. 가엾은 게악, 그 애는 좋은 것도 제대로 누리지 못했다.

아기 울음소리에 아낙네는 집 안으로 들어가더니 노래를 흥얼거리며 아기를 재운다. 프놈펜에서 자장가를 불러주던 엄마가 떠오른다. 더는 강하게 굴 수 없다. 벽이 무너지고 있다. 눈물이 걷잡을 수 없이 얼굴을 타고 흘러내린다. 가슴이 꽉 막히고, 창자가 나를 갉아먹고 내 정신을 먹어치우고 있다. 당장 이 자리를 벗어나야 한다. 어쨌거나 나도 모르게 다리가 움직여 마을을 벗어난다.

나는 속삭인다.

"엄마! 게악!"

오직 두 사람의 얼굴만이 머릿속을 가득 채운다. 엄마와 게악의 입에 들어갈 쌀을 훔치던 때가 떠오른다. 게악은 배고프지 않은 느낌이 뭔지도 몰랐다. 생각하고 싶지 않지만 자꾸만 생각이 난다. 군인들이 누구를 먼저 죽였을까 생각하는 순간 몸에서 힘이 쭉 빠져나간다. 두 사람이 함께 있는 영상이 머릿속에 떠오른다.

엄마와 게악이 다른 마을에서 잡혀온 스무 명의 사람들과 함께 길게 줄지어 천천히 걷는 모습이 보인다. 대여섯 명으로 이루어진 한 무리의 크메르루주 군인들이 마을 사람들 양옆으로 걷고 있다. 군인들은 죄수들에게 총을 겨누고 있다. 사흘 전에 내린 비로 들판이 축축하고 진흙으로 미끄러워서 마을 사람들은 자꾸 비틀거린다. 사람들이 끙끙거리고 낑낑거리는 소리와 훌쩍이는 소리 말고는 사방이 조용하기만 하다. 군인들과 마을 사람들은 모두 검은 옷을 입고 빨간색과 흰색의 체크무늬 크로마를 두른 차림인데, 엉덩이와 무릎에 진흙 얼룩이 묻어 있다. 남자들은 머리 뒤로 두 손을 깍지 낀 채 걷는다. 이마에서 흘러내리는 땀에 눈이 따갑다. 하지만 손을 풀어서 땀을 닦을 엄두도 못 낸다. 여인들과 아이들, 노인들은 울퉁불퉁한 길을 가는 동안 팔을 펴서 균형을 잡는다. 이력이나 과거가 어떻든 그들은 앙카르에게 배신자로 낙인찍혀 지금 이렇게 끌려가고 있는 것이다.

엄마는 게악을 업고 줄 끝에서 느릿느릿 따라간다. 임미는 소리 없이 울고 있다. 몸은 두려움에 굳어 있고 손은 게악을 꼭 붙들고 있다. 게악이 진흙탕에 떨어지지 않으려고 등 뒤에서 몸을 살짝 튕겨 다시 업히는 게 느껴진다. 엄마는 입술을 깨물며 아빠도 군인들에게 잡혀갈 때 이렇게 두려웠을까 생각한다. 엄마는 아빠가 이미 죽었다는 생각을 떨쳐버리려고 고개를 흔든다. 마음 한구석에서는 아빠가 어딘가에 살아 있으리라는 믿음을 언제까지나 간직할 것이다.

거의 두 해가 지났지만 엄마는 깨어 있는 순간순간마다 여전히 아빠가 그립다. 꿈을 꾸면 그 모습이 얼마나 생생한지 잠에서 깨어나면 다른 날보다 더 마음이 아프다. 가끔 밭에서 풀을 뽑다보면 시냇가에서 아빠를 처음 만났던 때가 떠오른다. 그때 엄마는 아빠와 처음 눈을 마주쳤다. 엄마는 아빠가 아주 잘생겼다고 생각했지만 부모님이 허락하지 않을 줄 알고 있었다. 아빠를 사랑하기 때문에 부모님의 반대를 무릅쓰고 둘이서 달아났다. 그저 아빠와 함께 있고 싶어서. 어쩌면 곧 다시 아빠를 만날 수 있을지도 모른다.

군인들을 따라 논을 지나고 흔들리는 야자수들을 지나 마을 언저리에 있는 들판으로 간다. 인적이 드문 그곳에서 군인들이 엄마와 마을 사람들을 무릎 꿇게 한다. 서늘한 진흙 속으로 빠져들면서 엄마와 계악은 서로 꽉 붙잡는다. 엄마는 계악을 품에 꼭 껴안는다. 계악의 고통을 덜어주기 위해 태아처럼 자기 배 속에 다시 집어넣으려는 듯이. 엄마는 곧 일어날 대학살의 광경을 보지 못하게 계악의 얼굴을 돌린다. 계악은 엄마 품속에서 덜덜 떤다. 계악의 이가 딱딱 맞부딪치는 소리가 엄마 귓가에 들린다. 계악은 작은 손으로 엄마 목을 꽉 붙들면서도 소리 하나 내지 않는다.

군인들은 마을 사람들 앞에 서서 방아쇠에 손가락을 건 채 총구를 겨누고 있다. 먹구름이 몰려와 어두운 그림자를 드리운다. 따뜻한 바람이 불어오지만 엄마는 덜덜 떨고 있다. 엄마는 운명과 싸워봤자 소용없다는 것, 아무리 애걸해도 도망칠 수 없다는 것을 안다. 다른 이들이 살려달라고 빌 때, 엄마는 계악을 더 꽉 끌어안은 채 눈을 꼭 감고서 기도를 한다. 엄마는 아빠 얼굴을 떠올리며 기다린다. 그 순간이 영원처럼 느껴진다. 비명을 지르고 싶은 충동, 차라리 빨리 끝내게끔 하고 싶은 충동과 싸운다. 얼마나 더 용기를 낼 수 있을지 모르겠다. 기다리다보니 가슴은 희망을 믿기 시작한다. 군인들이 마음을 바꿔 모두 풀어주지 않을까? 이런 생각에 엄마는 호흡이 빨라진다.

'아냐, 난 계악을 위해서라도 강해져야 해. 공포 속에서 세상을 떠나게 할 순 없어.'

다음 순간 군인 하나가 자세를 바꾸는 바람에 진흙이 질척거리는 소리가 들린다. 가슴이 터질 듯이 두근거린다. 한 군인이 총을 메고 사람들에게 걸어간다. 땅바닥이 따뜻하고 축축해지는 것이 느껴진다. 힐끗 보니 옆에 있는 사내의 바지가 젖어 있다. 군인 하나가 사람들에게 다가온다. 그는 곧장 엄마 쪽으로 걸어간다. 혹시나 하는 기대로 엄마의 눈이 커진다. 두려움으로 가슴이 두방망이질을 친다. 군인이 게악의 어깨를 잡는다. 두 사람이 내지르는 날카로운 비명이 허공에 울려퍼진다.

하지만 군인들은 서로 헤어지지 않으려 꼭 부둥켜안은 두 사람을 억지로 떼어낸다. 두 사람의 손끝만 닿아 있다가 다음 순간 그마저 끊어지고 만다. 마을 사람들은 모두 일어나서 울며 사정한다. 갑자기 '탕탕탕!' 총소리가 나면서 몸에 박힌 총알들이 비명을 잠재워버린다.

게악은 진흙탕에 얼굴을 박고 고꾸라져 있는 엄마에게 달려간다. 게악은 이제 겨우 여섯 살이라 방금 무슨 일이 일어났는지 잘 이해하지 못하고 엄마를 부르며 어깨를 흔든다. 엄마의 뺨과 귀를 만지고, 진흙탕에 묻힌 얼굴을 들어올리려고 머리카락을 잡아당기지만 역부족이다. 눈을 비비자 엄마의 피가 온통 게악의 얼굴에 묻어난다. 주먹으로 엄마의 등을 팡팡 때리며 깨우려 하지만 엄마는 가버렸다. 엄마의 머리를 붙들고 숨쉴 새도 없이 울부짖는다. 한 군인이 어두운 얼굴로 총을 든다. 잠시 뒤 게악도 조용해진다.

로레아프를 벗어나는데 귓가에 울리는 소리에 귀가 먹먹하다. 크메르루주가 희생자들을 어떻게 죽이는지 들었던 모든 이야기들이 다시 생각난다. 희생자들을 감자 부대에 넣고 묶어서 강에 던져버린다는 이야기, 고문실 이야기 등이 마을 사람들 사이에서 자주 돌았다. 군인들이 자백을 받고 배신자들의 이름을 끄집어내기 위해 부모 앞에서 아이들을 죽이는 일도 흔하다고 했다.

내 귓가에 울리는 소리가 점점 더 커져서 방향감각마저 잃어버린다. 엄마 얼굴이 눈앞에 나타난다. 엄마가 계약을 해치는 군인들을 지켜보면서 느꼈을 고통을 생각만 해도 숨이 막힌다. 내 상상이 만들어낸 죽음의 영상에 사로잡혀 도저히 벗어날 수가 없다. 머릿속에 무언가 가득 찬 듯 머리가 무겁다.

나는 하염없이 눈물을 쏟으면서 몸을 질질 끌며 마을을 나선다. 머리를 세게 얻어맞으면 기억을 전부 잃는다는 이야기를 들은 적이 있다. 내 머리를 때리고 싶다. 모든 기억을 잃고 싶다. 마음속 고통이 하도 커서 그것이 육체적인 고통으로 변해 어깨와 등과 팔과 목을 뜨거운 바늘로 찌르는 것 같다. 오직 죽음만이 이 고통에서 벗어나게 해주리라.

다음 순간 뭔가가 나를 덮친다. 내가 다른 곳으로, 고통을 피해 숨을 수 있는 내 마음속 가장 깊숙한 곳으로 빠져들어가는 듯하다. 갑자기 세상이 안개가 낀 것처럼 흐릿해진다. 사방이 깜깜해지면서 텅 빈 듯 편안해진다. 고통과 슬픔이 더는 실재하지도 않고 내 것 같지도 않아지는 순간, 암흑이 나를 삼켜버린다.

다시 정신을 차려보니 내가 수용소로 돌아와 멧 봉 앞에 서 있고, 내 손은 화끈거리는 뺨을 문지르고 있다. 입 속에서 피 맛이 난다. 멧 봉이 나를 때려서 깨웠던 것이다.

"어디 있었던 거냐?"

멧 봉이 묻는다. 세상이 다시 또렷하게 다가온다. 주위에 여자애들이 둘러서서 지켜보고 있다.

나는 겨우 말한다.

"모르겠어요. 그저……."

"사흘씩이나 되는데? 요운들이 사방에 깔려 있는 거 모르니?"

나는 믿기지 않아 눈이 휘둥그레진다.

"아니요, 제가 어디에 있었는지 모르겠어요."

나는 솔직하게 말한다. 멧 봉이 다시 내 뺨을 후려친다. 너무 아파서 눈앞이 어찔하고 다리가 휘청거린다.

"말 안 할 거야? 오늘 밤은 굶어. 그리고 죄다 실토할 때까지 식량 배급을 줄일 거다!"

멧 봉이 내 면전에 대고 고함을 지르고는 가버린다. 멧 봉이 간 뒤 나는 우물로 가서 물을 긷는다. 물을 조금 마시고 나머지는 발 위에 쏟아붓는다. 한쪽 발로 다른 쪽 발을 비비자 황토가 씻겨나가고 주름진 작은 발이 드러난다.

나는 아무 감정 없이 되뇌인다.

"엄마가 죽었어. 엄마가 죽었어."

엄마가 살던 마을을 나선 뒤 사흘간의 기억이 전혀 나지 않는다.

이튿날 훈련 시간, 나는 멧 봉이 신호를 보내기도 전에 요운 허수아비들을 공격한다. 분노와 증오심으로 살이 떨린다. 나에게 상처를 준 신들이 증오스럽다. 아빠, 엄마, 케아브 언니와 게악을 죽인 폴 포트가 증오스럽다.

나는 막대기를 높이 치켜들어 허수아비의 가슴에 꽂는다. 막대기가 허수아비의 몸통을 꿰뚫고 나무에 닿는 것이 느껴진다. 빠르고 강하게 찔러댄다. 요운이 아니라 폴 포트라고 상상한다. 우려하던 일이 이제 현실이 되어버렸다. 엄마마저 잃었으니 이젠 더 이상 고아인 척할 필요도 없다.

요운이 쳐들어오다

1979년 1월

저녁 교육시간에 멧 봉이 총을 꼭 끌어안고 초조하게 왔다 갔다 한다.

"요운이 우리 나라로 쳐들어왔다. 도시들을 점령하고 있다고! 이 괴물들이 우리 크메르 여성들을 강간하고 남자들을 죽이고 있다. 너희도 잡히면 죽을 것이다. 어떤 방법으로든 자신을 보호해야만 해. 폴 포트는 전능하므로 우리는 요운을 물리칠 수 있다!"

"앙카르! 앙카르! 앙카르!"

멧 봉이 말도 안 되는 소리를 해대도 우리는 입을 모아 외친다. 나는 듣는 척하면서도 속으로는 크메르루주가 왜 요운을 두려워하는지 의아해한다. 요운을 이길 수 있는데 왜 그들이 우리 나라를 점령할지 모른다고 할까?

"이제부터는 밤에 한 명이 아니라 두 명씩 보초를 설 것이다. 요운은 발견 즉시 사살한다."

그날 밤 멀리서 박격포와 로켓탄이 터지는 소리에 다들 잠을 이루지 못한다. 우리는 겁이 나지만 멧 봉은 크메르루주 군인들이 요운을 막아줄 거라고 말한다. 두어 시간 동안 포격이 이어진 뒤 다시 사방이 조용해진다. 그러더니 경고도 없이 우리 기지 근처에서 박격포가 폭발하며 번개처럼 하늘을 하얗고 눈부시게 밝힌다. 공포가 등골을 타고 올라와 내 가슴에 박힌다. 또 다른 박격포가 휙 날아와 우리 오두막을 맞히자 나는 비명을 지르며 손으로 귀를 틀어막는다.

볏짚으로 된 벽과 지붕에 불이 붙는다. 여자애들은 비명을 지르고 울부짖으며 불길이 오두막을 다 집어삼키기 전에 탈출하려고 애쓴다. 뛰고 기어서 문가로 가는 여자애들의 얼굴은 연기로 시커멓게 그을고 눈은 공포에 질려 하얘진다. 많은 아이들이 날카로운 파편에 팔다리를 베여 피를 흘리고 있다.

불이 사방으로 번지자 나는 벌떡 일어나 문간으로 향한다.

"날 두고 가지 마! 나 다쳤어! 도와줘!"

누가 귀를 째는 듯한 소리로 외친다. 한 아이가 피가 흥건한 채 쓰러져 있다. 팔꿈치로 몸을 받친 상태로 우리에게 도와달라고 애걸한다. 그 아이는 몸부림치며 덜덜 떨고 있다. 다른 아이들은 그대로 달아난다. 내가 자기를 보는 것을 알아채고 그 아이가 내게 피투성이 손을 내민다.

"살려줘!"

그 아이는 팔꿈치로 몸을 받치고 문가로 기어오려고 애쓰지만 몇 미터도 못 와서 절망에 빠져 숨만 헐떡인다. 그 아이의 눈물이 입 속으로 흘러든다. 불이 수용소 안으로 빠르게 번지면서 불에 탄 건물의 잔해들이 여기저기서 떨어져내린다.

"연기! 불! 살려줘!"

그 아이가 가슴을 부여잡더니 왈칵 피를 토해낸다. 그 아이를 도와주고 싶지만 나는 그 애보다 몸집이 훨씬 작다. 근처에서 또 다른 박격포가 터지자 나는 귀를 막으며 비명을 지른다. 겁에 질린 나는 그 애를 뒤로하고 오두막을 뛰쳐나온다. 지붕이 무너지자 그 아이는 고통에 찬 비명을 길게 내지르고, 불길이 끝내 오두막을 삼키고 만다.

여자아이들은 수용소를 탈출하려고 죽을힘을 다해 사방으로 뿔뿔이 흩어진다. 어둠 속에서 벽과 지붕이 노란색과 주황색 불길로 타오르며 달아나는 소녀들의 붉은 얼굴을 비춘다.

큰길로 나가보니 버려진 읍내와 마을을 등지고 수천 명의 사람들이 피란길에 오르고 있다. 초우 언니를 찾아야 한다. 언니가 없으면 외톨이다. 발길이 저절로 언니가 있는 수용소 쪽으로 향한다. 겁먹고 꾸물거릴 틈이 없다.

언니네 수용소에 가보니 컴컴하고 텅 비어 있다.

"초우 언니! 초우 언니!"

언니 이름을 애타게 부르며 숙소 주변을 빙글빙글 돌아보지만 언니는 없다. 이제 어떻게 해야 할지 몰라 피란 행렬로 돌아온다. 오빠들은 어디에서 찾아야 할지 모른다. 사방에는 사람들이 소 떼처럼 이리저리 우르르 몰려다니며 가족들 이름을 목이 터져라 부른다.

"제발 살아만 있기를……."

이렇게 빌고 있는데 사람들이 밀고 부딪히며 지나간다. 나는 어찌할 바를 몰라 피란 행렬에서 빠져나와 길가에 있는 커다란 바위 위로 올라간다. 무릎을 가슴에 끌어안고는 피란 행렬이 나만 뒤에 남겨둔 채 바삐 나아가는 모습을 지켜보며 운다. 그 광경은 프놈펜을 떠나던 때와 비슷하지만 이제 나는 혼자다. 나를 보호하듯 감싸 안아주던 케아브 언니도 없고, 엄마도 아빠도 게악도 곁에 없고, 앞장서 가는 쿠이 오빠나 멩 오빠도 없다.

그렇게 바위에 앉아 있는데 누가 내 어깨를 붙잡는다. 킴 오빠다. 오빠가 살아 있었다! 초우 언니도 오빠 손을 꼭 붙잡고 있다.

"초우 언니!"

나는 들떠서 소리친다. 이렇게 기쁜 적이 없었다!

"빨리, 어서 떠나야 해!"

킴 오빠가 소리치며 내 손을 잡고 다시 큰길로 돌아가 피란 행렬에 합류한다. 어디로 가야 할지 모르지만 우리 목표는 어떻게든 오빠들을 찾는 것이다. 킴 오빠는 다시 한 번 가족을 책임지고 있다. 킴 오빠는 우리가 사는 쪽에서 폭발음이 들려오자마자 바로 수용소를 도망쳐서 초우 언니를 찾으러 이곳으로 달려왔다고 한다. 그러고는 나를 찾으러 오는 길이었다. 초우 언니와 나는 오빠가 이끄는 대로 따라가고 시키는 대로 한다. 오빠가 얼마나 침착하던지 아직 열네 살도 안 됐다는 사실을 잊어버릴 정도다.

다른 사람들은 솥단지며 냄비, 옷가지, 먹을 것과 다른 소지품 따위를 등에 지거나 수레에 싣고 가지만, 킴 오빠는 옷 몇 벌이 든 배낭 하나만 메고 초우 언니와 나는 달랑 입고 있는 옷 한 벌뿐이다. 우리는 오빠 손을 잡고 인파에 묻혀 사람들이 가는 길을 따라 밤에도 걷는다. 오빠는 사람들과 함께 있는 게 안전할 거라고 말한다. 발도 아프고 피곤해서 쉬고 싶은 마음이 굴뚝같지만, 반쯤 감긴 눈으로 오빠에게 기댄 채 계속 걷는다.

곧 해가 떠오른다. 새빨간 색, 금빛 노란색, 불타는 오렌지색이 세상을 비춘다. 들판에서는 크게 자란 코끼리풀에 맺힌 아침 이슬이 반짝이고, 멀리 마을에서는 잿빛 연기가 하늘로 피어오르고 있다. 좁고 붉은 자갈길에는 검은 옷을 입은 사람들이 발 디딜 틈 없이 떼를 지어 가고 있다.

피란 행렬은 멈추지 않고 계속 이어지지만 발을 내딛는 속도는 점점 더 느려진다. 더 이상 걸을 수 없는 사람은 길가에 앉아 있고 어떤 사람은 태아처럼 몸을 웅크리고 자고 있다. 행렬을 벗어나 길가에서 몇 미터 떨어진 곳으로 과일이나 나무열매를 찾아나선 이들도 있다. 그러면서도 내내 행렬에서 멀어지지 않으려고 주의한다.

뱀처럼 구불구불 계속 나아가는 피란민 행렬에서 힘세고 튼튼한 사람들은 선두에 서고, 늙고 어리고 약하고 굶주린 이들은 뒤에서 느릿느릿 따라간다. 첫 번째 뱀이 시야에서 사라지자마자 다른 행렬이 구불구불 이어져와 뒤처진 이들은 그리로 합류한다.

해가 중천에 떠오르자 배가 꼬르륵거린다. 덤불 뒤에 숨겨진, 작은 풀이 자란 오솔길을 발견한 오빠가 행렬에서 벗어나 우리를 거기로 데려간다. 초우 언니와 나는 묵묵히 오빠를 따라간다. 5분 뒤 초우 언니와 나는 서로 걱정스럽게 흘낏거린다. 피란 행렬에서 너무 멀어지는 것이 두렵지만 감히 오빠한테 물어보지는 못한다.

다시 10분이 더 지난다. 도로에서 1킬로미터쯤 걸었을 때 버려진 마을이 나타난다. 아무도 없는 조용한 마을에서 돼지가 꿀꿀거리는 소리와 닭들이 꼬꼬댁거리는 소리가 나직이 들려온다. 마을 사람들이 얼마나 급하게 떠났는지 옷이며 샌들, 스카프가 땅바닥에 흩어져 있다. 공동 부엌에서는 타다 남은 재에서 아직도 연기가 피어오르고 있다.

초우 언니가 어느 집에 들어가더니 솥단지와 알루미늄 그릇 몇 개, 쌀과 소금이 든 작은 봉지 몇 개를 갖고 나온다. 나는 스카프 세 개와 검은 옷과 가벼운 담요 세 개를 챙긴다. 이 물건들을 또 다른 담요에 담고 귀퉁이를 한데 묶어서 큼직한 보따리로 만든 뒤 머리에 인다.

어느 집에서 돼지 한 마리와 닭 두 마리가 허둥지둥 돌아다니고 있다. 몇 분 동안 돼지를 쫓아다니다 지쳐서 포기하고 만다. 돼지를 잡았다 해도 칼이 없으니 잡아먹을 방법을 모른다. 킴 오빠가 닭 두 마리를 잡아서 날갯죽지를 등 쪽에서 묶고는 닭의 목을 딸 날카로운 물건을 찾는다. 아무리 찾아도 없자 킴 오빠는 닭을 잡고 우물로 간다. 닭 다리를 붙잡은 채 방망이를 휘두르듯 돌벽에 후려쳐서 닭의 머리를 으스러뜨린다. 3미터쯤 떨어져 있는 나한테까지 닭 머리뼈 부서지는 소리가 들린다. 피가 벽에 튀고 오빠의 발도 피로 낭자하다. 닭은 죽지 않으려고 몸부림치지만 오빠가 다시 후려치자 머리가 박살난다. 나머지 닭도 같은 운명이 된다.

초우 언니가 우물에서 물을 길어와 오빠의 발에 조금 부어서 피를 씻어준다. 초우 언니가 나머지 물을 새 솥단지에 붓자 오빠가 마른 잎과 나뭇가지를 화덕에 넣어 불씨를 되살린다. 초우 언니가 닭을 솥에 넣고 푹 삶는다.

한 시간 뒤 언니가 닭을 꺼내자 우리는 털을 뽑는다. 그러고는 한 시간쯤 더 삶는다. 다 익자 언니는 닭고기가 상하지 않도록 소금을 넣는다. 언니가 닭을 요리하는 동안 침이 고이고 배가 꼬르륵거린다. 아주 오랫동안 고기는 입에 대본 적이 없다.

드디어 초우 언니가 다 됐다고 하자, 오빠가 다리 하나를 뜯고 밥 한 사발을 퍼서 나에게 준다. 초우 언니한테도 다리 하나를 주고 오빠는 가슴살을 먹는다. 나머지는 비상식량으로 남겨둔다. 우리는 접시를 앞에 두고 묵묵히 먹는다. 질기고 고무 같은 맛이 나는 닭껍질을 천천히 벗겨내고 닭고기를 먹는데 기쁘기도 하고 슬프기도 하다. 엄마가 계약에게 닭고기를 먹이려다가 당한 고초가 떠올랐기 때문이다.

밥을 먹고 나서 우리는 보따리를 들고 다시 피란민 대열에 끼어든다. 어디로 가는지 모르지만 무작정 따라간다. 온종일 걷고 밤에는 다 같이 쉰다. 다른 사람들이 불을 피우고 음식을 만들고 이야기하는 동안 우리는 잠자코 우리 음식을 먹는다. 여기저기서 요운의 침략과 폴 포트 군대의 패배에 관한 이야기가 격렬하게 오간다. 사람들은 사악한 폴 포트를 욕하며 폴 포트와 그 장교들을 추적해서 지금까지 당한 고통을 되갚아주겠다고 서로 맹세한다. 마을 근처 들판에서 본 시체들을 헤아리면서 사람들의 목소리는 더욱더 흥분에 찬다.

그런 이야기를 들으니 멧 봉이 생각난다. 내가 수용소에 있던 1년 동안 멧 봉은 날마다 요운이 캄보디아를 공격하고 있으며 강력한 크메르루주 군대가 그들을 물리칠 거라고 말했다. 멧 봉은 요운이 우리 나라를 점령하는 것을 무척 두려워했다. 그리고 그들이 우리 나라에 들어와 살게 되면 몇 년 안 되어 이 나라는 식민지가 될 거라며 피해망상증 환자처럼 굴었다. 지금 멧 봉이 살아 있다면 우리의 적 요운이 캄보디아에 쳐들어온 이 상황을 얼마나 두려워하고 있을까.

그렇지만 요운의 침략은 크메르루주가 제 나라 사람들을 살육하는 것을 막아주는 측면도 있다. 매일 밤 멧 봉은 크메르루주 군인들은 용맹하고 뛰어난 전사여서 군인 한 명이 요운 병사 스무 명을 죽일 수 있다고 했다. 나는 그렇게 강하다는 크메르루주 군인들이 어떻게 됐는지 궁금하다. 크메르루주가 강력하다는 것은 어쩌면 폴 포트의 수많은 거짓말 중 하나일지도 모른다.

계속된 행군에 다리가 아프고 몸이 쑤시지만 육체적인 고통은 더이상 중요하지 않다. 생각이 온통 아빠와 엄마, 게악에게 쏠리고 주위의 말소리도 들리지 않는다. 아빠는 정치에 관심이 많았다. 나는 어리기 때문에 계급이 없는 순수한 농업사회를 만들려는 폴 포트의 계획을 이해하지 못한다. 왜 폴 포트가 우리에게 프놈펜을 떠나라 하고, 식량을 눈곱만큼만 주고, 아빠를 나한테서 앗아갔는지 모른다. 한 가지 분명한 사실은 요운이 우리 나라에 쳐들어옴으로써 아빠와 엄마와 케아브 언니와 계약을 구할 수만 있다면 한시라도 빨리 그들이 쳐들어오기를 바랐으리라는 것이다.

닭을 먹고 나서 초우 언니는 풀밭에 담요를 펴고 나는 스카프를 말아 베개로 쓴다. 우리는 숲 가장자리의 탁 트인 들판 한복판에 자리를 잡는다.

어떤 아저씨가 말한다.

"탁 트인 들판은 요운의 깔아뭉개는 괴물로부터 안전하지."

나는 호기심이 일어 그 아저씨에게 묻는다.

"깔아뭉개는 괴물이 뭐예요?"

"그것도 모른단 말이니?"

아저씨가 믿기지 않는다는 듯 묻는다. 나는 고개를 젓는다.

"아직 아무도 못 봤지만, 야생 괴물처럼 생기고 그 무엇으로도 부수지 못하는 것이라더라. 일부는 기계이고 일부는 사람인데 아주 사악해. 오두막보다 더 크고 불꽃과 폭탄을 쏘아대지. 바퀴가 아주 많고 마치 천둥처럼 우렁차게 굴러다니면서 지나는 길에 있는 건 모조리 파괴해버리지. 나무든 바위든 쇠붙이든 뭐든지 박살 낸단다. 깔아뭉개는 괴물을 파괴할 수 있는 건 아무것도 없어!"

나는 이 사악한 기계 이야기에 눈이 휘둥그레진다. 그런 것이 저 숲속에서 우리를 기다리고 있지나 않을까.

"그렇다면 그 괴물이 다가오는지 알아차리고 잽싸게 달아날 수 있도록 탁 트인 곳에 있는 편이 안전하겠네요?"

이렇게 물어보면서도 나는 다리에 힘이 풀린다. 그 괴물이 우리를 쫓아오는 모습이 그려진다.

"초우 언니, 가운데로 가자."

나는 언니 손을 잡고 애원한다. 우리가 보따리를 챙겨 옮길 채비를 하자 킴 오빠가 눈살을 찌푸린다.

"그건 괴물이 아니야. 저 사람은 잘 알지도 못하면서 떠드는 거야. 농부라서 여태껏 자기 마을을 떠나본 적이 없고, 아마 자동차도 본 적이 없어서 탱크가 어떻게 생겼는지도 모를 거야. 탱크는 자동차처럼 사람이 운전하는 커다란 기계야."

킴 오빠는 우리를 안심시키려 하지만 소용없다.

내가 묻는다.

"그게 나무도 집도 쇠붙이도 다 해치우는 거야? 지나는 길에 있는 건 뭐든지 다 부수어?"

"그래, 하지만……."

"불이랑 폭탄도 쏴?"

"그래, 하지만……. 알았어. 가자."

킴 오빠는 한숨을 쉬고 짐을 챙긴다. 수많은 사람들로 복작대는 피란 행렬로 들어가서 군중 한가운데에 자리 잡고 밤을 보낼 준비를 한다.

"여기 있으면 그 괴물이 와도 우리가 먼저 짓밟히지는 않을 거야."

내 말에 초우 언니도 고개를 끄덕인다. 킴 오빠는 웃으면서 고개를 절레절레 흔들고는 짐을 내려놓는다. 초우 언니는 다시 담요를 펴고 눕는다. 언니가 가운데 눕고 오빠와 나는 언니 양쪽에 꼭 붙어 눕는다. 오빠는 배낭을 팔에 걸고 나는 내 보따리를 똑같이 팔에 건다. 다른 담요 한 장은 같이 덮는다.

땅바닥은 차갑지만 나는 초우 언니의 체온 덕에 따뜻하다. 사람들이 우리 주위에서 먹거나 자거나 잠자리를 만들고 있다. 옆쪽을 보니 한 가족이 모여 앉아 밥을 먹고 있다. 부모와 다섯 살에서 열 살 사이의 남자아이 셋으로 이루어진 가족이다. 아버지가 밥을 퍼서 제일 먼저 막내에게 주고 나머지 아이들에게도 나눠준다. 엄마는 손으로 아이의 코를 닦아주고는 재빨리 치맛자락에 문지른다. 식구들이 밥을 먹는 동안 아버지는 가족과 소지품에서 눈을 떼지 않는다. 나는 흐르는 눈물을 감추려 하늘을 쳐다본다.

나는 마음속으로 아빠에게 말한다.

'아, 아빠! 정말 보고 싶어요.'

어두운 하늘에는 잿빛 구름 몇 점이 떠 있고 헤아릴 수 없이 많은 별들이 반짝이고 있다. 나는 구름을 쳐다보며 아빠 얼굴이 나를 내려다보고 있다는 상상을 한다.

"천사들은 어디 있어요, 아빠?"

내가 묻는다. 갑자기 구름들이 합쳐지면서 단단한 공들을 만들어낸다. 이 공들은 재빨리 해골 모양을 띠기 시작한다. 그 구름 해골들이 내 위를 맴돌며 보이지 않는 눈으로 나를 노려본다. 숨이 가빠지고 가슴이 꽉 조여들어 내 팔로 눈길을 돌려버린다. 그런데 팔을 계속 바라보고 있자니 내 살에서 풀이 자라나는 게 아닌가! 심장이 거세게 쿵쾅거린다. 팔에 난 털처럼, 종이를 뚫고 나온 바늘처럼 풀이 내 살갗을 뚫고 나와 쑥쑥 자라고 있다. 그러더니 살이 녹아내리고 피부가 땅속으로 꺼진다. 피부는 서서히 썩어가더니 마침내 아무것도 남지 않고 흙과 섞여서 크메르루주의 거름이 돼버린다.

나는 숨을 멈추고 눈을 꼭 감은 채 썩어버린 팔을 꼬집어본다. 아픔이 느껴져 눈을 뜨자 모든 게 다시 정상으로 돌아온다. 나는 단단히 팔짱을 낀 채 눈을 감고 잠을 청하려 애쓴다.

이튿날 아침에 다시 행군을 시작한다. 킴 오빠와 초우 언니가 엄마랑 게악을 찾자고 하지 않는 것으로 보아 이미 두 사람이 어떻게 됐는지 알고 있다는 짐작이 든다. 오빠와 언니가 어떻게 엄마와 게악의 일을 알았는지는 알 수 없다. 감히 그 이야기를 꺼낼 수가 없다.

오빠는 우리가 푸르사트시로 가서 멩 오빠와 쿠이 오빠를 기다릴 거라고 일러준다. 멩 오빠와 쿠이 오빠를 얼마나 오래 기다릴지, 푸르사트시로 가면 얼마나 오래 있을지는 말해주지 않는다. 왜 쿠이 오빠와 멩 오빠가 살아 있다고 생각하는지는 알 수 없다. 우리가 병원에서 만나 각자 수용소로 되돌아간 뒤로 오빠들 소식은 들을 길이 없었다. 우리는 서로 암묵적으로 가족들 이야기를 하지 않는다. 내가 물어보면 초우 언니나 킴 오빠가 더 슬퍼할까봐 두렵다. 여덟 살밖에 안 된 나로서는 언니와 오빠를 위해줄 방법이 이것밖에 없다.

우리는 날마다 피란민들과 함께 걷고, 이따금 사람 없는 마을로 가서 먹을 것을 뒤진다. 여러 날이 지나서야 그곳이 최종 목적지일지도 모른다는 첫 신호가 눈에 들어온다. 드디어 행렬이 멈추었을 때 가슴이 어찌나 요란하게 뛰던지 분명 남들에게까지 다 들렸을 거다. 우리 앞에는 둥근 고깔 같은 이상한 모자를 쓰고 초록색 옷을 입은 세 남자가 가고 있다. 태평스럽게 성큼성큼 걷는 그들의 등에는 총이 매달려 있다.

"요운이다."

피란민들이 소곤거리고 웅성거린다. 나는 숨이 가빠진다. 희생자들을 고문하고 죽이는 요운의 영상이 눈앞에 휙 떠오른다. 요운은 한 번도 본 적이 없지만 이들은 놀랍게도 '사람'처럼 보인다. 프놈펜에서 봤던, 흰 피부에 코가 가늘고 뾰족한 바랑과 달리 크메르 사람들과 키도 같고 체격도 비슷하다. 요운은 크메르인들보다는 우리 엄마와 더 비슷해 보인다. 멧 봉의 말처럼 악마 같아 보이진 않는다.

요운들이 우리 쪽으로 오더니 손을 들어 인사한다. 나는 땅바닥에 무기가 될 만한 게 있는지 찾아본다. 막대기라든가 뾰족한 돌맹이라든가, 싸울 수 있는 건 뭐든지.

그들이 다가오자 모든 사람들의 눈길이 쏠린다. 다음 순간, 한 요운이 웃으면서 크메르어로 "쭘립쑤어(안녕하세요)."라고 더듬거리며 말하자 다들 놀라서 숨을 쉬지 못한다.

"저 앞 푸르사트시에 난민수용소가 있소."

그는 우리에게 이렇게 말하고 계속 걸어간다.

피란민들은 고맙다는 듯 웃는다. 믿을 수가 없다. 요운은 우리에게 총을 쏘지도, 아이들을 데려가 배를 가르지도 않았다. 심지어 우리에게 푸르사트시가 어디 있는지 알려주기까지 했다. 길 위에서 정처 없이 사흘을 보낸 끝에 드디어 갈 곳이 생겼다!

내 앞에 작은 마을처럼 보이는 난민수용소가 마치 신기루처럼 안개 속에 흔들리고 깜박거리고 있다. 저 멀리 초록색, 검은색, 파란색의 많은 비닐 천막이 수천 개의 개미탑처럼 하늘로 솟아 있고, 사방으로 머리카락이 검은 사람들이 우글거린다.

대부분의 사람들은 빈터에서 자고, 어떤 이들은 천막을 치거나 오두막을 짓고 있다. 오두막과 천막 옆에서는 여자들이 연기에 콜록대며 불을 후후 불고 땔감을 넣어 끼니를 준비하고 있다. 그 여자들 위에서는 남자들과 아이들이 나무와 텐트 사이에 젖은 옷을 널 빨랫줄을 묶는데, 이 줄들이 거대한 거미줄을 만들고 있다. 한 무리의 천막 옆에는 작은 쓰레기산이 뜨거운 태양 아래 썩어가고, 그 주변에서는 아이들이 놀다가 먹다 남은 망고나 오렌지, 생선 대가리 같은 것을 가끔 주워 먹는다.

어깨에 총을 메고 허리춤에 수류탄을 찬 요운 병사들이 미로처럼 얽힌 집들을 누비며 순찰한다. 요운들은 수가 아주 많은데, 웃으면서 아이들에게 말을 걸고 이따금 머리를 쓰다듬어준다. 초록색 위장복을 입은 어떤 요운 병사는 검은 옷을 입은 크메르 여자에게 다가가 대놓고 장난을 거는데 상스러워 보인다. 그 요운 병사가 주머니에 손을 넣더니 상자 하나를 꺼내 그 여자에게 내민다. 여자는 수줍게 웃으며 받으려다가 덥석 손을 잡히고 만다. 여자가 그의 손을 홱 뿌리친다. 잠깐 추근댄 뒤에도 요운 병사는 계속해서 그 여자에게 말을 건다. 요운들이 드러내놓고 여자들에게 구애하는 광경이 신기하고 놀랍다. 크메르 문화에서는 그런 일들이 몰래 이루어지기 때문이다.

군중 한가운데서 크메르 사람들은 요운들이 어떻게 해서 우리를 보호해주러 왔는지 토론하고 있다. 그들 말에 따르면 요운들은 3주 전에 캄보디아에 들어와 포병 부대와 막강한 화력을 내세워 크메르 루주를 격파했고, 폴 포트와 그 부하들은 밀림으로 도망쳤다고 한다. 폴 포트는 통치 기간 내내 자기 병사들을 국경으로 보내 요운 마을 주민들을 죽임으로써 공격을 도발했다. 폴 포트는 요운을 크메르 인민 최대의 적으로 보고 우리가 먼저 공격하지 않으면 그들이 우리 나라를 집어삼킬 거라고 두려워했다. 하지만 수도 적고 무기도 변변치 않은 폴 포트의 군대는 잘 훈련되고 장비도 충분한 요운을 이길 수 없었다. 사람들은 요운이 캄보디아를 해방하고 우리 모두를 폴 포트의 살인 정권에서 구해준 거라고 입을 모은다.

내가 뒤처지자 킴 오빠가 내 팔을 잡아당기며 빨리 따라오라는 몸짓을 한다. 우리는 난민들을 헤치고 들어가 보금자리로 삼을 빈터를 찾아다닌다. 나는 간절한 눈빛으로 어른들을 바라본다. 우리에게도 집을 짓고 천막을 치고 음식을 구하는 일 따위를 맡아줄 어른이 있으면 좋겠다. 프놈펜을 떠날 때 아빠와 쿠이 오빠, 멩 오빠가 먹을 것을 찾아다니고 우리를 돌봐주던 게 생각난다. 그때도 배가 고팠지만 가족들이 나를 돌봐주리라는 것을 알았기에 두렵지 않았다. 다른 어른들을 물끄러미 바라보며 누군가 우리에게 자기네 가족과 같이 지내자고 말해주기를 소리 없이 기도한다. 그러나 우리는 그들 눈에 보이지 않는 것 같다. 어른들은 우리가 눈에 들어오지 않나 보다. 하긴 자기 가족 건사하기도 바쁜데 우리까지 짊어질 형편이 되겠는가.

난민들 한복판에서 보금자리를 찾지도 못하고 천막도 없어서 우리는 몇몇 고아들과 함께 난민촌 끄트머리에 있는 나무 아래에 자리를 잡는다. 쌀이 점점 줄어들자 킴 오빠는 아빠 못지않게 익숙한 손놀림으로 식량을 나눠둔다.

오빠는 아침마다 근처 강에 가서 물고기를 잡고, 초우 언니와 나는 우리 짐을 지킨다. 가끔 신이 난 오빠가 웃으면서 돌아오면 그날밤은 배불리 먹으리라는 걸 알 수 있다. 어떤 때는 오빠가 얼굴을 찌푸리고 어깨를 축 늘어뜨린 채 돌아오기도 한다. 피란민들이 수용소로 물밀듯이 밀려드는 바람에 강이 더러워지고 물고기가 사라지는 것이다. 킴 오빠가 얕은 물에서 물고기를 잡기도 점점 힘들어진다.

오늘 밤 초우 언니와 나는 들판에서 찾은 버섯과 산나물을 요리하고 죽을 끓여 저녁을 먹는다. 하지만 아무것도 먹지 못해 주린 배를 움켜잡고 잠자리에 드는 밤도 많다. 저녁을 먹고 나자 초우 언니는 풀밭 위에 작은 담요 한 장을 깔고 나머지 두 장으로 우리를 덮어준다.

나는 초우 언니한테 딱 달라붙어서 우리 가족 생각과 외로움, 끊임없는 굶주림에 소리 없이 눈물을 흘린다. 하지만 눈물이 나는 가장 큰 이유는 킴 오빠 때문이다. 밤마다 빈손으로 돌아와 우리에게 먹을 것이 없다고 말해야 하는 오빠 심정이 어떤지 나는 안다.

나무 아래서 지낸 지 일주일이 지난 뒤로 밤은 더 추워지고 배 속도 텅텅 비어서 킴 오빠는 근처에서 야영하는 어떤 가족에게 우리도 함께 지내게 해달라고 부탁한다. 우리는 보따리를 든 채 그들 앞에

선다. 얼굴을 깨끗이 씻고 머리도 물을 적셔 반지르르하게 다듬고, 공손하고 예의 바른 태도로.

그 가족의 아버지가 말한다.

"미안하지만 안 돼. 우리 식구들 건사하기도 힘들단다."

수치심과 절망감에 얼굴이 붉어진다. 우리를 도와주지 않는 게 이해가 가지 않는다. 그들은 어른이고, 어른들은 아이들을 돌볼 수 있어야 한다. 하지만 그들은 우리를 원하지 않는다. 나를 원하지 않는다. 아무도 나를 원하지 않는다. 우리는 눈을 내리깔고 어깨를 축 늘어뜨린 채 나무 아래로 돌아간다. 나는 사람들이 나를 좋아하도록 더 노력해야겠다고 다짐한다.

우리를 받아주지는 않았지만 그래도 우리가 안됐던지 그 사람은 다른 가족을 찾아봐준다. 우리에게 관심 있어 하는 몇몇 가족들을 데리고 오지만 우리 셋을 한꺼번에 받아줄 가족은 없다. 우리는 뿔뿔이 흩어지느니 차라리 추위와 맞서는 편이 낫다고 생각한다.

첫 번째 수양가족

1979년 1월

일주일 뒤 그 아저씨가 우리에게로 와 흥분에 차서 말한다.

"너희들이 갈 만한 가정을 찾았단다! 어린애들 몇과 늙은 할머니가 있는 가정이야. 아이들을 돌봐주고 집안일을 도와줄 사람이 필요하대. 너희 셋 다 받겠다는구나."

그날 오후 나는 초조한 기대 속에 새 가족과의 만남을 기다린다. 어떻게 생긴 사람들인지, 다시 가족에 속한다는 게 어떤 느낌일지 궁금하다. 새로운 가족이라니! 안전한 집과 먹을 것, 그리고 나를 보호해줄 사람이 생기는 것이다.

드디어 멀리서 그들이 모습을 드러내자 내 눈을 믿을 수가 없다! 진짜로 맞는지 보려고 눈을 가늘게 뜬다. 다시 눈을 뜨고는 초우 언니 손을 잡으며 나직이 속삭인다.

"그 사람들이야. 야자나무 소년과 그 아빠. 야자나무 수액을 모으

299

러 우리 훈련소에 왔던 그 사람들이야."

초우 언니는 고개를 끄덕이며 잠자코 있으라고 주의를 준다. 겉으로는 차분한 척하지만 내 머릿속은 빠르게 돌고 있다.

'어떻게 이럴 수가 있지? 이 많은 사람들 중에서 아는 사람을 만나다니.'

야자나무 소년과 그 아버지는 나를 알아보자 함박웃음을 짓는다. 정말로 기쁜 것 같다.

'이건 틀림없이 운명이야. 좋은 징조야! 이제 다 잘 풀릴지도 몰라!'

행복감을 억누르기가 힘들 정도다.

야자나무 소년의 아버지가 큰 소리로 말한다.

"이건 우연의 일치가 아니야. 얘는 아는 아이인데."

그가 껄껄 웃으며 내 머리를 헝클어뜨린다. 그의 손길에 나는 기뻐서 환하게 웃는다.

킴 오빠가 우리를 소개한다.

"저는 킴이고 얘는 초우예요. 이 아이는 로웅이고요."

야자나무 소년의 아버지가 묻는다.

"우리랑 같이 살고 싶니?"

우리는 고개를 끄덕인다.

"좋아, 집에 가자꾸나."

내가 고개를 들고 바라보자 그 아버지가 미소를 짓는다.

"자, 네 보따리를 주려무나."

그 아버지는 이렇게 말하며 내 손에서 보따리를 받아든다. 나는 반짝이는 눈으로 그를 바라본다. 구름 위로 둥둥 떠다니는 기분이다.

'아버지!'

나는 마음속으로 행복하게 불러본다. 초우 언니와 킴 오빠는 새 가족과 함께 떠나기 전에 이웃 사람들에게 고맙다고 인사한다.

그 아버지가 말한다.

"우리는 대가족이란다. 한 살, 세 살, 네 살짜리 어린 여자애들이 줄줄이 있어. 우리 맏아들 파오프는 열네 살이고, 내 아내는 아이들을 돌봐줄 사람이 필요해. 어머니도 늙으셔서 도움이 필요하고. 너희 여자애들은 내 아내와 어머니를 도와 요리를 하고 땔감을 모으고 텃밭을 일구고, 킴은 나랑 같이 낚시를 하고 사냥을 하자꾸나."

조금 전까지만 해도 기쁘고 반갑게 맞아주던 목소리가 매우 사무적으로 변한다. 우리가 해야 할 일들을 깨닫자 등골이 서늘해진다. 그 사람은 아빠가 아니다. 이제 나는 우리 같은 가족은 꿈도 꾸지 말아야 하며 편의상 한 가족의 일부가 되는 것에 만족해야 한다.

그 집에 가까이 가자 식구들이 우리를 맞으러 나온다. 웃지도 않고 냉담한 눈길뿐이다.

그 집 엄마가 아버지에게 말한다.

"너무 작아요. 그래도 집안일을 도울 만큼 튼튼할 것 같긴 하네."

얼굴이 확 달아오르지만 참는다. 그 엄마가 우리에게 따라 들어오라는 몸짓을 한다. 오두막은 지금까지 봐온 집들보다 크긴 하지만 모양새는 비슷하다.

"우리 식구는 이쪽에서 사니까 너희 셋은 저쪽 구석에서 자거라."

그 집 엄마가 오두막 한구석을 가리킨다.

"짐도 저기다 놓고."

어느 날 오후, 초우 언니와 함께 숲에서 땔감을 모아 집에 돌아와 보니, 오두막 구석에서 킴 오빠가 우리 짐을 뒤지고 있는 그 집 엄마를 지켜보고 있다. 나는 분노를 억누르며 계단을 올라가 오빠 옆에 앉는다.

"믿을 수가 없어!"

그 집 엄마가 "꺅!" 하고 환호성을 지르며 엄마의 셔츠를 집어든다. 엄마가 가장 좋아하던 실크 셔츠였다. 엄마는 프놈펜에서 그 셔츠를 자주 입었다. 군인들이 우리 옷을 전부 태워버릴 때도 엄마는 평범한 검은 셔츠 속에 이 셔츠를 입고 있었다. 그 옷을 간직하기 위해 모든 위험을 감수했다. 엄마는 자신에게 다가올 운명을 알았던 듯 킴 오빠가 마지막으로 찾아왔을 때 배낭을 주었다. 그 배낭의 끈 속에 보석들을 넣어 꿰매고 배낭 속엔 가장 아끼는 셔츠를 넣어서 말이다.

"정말 부드럽다!"

그 집 엄마는 감탄하면서 셔츠를 몸에 두른다. 몸을 매끄럽게 감싸는 푸른 실크 셔츠가 햇살을 받아 아름답게 빛난다. 킴 오빠는 턱이 불거져나오도록 이를 갈고 초우 언니는 눈길을 다른 데로 돌린다. 분노가 치밀지만 우리는 아무 말도 하지 않는다. 드디어 우리의 따가운 눈길을 알아차린 그 집 엄마가 셔츠를 벗어서 도로 배낭 안에 쑤셔넣는다.

"맘에 안 들어. 자세히 보니까 꼴불견이야. 이런 색깔을 누가 입어?"

그 집 엄마는 이렇게 말하고 가버린다. 킴 오빠가 엄마의 셔츠를 꺼내 곱게 접어서 배낭에 다시 넣어둔다.

그 가족과 살면서 딱 하나 괜찮은 점은 열네 살짜리 오빠인 파오프가 나한테 무척 잘해준다는 거다. 그는 종종 나를 낚시나 수영하는 곳에 데려가서는 사람들에게 나를 새 누이라고 소개한다. 나는 파오프가 좋다. 친절한 대접을 받는 게 좋다. 그가 말하듯 나는 파오프가 나를 좋아한다는 걸 안다. 하지만 가끔 나를 괴롭히는 뭔가가 있다. 그가 나를 바라보는 눈길이, 그 시선이 내 얼굴과 몸에 오래 머무르는 느낌이 들 때면 왠지 속이 울렁거린다.

어느 날 숲에서 땔감을 모으는데 뒤에서 누가 다가와 내 허리를 붙잡는다. 맞서 싸우려고 홱 돌아서서 보니 파오프다. 구름이 어두워지며 우리 위로 따라온다. 파오프가 납작한 내 가슴 위로 손을 얹더니 나를 껴안고는 자기 몸 쪽으로 바짝 끌어당긴다. 그러고는 숨을 헐떡거리며 축축한 입술을 내 뺨에 댄다. 나는 분노에 휩싸여 파오프의 뺨을 찰싹 때리고는 밀어낸다.

나는 파오프의 면전에 대고 악을 쓴다.

"나한테 손대지 마! 저리 가!"

"뭐가 문제야. 너한테 잘해주지 않았어? 너도 나 좋아하는 거 다 알아."

파오프가 히죽거리며 다시 다가온다. 그의 입술을 얼굴에서 뜯어 내버리고 싶다.

"저리 가. 안 그러면 다 이를 거야!"

파오프가 나를 노려보며 말한다.

"마음대로 해. 근데 누가 널 믿어줄까? 어쨌거나 네 잘못이야. 항상 나만 졸졸 따라다니잖아."

나는 그의 발치에 침을 뱉어주고 돌아서서 달린다. 파오프 말이 맞다. 나는 그와 싸울 수 없다. 누구한테도, 킴 오빠와 초우 언니한테도 말할 수 없다. 파오프한테서 떨어져 있는 것 말고는 할 수 있는 일이 없다. 새 가족과 문제를 일으키고 싶지는 않다. 다시 거리에서 살고 싶지 않기 때문이다.

나는 그 뒤로 파오프를 피한다. 파오프가 있는 곳에는 얼씬도 하지 않고 그가 어디를 가면 나는 그 반대쪽으로 간다. 하루하루 지날수록 그를 향한 증오심은 더 커져가지만 겉으로 드러내진 않는다. 내가 전혀 내색하지 않으니 파오프는 웃으면서 천연덕스럽게 킴 오빠와 물고기를 잡으러 다닌다.

나는 워낙 오랜 시간의 노동에 익숙해진 터라 그 집에서 하는 일이 별로 힘들지는 않다. 그렇지만 아무리 열심히 일해도 그들은 성에 차지 않아 한다. 설상가상으로 그 엄마는 툭하면 우리가 밥값도 못 한다고 대놓고 구박한다. 우리는 그 가족에 대해 아는 게 거의 없고 감히 물어볼 생각도 하지 않는다. 이제는 새롭게 해방된 지역에서 살고 있지만, 거의 4년간 비밀을 품고 사는 생활을 해온 터라 그런 습관이 잘 바뀌지 않는다.

우리는 그들이 크메르루주 지지자들이었는지 구인민인지 잘 모른다. 비록 그 가족이 우리를 사랑하지 않는다 해도 그들은 우리에게 충분한 밥과, 강에서 사내아이들이 잡아오는 생선과, 텃밭에서 나는 채소를 먹게 해준다. 그 집 한구석에는 25킬로그램짜리 쌀자루가 많다. 어디서 생긴 건지는 알 수 없다.

나는 아침마다 초우 언니와 피시 언니 이렇게 늘 셋이서 움직인다. 피시 언니는 초우 언니 또래인데, 초우 언니처럼 유순하고 말이 많지 않다. 피시 언니도 아버지가 군인들에게 끌려가서 지금은 엄마랑 오빠하고 살고 있다. 우리는 개울가에서 물을 길으며 처음 만났다. 우리는 피시 언니가 스카프를 접어서 머리에 둘러쓰는 모습을 지켜보았다. 피시 언니는 체구는 우리만 한데 갈색 눈과 피부가 예뻤다. 아직도 크메르루주의 검은 옷을 입고 있지만 머리카락은 크메르루주의 뭉툭한 단발머리보다 더 길었다. 피시 언니가 물동이를 머리에 이려고 하자 초우 언니가 도와주었다. 그때부터 우리는 친구가 되었다. 피시 언니는 건넛마을에 살지만 종종 우리와 함께 땔감을 줍는다.

일하는 건 싫지 않지만 숲을 맨발로 돌아다녀야 하는 건 정말 싫다. 나는 뱀이 나올까봐 조심하며 다닌다. 땅이 낙엽과 잔가지로 뒤덮여서 그 아래로 뭐가 꿈틀거리며 지나가는지 보이지 않는다. 한번은 작은 갈색 나뭇가지처럼 보이는 것을 밟았는데, 다음 순간 그 막대기가 꿈틀거리더니 미끄러지듯 달아나는 게 아닌가! 발바닥이 간질간질하고 온몸에 소름이 돋았다.

해가 뜰 무렵 초우 언니와 나는 우리가 늘 만나는 장소에서 피시 언니와 인사한다. 오늘은 안개가 분홍빛이다. 나는 눈을 비비며 하품을 하고 땔감 묶을 밧줄들을 조절하여 어깨에 멘다. 품에 도끼를 안은 초우 언니는 물통을 깜박 잊고 온 나를 째려본다.

우리는 나란히 걸어서 난민촌과 멀리 떨어진 숲으로 들어간다. 내가 주먹 굵기의 마른 나뭇가지를 모으는 동안 초우 언니는 허리를 구부려 도끼로 나뭇잎을 쳐낸다. 구름 한 점 없는 하늘로 해가 높이 떠오르자 우리는 일을 멈추고 나무 아래서 쉰다. 하지만 2월이라 나무 그늘에 있어도 덥고 끈적거린다. 밤에만 시원하다.

나는 언니들에게 큰 소리로 투덜거린다.

"물 마시고 싶어. 목이 타는 것 같아."

피시 언니도 고개를 끄덕인다.

"나도. 하지만 지금 갈 수는 없어. 땔감을 많이 못 해가면 혼날 거야."

"쉿……."

나는 피시 언니의 말을 막고 근처에서 바스락거리는 낙엽 소리에 귀를 기울인다.

"누가 오고 있어."

고개를 들어보니 놀랍게도 요운 병사 하나가 우리 쪽으로 오고 있다. 그 병사는 마르고 우리보다 60센티미터는 더 위에 있을 정도로 키가 크다. 평범한 초록색 군복을 입고 있지만 총이나 수류탄은 갖고 있지 않다. 요운이 휴대용 물통을 입에 대고 물을 마신다.

내가 언니들에게 말한다.

"우리한테 물을 좀 줄지도 몰라. 한번 물어보자."

언니들이 고개를 끄덕인다. 요운이 가까이 오자 우리는 그에게 다가간다. 요운은 걸음을 멈추고 약간 놀란 표정으로 우리를 보고 웃는다.

"물, 목말라, 마셔요."

나는 그 단어를 큰 소리로 또박또박 말한다. 요운은 눈을 가늘게 뜨더니 고개를 젓는다. 나는 그의 물통을 가리킨 뒤 손으로 물 마시는 시늉을 해 보인다. 마침내 그는 알겠다는 듯 웃으며 고개를 끄덕인다. 그러고는 물통 뚜껑을 열어서 물통을 거꾸로 들어 보인다. 아무것도 나오지 않는다. 그는 물통을 가리키고 나를 가리키더니 따라오라는 시늉을 한다.

나는 자랑스럽게 선언한다.

"물을 줄 테니 따라오라고 하는데."

우리는 일제히 앞으로 나아간다. 요운은 갑자기 홱 돌아서더니 손을 들어 우리를 멈추게 하고는 나를 가리키며 따라오라고 한다.

"걱정 마. 우리 셋이 실컷 마실 만큼 많이 얻어올게."

나는 이렇게 말하고 초우 언니와 피시 언니를 남겨둔 채 요운을 따라 숲속으로 들어간다.

그 병사는 요운 기지 쪽에서 멀리 떨어진 곳으로 나를 데려간다.

물을 가지러 가는 줄 알았는데 점점 더 깊은 숲속으로 데려가자 심장이 빠르게 뛴다. 초우 언니와 피시 언니를 찾아 뒤를 돌아보아도 울창한 덤불숲에 가려 보이지 않는다. 요운은 관목이 높고 빽빽이 자란 곳을 가리키며 나에게 오라고 손짓한다.

나는 1미터쯤 떨어진 곳에 서서 묻는다.

"물은 어디?"

겁이 나서 손에 땀이 밴다. 요운이 덤불숲을 가리키며 계속 따라오라는 시늉을 한다.

"싫어!"

나는 단호하게 거부한다. 호흡이 빨라지면서 뒤돌아 달아나려 하지만 팔을 붙잡히고 만다. 요운은 나를 땅바닥에 힘껏 내던진다. 나는 넘어지면서 돌멩이와 나뭇가지에 무릎과 손이 까진다. 충격을 받아 멍해진 나는 일어나려 하지만 요운이 내 어깨를 잡고 내리누른다. 쾅 하고 엉덩방아를 찧자 온몸에 심한 통증이 인다. 나는 공포에 질려 눈이 휘둥그레진다.

"남 송! 남 송!"

요운이 베트남어로 나에게 바닥에 누우라고 명령한다. 나는 무슨 말인지 알아듣지 못해 멍하니 그를 올려다보기만 한다. 우리 문화에서 신부는 결혼 첫날밤에 남녀 사이에 알아야 할 모든 것을 알게 된다. 그가 무엇을 원하는지 정확히 알 순 없지만 나쁜 짓이라는 것만은 분명하다. 내가 일어나려고 버둥거리자 그가 다시 나를 주저앉힌다.

"남 송! 남 송!"

요운이 나에게 고함을 지른다. 그의 하얀 얼굴이 크메르루주 군인들처럼 어두워지고 비열해 보인다. 나는 그대로 굳은 채 말도 못 하고 앉아 있다. 비명조차 나오지 않는다. 심장이 두근거린다. 나는 눈으로 놓아달라고 호소한다.

시간이 천천히 흐르는 가운데 병사가 바지춤을 풀자 발목까지 내려간다. 나는 숨을 헐떡이며 공포에 질려 뒤로 물러난다. 그의 선홍색 속옷이 하얀 피부와 선명한 대조를 이룬다. 그는 엄지손가락을 허리 밴드에 끼워 속옷을 내린다. 비명이 목구멍을 힘겹게 빠져나오지만 정작 입에서 나온 건 애처로운 칭얼거림뿐이다. 그는 재빨리 내 앞에 쪼그리고 앉아 한 손으로는 내 목덜미를 움켜쥐고 다른 손으로는 내 입과 얼굴 대부분을 가린다. 그의 손톱이 내 뺨을 파고든다.

내 눈길이 그의 배를 따라내려가 성기에 닿는다. 그것은 크고 살아 있는 것처럼 불뚝거린다. 호흡이 가빠지자 머리가 빙글빙글 돈다. 눈을 감아버린다. 남자의 성기를 본 건 처음이다. 아기들 것은 봤지만 남자의 것이 그렇게 다를 줄은 상상도 못 했다. 온통 주름지고 주머니가 달려 있다. 혐오스럽고 무섭다.

요운이 나를 땅바닥에 눕힌다. 요운은 여전히 손으로 내 입을 막고 있다. 그의 눈 속에 비친 내 모습이 보인다.

그가 속삭인다.

"쉬잇, 쉬잇."

그가 나한테서 몸을 조금 떨어뜨리더니 내 입에서 손을 떼고 내 바지를 엉덩이 아래로 끌어내린다. 비명이 내 목에서 빠져나와 큰 소리로 터진다. 그가 깜짝 놀라 멈칫하더니 재빨리 주위를 둘러본다. 나는 도로 바지를 올리고 일어나려 몸을 비튼다.

그가 한 손으로 내 발목을 꽉 잡고 자기한테로 더 가까이 끌어당긴다. 다른 한 손은 내 허벅지 위에 올라가 있다. 나는 달아날 수가 없어서 미끄러지듯 주저앉는다. 요란하고 날카로운 비명소리를 내며 그의 손아귀에서 벗어나려 발버둥을 친다.

"도와줘요! 이 괴물! 누가 나 좀 도와줘요! 괴물이에요!"

나는 바락바락 소리를 지른다. 눈물이 얼굴을 타고 흘러내리고 콧물이 입까지 들어간다. 어둡고 천둥 같고 강렬한 증오심이 솟구쳐서 나는 비명을 지르고 욕을 퍼붓는다. 분노에 휩싸인 채 몸을 비틀어 오른쪽 다리를 그의 손아귀에서 빼낸다.

"정말 싫어!"

나는 요운의 당황한 얼굴에 대고 악을 쓰며 가슴팍을 냅다 걷어찬다. 그가 고통에 찬 얼굴을 찡그리며 헉헉거리다가 다른 쪽 다리도 놓친다.

"죽어! 죽어!"

나는 목이 터져라 악을 쓰며 모든 증오를 담아 사타구니를 걷어찬다. 그는 다친 짐승처럼 비명을 지르며 고꾸라진다. 나는 벌떡 일어나 멈추지 않고 죽을힘을 다해 도망친다.

초우 언니와 피시 언니가 있던 곳으로 달려가보니, 두 사람이 도끼를 어깨에 걸친 채 걱정과 두려움이 가득한 얼굴로 나에게 뛰어온다.

초우 언니가 새된 소리로 묻는다.

"로웅! 괜찮니? 네 비명소리를 들었어!"

나는 덜덜 떨며 고개를 끄덕인다.

"네가 너무 걱정됐어! 기지에서 떨어진 숲속으로 데려가는 게 이상했거든. 너를 계속 보고 있었는데 어느 순간 네가 사라져버렸어!"

초우 언니는 도끼를 땅바닥에 떨어뜨리고 운다.

내가 말한다.

"앞으론 절대로 그런 어리석은 짓 안 할 거야. 당국에 신고하고 싶어."

"일단은 어서 이 자리를 뜨자. 사람들이 많은 곳으로 가야 해."

피시 언니가 간절히 말하면서 내 팔을 잡아 끌고 간다.

나는 내키지 않지만 그냥 끌려간다. 피시 언니는 초우 언니를 도와 나뭇단에 밧줄을 세 번 감는다. 그러고는 나뭇단을 가운데 두고 서로 마주 보고 앉는다. 둘 다 발로 나뭇단을 누른 채 밧줄 한쪽 끝을 잡아당기며 민다. 밧줄이 팽팽해지면 초우 언니가 이중으로 매듭을 짓는다. 그다음엔 도끼를 나뭇단 속에 넣고 스카프를 밧줄에 끼워 손잡이를 만든다. 다 마치고 나자 피시 언니를 도와 나머지 나뭇단 두 개도 그렇게 묶는다. 우리는 스카프를 쥔 채 이번에는 몸통만 한 크기의 나무들을 주워서 가로로 뉘어 등에 지고 나른다.

기지에 가까워지자 나는 그 괴물을 잡을 수 있기를 바라며 모든 병사들을 꼼꼼히 살펴본다. 신고하고 싶지만 누구한테 신고해야 할지 모른다. 모두 고깔 모양 모자와 제복을 입어서 다 똑같아 보인다. 누구한테 이 이야기를 해야 할지도 모르겠다. 나는 요운이 우리를 폴 포트의 학정에서 구해주려고 온 것이지 해치러 온 건 아니라고 생각했다.

"빨리 가자. 이제 가야 해."

조금 있다가 피시 언니가 다시 애원한다.

그때 멀리서 그 괴물이 언뜻 눈에 들어온다. 내 마음은 복수심에 찬 격렬한 분노로 소용돌이친다. 흥분한 나는 그를 쫓아간다.

"이 괴물아!"

나는 그를 쫓아가며 소리를 지른다. 초우 언니와 피시 언니가 돌아오라고 소리치지만 나는 듣지 않는다. 증오심에 가득 차서 내가 지금 어디로 가고 있는지도 아랑곳하지 않는다. 갑자기 뭔가가 내 발밑에서 부서지며 발바닥에 통증이 느껴진다. 식은땀이 나지만 멈추지 않는다. 그 괴물한테만 집중해서 발끝으로 쫓아가느라 여념이 없다. 발이 몹시 욱신거리고 땅바닥엔 핏자국이 길게 남아 있다. 힐끔 보니 깨진 유리 조각이 발에 박혀 있다. 유리 조각을 확 잡아빼자 피가 더 많이 뿜어져나온다. 다시 고개를 들어보니 그는 사라지고 없다.

"사라져버렸어!"

나는 나를 쫓아오는 초우 언니와 피시 언니에게 절규하듯 소리친다. 그 고통이 너무나 커서 더 걷지도 못한다. 초우 언니는 아무 말 없이 보자기를 꺼내 내 발을 묶어 지혈해준다.

초우 언니가 다정하게 말한다.

"자, 이제 가야 돼."

"사라졌어……."

"그냥 놔둬. 우린 가야 돼."

일어서서 그 요운을 찾아 절룩거리며 좀 더 돌아다녔지만 어디에도 보이지 않는다.

언니들은 앞장서 가고 나는 절룩거리며 천천히 뒤따라간다. 우리는 가는 내내 그 일에 대해 입도 뻥긋하지 않는다. 초우 언니와 피시언니는 그 남자의 성기에 대해서도 묻지 않는다. 그 일을 초우 언니가 킴 오빠한테 말할지, 피시 언니가 자기 식구들한테 말할지 궁금하다. 그 치욕이 너무 크고 공포도 너무 생생해서 그 이야기를 털어놓는다고 마음이 후련해지진 않을 것이다. 그래서 나는 죽는 날까지비밀을 지키기로 굳게 마음먹는다.

우리가 늘 만나는 장소에 도착하자 피시 언니는 자기 집 쪽으로간다. 초우 언니와 나는 계속 묵묵히 걸어간다.

우리가 집에 가자 그 집 엄마가 호통을 친다.

"아침 내내 보이지도 않더니 겨우 요것밖에 안 가져왔니?"

초우 언니와 나는 고개를 끄덕인다.

"그런데 어떻게 된 거냐?"

다친 내 발을 보더니 그 집 엄마가 묻는다.

내가 말한다.

"유리 조각을 밟았어요."

"조심성 없는 게으름뱅이! 그렇게 바보 같으니 어디다 쓰겠어?"

"아니요, 당신이 틀렸어요. 나는 아주 훌륭한 사람이 될 거예요."

나는 그렇게 중얼중얼 말대꾸를 한다.

"뭐? 감히 말대꾸하는 거야, 지금?"

그 집 엄마는 집게손가락으로 내 이마를 밀며 내 발치에 침을 뱉는다.

"절대로 되지 못할걸. 대체 뭘 믿고 훌륭한 사람이 된다는 거냐? 넌 아무것도 아니야. 고아라고. 기껏해야 몸 파는 여자나 되겠지!"

그 말이 내 귓가에 울리자 증오심이 온몸에 차오른다.

"난 창녀는 되지 않을 거야."

나는 분노에 차서 대꾸하고 등을 돌려 절룩거리며 나와버린다. 나중에 덤불 근처에서 무릎을 끌어안고 웅크리고 있는데, 그 엄마의 말이 머릿속에서 울리며 절망감이 스멀스멀 몰려온다. 그 말이 맞다. 나는 미래가 없는 고아다. 나는 과연 어떻게 될까?

그때, 이해할 수 없는 전쟁을 피해 세상의 한구석 숲속에 앉아 있는 내게 아빠 목소리가 들려온다.

"네가 얼마나 귀한 아이인지 아무도 모른단다. 너는 다듬어지지 않은 다이아몬드여서 조금만 다듬으면 빛날 거야."

아빠는 나직이 속삭인다. 아빠의 다정한 말에 내 입술에는 작은 미소가 머문다. 그 집 엄마는 내가 간절히 바라는 사랑을 주지 않겠지만, 나는 사랑받는다는 게 어떤 느낌인지 알고 있다. 아빠는 나를 사랑하고 믿어주었다. 아빠가 일깨워준 그 작은 깨달음으로 나는 그 집 엄마가 나를 잘못 알고 있음을 안다. 나는 언젠가 성공하는 데 필요한 한 가지를 갖고 있다. 나는 아빠가 준 모든 것을 갖고 있다.

날아다니는 총알

1979년 2월

이제 새 가족과 함께 산 지도 한 달이 되었다. 같이 지내는 시간이 길어질수록 그들에 대한 미움도 점점 커져간다. 하지만 그들에 대한 감정이 어떻든 간에 우리끼리 사는 것보다는 그 집이 안전하다. 푸르사트시가 요운들에게 보호받고 있다 해도 사람들은 여전히 두려움 속에 살고 있다.

마을 사람들 사이에서 크메르루주가 우리를 포위하고 있다는 이야기들이 오간다. 마을의 남자 어른들은 크메르루주 군인들이 사방에 있으며, 몇몇은 심지어 마을이나 근처 숲에 숨어 있다고 한다. 모두 같은 민족이고 같은 언어를 쓰고 똑같은 검은 옷을 입고 있기 때문에 보통 시민들과 군인들을 구분하기란 어렵다. 군인들은 총을 숨긴 채 난민촌에 쉽게 침투하여 우리의 행동거지를 염탐할 수 있다.

이따금 한 무리의 크메르루주 군인들이 아무 마을이나 습격해서

집을 약탈하고 사람을 죽이고는 도로 숲속으로 숨는다고 한다. 예고
도 없이 공격하므로 언제 어디에서 나타날지 아무도 모르기 때문에
우리는 늘 빈틈없는 경계태세 속에서 지내야 한다. 난민촌은 워낙
넓어서 기습공격을 당하면 요운의 보호를 받기가 힘들다.

어느 날 오후, 할머니와 내가 오두막 밖 우물가에 쪼그리고 앉아
서 솥단지와 냄비를 닦고 있는데 주위에서 총알이 쌩쌩 날아다니는
소리가 들린다.

"총알이 날아와요!"

나는 이렇게 소리치며 젖은 땅바닥에 가슴을 대고 납작 엎드린다.
설거지물 거품 속에 엎드려 있으려니 셔츠와 바지가 축축이 젖어든
다. 심장이 쿵쾅거리는 소리가 귓가에 울리는 가운데, 내 얼굴 바로
옆 웅덩이에서 빙글빙글 돌고 있는 작은 개미가 보인다. 더 많은 총
알들이 날아다니는 소리에 손으로 귀를 틀어막는다. 쉴 새 없이 날
아오는 총알들은 불꽃놀이 폭죽처럼 폭발한다.

곧 총소리가 멎는다. 나는 뺨을 땅바닥에 꼭 붙이고 있다. 아까 그
개미가 얕은 물웅덩이에서 팔다리를 버둥거리는 모습을 지켜본다.
개미는 버둥거릴수록 빙글빙글 헛돌기만 한다. 몇 초가 지났는데 더
이상 총알은 날아오지 않는다. 고개를 들고 잽싸게 일어나 엉금엉금
기어 나무 뒤로 간다.

갑자기 할머니가 찢어지는 듯한 비명을 내지른다. 하늘을 보니 해
도 구름 뒤에 숨어 있다. 나는 나무 뒤에 몸을 숨긴 채 살짝 내다본
다. 할머니는 태아처럼 옆으로 누워 두 손으로 다리를 붙잡고 있는

데, 발목 위에서 붉은 피가 쏟아져나와 치마를 물들이고 있다. 피는 할머니 발 주위에 웅덩이를 이루면서 설거지물과 뒤섞여 땅속으로 스며든다.

할머니는 비명을 지르며 도와달라고 외치지만 나는 그대로 웅크린 채 숨어 있는다. 오두막에서는 어린아이들이 비명을 지르고 우는 걸 엄마가 조용히 시키고 있다. 곧 아버지가 오두막에서 미친 듯이 뛰쳐나와 할머니를 안아 들고 난민촌 병원으로 향한다. 그 뒤를 아들이 느릿느릿 따라간다.

나는 할머니를 돕지 않았다고 욕먹을까봐 겁이 나서 계속 숨어 있는다. 할머니를 병원으로 옮긴 뒤에도, 그 집 엄마가 어린아이들을 진정시킨 뒤에도 나는 한참을 나무 뒤에 숨어 있는다. 거기 앉아서 발가락 사이에 낀 마른 흙을 긁어내다가 하늘을 올려다보며 언제 또 총알들이 빗발치듯 쏟아질까 생각한다. 가슴은 몹시 뛰지만 아무것도 느껴지지 않는다. 머릿속에서는 여전히 그 장면이 떠오르고 온갖 잡생각이 들지만 다 귀찮다.

할머니가 총에 맞은 것은 안됐지만 할머니는 성깔이 고약하고 툭하면 내 뺨을 때리고 팔과 귀를 꼬집는다. 이제 한동안은 그 쪼글쪼글한 얼굴을 보지 않아도 되고, 그 불쾌한 욕설을 듣지 않아도 된다. 초우 언니와 킴 오빠가 땔감을 마련해 돌아올 때까지 나는 나무 뒤에서 나만의 세계에 깊숙이 머문다.

사흘 뒤 그 집 엄마가 병원에 있는 할머니에게 먹을 것을 가져다주라고 한다. 나는 바나나잎에 싼 밥을 들고 병원으로 향한다. 3킬로미터를 걷는 데 한 시간이 걸린다. 사람이 많이 다니는 붉은 흙먼지 오솔길은 읍내를 가로질러 나 있고 안전한 편이다. 이날은 사방이 조용해서 혹시 크메르루주 군인이 있나 싶어 나무들과 덤불을 훑어보며 초조하게 한 발 한 발 내딛는다.

발밑을 미처 살피지 못했는데, 뭐가 내 발에 걸어차여 데구루루 굴러가는 소리가 들린다. 표면에 조그맣고 네모반듯한 무늬가 새겨진 달걀 모양의 녹슨 초록색 물체다. 나는 그대로 얼어붙어 숨을 들이마신다. 다리에서 힘이 풀리고 전기의자에 앉은 듯 발이 따끔거린다. 수류탄이다!

나는 숨죽이며 스스로를 나무란다.

"바보 같은 계집애! 큰일 날 뻔했잖아."

정오가 되어서야 병원이 보인다. 들어가기가 겁나서 잔걸음으로 천천히 걸어간다. 버려진 가건물인 병원은 환자들보다 더 아파 보인다. 단층짜리 창고는 오래되어 잿빛이고 전쟁 중에 파괴되어 당장 부서져내릴 것만 같다. 암녹색 곰팡이가 벽에 난 틈을 좀먹어 들어가고 나무와 덩굴이 건물을 집어삼킬 듯 뒤덮고 있다.

햇살을 벗어나 어두운 병원으로 들어서자 잠시 앞이 보이지 않는다. 병원 안은 참을 수 없을 만큼 덥고 공기는 정체되어 무겁게 가라앉아 있다. 아기들의 새된 울음소리, 되풀이되는 신음소리, 그리고 힘겹고 얕은 숨소리의 메아리가 그 넓은 공간에 울려퍼진다. 사람의 배설물, 썩어가는 상처, 그리고 강한 소독약 냄새가 나를 에워싸며 내 옷과 피부와 머리카락에 스며든다. 목이 꽉 막히고 욕지기가 나서 침을 꿀꺽 삼켜 눌러본다. 밖으로 뛰쳐나가고 싶다. 바닥에 누워 있는 몸뚱이들을 보지 않으려 애쓰다보니 눈꺼풀이 씰룩거린다.

크메르루주가 통치하는 동안 나는 시체를 수도 없이 보았다. 크메르루주에서 벗어날 모든 희망을 잃어버린 많은 사람들이 죽기 위해 병원에 갔다. 그들은 너무 쇠약해졌을 때 손을 잡아주고 파리를 쫓아줄 가족조차 없었다. 그들은 케아브 언니처럼 철저히 외톨이 상태로 배설을 하고 자신의 똥오줌 속에 누워 있었다. 크메르루주 병원에서는 사람들이 고통에 신음하고 훌쩍거렸지만 비명을 지르지는 않았다. 하지만 여기 새롭게 해방된 구역의 이 병원에서는 사람들이 살기 위해 싸우고 있으므로 고통스러우면 비명을 지른다.

나는 침대와 바닥의 요에 누워 있는 사람들 옆을 잔걸음으로 조심스럽게 지나간다. 언뜻 허둥지둥 달아나는 것이 눈에 띈다. 나도 모르게 펄쩍 뛰어올랐다가 곧 긴장을 푼다. 생쥐다. 나는 계속 걸어가면서 환자를 하나하나 살펴보며 할머니를 찾는다. 좋아하지도 않는 할머니에게 음식을 갖다주는 게 영 내키지 않는다. 엄마였다면 달랐을 것이다. 그 생각에 마음이 무너지면서 슬픔이 온몸을 휘감는다. 엄마였다면, 엄마를 정성껏 간호해서 내가 저지른 모든 잘못을 만회할 수 있을 텐데.

내 앞에는 간호사 두 명이 어린 소년 옆에 무릎을 꿇고 앉아 있다. 그 옆으로는 슬픔에 찬 늙은 여인이 책상다리를 하고 앉아 있다. 간호사들은 은빛 쟁반에 의료도구와 붕대, 알코올 병 따위를 준비하느라 바쁘다.

나는 간호사들 곁을 서성이면서 돗자리 위에 꼼짝 않고 누워 있는 남자아이를 바라본다. 아이는 대여섯 살로 보이는데 눈을 살짝 뜨고 있다. 입술은 핏기가 하나도 없고 잿빛이다. 심한 화상을 입은 아이의 상체를 본 순간, 고통으로 몸이 부르르 떨린다. 피부가 한 꺼풀 벗겨질 것처럼 보인다. 한쪽 다리는 허벅지 아래가 없고 다른 한쪽 다리는 붕대로 감겨 있다.

늙은 여인은 아이의 작은 손을 꼭 붙잡은 채 엄지손가락으로 아이의 손등을 둥글게 마사지하며 소리 죽여 운다. 다른 손으로는 아이의 타버린 육신을 빨아먹으려고 기다리는 암녹색 파리들을 부채질하듯 쫓는다.

"이 아이는 어떻게 된 건가요?"

나는 아이의 몸을 닦으려고 준비하는 간호사에게 묻는다.

"여기 문병 왔다가……."

그때 아이가 비명을 지르자 늙은 여인은 더 크게 흐느낀다. 그 아이도 수류탄을 찼거나 지뢰를 밟았을 거라는 간호사의 말을 듣는 순간 발이 따끔거리는 것 같다. 나는 얼른 그 자리를 떠난다. 아이는 비명을 지르다가 기절하고 만다.

그 집 할머니는 간호사가 붕대를 갈아주고 있다. 젊고 예쁜 간호사인데 칙칙해진 하얀색 간호복을 입고 있다. 간호사가 할머니 옆에 무릎을 꿇고서 팔을 잡으려는 순간, 할머니는 간호사의 손을 탁 치면서 항의하듯 소리를 버럭 지른다. 그 고함소리에 다른 간호사가 도와주려고 성큼성큼 다가와 할머니의 어깨를 잡고 침대에 눕힌다.

간호사가 내리누르는 힘 때문에 할머니는 어쩔 수 없이 누워 있어야 한다.

뒤에 서 있는 나를 보고 그 간호사가 묻는다.

"이 할머니 보러 왔니?"

"네."

"음, 그럼 좀 도와줄래? 아주 억센 할머니거든. 나를 차지 못하게 성한 다리 쪽을 잡아줘. 붕대를 갈아야 하니까."

나는 얼른 그 말에 따른다.

한 간호사가 어깨를 잡아 누르고 내가 한쪽 다리를 붙들고 있는 동안, 그 간호사는 빠져나가려고 버둥거리는 할머니를 버텨내며 다른 쪽 다리의 피 묻은 붕대를 푼다. 풀린 붕대는 붉은 점이 있는 알비노 뱀처럼 바닥에 똬리를 튼다. 할머니의 발목은 벌겋고 살갗이 벗겨진 채 얇은 피딱지가 앉아 있다. 바로 그 발목 위에 담배 자국만 한 시커먼 구멍이 나 있다.

"다행히 총알이 살을 뚫고 지나갔어. 조금만 더 아래쪽이었다면 발목뼈가 산산조각 났을 거야."

간호사 말에 응답하듯 할머니가 비명을 지른다.

"괜찮아 보이지만 소독은 해야 해요."

간호사는 의료도구가 담긴 쟁반을 가져와 하얀 플라스틱 용기에 알코올을 붓고는 하얀 천 조각을 알코올에 담근다.

"좋아. 이제 정말로 제대로 잡아야 할 때야."

나는 손톱이 살 속을 파고들 정도로 할머니의 다리를 꽉 잡고, 그

틈에 간호사는 알코올을 적신 천으로 상처를 닦는다. 할머니가 고래고래 비명을 지르며 우리에게 저주를 퍼붓지만, 간호사는 계속해서 그 천을 상처에 대고 톡톡 두드리며 갈색으로 말라붙은 피를 닦아낸다. 소독이 만족스럽게 끝난 뒤 간호사는 깨끗하고 하얀 붕대로 다시 할머니의 발목을 감는다.

할머니는 콧물이 묻은 앙상한 손을 뺨에 갖다 대며 애원한다.

"제발, 제발 약 좀 줘요. 너무 아프단 말예요."

그 순간 할머니가 연약하고 절망에 찬 인간처럼 보여 안쓰러운 마음이 든다.

간호사는 할머니를 보고 천천히 고개를 젓는다.

"죄송해요, 할머니. 약이 있으면 당연히 드리지요. 하지만 없답니다."

할머니는 두 손으로 발목을 문지르며 흐느껴 운다. 너무 노쇠하고 슬퍼 보여서 나조차도 할머니가 불쌍하게 느껴질 정도다.

간호사가 간 뒤 할머니 얼굴이 어두워지더니 나에게 주의를 돌린다.

"뭐 하는 거냐? 당장 내 밥 내놔!"

나에게 고함을 지르고는 바나나잎을 벗겨 쌀과 소금에 절인 돼지고기를 본다.

"멍청한 계집애! 오면서 몰래 처먹었지? 나는 늙어서 너보다 더 밥이 필요하다고."

나는 아무 말도 하지 않고 그냥 서 있는다.

"이 도둑년. 난 다 알고 있어. 우리가 받아줘도 고마운 줄을 모르지. 멍청한 도둑년!"

증오심에 가득 찬 말을 들으니 조금 생긴 동정심마저 싹 사라져버린다. 나는 울부짖고 신음하는 할머니를 죽음의 악취가 풍기는 병원에 혼자 두고 떠나온다.

이튿날, 그 집 아버지가 병원에서 할머니를 오두막으로 데려온다. 할머니는 깔깔 웃고 손주들과 장난을 치면서도 집 밖에 서 있는 초우 언니와 나한테는 아는 척도 하지 않는다.

두어 시간 뒤 초우 언니와 내가 아이들에게 밥과 생선으로 점심을 먹이면서 보니, 아버지가 텃밭에 물을 주는 킴 오빠한테 다가가고 있다. 아버지가 오빠 앞에 서서 뭐라고 말하자 오빠가 입을 오므린다. 곧 오빠가 양동이를 내려놓고 우리에게 다가온다.

"우린 몇 시간 안에 떠나야 해. 이 집에서는 더 이상 우릴 먹여줄 수가 없대. 우리를 받아줄 다른 가족이 있다고 거기로 데려다준대."

킴 오빠의 목소리는 강하고 단호하지만 어깨는 축 늘어진다. 킴 오빠와 초우 언니는 갑작스러운 결정에 당혹스러워하지만 나는 그런 일이 곧 닥치리라 예상하고 있었다. 그런 결정이 내려지는 데 내 책임은 얼마쯤 됐을까 생각해본다. 그 집 식구들과 거의 두 달 동안 함께 살았고, 그 삶에 우리는 익숙해졌다. 어쨌거나 우리 셋을 모두 받아줄 가족을 찾아준 게 고맙다. 뿔뿔이 흩어져 살지 않게 된 것만으로도 퍽 다행이다.

초우 언니와 나는 계속 아이들에게 밥을 먹이고, 킴 오빠는 텃밭으로 돌아간다. 밥을 다 먹인 뒤 나는 아이들의 손과 얼굴을 깨끗이 닦아준다. 초우 언니는 낡고 바랜 여벌의 검은 셔츠와 바지를 개어 오빠의 배낭에 넣는다.

오후쯤 그 집 아버지가 와서 떠날 준비가 다 됐는지 오빠한테 묻는다. 오빠는 고개를 끄덕인다. 오빠가 배낭을 움켜쥐면서 우리 짐을 모두 어깨에 둘러메고 나간다. 초우 언니와 나는 서로 손을 꼭 잡고 그 뒤를 따라간다. 우리는 앞만 똑바로 바라보며 그 집 엄마나 아이들에게 작별 인사도 하지 않고 떠난다.

그 집 아버지는 우리를 데리고 1.5킬로미터쯤 떨어진 어느 집으로 가서 새로운 가족에게 소개하고, 우리가 일을 잘한다고 말해준다. 킴 오빠는 그 아버지에게 새 가족을 찾아주고 좋게 말해줘서 고맙다고 인사한다. 킴 오빠가 하는 것을 보고 나와 초우 언니도 따라서 그 아버지에게 고맙다고 인사한다. 그 아버지는 우리에게 위로의 말이나 행운을 빈다는 말도 없이 휙 돌아서더니 그냥 가버린다.

이번 가족은 엄마, 아버지, 그리고 한 살에서 세 살까지의 어린아이 셋이다. 이전 가족보다 더 큰 오두막에 살지만 우리는 여전히 방 한구석에서 지내야 한다. 집 뒤에는 열매가 주렁주렁 달린 키 큰 망고나무가 있다. 초우 언니와 나는 아이들을 돌보고 텃밭을 가꾸고 온갖 허드렛일을 하고, 킴 오빠는 아버지와 물고기를 잡고 땔감 모으는 일을 하기로 돼 있다.

짐을 내려놓기가 무섭게 그 집 엄마가 아기를 건네주며 아이들을 돌보라 지시하고 초우 언니를 텃밭으로 데려간다. 나는 아기를 안고

서 그 집 엄마가 채소밭 고랑에 앉아 김매는 모습을 지켜본다. 초우 언니는 고분고분 같이 풀을 뽑는다. 언니의 여윈 몸에 걸쳐진 빛바랜 검은 옷이 헐렁하다. 언니는 나보다 겨우 세 살 많을 뿐이지만, 가끔 그보다 훨씬 더 나이가 많게 느껴진다. 언제나 순응하고 맞서 싸우지 않음으로써 살아남는 언니의 모습은 여전히 놀랍기만 하다.

우리는 일꾼으로서 그 집에 더부살이하지만, 그 집 식구들은 우리에게 잘해주는 편이다. 이 가족은 후식으로 코코넛 케이크나 달달한 주먹밥 같은 특식을 먹을 때가 있다. 오빠나 언니나 나는 아무리 먹고 싶어도 스스로 집어 먹는 것은 예의에 어긋난다. 그 집 엄마와 아이들은 뭐든지 집어 먹을 수 있지만 우리는 누가 줄 때까지 기다려야 한다. 그런데 그 집 아버지는 자기 아이들이 더 달라고 울고불고 해도 항상 우리 접시에 한 개씩 놓아준다.

그 집 어른들은 목소리를 높일 때가 있긴 해도 우리에게 욕설을 퍼붓거나 손을 대는 법은 절대로 없다. 크메르루주가 종교를 금지했지만 그들은 몰래 불교를 믿고 있다. 불교에서는 다른 사람들에게 친절히 대하라고, 그러지 않으면 다음 생에 민달팽이로 환생해 모든 이들에게 짓밟힌다고 가르친다. 그 가족은 시골 출신이어서 미신을 많이 믿는다. 특히나 그 집 엄마가 그렇다. 납득할 수 없거나 이해하기 힘든 일이 일어날 때마다 그 엄마는 초자연적인 힘 때문이라고 여긴다. 그래서 날마다 땅의 여신에게 빌고, 물고기를 많이 잡게 해달라고 강의 신에게 빌고, 비를 내려달라고 바람의 신에게 빌고, 생명을 가져다달라고 태양의 신에게 빈다.

내가 날마다 하는 일 가운데 하나는 식구들 빨래이다. 이제는 우리 새 가족을 비롯해 많은 이들이 다채로운 색깔의 옷을 입는다. 나는 이 집 엄마의 짙은 오렌지색 사롱을 부러운 듯 바라보고, 하늘색 블라우스를 보고는 감탄한다. 엄마가 초우 언니와 게악과 나에게 만들어준 빨간 원피스들이 생각난다. 우리의 첫 번째 빨간 원피스.

어느 설날 아침에 큼직한 분홍색, 노란색, 파란색, 초록색 플라스틱 롤러로 머리카락을 말던 케아브 언니가 생각난다. 언니는 롤러를 고정한 수십 개의 머리핀이 고슴도치처럼 사방으로 삐죽삐죽 튀어나온 머리를 한 채 내 머리를 빗겨 말총머리로 묶어주었다. 초우 언니는 케아브 언니 옆의 우리 침대에서 게악에게 옷을 입혀주었다. 케아브 언니는 내 머리를 다 묶어준 다음 게악의 입술과 볼에 붉은 연지를 발라주고, 초우 언니와 나는 새 원피스를 입고 서로의 아름다움에 감탄했다. 우리가 신이 나서 끼익끼익 소리가 나도록 침대 위에서 팡팡 뛰면 케아브 언니가 조용히 좀 하라고 버럭 소리를 지르기도 했다.

복도 맞은편에서는 엄마가 보석함에서 우리에게 채워줄 금목걸이와 팔찌를 골랐다. 케아브 언니를 위해서는 붉은 루비 귀걸이 한 쌍을 골랐다. 우리 중에서 귀를 뚫은 사람은 언니뿐이었기 때문이다. 부엌에서는 가정부가 갈색으로 구운 오리고기를 자르고, 커다랗고 파란 접시 위에 하얀 달 모양의 케이크를 담아놓았다. 거실에서는 아빠와 쿠이 오빠와 멩 오빠와 킴 오빠가 가장 좋은 옷을 입고서 오렌지색 향을 피웠다. 그러고는 금과 은으로 만든, 평화와 행복을 뜻하는 중국의 상징물로 장식한 붉은 제단 앞에서 세 번 절한 다음, 쌀이 가득 들어 있는 누런 사발에 향을 꽂았다.

내 품에 안긴 아기가 머리카락을 잡아당기는 바람에 회상에서 깨어난다. 이 집 엄마를 보면서, 나는 그녀가 색깔이 있는 옷을 입으며 행복감과 기쁨을 느낄 것이라 짐작한다. 내 옷을 힐끗 보면서, 언제쯤 나도 크메르루주 제복을 벗고 색깔 있는 옷을 입을 수 있을까 생각한다. 군인들이 태워버린 원피스를 대체할 빨간 원피스를 가질 그날을 꿈꾼다.

그 집 엄마가 아기를 데려가며 나에게 빨래를 해달라고 하는 바람에 공상이 멈춘다. 초록 망고를 너무 많이 먹은 탓에 세 아이가 온 이불에다 설사를 해버렸다. 나는 더러워진 옷가지와 이불을 광주리에 담아 강으로 가서 광주리째 안고 물속을 헤치며 무릎 깊이까지 들어간다. 빨랫감을 꺼내 수면 위에 펼쳐놓으면 빨랫감은 천천히 가라앉고 설사는 위로 둥둥 떠오른다. 그러는 동안 작은 물고기들이 헤엄쳐와서 그 더러운 것들을 먹어치운다. 어떤 물고기는 내 다리를 물기도 한다. 세제도 비누도 없이 홑이불을 빨려면 바위에 대고 두들겨야 한다. 이 일은 너무 역겹지만 나는 불평하지 않고 묵묵히 해낸다. 안 그러면 새 가족에게 쫓겨날지도 모르니까.

가끔 그 집 엄마는 숲에 가서 땔감을 주워오라고 심부름 보낸다. 그러면 가는 길에 피시 언니를 만나 베트남군 기지에서 먼 쪽인지 확인하면서 가곤 한다. 하루는 피시 언니와 함께 땔감을 주우러 가는데 어디서 악취가 풍겨와 기침이 나온다. 꼭 햇볕에 너무 오래 놔둔 닭의 간이 썩는 냄새와 비슷하다. 오솔길을 돌아 공터로 들어가서 시체를 보기도 전에 그게 무슨 냄새인지 알아차린다. 시체가 햇볕 속에서 썩고 있다. 나는 숨을 멈추고 그리로 다가간다.

"야, 돌아가자."

피시 언니는 얼굴이 창백해져서 재촉한다. 나는 손을 흔들어 보이고는 혼자서 계속 걸어간다. 코를 틀어막고 시체에 다가가보니 얼굴이 마치 녹아버린 듯 광대뼈와 코의 연골조직 끝이 드러나 있다. 입술 없는 입 안으로는 이가 보인다. 썩어가는 눈꺼풀 아래의 눈은 눈구멍 속으로 움푹 들어가 있다. 눈꺼풀과 입은 작고 하얀 알에 뒤덮여 있는데, 그중 몇몇은 벌써 부화해서 구더기가 되어 꿈틀꿈틀 피부 속으로 파고들고, 더 많은 구더기가 눈꺼풀 주위에서 꿈틀거리고 입에서 기어나온다. 검은 머리카락은 풀숲에 묻혀 흙과 하나가 되어 간다. 검은 옷 아래에서 움푹 함몰된 흉강은 몸을 파먹는 수백 마리 검푸른 파리들의 보금자리이다.

나는 더 이상 볼 엄두를 내지 못하고 입을 틀어막으며 치미는 욕지기를 누른다. 재빨리 돌아서서 그 자리를 떠나지만 죽음의 냄새는 여전히 내 옷에 들러붙어 있다.

"크메르루주 군인이야. 죽어 마땅해. 모조리 죽지 않은 게 유감이야."

나는 격분에 차서 피시 언니에게 말한다. 언니는 잠자코 있다. 사실 나는 그 시체가 일반 시민인지 군인인지 모른다. 그 시체를 일반시민이라 생각하면 아빠가 너무 많이 떠오르지만, 크메르루주라고 생각하면 아무런 동정심도 느껴지지 않는다. 크메르루주라면 무조건 다 증오하니까.

크메르루주를 향한 증오에 매달려 있으면 재미없는 시시콜콜한 일상을 그럭저럭 살아갈 힘이 생긴다. 내가 항상 하는 일 가운데 하나는 강에서 물을 길어오는 것이다. 아침마다 기다란 장대에 양동이 두 개를 달고 물을 길러 간다. 강까지는 10분밖에 안 걸리지만 2월의 해를 받으며 가다보면 훨씬 길게 느껴진다.

눈을 가늘게 뜨고 물에 비친 그림자를 보니 강둑에 어떤 여자아이가 서 있다. 그 아이는 나만 한데 한 손을 허리에 올리고 마땅찮은 듯 강둑을 바라보고 있다. 그러더니 막대기로 강둑 풀밭 위의 뭔가를 건드린다.

내가 묻는다.

"뭐 하는 거야?"

그 아이는 숨을 멈추는 짬짬이 말한다.

"시체가 걸려 있어서. 강으로 흘려보내려고."

우리가 서 있는 곳에서 몇 발짝 떨어진 곳에 검은 옷의 시체가 둥둥 떠 있다. 대부분의 마을 어른들보다 덩치가 크고 훨씬 뚱뚱한 남자 어른이다. 시체는 물속에서 위아래로 흔들리고 있는데, 손과 발은 하얀 고무로 만든 듯 부풀어 빛나고 있다. 상체는 물살을 따라 흔들리지만 바짓가랑이 한쪽이 강둑의 나뭇가지에 걸려 있다. 여자아이가 막대기로 쿡쿡 찌를 때마다 머리가 물속에서 까닥거린다.

"아래로 떠내려가게 하려고. 저렇게 걸려 있으면 물이 더러워지고

저 사람의 체액이 내 물통에까지 흘러들어올 거야."

그 아이의 말이 완전히 이해가 가서 나도 양동이를 내려놓고 등에 지는 장대로 그 시체를 쿡쿡 민다. 둘이서 툭툭 쳐대자 시체는 훨씬 더 많이 까닥거리고 흔들린다. 마침내 다리가 풀려나면서 시체는 얼마쯤 떠내려가다가 다시 근처 강둑에 걸린다. 이번에는 바로 우리 코앞에 있다.

"강물이 너무 얕아. 셋 세면 몸을 밀어. 나는 머리를 밀 테니까."

내가 지시한다. 둘이 합심해서 노력한 끝에 시체는 드디어 떠내려간다. 그 광경을 보니 마음 한구석이 찌르르하고 속이 불편하다. 잠시 계악을 떠올린다. 군인들이 계악을 자루에 넣어 강에 던지지 않았기를 바란다. 누가 계악의 시체를 쿡쿡 찌르는 광경을 상상만 해도 눈물이 나올 것 같지만 꾹 참는다.

나는 나직이 중얼거린다.

"빌어먹을 크메르루주! 싫어. 다 죽어버렸으면 좋겠어."

우리는 조금 더 기다리다가 시체의 체액이 모두 떠내려갔을 즈음 물을 긷는다.

오두막에 있는 물독은 높이가 내 가슴팍까지 온다. 그 물독을 다 채우려면 오전 내내 몇 번씩 왔다 갔다 해야 하는데, 그래도 하루가 끝날 무렵이면 물이 거의 남지 않는다. 저녁에는 잠자기 전에 언니, 오빠와 함께 한 번 더 물을 길어온다. 물이 너무 없으면 물을 푸다가 물독에 빠져버릴까봐 겁이 나서 물 뜨기가 쉽게끔 물독을 채워놓는 것이다.

우리 삼남매는 2주 동안 눈이 충혈되는 눈병에 걸렸다. 내가 시체들을 봤기 때문에 언니 오빠에게도 병을 옮긴 게 아닐까 걱정이다. 어쨌거나 시체들에서 날아온 병균이 내 눈에 들어가서 내가 막대기로 찔러대던 시체의 피처럼 눈을 붉게 만든 게 틀림없다. 아침마다 눈꺼풀이 딱 붙어버려 눈을 뜰 수가 없다. 속눈썹에 붙은 눈곱을 고통스럽게 떼어내려 하지만 잘 떨어지지 않는다.

"오빠, 거기 있어?"

나는 오빠를 부른다. 어둠 속에서 손 하나가 나를 찾다가 내 팔을 잡는 게 느껴진다.

초우 언니가 속삭인다.

"나야. 준비됐어? 난 오빠 손을 잡고 있어."

"응."

오빠는 언니 손을 잡고 오두막 가장자리까지 엉덩이로 미끄러져 간다. 그러고는 일어나서 초우 언니와 내가 일어날 수 있게 도와준다. 우리는 손에 손을 맞잡고 더듬더듬 물독으로 간다. 킴 오빠가 물 한 그릇을 가져와 땅바닥에 놓는다. 우리는 그 주위에 쪼그리고 앉아 손으로 물을 떠서 눈썹에 적신다.

그 무렵 그 집 엄마가 일어나 우리를 의심스러운 눈으로 바라보며 말한다.

"짝짓기 하는 개들을 본 게 틀림없구나. 더러운 짓을 보는 건 죄악이야. 신들이 벌을 내려서 앞이 안 보이는 거라고."

크메르루주의 반격

1979년 2월

하늘이 칠흑같이 어둡고 바람 한 점 없다. 귀뚜라미가 귀뚤귀뚤 노래하는 것 말고는 조용하기 그지없다. 갑자기 요란한 폭발음에 잠이 깨어 벌떡 일어나 앉는다. 귓가에는 아직도 폭발음이 울리고, 그 충격으로 심장과 배가 부르르 떨린다. 이어서 '쉭, 쉭' 하는 날카로운 소리가 나더니 또 다른 로켓탄이 근처에서 터진다. 짚으로 만든 벽과 지붕이 바스락거리며 흔들린다.

아이들이 비명을 지르며 엄마 옆으로 기어오고, 아버지는 바깥을 살피러 뛰어나간다. 초우 언니와 킴 오빠와 나도 따라 나간다. 노란색, 오렌지색, 붉은색 불꽃이 탁탁거리며 이웃 오두막을 삼키는 가운데 땅이 격렬하게 흔들린다. 잿빛 연기가 하늘로 피어오르고 하얀 재가 가루처럼 우리 위로 떨어진다.

나는 소리친다.

"초우 언니! 킴 오빠!"

그 집 아버지는 식구들에게 소리친다.

"날 따라와라. 함께 모여 있어."

아버지는 두 아이를 안아 들고 오두막을 뛰쳐나온다. 엄마도 아기를 품에 꼭 안고 뒤따른다. 킴 오빠가 오두막으로 뛰어들어가 배낭을 들고 나오는 동안 초우 언니와 나는 기다린다. 사방에서 사람들이 도와달라고 소리치고 비명을 지르는 사이에 더 많은 로켓탄이 비오듯 쏟아진다. 깜깜한 밤이 환하게 밝혀진 가운데 많은 집들이 불길에 휩싸여 마을 사람들은 서둘러 대피한다.

우리는 공포에 떨며 후들거리는 다리로 아버지 뒤를 따라간다. 그가 몸을 홱 숙이면 따라 숙이고, 몸을 낮추면 따라 낮추면서. 모두 강으로 가서 손을 잡고 건넌다. 수천 명의 사람들이 강을 건너려고 동시에 뛰어들자 강물이 파도를 이루어 출렁거린다. 마을 사람들은 작은 보따리를 머리에 이거나 어깨에 메고 어린아이들을 업은 채 필사적으로 안전한 곳을 찾아 가슴까지 차오르는 물속을 헤치며 건넌다. 힘겹게 강을 건넌 우리는 낮은 콘크리트 지붕과 벽이 세 면만 남은 낡은 창고에서 한숨 돌린다.

그 집 아버지가 우리에게 말한다.

"오늘 밤은 여기에서 묵자. 이 지역은 요운이 지키고 있어서 안전해."

사람들이 도착하면서 그 피란처도 빠르게 채워진다. 사람들 사이로 피시 언니가 문을 통해 뛰어오는 게 보인다.

"피시 언니! 여기야!"

나는 사람들이 울부짖는 소리와 신음소리 너머로 소리친다. 언니가 손을 흔들며 엄마, 오빠와 함께 달려와 우리 옆에 자리 잡는다.

불빛이 한 점이라도 새어나가면 크메르루주 군인들에게 들킬까봐 우리는 어둠 속에서 밤을 보낸다. 모두들 조용히 숨소리마저 죽이고, 몇몇은 잠을 청하기도 한다. 심장은 두근두근 뛰고, 소리 하나하나에 화들짝 놀라면서 나는 피시 언니와 초우 언니 사이에 웅크리고 앉아 아빠에게 우리를 지켜달라고 기도한다. 초우 언니는 킴 오빠 손을 꼭 잡은 채 내 옆에 앉아 있다. 나는 침착하려고 이를 앙다문다. 멀리 밖에서는 박격포와 로켓탄이 밤새도록 터지고 있다.

시간이 더디게 흐른다. 시간이 빨리 흐르기를 바라며 빠른 노래에 박자를 맞추듯 발을 까닥거린다. 초우 언니는 이제 책상다리를 하고 깍지를 꼈다 풀었다 한다. 그 옆에는 오빠가 배낭을 베개 삼아 누워 있고, 그 집 아버지와 엄마는 우리 옆에서 다리를 뻗어 아이들을 무릎 위에 재운다. 흙이 묻지 않게 해줄 돗자리나 담요도 없이 땅바닥에 누워 있는 가족도 많다. 그들은 무릎을 가슴까지 끌어올리고 팔베개를 하고 있다.

이른 아침이 되자 다시 조용해진다. 모두가 내쉬는 안도의 한숨으로 피란처가 공기와 함께 팽창하는 듯한 느낌마저 든다. 그러더니 경고도 없이 로켓탄이 쉭 하고 날아와 우리 피란처를 맞히고 만다! 나는 기겁을 해서 피시 언니 팔을 잡으려다가 손바닥에 축축하고 끈적한 것이 닿자 얼른 손을 뒤로 뺀다. 속이 울렁거린다. 돌아보니 피시 언니가 땅바닥에 엎어진 채 꼼짝도 하지 않는다. 정수리가 함몰되어 있고, 흥건하게 고인 피가 머리 주변 흙 속으로 천천히 스며들고 있다. 머리카락은 젖어 있고 검은 머리통은 온통 피범벅이다. 피와 뇌 조각들이 여전히 내 손에 묻어 있다.

피시 언니의 엄마가 비명을 지르듯 언니를 부르며 품에 안아 든다. 나는 공포에 질린 채 언니의 피와 뇌 조각을 바지에 닦으며 킴 오빠와 초우 언니를 따라 피란처에서, 피시 언니한테서, 울부짖는 피시 언니의 엄마한테서 달아난다. 내 마음에 머무르려 하는 슬픔을 피해서 달아난다.

밖에서는 사람들이 울부짖고 비명을 지르며 뿔뿔이 흩어지고 있다. 서로 부딪치고 밀치면서 달아난다. 언니와 오빠가 손을 잡고 달리며 나에게 빨리 따라오라고 소리친다. 어디로 가야 할지도 모르는 채 우리는 그저 달리고 또 달린다. 갑자기 킴 오빠가 멈추더니 피란처를 돌아본다.

킴 오빠가 소리친다.

"아차, 배낭을 놓고 왔어."

"계속 뛰어가. 내가 가져올게!"

나는 오빠한테 소리치고는 대답도 듣기 전에 뒤돌아 뛰어간다. 오빠는 초우 언니를 챙겨야 하니까. 파괴된 피란처로 들어가자마자 불에 탄 살 냄새가 짙게 풍겨와 맥박이 빨라진다. 검은 연기가 시야를 가리고 눈이 따갑다. 콘크리트 조각과 무너진 벽 조각을 밟으며 우리가 있던 곳으로 간다.

피시 언니의 엄마가 언니의 시신을 안고 흐느껴 우는 모습을 보니 심장이 덜컥 내려앉는다. 피시 언니는 엄마 품속에 축 늘어져 있고, 피시 언니한테서 흘러나온 피가 엄마의 블라우스를 적시고 있다. 사방이 피로 흥건하다. 그러고 보니 피시 언니의 엄마도 부상을 입은 상태다. 배와 팔에서 피가 흐르고 있다. 피시 언니의 오빠가 옆에 쪼그리고 앉아 빨리 이곳에서 나가자고 재촉한다. 크메르루주 군인들이 강을 건너서 언제든 들이닥칠 거라고 떨리는 목소리로 말한다.

나는 도와달라는 그들의 애원과 외침을 못 들은 척하고 배낭을 쥔 채, 똑바로 앞만 보면서 죽은 자들을 뛰어넘어 언니와 오빠한테로 달려간다. 나를 기다리고 있는 언니 오빠에게 빨리 뛰라고 외치면서. 로켓탄은 더 이상 떨어지지 않지만 크메르루주 군인들이 오고 있다. 총알이 내 옆을 쌩쌩 스쳐가는 소리가 들려도 감히 돌아보지 못한다. 그들이 와 있음을 안다. 나는 죽어라 하고 달린다. 내 앞에서 한 남자가 총탄에 맞아 가슴이 앞쪽으로 쏠리더니 그대로 쓰러진다. 사방에서 많은 사람들이 총에 맞아 하나둘씩 쓰러진다. 몇몇은 그대로 쓰러져 있고 다른 이들은 도망치기 위해 팔꿈치로 땅을 짚으며 기어간다.

내가 초우 언니와 킴 오빠를 따라잡자 우리는 뒤도 돌아보지 않고 달아난다. 폭격을 맞고 부서진 건물의 한쪽만 남은 시멘트 벽이 눈에 띈다. 높이는 90센티미터에 너비는 1미터 20센티미터쯤 돼 보인다. 우리는 그 뒤로 가서 웅크리고 숨는다. 초우 언니는 두 손으로 귀를 틀어막고 눈을 꼭 감는다. 킴 오빠는 하얗게 질린 얼굴로 벽에 기대 있다.

그렇게 몇 시간이 흐른 것 같았는데 어느덧 사방이 다시 조용해진
다. 귀를 먹먹하게 하는 폭탄 소리가 더는 들리지 않자 그제야 뭐가
우리 머리 위를 빙글빙글 돌며 웅웅거리고 있다는 것을 알아차린다.
이어서 수많은 작은 핀들이 살갗을 콕콕 찌르는 느낌이 든다.

내가 소리친다.

"말벌이야!"

일어나서 보니 우리가 말벌의 둥지를 건드렸던 것이다. 팔다리가
온통 붉게 부어올라 있다. 아까는 어찌나 무서웠던지 말벌에 쏘여도
아픈 줄 몰랐던 것이다. 이제 안전하다는 생각이 들어 우리는 그곳
을 떠나 같이 지내던 식구들을 찾아나선다. 드디어 요운 막사 근처
에서 그 식구들을 만난다.

그 집 아버지가 말한다.

"너희는 여자들과 아이들이랑 여기 있으렴. 우리가 돌아올 때까
지 있어라. 남자들은 마을에서 시체들을 치워야 한다."

그날 오후 아버지는 마을로 간다. 몇 시간 전에 요운이 크메르루
주로부터 마을을 되찾았다고 한다.

마을에서 돌아온 아버지가 엄마에게 말한다.

"상상한 것보다 훨씬 참혹해. 한 부부는 땅을 파서 만든 방공호에
숨어 있었어. 그냥 땅에 파놓은 구덩이지. 그런데 군인들이 거기다
수류탄을 던져서 둘 다 죽었어. 사람 머리가 자기 집 문 앞에 걸려
있거나 거리에 나뒹굴고 있어. 크메르루주 군인들은 마을 사람들이

요운과 함께 지낸 것을 두고 배신당했다고 느낀 게 틀림없어."

크메르루주의 습격에 당한 희생자들 이야기가 들불처럼 퍼져나간다. 아기를 허공에 던져 총검으로 찔렀다는 이야기, 벌거벗겨진 채 팔다리가 잘린 시체 위에 또 다른 시체가 쌓여 있다는 이야기, 어떤 남자의 몸통은 자기 집 앞에 있고 아랫부분은 다른 집 현관 앞에 있다는 이야기도 떠돈다. 흉부가 절개되어 간이 사라진 채로 발견된 시신도 있다고 한다. 크메르루주 군인들은 적의 간을 먹으면 힘과 능력이 생긴다고 믿는다.

그날 저녁, 마을로 주춤주춤 돌아가는 동안 이런 대량학살의 이미지들이 내 머릿속을 계속 맴돈다. 나는 그 이야기들이 사실이라고 믿어 의심치 않는다. 내가 알기로 폴 포트의 부하들은 그러고도 남는다. 나는 그 집 아버지와 그의 가족들 뒤에서 걷는다. 초우 언니와 킴 오빠는 땅바닥에서 눈을 떼지 않고 내 앞에서 터벅터벅 걷고 있다. 연기만 피우고 있는 모닥불의 잔해에서 타버린 인간의 살 냄새가 퍼져나와 온 마을에 풍긴다. 집집마다 핏자국과 피 웅덩이가 계단과 기둥을 물들이고 있다.

나는 가는 곳마다 땅바닥을 보면서 수류탄으로 보이는 것을 피해간다. 지뢰를 밟지 않도록 무척 조심한다. 마을 사람들 말로는 크메르루주 군인들이 어딘가를 습격하면 퇴각하고 난 뒤에도 오랫동안 사람들을 불구로 만들거나 죽일 수 있도록 땅에 지뢰를 묻어놓는다고 한다.

며칠 뒤 땔감을 모으다가 우연히 피시 언니의 오빠를 지나친다.

피시 언니의 오빠는 킴 오빠 또래인데, 우리 오빠처럼 그의 눈도 슬픔에 잠겨 있다. 그는 몸집이 강단 있고 날렵해서 쉽게 야자나무에 올라가 열매를 딴다. 나는 걸음을 멈추고 그렇게 빨리 나무를 오르내리는 능력에 찬탄을 보내며 지켜본다.

내가 큰 소리로 부른다.

"안녕하세요!"

그가 나를 보고 고개를 까닥한다.

"어디로 갈 거예요?"

그가 나무에서 내려오자 내가 묻는다. 피시 언니에 대해서는 물어보지 않는다.

"날마다 물고기를 잡고 야자열매를 따서 엄마한테 갖다드려. 엄마는 병원에 계셔. 매일 먹을 것을 가져다드리고 밤에는 함께 있지. 점점 나아지고 계셔."

그가 나에게 그렇게 말을 많이 한 건 처음이다. 그는 야자 껍질을 벗겨 내게 한 쪽을 건네준다.

"고마워요."

내가 인사했지만 그는 벌써 멀찌감치 간 뒤였다. 열매를 챙겨서 병원으로 가는 것이다.

이튿날 같은 장소에서 야자열매 껍질을 벗기고 있는 그를 만난다. 나는 다가가서 묻는다.

"엄마는 오늘 어떠세요?"

고개를 든 그의 눈은 붉게 충혈된 채 분노에 차 있다.

"날 내버려둬. 건드리지 마."

그는 버럭 소리를 지르며 커다란 녹슨 칼을 들고 나를 쫓아온다. 나는 후들거리는 다리로 그를 피해 달아난다.

"꺼져! 다들 미워!"

그가 고함을 지른다. 나는 덤불숲에 웅크리고 숨는다. 그는 나를 더는 쫓지 않고 칼을 툭 떨어뜨리고 얼어붙은 듯 서 있다. 어깨를 축 늘어뜨린 채 몸을 구부리더니 천천히 주저앉는다. 팔꿈치를 무릎 위에 올리고 두 손에 얼굴을 묻고는 걷잡을 수 없이 어깨를 떨며 한참 동안 공허하게 흐느낀다. 안쓰러워 손을 내밀고 싶지만 돌아서서 그 자리를 떠난다. 그도 이제 혼자다.

1979년 4월. 우리의 앞날은 날이 갈수록 암담해지는 것 같다. 또 다른 가족과 함께 살아가야 한다는 건 생각만 해도 두렵지만 곧 그렇게 될 것이다. 킴 오빠는 아직도 쿠이 오빠와 맹 오빠가 어딘가에 살아 있고 곧 우리를 데리러 올 거라는 희망을 품고 있다. 하지만 우리는 오빠들이나 크랑트루오프에 있는 외삼촌들을 찾으려면 어떻게 해야 하는지도 모른다.

저녁마다 일을 마치고 나면 킴 오빠는 요운의 막사로 간다. 그곳에는 새로 온 난민들이 머무는 곳이자, 사람들이 모여들어 서로를 찾는 장소가 있다. 막사에 새로 온 사람이 있을 때마다 킴 오빠는 그들이 쿠이 오빠나 맹 오빠를 아는지, 소식이라도 들었는지 물어본다. 그러나 언제나 똑같이 슬픈 대답만 들려온다.

킴 오빠는 밤마다 지친 몸을 이끌고 돌아와 우리에게 소식을 알려 주지만, 오빠가 뭐라고 말하기도 전에 나는 슬픔에 잠긴다. 오빠들 이 죽었을지도 모른다는 생각이 들면 나의 세상은 어두워진다. 나는 그런 생각을 애써 쫓아버린다. 쿠이 오빠와 멩 오빠는 반드시 어딘 가에 살아 있어야만 한다.

아기에게 우유를 먹이고 있는데, 이 집 어린아이 하나가 달려와서 킴 오빠가 어떤 남자와 함께 오고 있다고 알려준다. 나는 감히 희망 을 품지도 못한다. 그래도 초우 언니와 나는 우리 오빠이기를 기도하 며 기대와 초조 섞인 눈빛으로 마주 본다.

킴 오빠가 다가오는 모습이 보인다. 그 옆에 멩 오빠가 걸어오고 있다. 나는 울어야 할지 오빠한테 달려가야 할지 갈피를 잡지 못한 다. 행복에 겨워 가슴이 벅차오른다. 오빠가 살아 있다. 우리는 한 가 족이다. 나는 수줍어서 뻣뻣하게 굳은 채 어색하게 서 있다. 멩 오 빠가 웃으면서 내 머리를 헝클어뜨린다. 오빠의 손길에 내 가슴은 금세 기쁨으로 부풀어오른다. 진짜 오빠다. 상상 속 존재가 아니다!

"너희들도 우리랑 같이 가자!"

멩 오빠는 이렇게 말하고 그 집 아버지와 이야기하러 간다. 멩 오 빠가 나오자 우리 셋도 따라나선다. 킴 오빠와 멩 오빠가 얘기하는 동안 초우 언니와 나는 조용히 있다. 멩 오빠를 보고 있으려니 엄 마 생각이 나서 마음이 무겁다. 멩 오빠는 엄마를 닮아 아몬드 모양 의 눈에 얼굴이 길쭉하며, 광대뼈가 높고 입술은 얇다.

프놈펜에서 멩 오빠는 당시에 유행하던 파란색 나팔바지와 청재

킷 차림에 가느다란 구레나룻을 기르고 다녔다. 오빠는 누구한테나 친절했다. 여자들은 오빠가 잘생겼다고 여겼다. 이제 멩 오빠는 스물두 살로 벌써 적지 않은 나이다. 하지만 다 해어진 헐렁한 검은 셔츠와 바지 차림에, 햇볕에 그을린 얼굴과 슬픈 눈에도 불구하고 내 눈에는 여전히 프놈펜에서 알던 오빠의 모습이 보인다.

멩 오빠는 새로운 난민이 지낼 난민구역으로 우리를 데려간다. 나무들이 모여 있는 곳 한가운데에 진초록색 천막들이 쳐져 있다. 앞쪽에는 검은 천으로 만든 해먹 두 개가 나무줄기 사이에 나직하게 묶여 있다. 천막과 해먹은 때가 많이 탔지만, 나에게는 여기서 제일 큰 집보다 더 아늑하게 느껴진다.

멩 오빠는 쿠이 오빠와 함께 세 여자 친구와 더불어 천막 두 채에서 생활한다고 말해준다. 쿠이 오빠의 아내는 요운이 쳐들어왔을 때 어떻게든 노동수용소를 탈출했다고 한다. 아마 살아남은 가족이 있는지 찾으러 친정 가족이 사는 마을로 돌아갔을 거라고 한다. 지금 오빠들과 함께 사는 여자들은 친구라고 한다. 그 여자 친구들이 여자 혼자 살면 위험하니 오빠들한테 함께 살게 해달라고 부탁했다는 것이다.

천막에 도착한 지 얼마 안 돼 쿠이 오빠도 돌아온다. 나는 오빠가 천천히 어슬렁거리며 우리에게 다가오는 모습을 지켜본다. 쿠이 오빠는 단호하고 안정된 걸음걸이로 기품 있게 움직인다. 오빠를 보면 언제나 호랑이가 연상된다. 강하고 빠르고 민첩하고, 이빨을 드러낼 때는 사나워 보이는 호랑이. 오빠는 빛바랜 검은 바짓단과 셔츠 소매를 걷어올려서 근육질의 종아리와 팔뚝이 드러나 있다. 눈은 어둡고 얼굴은 앙상하고 턱은 네모지고 귀는 곧추 세워져 있다. 겨우 스무 살인데도 쿠이 오빠는 엄격한 인상을 준다.

쿠이 오빠는 우리를 보자 활짝 웃으며 성큼성큼 다가와서 킴 오빠와 초우 언니와 나에게 인사한다. 멩 오빠와 이야기하는 동안에는 줄곧 내 머리 위에 손을 얹고 있다. 아빠가 늘 그랬듯이.

그날 밤 우리는 불가에 앉아 멩 오빠의 이야기를 듣는다. 12월 말에 요운이 쳐들어왔을 때 쿠이 오빠와 멩 오빠는 노동수용소에 함께 있었다. 어느 날 밤, 로켓탄이 수용소 근처에 떨어지자 혼란한 틈을 타서 쿠이 오빠의 아내를 비롯한 많은 이들이 수용소를 탈출했다. 하지만 멩 오빠와 쿠이 오빠는 운이 나빠서 오두막을 나서는 순간 크메르루주 군인들과 마주쳤다. 크메르루주군은 짐꾼이 필요했기 때문에 오빠들을 죽이진 않았다. 요운이 점점 더 가까이 포위해 들어오자 크메르루주 군인들은 밀림 깊숙이 들어갔다.

크메르루주군이 밤마다 쉴 때면 쿠이 오빠는 땔나무를 베고 멩 오빠는 식사를 준비했다. 어느 날 밤, 쿠이 오빠는 멩 오빠에게 탈출해야 한다고 말했다. 크메르루주 군인들이 산으로 올라가고 있었는데, 산악지대는 세상과 고립된 완전한 크메르루주 통치 지역이라 탈출할 길이 모두 차단되어 있었다. 당장 탈출하지 않으면 기회는 두 번다시 없을지도 몰랐다.

군인들이 자는 동안 오빠들은 변소에 가는 척하며 각자 1킬로그램짜리 쌀자루를 훔쳐 들고 숲속에서 만났다. 처음에는 오솔길을 따라갔지만 군인들이 금방 뒤를 밟을까봐 다시 숲속으로 돌아갔다. 물 흐르는 소리를 따라가보니 개울이 나왔다. 일단 개울을 건너려고 통나무를 엮어 뗏목을 만들었다. 뗏목에 쌀자루를 싣고 하류로 떠내려갔다. 물은 차가웠고, 물살이 거칠어서 뗏목이 부서질 뻔한 위기도 몇 번이나 있었다. 하지만 몸이 덜덜 떨리고 이가 딱딱 맞부딪치는 와중에도 밤새도록 뗏목을 탔다. 아침이 되자 뗏목은 지금 우리가 있는 푸르사트시의 요운 기지에 도착했다.

우리 가족은 다시 하나가 되었다. 멩 오빠는 내 눈이 스르르 감기는 것을 보고는 나를 해먹으로 데려다준다. 해먹에 올라타자 갑자기 피로가 확 몰려온다. 초우 언니가 내 옆으로 올라오자 우리 둘의 몸이 딱 붙는다. 마치 완두콩을 감싼 꼬투리처럼 해먹이 우리를 감싸준다. 나는 잠에 빠져들며 엄마 아빠를 생각한다. 엄마 아빠가 사무치게 그립다.

불가에서 킴 오빠가 떨리는 목소리로 엄마 아빠와 계약 이야기를 하고 있다. 초우 언니와 내가 못 듣게 하려는 듯 소곤소곤거린다. 우리는 이미 알고 있는 일인데. 나는 그 소식을 듣는 멩 오빠와 쿠이 오빠의 표정을 보고 싶지 않아 눈을 감는다.

남은 가족들이 다시 만났다. 오빠들이 곁에 있으니 마음이 놓이고 안전한 느낌이 든다. 내가 잠에 빠져들 즈음 멩 오빠가 다음 할 일은 크랑트루오프로 돌아가 외삼촌들을 찾는 것이라고 말하는 소리가 들린다. 크랑트루오프는 엄마의 고향이고 지금 그곳에는 헤앙 외삼촌과 레앙 외삼촌이 살고 있다. 우리는 거기에 가서 살아남은 다른 가족이 돌아오기를 기다릴 것이다. 크랑트루오프는 아주 멀기 때문에 여기서 조금 더 머무르며 식량과 물품을 모아야 한다. 그곳으로 가는 길 곳곳에 크메르루주가 버티고 있을지 모르기 때문에 위험하긴 하지만, 친척들과 다시 만나기 위해 또 긴 여행길에 올라야 하는 것이다.

처형

1979년 3월

며칠 뒤 멩 오빠가 잔뜩 상기된 얼굴로 숨을 헐떡이며 뛰어오더니 방금 요운 감옥에서 오는 길이라고 말해준다. 크메르루주 군인이 잡혀서 감옥에 갇혔다고 한다. 그런데 이 소식이 전해지자 마을 사람들 수백 명이 감옥 앞으로 몰려가서 그 군인을 내놓으라고 요구했다는 것이다. 남자들과 여자들 그리고 어린애들까지 감옥 입구를 가로막고서 요구를 들어주지 않으면 폭동을 일으키겠다고 위협했다고 한다. 철봉, 도끼, 단검, 나무 막대기, 망치 따위, 그러니까 크메르루주 군인들이 사람들을 죽일 때 쓰던 무기들을 들고서 말이다.

멩 오빠가 말하기를, 감옥 앞에 모인 사람들은 오직 한 가지, 피는 피로 갚고 목숨은 목숨으로 갚겠다는 생각뿐이라고 한다. 사람들은 그 포로를 공개적으로 처형하기를 원했다. 그들은 요운들에게 고래고래 소리치며 협박하고 왜 그 포로를 보호해주느냐고 물었다. 감옥을 부술 준비까지 돼 있었다. 결국 요운들은 문을 열고 그 포로를 마을 사람들에게 넘겨주었다. 군중은 무기를 치켜들며 환호성을 질렀다. 마침내 자신들이 당한 고통을 되갚아줄 기회가 온 것이다.

30대 초반의 크메르인 남자 둘이 앞으로 나아가 포로를 끌어내자 군중이 다시 환호성을 올렸다. 서로 밀고 밀치는 북새통 속에서 포로를 끌고 마을 언저리의 들판 한복판으로 데려갔다. 누가 의자를 가져와서 군중 한가운데다 놓았다. 두 사내는 포로를 의자에 앉힌 뒤 그의 손을 뒤로 돌려 묶고 다리도 묶었다.

그 이야기를 듣자 흥분으로 가슴이 두근거린다. 드디어 엄마 아빠, 케아브 언니와 게악을 대신해 복수할 기회가 온 것이다.

나는 언니에게 사정한다.

"빨리 가보자, 초우 언니! 가서 구경하자!"

"싫어. 그냥 가지 말자."

초우 언니가 오히려 나에게 사정한다.

"멩 오빠와 쿠이 오빠가 알면 좋아하지 않을 거야."

"그럼 말 안 하면 되잖아. 처형당하는 거 보고 싶지 않아?"

"응."

초우 언니가 한번 마음을 먹으면 아무도 바꿀 수 없다.

나는 언니를 설득하지 못하고 혼자 출발한다. 들판으로 나가려면 강을 건너 높은 언덕을 넘고 부서진 다리를 지나 뙤약볕에서 30분을 걸어야 한다.

도착해보니 수백 명의 사람들이 크메르루주군 포로를 둘러싸고 있는데 사람들에 가려 앞이 보이지 않는다. 사람들 사이에서 빈틈을 찾으려고 이리저리 자세를 바꿔보지만 소용없다. 좌절한 채 내 작은 몸을 사람들 사이에 밀어넣고 "죄송해요, 안 보여서요."라고 큰 소리로 말하며 밀고 나아간다. 키 큰 사람들은 짜증이 나서 콧방귀를 뀌거나 씩씩거리면서도 지나가게 해준다.

군중 한가운데로 들어서자 사람들에게 완전히 포위당한 느낌이다. 아무것도 보이지 않는다. 고개를 들어보니 어른들은 모두 한곳을 바라보고 있다. 나는 안도의 한숨을 내쉬고 그들이 보는 쪽을 바라본다.

"죄송해요, 안 보여서요."

나는 이렇게 사정하면서 살살 밀고 남의 발을 밟아가며 앞으로 나아간다. 마침내 사람들의 갈색 다리 사이로 빈터가 보인다. 뚫고 지나가려 하지만 사람들은 눈앞에서 벌어지는 일에 너무 몰두한 나머지 꼼짝도 하지 않는다. 나는 포기하지 않고 엎드린 채 갈색 다리 숲을 기어서 앞으로 나아간다.

앞에 그가 있다. 일어나보니 겨우 4.5미터 거리를 두고 그와 마주 보다시피 한 상태다. 나도 모르게 머리와 얼굴에 스카프를 둘러쓴다. 심장이 두방망이질 친다. 공포가 몸속으로 스며든다. 그가 나를 보고 있다. 나를 볼 수 있다.

그가 탈출해서 나를 죽이면 어떡하나 겁이 나서 한 발짝 물러나 보호해달라는 듯 군중한테 기댄다. 기대감과 흥분이 북받쳐서 부르르 떠는 군중이 포로를 빙 둘러싼 채 노려보며 조금씩 다가든다. 나는 처형하는 광경을 본 적이 없다. 분노로 내 몸이 뜨겁게 달아오른다. 고작 크메르루주 한 명이 죽는 걸 보는 것만으로는 충분하지 않다!

크메르루주 군인의 얼굴에는 아무런 표정이 없다. 살려달라고 빌지도 않는다. 그는 무대 구실을 하는 자갈 둔덕 위의 등받이 의자에 앉아 있다. 얼굴이 가무잡잡하고 검은 크메르루주 옷을 입고 있다. 내가 입고 있는 옷과 같은 검은 옷이다. 그 군인은 땀에 전 텁수룩한 머리를 푹 떨구고 발만 내려다보고 있다. 거친 삼으로 꼰 밧줄에 발이 묶여 있는데 얼마나 단단히 묶었는지 피가 다 배어나온다. 몸은 의자 등받이에 묶여 있고, 가슴부터 배까지 밧줄로 친친 동여매져 있다.

누군가 소리친다.

"살인자! 넌 천천히 고통스럽게 죽어가야 돼!"

바로 그런 죽음을 다들 원하고 있다. 나는 크메르루주군 포로가 제 목숨이 곧 끊어지리라는 걸 알았으면 좋겠다고 생각한다. 모든 사람들이 바로 자기의 피를 원하고, 피를 보기 위해 곧 자기를 갈가리 찢어놓을 것임을 똑똑히 알았으면 싶다.

사람들은 어떻게 죽이면 좋을지 큰 소리로 이야기를 나눈다. 최대한 오래 고통스럽게 죽이는 방법을 두고 언쟁을 벌인다. 어떤 도구를 써서 두개골을 깨뜨리고 목을 가를지 의논한다. 어떤 이는 땡볕 아래 앉혀놓고 살갗을 조금씩 벗겨낸 다음 그 상처에 소금을 뿌리자고 한다. 어떤 이는 맨손으로 목을 졸라 죽이고 싶다고 한다. 오랫동안 토론이 이어지지만 좀처럼 결론이 나지 않는다.

결국 중년 남자 두 명이 앞으로 나온다. 군중이 잠잠해진다. 포로가 흘낏 쳐다보더니 겁먹은 표정을 짓는다. 눈이 가늘어지고 무슨 말인가 하려는 듯 입술을 달싹이더니 도로 입을 굳게 다물어버린다. 얼굴에서 땀이 쏟아져 목울대를 타고 흘러내리며 옷을 적신다. 빠져나갈 길이 없음을 안 포로는 고개를 떨구고 다시 발만 내려다본다. 크메르루주는 복수심에 불타는, 피에 굶주린 사람들을 만들어냈다. 폴 포트는 나 같은 어린아이도 사람을 죽이고 싶어 하게 만들었다.

두 남자 중 하나가 소리친다.

"형제자매들이여, 아저씨 아주머니들이여, 우리는 이 크메르루주 병사를 처형하기로 결정했소이다. 그의 피는 그가 살육한 무고한 희생자들의 원수를 갚아줄 것이오. 누구든 사형집행인으로 나서주시오."

군중이 함성을 지른다. 누가 먼저 나서는지 궁금해서 주위를 둘러본다. 처음에는 아무도 손을 들지 않는다. 다들 그렇게 큰소리쳤지만 지금은 침묵을 지키고 있다. 조금 뒤 몇 명이 손을 들자 군중은 다시 활기를 되찾는다.

한 여인이 울부짖으며 맨 앞으로 나온다. 20대 중반쯤 돼 보이는 젊은 여인으로, 곧고 검은 머리카락을 뒤로 묶어서 각지고 야윈 얼굴이 고스란히 드러나 있다. 그 여자도 나처럼 검은 크메르루주 제복을 입고서 어둡고 분노에 찬 얼굴로 눈물을 흘리고 있다.

"나는 이 크메르루주 병사를 알아요!"

여인은 왼손에 20센티미터짜리 단도를 쥐고 있다. 녹이 슬어 구릿 빛이 도는 무딘 칼이다.

"저자는 우리 마을에 있었어요. 저자가 내 남편과 아기를 죽였어요! 그 원수를 갚아줄 거예요!"

또 다른 여인이 군중을 헤치고 나온다.

"나도 알아요. 저자는 우리 아이들과 손주들을 죽였어요. 이제 나에게는 가족이 아무도 없어요."

두 번째로 나온 여인은 60대나 70대로 보인다. 깡마른 몸에 검은 옷을 입고, 나무 손잡이가 닳고 갈라진 망치를 들고 있다. 한 남자가 그 여인들을 한쪽으로 데려간다. 손을 든 나머지 사람들도 군중에게 무언가 말하고 있다. 나는 더 듣지 않고 포로만 뚫어지게 본다. 두 여인이 앞으로 나올 때 잠깐 고개를 들었던 그는 다시 고개를 푹 숙이고 땅바닥만 내려다보고 있다.

나는 망치를 든 노파가 포로에게 천천히 다가가는 모습을 덤덤하게 지켜본다. 먹구름이 노파를 따라 움직이면서 그 노파가 가는 길에 그림자를 드리운다. 노파는 포로 앞에 서서 그의 정수리를 노려본다. 나는 눈을 가리고 싶지만 그러지 못한다. 노파는 부들부들 떨리는 손으로 망치를 높이 쳐들더니 포로의 머리를 내리친다. 포로가 내지르는 날카로운 비명이 말뚝처럼 내 심장을 찌른다. 어쩌면 아빠도 이렇게 죽었을지 모른다. 포로의 머리가 축 늘어져 닭대가리처럼 까닥거린다. 피가 솟구쳐 이마로, 귀로 흘러내려 턱에서 뚝뚝 떨어진다.

노파가 다시 망치를 치켜든다. 이제는 그 포로가 가엾을 정도다. 그러나 놓아주기에는, 다시 되돌리기에는 너무 늦었다. 우리 부모님과 이 나라는 이미 돌이킬 수 없는 강을 건넜다. 노파의 옷과 몸과 얼굴에 피가 튄다. 노파는 괴성을 지르며 다시 망치를 치켜든다. 핏방울이 내 바지와 얼굴에도 떨어진다. 나는 슥슥 닦아낸다. 검붉은 핏자국이 여전히 손바닥에 남아 있다. 노파는 다시 한 번 괴성을 지르며 망치로 포로의 다리를 내리친다. 포로의 다리가 홱 하고 들썩이지만 밧줄로 단단히 묶여 있어 더는 움직이지 않는다.

노파가 망치로 몇 번이고 계속해서 팔과 어깨와 무릎을 내리치고 나자 젊은 여인이 나선다. 여인은 단검으로 포로의 배를 찌른다. 더 많은 피가 쏟아져 의자 위로 흘러내린다. 여인은 이번에는 가슴을 찌른다. 크메르루주군 포로의 몸에 전기가 흐르는 것처럼 팔다리가 부르르 떨리고 경련이 일어난다. 차츰 그 움직임이 느려지더니 의자 위에 고꾸라진다.

마침내 두 여인은 멈춰 선다. 그들이 자리를 떠날 때 망치와 단검에서 피가 뚝뚝 떨어진다. 돌아서는 두 사람은 마치 시체 같다. 머리와 옷에서 땀과 피가 뚝뚝 떨어지고, 얼굴은 붉고 딱딱하게 굳어 있다. 오직 더 큰 분노와 증오로 이글거리는 눈빛만이 살아 있는 것처럼 보인다.

여인들이 말없이 지나가자 군중은 길을 비켜준다. 처형이 집행되는 동안 군중은 환호를 보내지 않는다. 가축을 도살하는 광경을 지켜보듯 아무 감정 없이 묵묵히 지켜보기만 한다. 여인들이 가고 나자 군중이 다시 웅성거린다.

"그 피가 얼마나 진하고 시커맸는지 봤어? 악마의 피 색깔이야!"

"우리 식구들은 굶어 죽어갈 때 우리가 키운 식량을 자기들끼리만 먹어대서 그렇게 피가 진한 거야!"

"피가 시커먼 건 사람이 아니어서 그런 거야. 인간은 그렇게 피가 검지 않다고!"

"더 천천히 죽였으면 좋았을 텐데."

군중은 하나둘씩 집으로 돌아가지만, 나는 시체를 마냥 뚫어지게 바라본다. 머릿속에서는 엄마 아빠와 언니가 살해당하는 영상이 계속 떠오른다. 우리 가족은 어떻게 죽었을까 생각하니 가슴이 찢어지는 것 같다. 나는 재빨리 슬픔을 떨쳐버린다. 고꾸라진 시체를 보니 엄마 품에 안겨 있던 피시 언니가 떠오른다. 피시 언니의 머리에서도 그렇게 피가 흘렀다. 그 포로를 죽여도 어차피 죽은 사람은 살아 돌아오지 못한다.

군중은 다 떠나고 아이들 열 명만 남아서 시체를 어떻게 처리하는지 구경하려고 기다리고 있다. 결국 세 남자가 시체로 다가가 다리와 손에서 밧줄을 푼다. 가슴을 묶었던 밧줄을 풀자 시체가 의자에서 굴러떨어진다. 한 남자가 시체의 가슴을 밧줄로 세 번 단단히 감는다. 그런 다음 셋이서 밧줄 끝을 잡고 흙길에 핏자국을 남기며 시체를 질질 끌고 간다.

나는 아이들과 함께 그들을 따라간다. 어른들은 시체를 우물로 끌고 가서 그 앞에 멈춰 선다. 우물은 높이가 60센티미터, 지름이 1미터 20센티미터쯤 되는 둥근 콘크리트 벽으로 되어 있다. 한때는 하얬을 콘크리트 벽은 곰팡이가 피어 잿빛이 되고, 그 주위에 자란 짧은 풀들은 갈색으로 쪼글쪼글 말라 있다.

어른들이 우리를 돌아보며 버럭 소리친다.

"너희들은 뭐 하러 따라왔어? 얼른 집에 가! 너희가 볼 건 아무것도 없다!"

나는 그 말을 믿지 않고 다른 아이들과 함께 꿋꿋이 서 있다. 어른들은 돌아서서 흙투성이 시체를 들어올려 우물에 빠뜨린다. 첨벙 소리와 쿵 소리가 들린다. 그러고 나자 어른들은 저마다 피 묻은 손을 풀로 닦은 다음 흙 한 줌을 집어서 손바닥을 문질러 한 번 더 닦아낸다. 마침내 어른들은 다 같이 그 자리를 떠나고, 아이들과 나는 서로 바라보고만 있다.

우물에서 끔찍한 냄새가 풍겨온다. 나는 코를 감싸쥐고 입을 막은 채 우물로 다가가 들여다본다. 냄새가 얼마나 역한지 눈물이 다 나올 정도다. 어두운 우물 속에 눈이 익숙해지는 데는 시간이 좀 걸린다. 곧 9미터 아래 우물 속에서 물 위에 떠 있는 사람들의 형체가 서서히 눈에 들어온다. 잘 보이지 않는 부분을 상상으로 보충해보니 죽은 자들의 시커먼 얼굴들이 나를 빤히 올려다보는 광경이 그려진다. 팔다리에 소름이 쫙 돋아서 나는 그대로 내빼고 만다.

나는 다른 아이들에게도 소리친다.

"절대 우물에 빠지면 안 돼. 그 냄새는 아무리 씻어도 없어지지 않을 거야!"

크랑트루오프로 돌아가다

1979년 4월

난민수용소에 머무르는 동안 오빠들은 아침마다 물고기를 잡으러 간다. 나는 근처 숲에서 산나물과 버섯을 찾고 초우 언니는 우리 천막을 지킨다. 보통은 오빠들이 날마다 잡아온 물고기의 절반만 먹고 나머지는 소금에 절이거나 굽거나 말려서 비축해둔다. 요즘은 밤마다 배불리 먹고 잔다. 생선과 산나물, 그리고 멩 오빠와 쿠이 오빠가 크메르루주한테서 훔쳐온 쌀을 먹는다. 우리는 운이 좋은 편이다. 대부분의 노인들과 아주 어린 아이들은 난민촌 외곽에서 병들어 누워 있거나 질병과 굶주림으로 죽어간다.

쿠이 오빠와 멩 오빠는 4월 말에 푸르사트시를 떠나기로 한다. 크랑트루오프까지 가는 긴 여행길을 버틸 식량과 물품을 충분히 모았다고 판단한 것이다. 천막은 버리고 솥단지와 냄비, 옷가지와 식량을 전부 챙긴다. 오빠들의 여자 친구 둘도 함께 간다. 친구 한 명은 가족을 찾기 위해 남겠다고 한다. 쿠이 오빠와 멩 오빠는 저마다 7.5킬로그램짜리 쌀자루를 어깨에 둘러메고, 우리는 옷과 담요와 음식 보따리를 들고 간다.

나는 솥단지를 머리에 이고서 푸르사트시를 마지막으로 돌아본다. 산을 바라보며 엄마 아빠, 케아브 언니와 게악을 생각한다. 장대하게 치솟은 산봉우리 위로 큼직한 구름들이 짙은 그림자를 드리우고 있다. 산은 너무도 평범하고 평온해 보인다. 마치 우리가 지난 4년 동안 겪은 지옥이라는 게 아예 존재하지도 않았다는 듯이. 4년 전 1975년 4월 17일, 크메르루주가 프놈펜을 점령했고, 그 결과 우리는 여기 푸르사트시까지 흘러왔다. 저기 산속 어딘가에는 엄마, 아빠, 케아브 언니, 게악이 우리와 함께 고향으로 돌아가지 못하고 여전히 갇혀 있다.

나는 소리친다.

"엄마, 아빠, 케아브 언니, 게악! 내가 모두 집에 데려가줄게요. 작별 인사는 하지 않을 거예요. 절대로 안 할 거예요."

매일같이 우리는 밤에만 쉴 뿐 거의 쉬지 않고 걷는다. 건조한 4월의 태양 아래 우리가 입은 검은 옷은 그 땡볕과 열을 흡수해 피부를 무겁게 짓누른다. 온몸이 쑤시고 발에 물집이 잡혀도 우리는 계속해서 행군한다.

거의 정확히 4년 전에 우리는 프놈펜을 떠나왔다. 그 무렵 뜨거운 햇볕에 울고 칭얼댈 때 아빠가 내 머리를 어루만지며 달래주던 기억이 난다. 아빠 덕분에 근심 걱정 없이 중산층으로 살아온 터라 그때의 나는 그런 뜨거운 열과 햇볕과 딱딱한 흙길에 익숙하지 않았다. 이제 내 몸은 그런 혹독한 환경과 날씨에 익숙해졌지만, 마음은 아직도 잃어버린 가족들의 부재를 도저히 받아들이지 못한다. 우리는 이제 그들을 두고 떠나지만, 그들이 어디에 있든 그 영혼은 우리와 함께 크랑트루오프로 갈 것이다.

어느 날 밤, 우리는 버려진 오두막에서 묵는다. 인적이 드문 곳이라 크메르루주의 공격에 몹시 취약한 상황이다. 그 임시 피란처에는 우리 일행과 우리보다 먼저 도착한 다른 한 가족이 함께 머무른다. 엄마와 아빠와 아기, 이렇게 세 식구다. 아빠는 아픈 상태이고 얼굴과 발이 부었는데, 엄마와 아기도 그렇다. 나는 그 아기 엄마를 본 순간 우리 엄마인 줄 알았다. 엄마랑 무척이나 닮았다! 당장 말을 걸고 품에 안기고 싶지만 순간 옆에 누워 있는 남편이 눈에 들어온다. 아빠와 나이가 비슷해 보이는데, 비슷한 점은 그게 다이다.

그제야 나는 그 여인이 우리 엄마가 아니라는 것을 깨닫는다. 우리 엄마라면 아빠가 아닌 다른 사람과 함께 있지 않을 테니까. 형제들에게 저 사람이 엄마랑 닮지 않았느냐고 물어볼 엄두도 나지 않는다. 형제들을 보니 나처럼 그 여인한테서 눈을 떼지 못하는 사람은 없다. 오빠들과 초우 언니한테는 그 여인이 엄마를 닮은 게 느껴지지 않는 걸까?

그 가족은 오두막 1층에 머물고 우리는 2층으로 간다. 그날 밤 오빠들은 잠들기 전에 크메르루주 부대의 기습공격에 대비해 탈출 경로를 짠답시고 2층에서 뛰어내리는 연습을 한다. 아래쪽에 위험한 물건들을 싹 치우고 여러 방향으로 뛰어내리는 연습을 한다. 그다음에는 압력을 가해도 계단이 무너지지 않는지 시험해보고 계단을 뛰어오르고 내려오는 연습을 한다.

초우 언니와 나는 앞으로 어떻게 될지 걱정하며 앉아 있다. 뛰어내렸다가는 다리가 부러질 것 같았기 때문이다. 이렇게 식구들이 다시 모였는데 또다시 무슨 일이 일어나 뿔뿔이 흩어질까봐 겁이 난다. 습격을 받아 나 혼자 뒤처질까봐 두렵다. 그럴 경우 우리 모두가 살아남지는 못해도, 바라건대 적어도 몇몇은 살아남을 것이다. 아빠도 그러기를 바랄 것이다. 나는 여전히 불안해서 오빠들이 다 잠든 것을 확인한 뒤 2층에서 내려와 스카프를 벗어서 계단 아래 땅바닥에 깔고 잔다.

이튿날 아침 떠나기 전에 나는 오빠들과 언니가 보지 않는 틈을 타서 밥을 조금 덜어 바나나잎에 싼다. 아래층에서는 그 여인이 잠에서 깨어 아기에게 젖을 먹이고 있다. 그 여인에게 말을 걸거나 얼굴을 쳐다볼 용기는 나지 않는다. 대신 밥을 근처에다 놓아두고는 그 여인이 뭐라고 말할 틈도 주지 않고 나와버린다. 간절한 눈으로 오두막을 돌아보며 그 가족은 어떻게 될까 생각해본다. 아픈 남편과 아기 때문에 오늘 떠날 수 있을 것 같지는 않다. 어쩌면 하룻밤 더 묵어야 할지도 모른다.

우리는 날마다 계속 걷고, 길을 떠난 지 며칠이 지났는지조차 가물가물해진다. 낮에는 걷고 밤에만 쉰다. 나는 가는 내내 엄마 아빠, 케아브 언니와 게악을 생각하며 함께 여행한다. 걸으면서 마음속으로 가족들에게 말을 건다. 나는 아빠에게 발에 물집이 잡히고 무릎이 쑤신다고 투덜거린다. 엄마에게는 길가에서 본 예쁜 꽃들의 모습을 세세히 들려준다. 케아브 언니한테는 쿠이 오빠와 멩 오빠, 여자 친구들 사이에 오가는 시시덕거림을 전해준다. 그리고 게악. 게악에게 해줄 이야깃거리를 찾는 게 가장 어렵다. 게악한테는 아무 말도 걸지 못한다.

"이제 크랑트루오프가 코앞이야."

생각에 잠긴 내 귀에 멩 오빠의 말소리가 들어온다.

"외삼촌과 외숙모들이 살아 있으면 곧 만나게 될 거야."

이제 열여드레째 여행 중이고 하루하루 지날수록 식량이 줄어들고 있다.

크랑트루오프까지 두어 시간 남았을 무렵, 오빠들은 자전거나 마차를 탄 사람들에게 크랑트루오프로 가는 길이냐고 물어본다. 그들이 그렇다고 하면 우리 외삼촌들에게 우리가 도착했다는 소식을 전해달라고 부탁한다.

한 시간이 안 돼 자전거를 타고 오는 익숙한 모습이 보인다. 레앙 외삼촌이다! 레앙 외삼촌은 등이 좀 더 굽었을 뿐, 여전히 내가 프놈펜에서 그린 막대 인간을 닮았다. 오빠들이 외삼촌에게 달려가서 서로 부둥켜안고 운다. 레앙 외삼촌은 가방에서 달콤한 떡을 조금 꺼낸다. 달콤한 떡 위에 참깨가 뿌려진 것을 보니 눈이 커다래지고 입에 침이 고인다.

"이건 초우 네 거고, 이건 킴 거다."

나는 수줍게 외삼촌 쪽으로 가서 손을 내민다.

"미안하구나, 꼬맹이야. 딱 우리 식구들 먹을 것밖에 없어. 너한테 줄 건 없단다."

무안하고 창피해서 얼굴이 확 달아오른다. 외삼촌이 나를 알아보지 못하고 내가 구걸하는 거지인 줄 알았던 거다.

멩 오빠가 웃으면서 말한다.

"외삼촌, 로웅이에요."

"오, 그럼 네 것도 있단다."

외삼촌은 깜짝 놀라더니 웃으며 말한다.

초우 언니와 킴 오빠와 나는 서로 딱 붙어서 외삼촌을 꽉 붙들고 자전거 뒷자리에 탄다. 우리는 엄마 없이 엄마의 어린 시절 집으로 돌아가고 있다.

크랑트루오프에서는 모든 사람들이 우리를 보고 반가워한다. 레앙 외삼촌 가족은 전에 우리가 머물렀던 그 집에 계속 살고 있다. 케앙 외숙모는 우리를 보자마자 더러운 검은 옷을 벗기고 새 옷부터 내준다. 나에게는 셔츠와 푸른 하늘색 바지를 입혀준다. 감촉이 부드럽고 깨끗한 옷을 입으니 날아갈 것 같다. 마치 딴사람이 된 것 같다!

외숙모가 뒤뜰에서 우리의 더러운 옷을 알루미늄 대야에 넣고 물을 붓는다. 그러고는 하얀 가루세제를 한 줌 뿌리고 내 옷을 빨기 시작한다. 세제의 효과인지 깨끗하던 물이 잿빛이 되더니 시커멓게 변하는 것을 넋을 잃고 바라본다.

쿠이 오빠와 멩 오빠는 걸어서 두 시간 뒤에 온다. 오빠들이 그동안 있었던 이야기를 들려주었더니 우리가 겪은 일을 듣고 외숙모가 눈물을 훔친다. 외삼촌 내외는 오빠들에게 지금까지 겪은 일 전부를 몇 번이고 반복해서 들려달라고 한다. 레앙 외삼촌네는 혁명 전부터 크랑트루오프에서 쭉 살아왔기 때문에 구인민으로 여겨진다.

오빠들이 전쟁 이야기를 할 때 나는 아무 기억도 나지 않는 척한다. 어른들도 내 경험은 묻지 않는다. 우리 문화에서는 맏이가 대표로 가족의 이야기를 전해주는 게 상례다. 어린아이들한테는 의견이나 감정 또는 개별적으로 어떤 일을 견뎠는지 물어보지 않는다. 나역시 소년병으로 훈련받은 일이나 강간당할 뻔했던 일, 엄마 일로 사흘간 기억을 잃었다는 이야기 따위를 굳이 털어놓지 않는다. 오랜 시간 동안 나는 그 기억들을 붙들고 있을 필요가 있었다. 분노를 일으키는 기억들이었기 때문이다. 분노 때문에 나는 더 강해지고, 쓰러져도 다시 일어났다. 하지만 이제는 마음과 머릿속에 그런 기억들을 품고 있는 것이 견디기 힘들다.

나는 어른들이 이야기를 하면 그 자리를 피하지만, 가끔은 그냥 조용히 앉아 귀 기울이기도 한다. 대화를 들어보니 캄퐁스페우주의 이 크랑트루오프 마을은 푸르사트주보다 몇 주 앞서 요운에 의해 해방되었다고 한다. 게다가 크메르루주 간부들도 지방마다 다르다. 동부 지방의 크메르루주 간부들은 좀 더 온건하고 인간적이다. 노동시간도 대부분 더 짧고, 식량배급도 더 많고, 군인들이 마을 사람들을 마구잡이로 죽이지도 않았다. 레앙 외삼촌과 헤앙 외삼촌 가족은 크랑트루오프에서 계속 함께 살도록 허락받았다. 마을에 새로 이주해온 많은 사람들은 다시 떠나서 두 번 다시 소식이 들리지 않았지만, 외삼촌네 가족은 구인민이라서 무사했다. 우리가 살았던 푸르사트 시의 간부들이 가장 잔인하게 미친 자들이었다.

레앙 외삼촌이 고개를 저으며 말한다.

"너희 엄마가 두 달 만, 딱 두 달만 더 버텼으면 좋았을 텐데."

이 말에 나는 벌떡 일어나 나와버린다. 요운들이 온 뒤로 새로 생긴 시장으로 간다. 화폐제도가 아직 자리 잡지 못해서 쌀이 화폐로 쓰이고 있다. 장을 보려면 사람들은 쌀자루를 가져가서 필요한 물건과 바꾸어야 한다. 쌀은 없었지만 프놈펜을 떠올리며 여기저기 누비고 다닌다. 프놈펜과 달리 이곳 시장은 들판에서 열린다. 8트랙 녹음테이프 재생장치라든가 수입 비닐바지라든가 염색약을 파는 천막도 없고, 달랑거리는 금은 목걸이와 팔찌로 반짝거리는 좌판도 없다. 시장에는 집에서 만든 기다란 나무탁자 위에 말린 생선, 돼지고기, 누런 통닭, 껍질콩, 옥수수, 빨간 토마토, 오렌지색 망고, 잘 익은 구아버*, 파파야와 몇 가지 즉석 조리식품이 놓여 있다. 조금 여유가 있는 사람들은 식품 코너를 지나 서적 코너로 간다. 거기서는 옛 크메르어, 중국어, 프랑스어, 영어 사전과 소설 들을 쌀 몇 킬로그램과 바꿀 수 있다.

여기 사람들은 고향을 떠나지 않아도 돼서 정착해 살고 있기 때문에 시장이 번성하고 있다. 외삼촌네 가족들은 가난해서 작은 땅을

---

* 서양배처럼 생긴 열대 아메리카산 과일.

일구어 먹고산다. 나는 무거운 마음으로 시장을 돌아다니며 온갖 맛있는 음식의 냄새를 들이마신다. 돼지고기 만두를 파는 좌판 앞에서 걸음이 멈춰진다. 돼지고기 만두를 보면 늘 엄마가 생각날 것이다. 엄마가 가장 좋아했던 음식이다.

나는 마음속으로 소리친다.

'두 달만 더 견뎠으면 살 수 있었을 텐데! 왜 두 달을 버티지 못했을까? 엄마가 어리석은 짓을 해서 붙잡혔던 걸까? 일하면서 불평이라도 한 걸까? 게악이 아빠를 찾으며 시끄럽게 울어댔던 걸까? 뭔가 약점을 들킨 게 틀림없어. 왜 그런 걸까?'

나는 만두를 뚫어지게 바라본다. 두 달 더 버티지 못한 엄마를 원망하자 분노가 솟구친다. 8주, 60일, 1400시간만 더 버텼으면 살아남았을 텐데.

몇 주 뒤 외삼촌은 멩 오빠를 결혼시킨다. 신부 이름은 에앙이며 20대 초반이다. 에앙 언니는 프놈펜이 소개될 때 학교에 다니느라 가족과 헤어졌는데, 그들이 어디 있는지, 살아 있는지조차 모른다. 케앙 외숙모는 에앙 언니가 중국인인 데다 아주 영리하고 똑똑하다며 멩 오빠한테 딱 맞는 신붓감이라고 말한다. 멩 오빠가 이제 우리 가족의 가장이므로 오빠가 일하는 동안 우리를 돌봐줄 아내가 필요하다고 한다. 두 사람은 만난 지 일주일 만에 결혼한다. 큰 잔치도 없는 간소한 예식이다. 모든 것이 하루 만에 끝난다. 그렇게 예식이 끝나고 예전과 같은 생활이 계속된다.

멩 오빠, 킴 오빠와 남자 사촌들은 아침마다 레앙 외삼촌과 함께 집 뒤에 있는 작은 밭에서 일한다. 감자와 양파와 리크*와 콩과 토마토를 키운다. 그런데 땅이 메마르고 크메르루주 통치 시기에 버려져 있던 터라 열매가 잘 열리지 않는다. 쿠이 오빠는 가끔 적은 품삯을 받고 무거운 옷, 과일, 쌀 부대를 수레에 실어 새로 생긴 시장으로 나르는 일을 한다. 새언니와 여자 사촌들은 집에서 옥수수와 밀가루로 크레페*, 달콤한 케이크, 쿠키 들을 만들어 내다팔고 쌀을 얻는다.

초우 언니와 어린 사촌들과 나는 시장에서 여자 어른들이 만든 것을 판다. 좌판도 의자도 수레도 탁자도 없다. 파란 옷을 입고 광주리를 안은 채 맨발로 시장을 돌아다니며 목청 높여 물건을 판다. 대부분은 다른 노점상들에게 파는데, 케이크 다섯 개나 쿠키 열 개에 쌀 340그램쯤을 받는다. 잘 차려입은 여인이 시장에 들어오자 나는 그리로 달려간다. 그 여인의 눈길을 사로잡기 위해 활짝 웃으면서 광주리를 가슴께로 들어올린다. 그 여인의 귀에 매달린 붉은 루비 귀걸이를 보니 한순간 숨이 탁 막힌다.

나는 속으로 '엄마' 하고 속삭이며 가까이 다가간다. 그 여인은 비키라고 손을 내저으며 나를 무시하고 그냥 지나간다. 그 순간 웃음은 사라지고 눈시울이 촉촉이 젖어든다.

석 달 내내 우리는 이렇게 살아간다. 그러던 어느 날, 한 여자가 읍내에 와서 새언니를 찾는다. 그 여자는 30대로 보이는 중국인인데

•큰 부추처럼 생긴 채소.
•얇은 팬케이크. 잼을 발라 디저트로 먹거나 그라탱 요리 따위에 쓴다.

베트남에서 새언니를 찾으러 왔다고 한다. 새언니는 그 여자를 보자 얼굴을 찡그리며 울음을 터뜨린다. 언니를 만난 것이다! 둘은 서로 부둥켜안고 한참 동안 꼼짝도 하지 않는다. 말도 못 하고 그저 울기만 한다.

그 언니가 새언니에게 말한다.

"엄마 아빠는 베트남에서 잘 지내셔. 큰언니도. 오빠는 실종됐는데 아무래도 죽은 것 같아. 우린 소개령이 떨어졌을 때 베트남으로 가서 줄곧 거기서 살았어. 우린 네가 죽은 줄만 알았단다!"

이튿날 새언니와 멩 오빠는 베트남으로 떠난다. 캄보디아는 경기가 좋지 않아서 베트남에 가면 일자리가 있지 않을까 싶었던 것이다. 멩 오빠는 새언니와 함께 오든 혼자 오든 며칠 내로 돌아올 거라고 한다.

오빠가 돌아오기를 기다리는 동안은 하루가 천 년 같다. 남자들은 농장에서 일하고 여자들은 시장에서 음식을 팔면서 예전처럼 그렇게 살아간다. 밤이면 초우 언니와 나는 집 밖에 앉아서 하늘이 캄캄해지고 외숙모가 들어와 자라고 할 때까지 큰길을 바라본다.

큰오빠가 떠나고 하루하루가 지날수록 불안감은 더 커져만 가고, 과연 오빠가 다시 돌아올 수 있을까 걱정된다. 내 두려움을 알아차린 킴 오빠는, 멩 오빠가 베트남으로 가는 길은 무척 안전하며 크메르루주 통치 지역을 지나지 않는다고 말해준다. 그래도 걱정스럽다.

다행히 큰오빠는 약속대로 나흘 뒤에 혼자 돌아온다. 우리와 함께 집에 모여 앉은 큰오빠는 흥분해서 베트남과 새언니 가족의 이야기를 들려준다. 무엇보다도 캄보디아를 떠나 미국으로 가는 이야기를 많이 한다.

멩 오빠는 많은 캄보디아인들이 새로운 삶을 찾아서 전쟁을 피해 태국으로 떠나고 있다고 말한다. 크메르루주가 다시 권력을 잡고 한 사람도 안 남을 때까지 계속 살육을 저지르지나 않을까 하는 큰 두려움 때문이다. 그래서 많은 이들이 태국으로 가기 위해 물과 식량도 거의 없이 위험한 지뢰지대와 크메르루주 통치 지역을 건너 북쪽으로 가고 있다고 한다. 가는 길에 지뢰를 밟아 죽거나 크메르루주에게 잡힌 사람도 많다고 한다.

태국으로 안전하게 가려면 베트남을 거치는 방법이 좋다고 한다. 베트남에서는 밀항, 다시 말해 서류 없이 나라를 떠나는 건 불법이다. 만약 우리가 밀항을 계획하거나 밀항하다가 잡히면 베트남 정부는 금을 빼앗고 감옥에 5년 동안 가둘 거라고 한다.

"돈이 많이 들어. 우리 가족이 전부 갈 만한 여유는 없어. 베트남에서 태국 난민수용소까지 데려다주는 작은 배에 타려면 자리 하나에 금 75돈이 필요해. 에앙네 가족이 그런 밀항을 소개해주는 사람을 안대. 있는 돈을 다 끌어모으고 엄마 보석을 팔아도 딱 두 사람만 갈 수 있어."

레앙 외삼촌이 멩 오빠 어깨에 손을 얹고 조용히 말한다.

"아버지가 돌아가셨으니 네가 이 집의 가장이다. 네 인생은 더 이상 혼자만의 것이 아니야. 너는 돌봐야 할 가족이 있다."

"외삼촌, 이게 바로 우리 가족을 위한 거예요. 로웅을 데리고 갈

게요. 로웅은 아직 어려서 학교에 가고 교육도 받고 성공할 수 있어
요."

프놈펜에서 조금 어린 아이들은 프랑스어를 공부했지만, 아빠는
멩 오빠와 쿠이 오빠에게 영어를 가르쳤다. 그 덕분에 멩 오빠는 영
어가 유창하다. 일단 미국에 가면 열심히 일해서 여기 있는 가족에
게 돈을 보낼 계획이다. 또 저축을 하고 집을 마련해서 5년 안에는
나머지 가족을 부를 거라고 한다. 레앙 외삼촌은 여전히 미심쩍어하
지만, 멩 오빠와 나는 주말에 떠나기로 결정된다.

닭이 울 무렵, 온 가족이 집 앞에 나와 우리에게 작별 인사를 한
다. 멩 오빠가 친척들에게 인사하는 동안 나는 초우 언니의 손을 꼭
붙잡고 서 있다. 외숙모들과 사촌들이 나한테 와서 내 머리카락과
팔과 등을 어루만져준다.

멩 오빠는 우리 가방을 자전거 뒤에다 묶고 나를 태운다. 가방을
깔고 앉았더니 어른만큼 높아져서 초우 언니가 내려다본다. 언니
는 나를 올려다보며 입술을 떨고 얼굴을 찡그리며 울고 있다. 우리
는 서로 손을 뻗어 잠시 더 붙들고 있다. 뭐라고 작별 인사를 해야
할지 몰라서 나는 아무 말도 못 한다. 무슨 일이 있어도 울지 않기로
마음먹는다. 다들 언니가 우는 건 당연하게 여기므로 초우 언니야
그런 호사를 누릴 수 있지만 나는 강하니까 울지 않는다. 앞으로도
나는 초우 언니가 어떻게 전쟁에서 살아남았는지 결코 이해하지 못
할 것 같다.

멩 오빠가 자전거에 올라타 천천히 페달을 밟자 초우 언니의 손이

내게서 떨어진다. 다들 눈물을 흘리며 나에게 손을 흔든다. 나는 돌아보지 않는다. 모두들 우리 모습이 보이지 않을 때까지 하염없이 바라보고 서 있으리라는 걸 알지만, 나는 이를 악물고 눈물을 참는다.

멀어져가면서 나는 생각한다.

'5년이야. 5년 안에 다시 만날 수 있을 거야.'

캄보디아에서 베트남으로

1979년 10월

나는 멩 오빠의 자전거 뒤에 앉아 프놈펜으로 돌아온다. 프놈펜의 풍경이 보이고 소리가 들리니 심장이 요란하게 뛴다. 내가 기억하는 프놈펜은 어디에도 없다. 건물들은 불길에 시커멓게 타고, 벽은 총 알구멍으로 벌집이 돼 있다. 거리는 쓰레기로 뒤덮이고 여기저기 동굴처럼 움푹 파여 있다. 자전거와 시클로는 많이 다니지만 트럭은 거의 없다. 넓은 대로를 장식하던, 잎이 무성하고 화사하게 꽃을 피우던 나무들도 사라졌다. 키 큰 갈색 야자수와 코코넛 나무도 메말라서 무너져가는 도시에 그늘이 돼주지 못한다. 야자수에는 열매가 주렁주렁 열렸지만 올라가서 따는 사람은 보이지 않는다. 사람들 말로는 크메르루주가 그 야자수들 옆에 시체를 묻었는데, 거기서 딴 야자나무 수액이 묽은 피처럼 분홍색인 데다 과육에서 인간의 살 맛이 나기 때문이라고 한다.

예전에는 빈민지역에만 임시 천막이 있었는데 지금은 온 도시에 우후죽순처럼 생겨나 있다. 골목길이나 길거리에도, 무너진 건물이나 천막에도 사람들이 살고 있다. 대부분 농부와 농촌 사람들로, 고향땅에는 지뢰들이 묻혀 있어서 일자리를 찾아 도시로 왔거나, 아직도 일부 지역을 통치하는 크메르루주를 피해 프놈펜의 버려진 집에 와서 사는 것이다. 예전 추억이 다시 물밀 듯이 되살아난다.

"큰오빠."

나는 멩 오빠를 큰 소리로 부른다. 중국 문화에서는 어린아이들이 맏이의 이름을 함부로 부르면 안 된다. 부적절하고 버릇없다고 여겨지기 때문이다.

"큰오빠, 우리가 살던 집 좀 보여줄래요?"

"예전 같지가 않아. 사방에 총알구멍이 나서 무너지긴 했지만 한번 가보자."

오빠는 이렇게 대답하며 계속 페달을 밟는다.

전에 오빠가 새언니와 새언니의 언니와 함께 베트남에 갈 때 프놈펜을 지나가면서 잠깐 우리 집을 보러 갔더니 우리 아파트에 누가 살고 있었다고 한다. 크메르루주가 정권을 잡은 1975년 이전에는 사람들의 재산에 대한 서류가 없기 때문에 아무 집이나 먼저 들어가서 살림을 시작한 사람이 자기 것이라 주장할 수 있다. 오빠는 그 집은 이제 우리 집이 아니라고 한다. 그래도 나는 기쁘고 행복한 추억을 간직한 그 집에 가보고 싶다.

우리 집에 대해 더 물어보고 싶지만 오빠는 조용히 자기만의 생각에 잠겨 있다. 도시의 악취와 고약한 쓰레기 냄새가 코를 찔러서 코를 막고 싶은데, 도로에 움푹 팬 구덩이를 피하느라 좌우로 급히 자전거 핸들을 꺾는 멩 오빠를 꽉 붙들어야 해서 그럴 수가 없다.

늦은 오후쯤 항구에 도착했는데도 해가 여전히 뜨겁게 내리쬐고 있다. 멩 오빠는 잠깐 자전거를 세우고 나를 내리게 한 뒤 그 자리에 가만히 있으라고 신신당부를 한다. 그러고는 자전거를 타고 사람들 사이로 사라진다. 노점상들이 지나가는 사람들에게 소리 높여 물건을 팔고 있다. 땡볕 속에서 생선장수의 팔과 얼굴에 붙은 생선비늘이 햇살을 받아 반짝거린다. 줄지어 늘어선 탁자들 위에는 비슷비슷하게 생긴 물고기들이 얼음덩어리 위에서 펄떡인다. 이제 10월, 우기가 끝나고 건기가 시작되는 달이다. 멩 오빠 말로는, 날이 더우면 해수면이 낮아져서 물고기가 더 먼 바다로 이동하기 때문에 잡기가 힘들어진다고 한다. 그래서 여기 나와 있는 생선들은 평소보다 조금 더 비싸다.

잠시 뒤 멩 오빠가 요운 어부와 함께 돌아온다. 그들은 재빨리 나를 작은 배에 태운다. 오빠가 그 어부에게 자전거 값으로 받은 작은 금덩이를 건네주자 배가 출발한다. 요운 보트는 길이가 4.5미터에 너비는 1.5미터 정도밖에 안 되는 것 같다. 낡고 오래된 나무 선체에 작은 엔진이 달려서 천천히 통통거리며 메콩강을 흘러간다. 어디를 보나 땅은 거의 안 보이고 물로 뒤덮여 있다. 초록 풍경이 눈부신 햇살을 받고 은빛 호수로 변신해서 마치 마법의 나라에 온 듯한 느낌이 든다. 길고 까만 카누들은 물 위에서 우아하게 항해하며 악어처럼 나아간다. 메콩강 건너편에는 붉은 황토지대 위에 오렌지색과 금색의 뾰족한 사원 지붕과 탑들이 서 있다.

요운 어부는 작은 생선 무더기 옆에 앉아 배를 몰고 있다. 나는 배 중간에 앉아 있는데, 바람에 머리카락이 사방으로 날려 얼굴을 때리고 열기를 식혀준다. 우리는 요운 보트를 타고 요운 어부와 함께 캄보디아를 떠나 베트남으로 가고 있다. 멩 오빠는 우리의 옛집을 보여준다고 해놓고는 깜박 잊어버렸다. 한순간 멧 봉이 낫으로 어부의 목을 찌르는 광경이 눈앞에 휙 나타난다. 나는 그 영상을 떨쳐내려 머리를 흔든다. 나는 이 모든 것들을 뒤로하고 떠나고 있는 것이다.

많은 시간이 지난 뒤 베트남이 가까워지자 어부가 서툰 크메르어로 우리에게 고개를 숙이고 바닥에 엎드리라고 한다. 파란색 비닐 시트를 펼쳐서 우리를 덮어주고, 머리를 내밀 수 있는 작은 구멍만 남겨두고 물고기를 쌓아놓고는 다시 엎드려 있으라는 신호를 보낸다. 이렇게 생선으로 뒤덮인 비닐 시트 밑에 엎드려서 우리는 베트남으로 가고 있다. 나는 생선 비린내에 질식하지 않기 위해 숨을 쉬려고 애쓴다.

초우항에 가까이 가자 어부는 시트를 벗기고 우리에게 신선한 바다 공기를 들이마시게 해준다. 일단 부두에 들어서자 멩 오빠는 버스 터미널을 발견하고 지난번 여행에서 모아둔 베트남 돈으로 요금을 낸다. 이제 사이공*으로 가는 것이다!

----

*지금의 베트남 호치민시.

버스 창문으로 내다본 사이공은 활기차고 번창한 도시다. 거리마다 고깔 모양의 밀짚모자를 쓴 사람들로 북적거린다. 여자들은 빨간 립스틱을 바르고, 몸에 딱 맞고 양쪽으로 트임이 있는 다채로운 색깔의 긴 원피스와 치마바지를 입고 있다. 사람들은 거리에서 다른 이들과 거리낌없이 이야기하고, 입도 가리지 않고 소리 내어 웃는다. 눈을 피하거나 이쪽저쪽으로 힐끔거리지도 않는다. 어깨가 축 처져 있거나 팔을 옆구리에 딱 붙이지도 않는다. 크메르루주가 통치하기 전의 캄보디아에서 우리가 그랬듯이, 두려움 없이 태평하게 큰 걸음으로 성큼성큼 걷고 있다.

구역마다 꽃무늬 줄이 달린 손목시계, 베트남 노래가 흘러나오는 까만 라디오, 행복한 어린아이들에게 이야기하는 손가락 인형이 나오는 텔레비전, 머리 없는 마네킹에 입혀진 붉은색 전통의상 따위를 진열해놓은 가게들이 있다. 거리는 프놈펜보다 훨씬 많은 자전거와 오토바이와 소형 승용차들로 붐빈다. 음식 좌판과 수레는 캄보디아보다 더 크고 깨끗하고 화사한 색깔로 칠해져 있다.

프놈펜 사람들은 골목이나 옆길에 앉아 국수장국을 홀짝이고, 상추에 싼 바삭한 스프링롤이나 에그롤을 먹는다. 언젠가 프놈펜도 사이공처럼 행복하고 부유해지면 좋겠다.

우리는 사이공에서 새언니의 부모님과 함께 작은 방 한 칸짜리 아파트에서 두 달간 지낸다. 멩 오빠와 새언니와 나는 다락에서 잔다. 새언니의 언니들은 도시에 있는 자기 집에서 산다. 직업이 없는 멩 오빠와 나는 새언니 가족의 호의에 기대어 살아간다. 새언니와 그 부모님은 프놈펜의 베트남 지역사회에서 살았기 때문에 베트남어를 잘한다. 이제 그들은 고립되지 않고 사람도 만나고 쇼핑도 갈 수 있다. 새언니 가족은 우리에게 무척 잘해준다. 멩 오빠하고 나와 달리 그들은 식사하거나 특히 술을 마실 때 큰 소리로 웃고 떠든다. 멩 오빠와 나는 베트남어를 못해서 사람들을 지켜보며 말을 배우려 애쓴다.

일주일이 지나자 새언니가 나에게 파마하러 미용실에 가자고 한다. 크랑트루오프에서 케앙 외숙모가 머리를 잘라준 지 벌써 몇 달이 지난 참이다. 새언니와 함께 시클로를 타고 이리저리 자동차를 헤치고 나가는 운전사를 따라 도시를 누빈다. 나는 소리 내어 웃으며 네온 간판과 극장 간판을 새언니에게 가리켜 보이고, 몇 년 만에 미용실에서 머리를 자른다는 기대감에 키득거린다.

드디어 시클로가 미용실 앞에 멈춘다. 새언니가 요금을 치르는 동안 나는 아름다운 여자들과 남자들이 나오는 포스터 크기의 사진들을 뚫어지게 바라본다. 그들은 저마다 갈색 곱슬머리와 칠흑같이 까만 생머리, 곱슬거리는 짧은 머리, 땋은 머리를 돌돌 말아 높이 올려붙인 머리를 하고 있다. 라디오에서 베트남 음악이 끊임없이 흘러나오는 가운데 미용사들이 손님들의 머리를 싹둑싹둑 자르고 있다.

미용사가 나를 의자에 앉히고 내 머리에 작은 롤러들을 감는다. 그런 다음 아주 시큼한 냄새가 나는 로션을 머리에 붓는다. 20분 뒤 롤러를 풀자, 내 머리는 예전의 생머리가 아니라 온통 곱슬머리가 된다. 거울 속의 나를 뚫어지게 바라보다가 깔깔 웃는다. 나는 곱슬머리를 잡아당겨보며 아주 예쁘다고 생각한다. 그날 밤 나는 곱슬머리가 풀어질까봐 엎드려 자면서 케아브 언니 꿈을 꾼다.

저녁에 멩 오빠의 무릎에 앉아 근처 가게에서 산 영어책에 나오는 미국 이야기를 듣는다. 오빠는 눈이 내리면 온 땅이 하얗고 포근한 담요를 덮은 것 같다는 얘기도 해준다. 눈이 뭔지 상상이 가지 않는다. 지금까지 본 얼음은 딱 두 종류로, 고기를 시원하게 보관할 때 쓰는 각얼음이나 얼음과자를 만들 때 쓰는 얼음가루뿐이다. 오빠는 눈이 얼음과자를 만들 때 쓰는 얼음가루와 비슷하지만 더 부드럽다고 설명해준다. 나는 얼음과자를 만들어 미국 어린이들에게 팔아서 부자가 되는 상상을 해본다. 그러면 집에 돈을 보내는 데 보탬이 될 것 같다.

멩 오빠는 또 이제는 요운이 아니라 베트남이라고 제대로 불러야 한다고 일러준다. 요운은 베트남을 낮잡아 부르는 말이고, 우리는 지금 베트남에 살고 있기 때문에 그런 단어를 써서는 안 된다고 말이다.

사이공에 머무르는 동안 멩오빠는 새언니가 만들어주는 스프링롤과 수프 덕분에 날이 갈수록 얼굴에 살이 붙는다. 나도 아직은 배가 엉덩이보다 더 불룩하긴 하지만, 다른 곳은 점점 살이 올라 옷이 덜 헐렁해진다.

우리는 12월에 롱데앙으로 가서 메콩 삼각주 아래쪽에 있는 새언니의 언니 가족과 함께 선상가옥에서 살 거라고 한다. 항구에 도착하자 새언니의 언니가 작은 배에 우리를 태우고 새로운 집으로 데려간다. 물 위에 수백 채의 집배가 빼곡히 정박해 있는 도시가 나타난다. 어떤 집배는 길이가 16미터에 이층이고, 나무 벽이 튼튼하고 지붕도 화사하게 페인트칠을 했다. 문에 알록달록한 구슬발까지 드리워놓았다. 다른 집배들은 물 위에 떠 있는 임시 천막이나 작은 오두막처럼 보인다.

갑판 위에서는 여인들이 화덕에 요리를 하며 이웃 사람들과 큰 소리로 수다를 떨고 있다. 배들이 부드럽게 앞뒤로 흔들리는 가운데 꼬맹이들은 갑판에 걸터앉아 물속에서 발장구를 치고 있다. 작은 여자아이가 깔깔거리면서, 뱃전 근처 물속에서 발장구를 치고 있는 자매들 얼굴에 물을 끼얹는다.

초우 언니를 만나려면 5년은 더 기다려야 한다는 생각을 하며 나는 그 여자아이들을 부러운 눈으로 바라본다. 목적지가 가까워지면서 작은 배의 속도가 점점 느려진다. 우리가 살 집배는 길이가 6미터에 너비가 3미터인데, 두 채가 나란히 정박해 있다. 나무 벽과 지붕이 비와 햇빛에 낡고 바랜 것 빼고는 괜찮다.

새언니의 언니와 다섯 아들은 선상가옥 하나에서 살고 있다. 맹오빠와 새언니와 나는 밀항 작전에 함께할 베트남 남자와 다른 선상가옥에서 살 예정이다. 그 베트남 남자의 임무는 우리를 안전하게 지켜주는 것이다. 우리의 대표로서 그 사람은 이웃들이 우리의 배경에 대해서, 왜 여기 사는지, 예전에는 어디서 살았는지 따위를 물어볼 때마다 우리 대신 대답해준다. 20대 초반의 그는 친절해 보이지만 나는 아직 쉽게 믿음이 가지 않는다.

집배들이 이리저리 옮겨다니는 건 드문 일이 아니기 때문에 여기에 사는 동안은 다른 사람들과 잠깐 어울려도 된다. 우리가 어느 날 밤 사라져서 태국으로 가더라도 그 사람들은 별로 의심하지 않을 것이기 때문이다. 갑판에 앉아 있는 동안 우리는 크메르어나 중국어가 아닌 베트남어로만 말할 수 있다. 또 가족이 아닌 누구와도 친구로 사귀거나 유대관계를 맺을 수 없다.

할 일 없이 하루하루 지나는 동안 나는 종이접기를 하고 베트남 말을 배운다. 작은 갑판에서 사내아이들과 종이연을 만들어 바람에 날리기도 한다. 날이 더워지면 입으로 물이 들어가지 않게 조심하면서 탁한 물에 뛰어들기도 한다. 누런 물속에서 헤엄치다보면 떠내려오는 죽은 동물이나 쓰레기나 배설물을 피해야 할 때도 종종 있다.

석 달 동안 우리는 같은 곳에 배를 정박해놓은 채 느리고 평탄한 삶을 이어간다. 그러다가 1980년 2월, 또 다른 베트남 사람이 우리 배에 합류한다.

어느 날 밤, 베트남 선원들이 우리에게 안으로 들어가라고 지시한다. 어둠 속에서 초조하게 앉아 있는 동안 집배는 천천히 떠나간다. 갑자기 큰 목소리들이 우리를 부르며 멈추라고 한다. 가슴이 철렁 내려앉는다.

우리 쪽 대표가 말한다.

"그냥 낚싯배입니다."

그 목소리가 고집한다.

"어떤 물고기를 잡았는지 보고 싶소."

얼마간 입씨름을 한 끝에 우리 쪽 대표는 불청객에게 금시계를 뇌물로 쥐여주고 쫓아보낸다. 그리고 다시 조용해진다. 우리 배는 꾸준히 나아가고 나는 잠이 든다.

다시 일어났을 때는 배가 큰 바다 한가운데에 떠 있는 것으로 미루어 몇 시간이나 지난 게 틀림없다. 사방으로 끝없이 바다가 펼쳐져 있다. 이내 많은 손들이 나를 들어올리더니 우리 옆에 있는 더 큰 배의 뱃전에 걸린 밧줄 사다리로 이끌어준다. 나는 재빨리 밧줄을 타고 올라 큰 배로 옮겨탄다. 9미터짜리 배의 갑판에서는 선원 일곱 명이 바쁘게 사람들을 배로 끌어올려 갑판 밑으로 밀어넣느라 분주하다.

오전 내내 수많은 작은 배들이 승객들을 태워와서 늦은 오후에는 이 배의 승객이 98명에 달한다. 우리 배에 탄 사람들은 저마다 탈출하는 대가로 순금 4돈에서 8돈을 치르고, 자유로운 세계로 가기 위해 갑판 아래 웅크리고 있다.

사흘 낮과 이틀 밤 동안 우리는 나무 관에 탄 것처럼 파도에 몸을 싣고 이리저리 흔들리며 태국 바다에 떠 있다. 갑판으로 향하는 작은 문 옆에 선원 하나가 앉아서 사람들에게 얌전히 있으라고 주의를 준다.

"바닥 쪽이 무거워야 해요. 안 그러면 배가 뒤집힐 거요."

갑판 밑에서 운 좋은 이들은 벽에 기대앉았지만, 그렇지 못한 사람들은 무릎 사이에 머리를 처박은 채 웅크리고 앉아 있다. 곳곳에서 퀴퀴한 땀 냄새와 토사물 냄새가 풍긴다. 주위 사람들이 구역질을 하는 동안 나는 멩 오빠와 새언니 사이에 끼어서 숨을 참는다.

곧 날이 어두워지고, 갑판 구멍으로 즐겁게 반짝이는 별들이 언뜻 보인다. 나는 그 구멍으로 기어가서 달빛을 받으며 서 있다.

나는 보초에게 작은 소리로 묻는다.

"올라가도 될까요?"

보초가 나를 뚫어지게 내려다보더니 고개를 끄덕인다. 나는 천천히 계단을 올라가 보초 옆에 앉는다. 산들바람이 시원하게 몸을 식혀준다. 보초는 나를 보고 웃으며 하늘을 가리킨다. 하늘이 너무나 아름답다. 끝없이 펼쳐진 검은 하늘에 무수히 많은 별들이 밝게 빛나고 있다. 숨이 막힐 정도로 아름다운 광경을 보고 있으니, 그대로 시간이 멈추어서 영원히 이 환상의 나라에 살 수 있었으면 싶다. 어디를 둘러보아도 하늘은 천국과 지상의 뚜렷한 경계를 만들어내면서 바다에 닿아 있다. 저 하늘 속 천국에서 아빠와 엄마, 케아브 언니, 게악이 나를 내려다보고 있었으면 싶다.

아침에 선원들의 고함소리에 잠이 깬다.

"상어다! 상어들이 배에 부딪혀 구멍이라도 생기면 우린 모조리 죽는다!"

뱃전으로 가보니 내 덩치만 한 은빛 상어 떼가 곧장 우리 쪽으로 헤엄쳐오는 모습이 얼핏 보인다. 상어들은 마지막 순간에 아래로 쑥 들어간다. 나는 상어 떼를 쫓아달라고 조용히 아빠에게 기도한다. 조금 뒤 상어들은 지겨워졌는지 더는 따라오지 않는다.

다시 안전해지자 선원들이 사람들에게 신선한 공기를 마시러 갑판으로 올라오라고 한다. 몇 분씩 번갈아 사람들을 올라오게 해서 모두들 바람을 쐰다. 그 선원이 나를 예뻐해서 나는 갑판에 온종일 있어도 된다.

이튿날에는 하늘이 온통 성난 먹구름으로 뒤덮인다. 비와 천둥이 몰아쳐서 거대한 파도가 우리 배를 삼킬 듯이 위협한다. 선장은 선원들만 남기고 죄다 갑판 아래로 내려보낸 뒤 문을 꼭 닫는다. 승객들은 한데 모여 몸을 웅크리고 기도한다. 하지만 바다는 점점 더 거칠어지고, 배가 시계추처럼 흔들릴 때마다 파도가 뱃전을 거칠게 때려댄다. 사람들은 곧 죽을까봐 두려움에 떨며 요란하게 신음하고 토악질을 한다. 어둠 속에서 울부짖는 소리가 메아리치는 바람에 귀가 먹먹할 정도다. 나는 벽에 기댄 채 그 소리를 듣지 않으려고 집게손가락을 귓속에 깊숙이 밀어넣는다. 귀를 꽉 틀어막으니 내 숨이 들락날락하는 나직한 윙윙 소리만 들린다.

꽤 많은 시간이 지난 것 같다. 격렬하게 요동치던 배가 차츰 잠잠해지고 다시 모든 게 조용해진다. 폭풍이 지나가자 그 선원은 뚜껑을 열어 선실 안에 신선한 공기를 넣어준다. 나는 누가 말릴 새도 없이 아픈 사람들을 밟고 갑판으로 올라간다. 구름이 갈라지고 그 뒤에서 해가 나타나 우리에게 눈부신 햇살을 비춘다. 갑판이 축축해서 바지가 젖어드는데도 나는 앉아서 신선한 바다 공기를 한껏 들이마신다.

선원들이 식량으로 주먹밥 두 개와 물 한 컵을 나눠주는 동안 나는 바다 한복판에서 해가 지는 광경을 지켜보며 앉아 있다. 맑고 푸른 하늘을 배경으로 신들이 오렌지색과 붉은색, 황금색 물감으로 그림을 그린다. 그 화려한 노을은 장엄하게 빛나다가 해와 함께 바닷속으로 사라진다. 그렇게 아름다운 광경이 왜 고통과 슬픔을 안겨주는지 이해하지 못한 채 나는 눈을 꼭 감는다.

사흘째 되는 날, 선장은 멀리서 또 다른 배를 발견한다. 항해 경험이 많은 사람이라 해적선임을 금방 알아본다. 해적은 귀중품을 훔치고, 사람들을 죽이고, 여자들을 강간하고 납치한다고 한다. 보트피플˚의 경로를 훤히 알고 있는 해적이 귀중품을 노리고 온 것이다. 한편 우리는 해적을 만날 걸 대비해 우리만의 대책을 마련해놓았다. 새언니의 언니는 사탕을 만들어 그 안에 금을 조금씩 숨겼다. 어떤 가족은 브래지어 안쪽이나 바지 허리춤, 소매 속, 단추 뒤 또는 속옷에 금과 보석을 넣고 꿰맸다. 어떤 사람은 이에다 금을 씌우고, 어떤 사람은 나중에 토하거나 설사를 해서 다시 찾을 셈으로 다이아몬드나 보석을 삼키기도 했다.

선장이 배의 속도를 높여 해적선을 따돌리려 하지만 소용이 없다. 해적선은 우리 배보다 훨씬 크고 빨라서 우리를 금방 따라잡는다. 한편 겁에 질린 여자들은 얼굴과 몸에 숯검정을 발라서 못생겨 보이게 하느라 여념이 없다. 젊고 예쁜 처녀들은 얼굴이 흙빛이 되어, 사람들이 봉지에 게워낸 토사물을 한 줌씩 꺼내 머리와 옷에 치덕치덕 바른다. 새언니를 따라 나도 얼굴과 몸에 숯검정을 바른다. 해적선

˚선박을 이용하여 해로로 탈출하는 난민.

이 점점 더 가까이 오자 선장은 선원들만 빼고 사람들을 모두 갑판 아래로 내려보낸다.

멩 오빠와 새언니 사이에 웅크리고 앉은 나는 두려움과 악취 때문에 속이 뒤집히는 것 같다. 어떻게 될지 모르는 데다 해적도 예전에 책에서 그림으로 본 게 전부다. 해골과 뼈다귀가 그려진 흉측한 깃발을 휘날리며 칼로 사람들의 목을 베고 단검으로 심장을 도려내는 장면들이 조금씩 떠오른다. 우리 배가 천천히 멈추고 갑판 위에서 묵직한 발소리가 나자 가슴이 철렁 내려앉는다. 잠시 뒤 갑판 문이 벌컥 열린다.

"나오세요. 이제 괜찮아요. 이 사람들은 친절한 태국 어부들이에요."

선장이 우리 모두에게 외친다.

선장의 목소리가 목이 베인 사람의 목소리 같지는 않다. 그래도 사람들은 나가지 않고 갑판 뒤에 숨어 있다.

"우리를 도우려는 것뿐이에요. 자기네 배에 와서 음식도 먹고 잠시 몸도 풀라고 초대했어요."

선장은 그렇게 해도 나쁠 게 없다고 우리를 설득한다. 나는 안도의 한숨을 내쉬며 멩 오빠, 새언니와 함께 나간다. 놀랍게도 해적들은 전혀 무섭게 생기지 않았다. 칼도 없고 안대도 하지 않았으며 배어디에도 해골 깃발은 걸려 있지 않다. 피부가 검고 얼굴도 우리 캄보디아 사람들과 무척 닮았다.

그 배는 우리 배보다 열 배는 더 커서 98명 모두가 충분히 몸을 풀고 산책도 할 수 있을 것 같다. 그들은 약속대로 우리에게 쌀과 소금에 절인 생선을 주고 물도 실컷 마시게 해준다. 나는 돌아다니다가 화장실을 발견한다. 프놈펜에 살 때 쓰던 것처럼 물을 내릴 수 있고 앉아서 볼일을 볼 수 있는 진짜 화장실이다. 집배에 살 때는 배 가장자리에 광주리를 걸쳐놓고 쪼그리고 앉아서 바다에 빠지지 않도록 장대를 붙든 채 볼일을 봐야 했다.

긴장이 조금 풀릴 즈음, 선장이 우리 배로 돌아가야 한다고 알린다. 하지만 다시 배에 타기 전에 우리는 한 줄로 서서 새로운 친구들을 '만나야' 했다. 어디서 해적들이 불쑥 나타나 우리를 에워싼 것 같다. 수가 늘어서 이제 더 많아졌다. 새언니가 재빨리 나에게 작은 성냥갑을 건네준다. 그 안에는 옥에 금테를 둘러 만든 부처님 펜던트가 들어 있다. 아빠 거였다.

해적이 다가오자 나는 덜덜 떤다. 그가 허리를 구부려서 그의 눈이 내 눈과 마주친다. 그가 내 눈을 들여다보자 목이 콱 멘다. 그가 원하는 것이 내 주머니에 들어 있다.

"나한테 줄 거 없니?"

해적은 웃으면서 서툰 크메르어로 묻는다. 나는 감히 얼굴을 쳐다보지 못하고 시선을 떨군 채 천천히 고개를 젓는다. 심장이 어찌나 세게 두근거리는지 옷 밖으로 터져나올 것만 같다. 해적은 내 말을 믿지 않고 내 주머니에 손을 넣어 성냥갑을 꺼낸다. 성냥갑을 흔들자 안에서 부처님 펜던트가 달그락거린다. 그는 성냥갑을 열고 부처님 펜던트를 꺼낸다.

"내가 가져도 될까?"

나는 고분고분 고개를 끄덕인다.

"배로 돌아가도 좋아."

해적은 아빠의 부처님을 자기 주머니에 넣는다. 나는 눈물을 꾹 참으며 우리 배 쪽으로 걸어간다.

해적들이 갑판 위에서 배에 탄 모든 사람들의 몸을 수색하는 동안, 다른 해적들은 우리의 작은 배를 뒤져서 옷보따리 속에 숨긴 다이아 몬드 반지며 사파이어 목걸이며 금덩이를 가져간다. 사람들은 순순 히 귀중품을 내놓는다. 우리 가족은 내놓을 금이 없다. 멩 오빠가 태 국 해적들과 마주칠 것을 예상하고 엄마의 패물을 캄보디아에 있는 쿠이 오빠한테 모두 맡겨두고 왔던 것이다. 나에게 가장 소중한 것을 빼앗겼는데도 선장은 우리더러 운이 좋은 줄 알라고 한다.

모두 배로 돌아오자 해적들은 태국 난민촌으로 가는 길을 가르쳐 준다. 우리 선장은 정중하게 고맙다고 인사하는데, 화가 나거나 억 울한 기색은 전혀 없는 것 같다. 해적들도 우리에게 행운을 빈다면 서 잘 가라고 손을 흔든다.

"육지다! 육지다!"

긴 시간이 흐른 뒤 누가 소리친다. 나는 벌떡 일어난다. 사흘 동안 바다에서 지낸 끝에 마침내 눈부시게 아름다운 광경이 눈앞에 펼쳐 진 것이다. 초록 나무와 풀이 자라는 진짜 땅. 태국으로 가다가 길을 잃고 필리핀이나 싱가포르로 가던 난민들은 해경에 구출되기 전에 굶어죽는 일이 많다고 한다.

선장이 확신에 차서 말한다.

"그냥 육지가 아니라 람싱 난민촌이오."

한 무리의 사람들이 항구에 모여서 친척이나 친구들을 기다리고 있다. 모두 한꺼번에 갑판으로 몰려나와서 배가 흔들리고 한쪽으로 기운다. 배에 탄 승객들은 웃으면서 손을 흔들고 친구나 가족의 이름을 소리쳐 부른다. 선장은 다들 진정하라고, 그러지 않으면 배가 뒤집힌다고 고래고래 소리치지만, 나 또한 그의 말은 귓등으로 흘려 듣는다.

나는 날갯짓하듯 팔을 퍼덕이며 외친다.

"드디어 해냈어!"

람싱 난민촌

1980년 2월

수많은 난민들에 둘러싸인 채 우리는 신고를 하기 위해 부두에 한 줄로 서서 기다린다. 내 주위에서는 새롭게 도착한 보트피플들이 친구들, 가족들과 신나게 이야기하고 베트남에 있는 친척들 소식을 전해준다. 그들은 다시 만나서 행복해한다.

'5년이야.'

나는 마음속으로 되뇐다.

몇 시간이나 걸린 끝에 신고 테이블에 가서 담당자들에게 모든 필요한 정보를 준다. 멩 오빠가 말하고 질문에 대답하는 동안 나는 얼굴에 묻은 숯검정과 엉키고 떡이 된 머리카락, 각질이 일어난 피부가 신경 쓰인다.

난민 담당자들은 멩 오빠에게 많은 서류를 작성하게 한 뒤 우리를 난민촌 교회로 보낸다. 거기에서 깨끗한 옷과 이불, 음식을 받는다.

친구나 가족 없이 새로 온 난민들은 태국의 첫 밤을 나무로 지은 텅 빈 교회에서 지낸다.

그날 밤 우리 가족과 새언니의 언니와 또 다른 친구는 브래지어와 허리춤, 치맛단과 바짓단에서 금덩이를 꺼낸다. 금을 모아서 다음 주에 미국으로 떠나는 다른 난민에게서 대나무로 지은 오두막을 구입한다. 얼마 남지 않은 돈으로는 솥단지와 냄비, 밥그릇 몇 개, 사발을 사고 오래 머무를 준비를 한다. 난민 담당자들이 후원자를 찾으려면 오래 걸릴 수 있다고 했기 때문이다.

우리가 미국에서 새 보금자리를 찾아 정착할 수 있도록 도와줄 후원자는 개인일 수도 있고 단체일 수도 있고, 어떤 조직이나 교회일 수도 있다고 한다. 후원자들은 우리가 살 곳과 영어를 가르쳐줄 학교를 찾아주고 미국 생활에 적응할 수 있게 도와줄 것이다. 우리의 후원자는 또한 식료품점에서 물건을 사는 법, 의사나 치과의사를 찾아가는 법, 옷을 사고 은행에 가고 운전을 하고 일자리 찾는 법을 가르쳐준다고 한다.

난민들은 후원자가 나타나기를 기다리는 동안 결혼을 하고 아이를 낳는 경우도 있는데, 그렇게 되면 그때마다 서류를 새로 작성해야 하기 때문에 체류 기간이 더 길어질 수도 있다고 경고한다. 기다리는 것 말고는 미국에 빨리 갈 수 있는 방법이 없다는 것이다. 멩 오빠가 말하기를 람싱 난민촌의 난민 수는 3, 4천 명 정도라서 그리 오래 기다리지 않아도 될 거라고 한다. 1만 명도 넘는 난민들이 사는 난민촌도 있는데, 그런 데서는 훨씬 오래 기다려야 한다.

아침마다 쌀과 생선과 신선한 물을 실은 트럭들이 빵빵거리며 람 싱 난민촌에 줄지어 들어온다. 그러면 난민촌 관리들은 소금, 물, 쌀, 생선, 그리고 가끔은 닭고기를 배급해준다. 비누, 샴푸, 세제, 옷 같 은 필수품은 스스로 구해야 한다. 식량배급이 줄어들면 난민촌 언저 리에 있는 태국 시장에서 사야 한다. 난민촌에서는 식량과 물을 배 급받으려고 줄을 서는 일이 일상이다.

어느 날 보니까 길게 줄지어 선 사람들이 바다 쪽으로 가고 있다. 2월의 뜨거운 태양이 내리쬐어 코 밑에 구슬땀이 송글송글 맺혀 있 다. 나는 나무 그늘에 앉아서 한 사람씩 물속에 들어가 '신부'를 만 나는 모습을 지켜보며 깔깔거린다. 나는 그 신부님이라는 존재가 신 기해 뚫어지게 바라보면서, 이 뙤약볕 속에서 어떻게 그토록 피부가 흴 수 있는지 궁금해한다.

신부님은 하늘처럼 푸른 눈에 코는 길고 머리카락은 갈색 곱슬머 리다. 자기 앞에 서 있는 남자들과 여자들보다 덩치가 크고 키도 훌 쩍 크다. 신부님은 한 손으로 천천히 십자가를 그으면서 다른 한 손 으로는 상대의 머리를 살며시 물속으로 집어넣는다. 그 무리 속에 멩 오빠가 물을 뚝뚝 흘리며 서 있는 것을 보고 나는 눈이 휘둥그레 진다.

"큰오빠!"

나는 달려가며 소리친다.

"큰오빠도 신부님이 물속에 넣어줬어요?"

"응, 나를 기독교인으로 만들어주셨어."

멩 오빠가 친구들과 함께 빙그레 웃는다.

"왜요? 우린 불교 신자 아닌가요?"

"그렇지. 하지만 기독교인이 되면 후원자를 얻기가 쉬워져. 교회들이 많이 후원하거든. 기독교인들은 서로 돕기를 좋아한대."

나는 이해가 안 되지만 멩 오빠는 벌써 돌아서서 가고 있다.

하루하루 지나도 할 일이 없어 나는 사촌들과 함께 바닷가로 가서 반바지와 티셔츠 차림으로 물속에 뛰어들어 시원하게 수영을 한다. 물속에서 언뜻 빨간 뭔가가 보여 돌아본 순간 나는 믿기지 않아 기겁을 한다. 젊은 여인이 손바닥만 한 새빨간 수영복 하나만 걸친 채 물속으로 들어오고 있지 않은가! 신축성 있는 그 수영복은 몸에 딱 달라붙어서 누구나 그 풍만한 몸매를 볼 수 있다. 수영복은 바짓가랑이도 없고 치마도 달리지 않아 하얀 허벅지가 훤히 드러난다. 윗도리는 브이 자로 파여서 가슴골이 훤히 드러나는 탓에 바다로 뛰어들 때 출렁거리는 게 보인다.

그 여자는 모든 사람들이 늘 수군거리는 '그런' 베트남 여성 가운데 하나다. 크메르인이나 중국 여자라면 그런 옷을 입지 않는다. 크메르 여자들은 수영할 때도 긴 사롱으로 가슴을 단단히 감싸거나 옷을 다 갖춰 입는다.

몇 주 뒤 한밤중에 요란한 비명소리가 들려 잠이 깬다. 이웃 오두막에서 성난 고함소리가 흘러나온다. 한 시간쯤 뒤 다시 조용해지자 나는 도로 잠이 든다.

이튿날 난민촌은 온통 그 이야기로 떠들썩하다. 우리가 자는 동안 베트남 여자들 중 하나가 잠에서 깨어보니 웬 사내가 자기 배 위에 걸터앉아 있었다는 것이다. 사내가 단검을 들이대면서 조용히 하라고 협박했지만 여자가 아랑곳 않고 비명을 지르자 달아났다고 한다. 식량을 배급받으려고 줄을 서서 기다리면서, 여자들은 다 그 여자가 자초한 일이라고 떠들어댄다.

"어쨌거나 베트남 여자야. 이 베트남 여자들은 항상 떠들썩하게 웃고 이야기하고 남자들한테 지분거린다니까. 긴 트임이 있는 치마처럼 섹시한 옷과 수영복을 입고 다니지. 흑심을 품게 만든다니까."

분노로 얼굴이 화끈 달아오른다. 나는 여자들의 험담이 듣기 싫어 그 자리를 피한다. 정말 그 말이 옳은 걸까? 사람들은 언제나 여자들만 비난한다.

하루하루가 일주일이 되고, 한 주 한 주가 한 달 두 달이 된다. 어느덧 5월이 되었는데도 아직 후원자는 나타나지 않는다. 더 많은 이들이 보트를 타고 난민촌에 도착하는 동안 다른 나라로 떠나는 사람들도 있다. 캄보디아를 떠난 지 8개월이 지났지만 초우 언니와 가족들에게 우리가 잘 있다는 소식을 전할 길이 없다. 잘은 모르지만 우리는 바다에서 실종되거나 죽을 수도 있었다. 우리 가족이 걱정하고 있으리라는 생각에 마음이 무겁다.

많은 난민들이 가난하지만 우리는 그중에서도 가장 가난한 축에 든다. 하루하루 지남에 따라 모자라는 식량배급을 보충하기 위해 멩 오빠와 새언니는 친척들이나 친구들에게 돈을 빌려야 했다. 다른 여자아이들이 예쁜 옷을 입고 태국 시장에서 맛있는 것을 사 먹는 동안 나는 쌀죽이나 생선을 먹는 것만으로도 감지덕지다. 나는 계속되는 영양실조 탓에 팔다리는 가늘고 마른 상태에서 배만 불룩 나와 있다.

그러던 1980년 6월 5일, 멩 오빠가 흥분해서 상기한 얼굴로 난민촌 사무국에서 돌아온다. 후원자가 나타났다는 것이다.

"드디어 미국으로 가게 됐어!"

새언니와 나는 기뻐서 환성을 지르고 눈물을 흘린다.

멩 오빠가 말한다.

"아직 한 주는 더 있어야 되지만, 아무튼 우리는 갈 거야!"

"미국에 가게 되다니! 이젠 돈을 모으지 않아도 되겠네!"

새언니는 소리를 지르다 말고 나를 빤히 바라본다.

"옷도 사고 네가 미국에서 입을 옷도 만들어줘야겠다!"

이튿날 새언니는 나를 데리고 태국 시장에 있는 포목점으로 간다. 나는 가게 안을 돌아다니며 매대 위에 진열된 아름다운 무지갯빛 천을 구경한다. 더러운 때가 묻을세라 손을 바지에 쓱쓱 문지른 뒤 그 천을 살짝 만져본다. 실크가 내 손에서 은은히 빛나며 부드럽고 서늘한 감촉을 전해준다. 정말 곱지만 살 돈이 없다는 건 나도 알고 있다.

새언니가 나를 부른다.

"이것 좀 보렴."

새언니가 들고 있는 것은 오렌지색, 빨간색, 파란색의 체크무늬 천이다.

"예쁘지 않니? 너한테 잘 어울릴 것 같아."

나는 그 빨간색 네모꼴에 시선을 고정한 채 고개를 끄덕인다.

이튿날 우리는 행복한 기분에 탁 트인 들판으로 산책을 갔다가 난민촌 관리들이 그날 밤 상영하는 영화를 보기로 한다. 미국으로 가는 난민들에게 새 보금자리가 어떤지 알려주는 영화 같다. 난민촌 한가운데에 있는 커다란 하얀 장막을 스크린 삼아 야외에서 상영할 모양이다. 해 질 무렵 난민들이 담요와 밥통, 생선 접시, 그리고 차가 든 보온병을 들고 모여들어 시끄럽게 먹어대고 있는 와중에 영화가 시작된다.

큰오빠 부부 옆에서 담요 위에 엎드려 있던 나는 미국 영화가 스크린 위에 펼쳐지는 순간 숨을 멈춘다. 초록색 대리석과 하얀 화강암 또는 붉은 벽돌로 지은 건물들에는 긴 유리창이 달려 있다. 크고 작은 사람들이 하이힐이나 검은 가죽 부츠를 신고 거리를 누비는 모습이 거울 같은 은빛 벽들에 비쳐진다. 사람들의 머리 색깔도 제각각 다르다. 검은 곱슬머리, 오렌지색 곱슬머리, 붉은색 생머리, 곱슬거리는 금발머리 또는 검은색 단발머리 등등. 스피커에서 요란하고 빠른 음악이 울려퍼지는 가운데 그들은 자동차를 타거나 내리고, 친구들을 향해 휘파람을 불고, 굽이 있는 구두를 신고 보도를 미끄러지듯 걸어간다.

"미국이다."

내가 속삭이자 멩 오빠가 웃으며 내 머리카락을 헝클어뜨린다.

"캘리포니아야."

"거기로 가는 거예요?"

"아니, 우리는 버몬트주로 갈 거야."

오빠는 이렇게 말하며 다시 스크린에 눈을 고정한다.

"캘리포니아랑은 똑같아요?"

멩 오빠는 자기도 잘 모른다고 대답한다. 버몬트주로 가는 사람들은 많지 않은 듯하고, 그런 곳이 있다는 것조차 들어본 적 없는 사람들이 태반이다. 하지만 오빠는 거기도 미국이니까 캘리포니아랑 조금은 비슷할 거라고 나를 안심시켜준다.

집에서 새언니와 새언니의 친구가 옷을 만들기 위해 내 치수를 잰다. 두 사람은 일주일 동안 단과 소매와 옷깃에 시침핀을 꽂았다 뺐다 하면서 열심히 바느질을 한다. 심지어 목둘레선에 예쁜 주름 장식까지 달아준다.

난민촌을 떠나기 전날 밤에 나는 천천히 옷가지를 챙긴다. 완성된 원피스와 새 샌들은 한쪽에 놓아두고, 멩 오빠가 사준 작은 습자책과 연필 두 자루, 낱장으로 된 도화지 몇 장을 가방에 넣는다. 그러고는 일어나 원피스를 다시 한 번 반듯하게 펴서 주름지지 않도록 조심스럽게 내려놓는다.

군인이 태워버린 빨간 원피스를 대신할 옷이 드디어 생겼다고 생각하면서 나는 슬픔에 젖는다. 5년 만에 갖게 된 첫 원피스. 내일이면 그 옷을 입고 모든 이들 앞에서 자랑할 것이다. 웃음이 나오기도 전에 슬픔이 몰려와 가슴을 짓누른다. 그 옷이 아무리 좋아도 결코 엄마가 나에게 만들어준 그 원피스는 될 수 없음을 깨달았기 때문이다. 엄마도 그 원피스도 영영 사라진 것이다.

그날 밤은 태국의 6월이 늘 그렇듯 공기가 후텁지근하다. 축축한 공기에는 천둥과 번개가 동반되기 마련이다. 멀리서 먹구름이 우르릉대는 소리에 몸이 부르르 떨린다. 나는 천둥 번개가 치는 폭풍이 정말 싫다. 마치 하늘에서 전쟁이 일어나는 소리 같다. 천둥소리를 들으면 꼭 죽음이 다시 나를 쫓아오는 듯한 느낌이 든다. 나는 겁먹지 않으려고 눈을 꼭 감는다. 내 옆에는 멩 오빠 부부가 등을 맞대고 조용히 자고 있다. 어른이라서 어두운 폭풍우 밤을 무서워하지 않는 게 부럽다.

영원처럼 긴 시간이 지난 뒤, 마침내 천둥이 물러가고 비가 내린다. 우리 오두막에 떨어지는 나직한 빗소리에 눈꺼풀이 무거워진다. 잠이 들면서 아빠를 생각한다. 아빠의 영혼이 육지를 가로질러 나와 함께한다는 건 알지만, 큰 바다를 건너 미국까지 건너갈 수 있을까 걱정된다. 그러다 꿈속에서 아빠가 내 옆에 앉아 뺨을 어루만져준다. 그 손길이 간지러워 나는 미소 짓는다.

"아빠, 보고 싶어요."

내가 속삭이자 아빠가 나를 보고 싱긋 웃는다. 둥근 얼굴의 입가와 눈가에 주름이 진다.

"아빠, 전 내일 미국으로 떠나요. 큰오빠가 미국은 캄보디아에서 아주 멀다고 했어요. 아빠한테서 아주아주 멀리……."

나는 말끝을 채 맺지 못한다. 아빠가 뭐라고 대답할지 겁이 난다. 그 두려움을 꿈에서조차 아빠한테 솔직하게 말할 수 없다.

"걱정 마라. 네가 어디로 가든 나는 널 찾아갈 거야."

아빠는 내 얼굴에 붙은 머리카락을 살며시 떼어주면서 이렇게 말
한다.

아침에 눈을 뜨자 비는 그치고 구름 뒤로 해가 얼굴을 내밀고 있
다. 시원한 바람에 머리카락이 날려 뺨을 스치며 간지럽힌다.

몇 시간 뒤 멩 오빠와 새언니와 나는 손을 잡고 방콕 국제공항으
로 들어선다. 날개가 달린 거대한 은빛 총알처럼 생긴 비행기가 탑
승구에서 우리를 기다리고 있다. 가슴이 요란하게 쿵쿵거리고 차가
운 손바닥에는 땀이 축축이 밴다. 아빠 꿈에 용기를 얻은 나는 마침
내 비행기에 오른다.

에필로그

고향에 거의 다 왔다. 태평양을 가로질러 31시간의 비행 끝에, 방콕
에서 프놈펜으로 가는 여행의 마지막 시간에 이르렀다. 아래에 캄보
디아가 있다. 나의 땅, 나의 역사. 유리창에 이마를 대고 보니 우기의
캄보디아 대부분이 은은히 빛나는 은빛 물속에 잠겨 있다. 나는 아
빠, 엄마, 케아브 언니, 게악을 생각한다. 목을 타고 흘러내리는 눈물
을 삼키며 어떻게 우리 가족을 두고 떠났는지 생각한다.

　멩 오빠와 함께 미국에 도착했을 때, 나는 가족들 생각은 하지 않
으려고 온갖 노력을 다했다. 새로운 나라에서 낮에는 미국 문화에
흠뻑 빠져 지냈지만 밤에는 전쟁의 악몽에 시달렸다. 전쟁은 이따금
내 꿈속 세계에서 현실 세계까지 건너오기도 했다. 1984년 에티오
피아에 가뭄이 들어 굶어 죽어가는 아이들의 영상이 날마다 전해질
때처럼. 텔레비전 화면에서는 몸에 비해 배만 볼록하고 뼈만 앙상하
게 남은 아이들이 먹을 것을 달라고 구걸했다. 그 아이들의 얼굴은

움푹 꺼지고 입술은 메말랐으며 눈은 퀭하고 굶주림으로 게슴츠레
했다. 그 눈빛 속에서 나는 게악을 보았고, 게악이 바란 건 오로지 먹
을 것뿐이었다는 사실이 생각났다.

에티오피아의 기근이 텔레비전 화면과 미국인의 양심에서 희미
해져감에 따라 나는 평범한 미국 소녀가 되기로 더욱 굳게 마음먹
었다. 나는 축구를 했고 응원단에도 들어갔다. 친구들과 몰려다니며
피자도 많이 먹었다. 머리도 자르고 곱슬곱슬하게 말았다. 눈도 더
둥글고 서구적으로 보이게끔 화장도 진하게 했다. 미국인처럼 되어
서 전쟁의 기억을 모두 지워버리고 싶었다. 초우 언니는 멩 오빠에
게 보내는 편지에 내가 어떻게 지내는지 늘 물어봤지만 나는 절대로
답장하지 않았다.

쿠이 오빠와 킴 오빠와 초우 언니는 엄마의 고향 크랑트루오프에
서 계속 외삼촌, 외숙모들과 함께 살았다. 나와 멩 오빠가 떠난 지 얼
마 안 되어 외할머니가 막내 외숙모와 외숙모의 딸과 함께 우리가
살던 마을로 왔다. 막내 외삼촌은 크메르루주에게 죽음을 당했다고
했다. 외할머니는 연세가 팔순이라 노쇠하고 말도 거의 하지 않았
다. 어떤 일을 겪었느냐고 물어보면 외할머니의 주름진 눈에는 눈물
만 그렁그렁 고이다가 뺨을 타고 흘러내렸다. 고개를 절레절레 흔들
면서 작은 손으로 눈물을 닦고 가슴을 문질렀다.

초우 언니는 열여덟 살이 되자 마을 남자와 결혼해서 다섯 아이를
낳았다. 둘이 함께 집 앞에 작은 좌판을 열어 대나무 광주리와 갈색
설탕을 팔았다. 쿠이 오빠는 마을 파출소장의 월급으로 아내와 여섯

아이들을 먹여 살렸다. 크랑트루오프에서 100명에 가까운 옹씨 일족이 전쟁의 잿더미에서 자라났다.

킴 오빠는 미국에 있는 우리에게 오고 싶어서 1988년에 태국 난민촌으로 갔다. 거기에 몇 주 동안 숨어서 멩 오빠가 보내준 돈으로 살았다. 멩 오빠는 세계의 반대편 버몬트주에서 킴 오빠를 미국에 데려오려고 가족 재결합 서류를 작성했다. 몇 달 뒤 우리는 미국이 자기 나라에서 받아들일 수 있는 난민 수를 줄였다는 통보를 받았다. 그 결과 태국 난민촌 관리들은 난민들을 모아서 도로 캄보디아로 강제 추방했다.

버몬트주에 있던 멩 오빠는 킴 오빠를 태국에서 빼내기 위해 부랴부랴 1만 달러를 모았다. 멩 오빠는 암시장의 연결고리를 통해 킴 오빠를 탈출시켜 프랑스까지 보내주도록 손을 썼다. 여러 해가 흐르고 수없이 많은 이민 서류를 작성한 끝에, 이제 멩 오빠는 킴 오빠와 그 가족이 미국에 도착하기만을 애타게 기다리고 있다.

멩 오빠와 새언니는 1980년에 난민으로 도착한 이래 쭉 버몬트주에서 살아왔고 이제 두 딸이 있다. 근면과 투지 덕분에 캄보디아와 미국에 있는 가족들은 모두 잘 살고 있다. 문화며 사회며 음식이며 언어를 거의 알지도 못한 채 이국땅에서 온 가족을 먹여 살리기 위해 둘은 아이비엠(IBM)에서 오랫동안 열심히 일했다. 멩 오빠는 오랜 세월 동안 미국의 가족과 캄보디아의 가족이 먹고살 수 있게 지원했으면서도 여전히 가족을 전부 데려오지 못했다며 깊이 자책하고 있다. 현재의 정책과 이민법으로 미루어 보건대, 우리 가족이 모두 함께 살 가능성은 거의 없다.

나로 말하자면, 15년 동안 캄보디아에서 진행된 전쟁과 떨어져서 안전하게 살았다. 멩 오빠와 새언니가 이곳 식구들을 먹여 살리고 캄보디아에 송금까지 하느라 고되게 일하는 동안 나는 영어를 배우고, 학교에 다니고, 오빠네 두 아이를 돌보았다. 나는 정치학 학사 학위를 받고 메인주의 가정폭력 쉼터에서 일했다. 그러다 3년 뒤인 1997년에는 워싱턴으로 가서 '지뢰 없는 세상 만들기 운동' 단체에서 일하게 되었다.

지금 나는 이 단체의 대변인으로 미국과 해외를 두루 다니면서 지뢰와 캄보디아의 실상을 알리고 있다. 집단학살에 대해 강연하면서 나 자신을 만회할 기회를 얻었다. 내 존재가 살아 있을 만한 가치 있는 일을 하게 된 것이다. 덕분에 힘이 난다. 잘하고 있다는 느낌이 든다. 사람들에게 더 많이 알릴수록 악몽에 시달리는 일도 줄어든다. 더 많은 사람들이 내 말에 귀를 기울일수록 증오심도 줄어든다. 얼마 뒤에는 두려움도 잊어버렸다. 다시 말해 드디어 캄보디아로 돌아가기로 결심한 것이다.

여행 날짜가 가까워질수록 불안감이 커지고 끔찍한 악몽을 다시 꾸게 되었다. 한번은 미국에서 성인으로 비행기에 탔는데 캄보디아에는 어린아이가 되어 내리는 꿈을 꾸기도 했다. 그 아이는 군중 속에서 길을 잃고 형제들과 부모를 부르며 필사적으로 가족을 찾고 있었다. 아침에 일어날 때마다 귀향에 대한 두려움은 커져만 갔다.

출국하는 날, 불안은 흥분으로 바뀌었다. 로스앤젤레스에서 비행기에 오를 때, 내가 속한 곳으로 돌아간다는 게 어떤 것인지 생각해 보았다. 모든 이들이 내 나라 말을 하고, 나와 비슷하게 생기고, 같은 역사를 공유하는 곳. 비행기에서 내려 가족들의 품속으로 들어가는 내 모습을 그려보았다. 외숙모들과 사촌들, 초우 언니의 따스한 팔들이 마치 포근한 고치처럼 나를 감싸서 안전하게 보호해주는 상상에 잠겼다.

드디어 비행기가 활주로 위에 내려서자, 나는 오랜만에 가족과 재회할 마음의 준비를 단단히 했다. 심장박동 소리가 머릿속까지 울리고 땀이 났다. 승무원이 비행기가 완전히 멈출 때까지 자리에 앉아 있으라고 안내방송을 했다. 세관을 거쳐 공항 밖으로 나가는 시간이 몇 시간이나 되는 것처럼 느껴졌다.

나는 우리 가족을 금방 발견했다. 모두 모여 있었다. 스무 명에서 서른 명쯤 되는 가족들이 나란히 붙어서 서로 나를 먼저 보려고 밀치며 서 있었다. 초우 언니와 쿠이 오빠가 맨 앞이었다. 기온은 24도 정도로 그리 높지 않았지만 내 손은 뜨겁고 땀이 축축하게 배어나왔다.

나는 외숙모들과 외삼촌들이 눈을 찡그리며 나를 살펴보는 모습을 지켜보았다. 나는 편안하고 실용적이고 때가 잘 타지 않는 헐렁한 까만 바지와 갈색 티셔츠, 까만 샌들 차림이었는데, 초우 언니와 쿠이 오빠는 그런 내 모습을 보고 약간 놀란 표정이었다. 그제야 나는 내 실수를 깨달았다. 꼭 크메르루주처럼 보였던 것이다. 서로 만나기만 하면 바로 예전과 똑같이 가까워지리라는 상상은 여지없이 깨졌다. 우리 가족과 나는 서로 서먹서먹한 나머지 따스한 포옹도 나누지 못했다.

　나는 초우 언니를 뚫어지게 바라보았다. 목이 메어왔다. 언니도 키가 자라긴 했지만, 여전히 내가 언니보다 몇 센티미터 더 컸다. 언니의 머리는 길고 검었으며, 피부는 매끄럽고 화장을 했다. 언니를 보니 엄마가 떠올랐다. 언니는 아름다웠다. 언니와 눈이 마주쳤다. 예전과 똑같은 눈이 거기 있었다. 상냥하고 온화하고 솔직한 눈.

　언니는 곧 입을 막더니 울음을 터뜨리며 나에게 달려왔다. 가족들은 말이 없었다. 언니가 내 손을 잡자 눈물이 내 손바닥에 서늘하게 닿았다. 우리는 결코 끊어지지 않을 쇠사슬처럼 자연스레 서로의 손을 꼭 잡았다. 나는 초우 언니를 따라 차를 타러 가고 사촌들은 내 가방을 들고 뒤따랐다.

감사의 말

무엇보다 먼저 나의 고용주이자 멘토인 바비 뮐러에게 감사드리고 싶다. 캄보디아에서 그가 한 일들과 키엔 클레앙 재활센터를 열어주신 것에 깊이 감사드린다. 내가 미국에서 대량학살의 기억을 지우려고 애쓰던 시기에 바비는 캄보디아에서 계속되는 폴 포트의 침탈에 대해, 지뢰의 생존자들과 희생자들에 대해 알리고 도움을 보내왔다. 그의 지지와 격려가 없었다면 이 책은 쓰지 못했을 것이다. 바비는 한 사람이 어떻게 세상을 바꾸는지 보여주었다. 또한 나에게 영감을 준 버몬트주의 패트릭 리히 상원의원에게도 감사드린다. 그는 자신이 얻은 관직의 위상을 초월하는 정치가이며, 그의 헌신과 노력은 지뢰를 완전히 없애려는 우리의 활동에서 무엇과도 바꿀 수 없는 소중한 자산이다.

이 책을 믿어준 탁월한 에이전트 조지 그린필드에게도 감사를 전한다. 내 친구이자 독자이자 훌륭한 글쓰기 스승인 레이철 스나이더에게도 많은 고마움을 전한다. 하퍼콜린스 출판사의 편집자이자 엄청난 재능의 소유자인 트레나 키팅에게도 큰 빚을 졌다. 트레나는 흔들림 없이 나를 지지해주고 이 책에 열정을 쏟아주었다. 트레나의 훌륭한 원고 편집이 없었다면 독자 여러분은 지금보다 훨씬 더 긴 책을 읽어야 했을 것이다. 또한 나를 격려해준 브론슨 엘리엇에게도 감사를 전한다.

가장 친한 친구 마크 프리머에게도 특별한 감사를 전하고 싶다. 그는 내가 무슨 일을 하든 어디에 가든 나를 격려해주었다. 그의 사랑과 지지가 없었다면 오늘날의 내가 되지 못했을 것이다. 많은 초고를 읽어준 친구들과 미국에서 만난 새로운 자매들인 라이 카보뉴, 하이디 랜들, 베스 풀, 키아 도먼, 브리타 슈트로마이어, 조앤 모니스, 니콜 디배렌, 지니 분에게도 고마움을 전한다.

버몬트주에 있는 두 번째 가족 린다, 조지, 킴 코스텔로에게도 감사를 전한다. 우리 가족을 미국에 데려와주어서 정말 고맙다. 에식스정크션 고등학교 9학년 영어 담당인 엘리스 세브란스 선생님에게도 감사드린다. 선생님은 에세이에서 나에게 첫 에이 플러스(A+)를 주었다. 이 책을 쓰면서 포기하고 싶을 때마다 선생님을 떠올렸다. 앨버트 D. 로턴 중학교와 에식스정크션 고등학교, 세인트 마이클스 대학의 모든 훌륭한 선생님들에게도 감사드린다. 선생님들은 내가 미국 생활을 준비하는 것을 도와주셨다. 또한 친절함이 넘치던 버몬트주 에식스정크션 지역사회에도 특별한 감사를 드린다. 내가 치유받기에 그보다 더 좋은 곳은 없었을 것이다.

마지막으로, 미국에서 태어난 내 조카 마리아와 빅토리아에게, 이 책이 너희가 한 번도 만난 적 없는 할머니 할아버지와 이모들에 대해 알 수 있는 기회가 되기를 바란다.

작가에 관하여

로웅을 만나다

로웅 웅은 20세기 가장 참혹한 학살극이 벌어졌던 캄보디아 킬링필드의 생존자이다. 인구 700만 명 가운데 200만 명에 이르는 캄보디아 국민이 악명 높은 폴 포트와 크메르루주 정권 손에 목숨을 잃었다.

1970년 프놈펜시 중산층 가정에서 태어난 로웅은 크메르루주의 강제이주 정책에 따라 겨우 다섯 살에 가족과 함께 시골로 옮겨가야 했다. 또한 1978년까지 크메르루주에 의해 부모님과 두 형제를 잃고 소년병 훈련을 받아야 했다. 1980년 로웅과 큰오빠 멩은 보트를 타고 태국으로 탈출해서 5개월 동안 난민촌에 머물렀다. 이후 미국 가톨릭 주교회의와 벌링턴 성가족성당의 후원을 받아 버몬트주로 이주했다.

로웅은 당시의 미국 생활을 떠올리며 이렇게 말한다.

"처음으로 좋아했던 영어책은 《개구리 결혼식》이다. 아직도 그 음률이 귓가에 들리는 듯하다. 이 책에 담긴 유머와 우스꽝스러움이 정말 좋다."

로웅은 동네 신발가게에서 일하기도 했다. 신발을 팔면서 "냄새나는 발과 양말을 몹시 혐오하게 되었다."고 한다. 대학을 졸업한 뒤엔 식당에서 서빙을 하기도 했는데, 숫자 난독증이 있다는 사실이 탄로 나서 2주 만에 해고를 당했다고 한다.

1995년 로웅은 캄보디아로 돌아가 크메르루주 대학살의 희생자 추도회에 참가했다. 이때 폴 포트 정권 아래에서 친척이 스무 명이나 목숨을 잃은 사실을 알고는 큰 충격과 슬픔에 빠졌다. 그 뒤로 로웅은 조국 캄보디아에서 정의와 화해를 위해 헌신하기로 마음먹었다. 캄보디아 시골 지역에 남아 있는 지뢰들이 여전히 큰 피해를 입힌다는 사실을 알고 로웅은 수백만 개에 이르는 이런 무차별적인 살상 무기의 위험을 널리 알리는 데 발 벗고 나섰다.

2000년 미국에서 출간한 로웅의 첫 책 《킬링필드, 어느 캄보디아 딸의 기억》(원제 *First They Killed My Father*)은 베스트셀러가 되고, 2001년 아시아·태평양 미국도서관협회에서 성인 논픽션상을 수상했다. 이 회고록은 독일·프랑스·스페인·일본 등 많은 나라에서 출판되었으며, 미국을 비롯한 외국의 고등학교와 대학에서 이웃 공동체 독서 프로그램 교재로 많이 사용되고 있다.

로웅은 집필과정에 대해서 이렇게 말한다.

"나는 먼저 일기장에 글을 쓰고 컴퓨터로 옮겨 쓰면서 이야기에 살을 붙인다."

글을 쓸 때 로웅이 영감을 얻는 방법도 독특하다.

"하얀 쌀밥, 밥은 나의 자동유도장치이자 안정감을 주는 아기 담요와 같다. 여행을 하거나 책을 쓸 때는 날마다 적어도 밥 한 그릇은 먹어야 한다. 밥이 있는 곳이면 어디든 마음이 편안하다."

로웅은 소년병과 지뢰, 캄보디아 관련 주요 연사로 활동하고 있으며, '캄보디아 기금'의 대변인으로 일하고 있다. 캄보디아 기금은 불구가 된 전쟁 희생자들과 지뢰 생존자들을 돕는 캄보디아 내 여러 기관들을 후원하는 곳이다. 로웅은 1997년부터 2003년까지 '지뢰 없는 세상 만들기 운동' 단체의 대변인으로 활동하기도 했다. 또한 로웅은 가정폭력 반대 메인주 연합에서 운영하는 '학대받는 여성들의 권리 옹호 프로젝트'를 위해 지역사회 교육가로도 일했다. 미국의 학교와 대학, 기업은 물론 해외에서 열리는 심포지엄(베이징에서 열린 유엔여성회의, 남아프리카에서 열린 인종차별에 반대하는 유엔회의, 네팔 카트만두에서 열린 소년병 회의 등)에서 연설도 했다. 로웅은 세계경제 포럼에서 '미래의 세계 지도자 100명'에 선정되기도 했다.

한가한 시간이면 로웅은 친구들을 위해 종이접기를 한다.

"나는 손도 작고 손가락도 가늘어서 종이학이나 동물들을 잘 접는다. 종이접기를 하다 손이 아프면 밖으로 나가서 보라색 허피 자전거를 타고 동네를 한 바퀴 돈다. 내 자전거엔 거대한 눈처럼 생긴 근사한 차임벨이 달려 있다. 나는 차임벨을 따르릉따르릉 울리며 달리는 걸 좋아한다."

로웅은 《행운의 아이》, 《하늘의 루루》 등을 썼으며, 작가이자 평화 활동가로 꾸준한 활동을 이어가고 있다.

작품에 관하여
어린아이의 목소리

《킬링필드, 어느 캄보디아 딸의 기억》을 쓰기로 마음먹었을 때 나는 처음부터 어린아이의 관점에서 어린아이의 목소리로 글을 써야 한다고 생각했다. 크메르루주 지배체제가 무너진 지 26년이 흘렀고, 나도 나이를 먹고 여러 언어들을 배우고 여러 나라를 여행하며 살아왔다. 하지만 전쟁에 대한 악몽을 꾸고 나면 여전히 그 시절에 붙잡혀 있는 듯한 기분이 든다. 지금까지 다양한 삶을 살아왔지만 전쟁 시절의 어린 나는 여전히 내 곁에 머물러 있다. 내게 힘을 주고 계속 전진하라고, 열심히 살아가라고 격려하면서. 하지만 크메르루주가 지배하던 시절의 어린 나를 만나러 갈 때면 어른이 되어 다양한 삶을 살았던 또 다른 나는 함께 가지 못했다. 그래서 나는 이 책을 쓰면서 크메르루주 지배 아래에서 살았던 어린아이의 사랑과 증오와 분노, 상처 들을 온전히 다시 겪어야 했다.

어린아이의 눈으로 글을 써나간 데에는 이유가 또 있었다. 같은 정신적 외상을 입어도 어린이들은 어른들보다 고통이 덜하다는 근거 없는 믿음을 없애고 싶었다. 버몬트에서 자라는 동안 사람들이

409

멩 오빠에게 "전쟁을 겪을 때 동생이 어린 나이였던 게 참 다행이지 않나요? 기억이 안 날지도 모르잖아요. 어리니까 아무래도 입양도 더 빨리 되고 상처도 더 빨리 치유될 것 같아요."라고 말하면 나는 너무너무 화가 나서 이렇게 외치고 싶었다. "다 기억나요! 다 봤어요! 나도 상처 받았다고요!" 하지만 그때는 내가 보고 느꼈던 것을 말로 다 표현할 수가 없었다. 나중에 언어를 배웠지만 그때는 소리 내어 말할 용기가 없었다. 한번 눈물이 터지면 멈추지 않을까봐 겁이 났다. 나는 이 책에서 목소리를 잃어버린 아이가 겪은 육체적 고통과 감정을 오롯이 전하려 애썼다. 살아남기 위해 벙어리가 되고 귀가 멀고 눈도 멀게 되는 고통을 말이다.

어린아이였던 내가 영문도 모른 채 크메르루주군에게 가족을 잃고 행복한 생활을 빼앗겼을 때 경험했던 혼란스러움, 상실감에 빠진 영혼, 외로운 삶, 분노에 찬 심정을 독자들이 알아주었으면 좋겠다. 오랫동안 내 안에서 들끓고 있던 많은 것들을 표현할 언어들을 갖게 된 뒤 이 책을 씀으로써 나는 어린 시절의 짐을 덜어냈으며, 그 과정을 통해 자신감을 얻었다.

서술 방식과 시점을 정한 뒤 나는 이 책의 첫 세 장을 과거시제로 써내려갔다. 그런데 아무리 해도 진짜처럼 느껴지지 않았다. 과거시제를 쓰는 것은 스스로에게 보호막을 두르는 행위였다. 집필하기는 수월하지만 내가 원하는 효과를 얻지 못할 것 같았다. 전쟁은 힘들고 가슴 아프며 고통스럽다는 사실을 나는 몸소 뼈저리게 겪었다. (그 느낌은 지금도 생생하다.) 과거시제로 쓰면 거리를 두고 그 고통을 바라볼 수 있지만, 독자들도 자연히 그렇게 거리를 두고 읽게 될 것이다. 그래서 현재시제를 쓰기로 결정했다. 과거시제를 현재시제로 바꿔 써보니 집필할 때 겪는 감정적인 타격이 기하급수적으로 커졌다. 몇 달 동안 나는 캄보디아 음악만 듣고 캄보디아 음식만 먹고 크메르루주 대학살에 관한 책만 읽고, 아버지와 어머니, 가족들, 폴포트, 크메르루주 군인들과 그 희생양들의 사진으로 온 아파트를 도배했다. 가족이 한 명씩 사라지기 시작할 때 느꼈던 그 분노와 타는 듯한 통증과 갈가리 찢긴 심정을 풀어내면서, 나는 그 고통에 지지 않고 오히려 더욱더 평화를 갈구하게 되었다. 마지막 문장을 쓰고 펜을 놓고 나니, 작품을 완성함으로써 스스로 더욱 단단해졌다는 느낌이 들었다.

킬링필드 지도

캄보디아 킬링필드

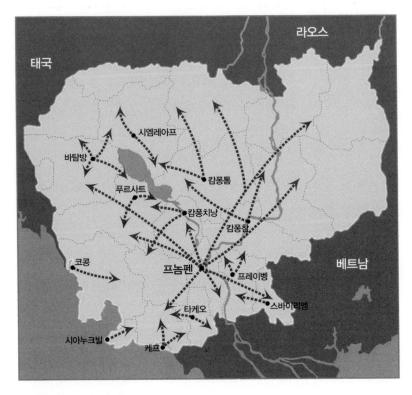

크메르루주에 의한 강제이주 주요 경로

크메르루주는 캄보디아를 새로운 공산주의 농민사회로 만들기 위해 캄보디아 수도 프놈펜을 비롯한 도시 사람들을 농촌 지역으로 강제 이주시켰다. 수많은 사람들이 이주 도중 처형되거나 기아와 질병으로 숨지고, 농촌으로 옮겨진 이들은 집단농장에서 강제노동을 해야 했다. 농촌에서도 혹독한 노동과 굶주림으로 많은 사람들이 죽어갔다.

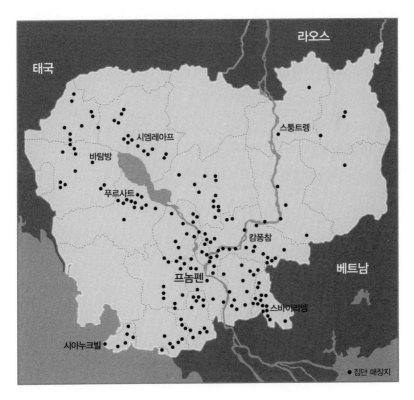

● 집단 매장지

킬링필드의 위치

수많은 사람들을 집단 매장한 킬링필드는 캄보디아 전역에 걸쳐 2만여 곳에 이른다. 수도 프놈펜을 비롯한 캄퐁참, 시엠레아프, 푸르사트 등 도시에 킬링필드가 집중돼 있는 것은 미국이 베트남과 전쟁을 벌이면서 베트남 국경에 인접한 캄보디아에 폭탄을 투하하자 집을 잃고 굶주린 사람들이 일자리를 찾아 도시로 몰려들었기 때문이다.

옮긴이 **이승숙**

좋은 어린이책과 청소년책을 찾아 소개하고 번역하는 기획자이자 번역자로 활동했다. 지금은 어린이들이 재미있게 읽을 수 있는 책을 직접 쓰면서 많은 어린이책을 우리말로 옮기고 있다. 옮긴 책으로 《떡갈나무 바라보기》《하늘 어딘가에 우리 집을 묻던 날》《어둠 속 어딘가》《로널드는 화요일에 떠났다》《흰지팡이 여행》 등이 있으며, 쓴 책으로 《안전, 어디까지 아니?》《세계 지리, 어디까지 아니?》《출동, 소방관》 등이 있다.

옮긴이 **장미란**

어린이책 전문기획실 햇살과나무꾼에서 번역가로 일했고, 지금은 프리랜서로 좋은 어린이책을 소개하고 번역하고 있다. 옮긴 책으로는 《제인 에어》《워터십다운》《그리운 메이 아줌마》《검은 여우》《세라 이야기》《젤라 그린 1·2》 등이 있다.

킬링필드,
어느 캄보디아 딸의 기억

2019년 8월 24일 1판 1쇄

지은이 로웅 웅 | **옮긴이** 이승숙·장미란
기획 평화를품은집 평화도서관 | **편집** 박소현·최옥미 | **디자인** 나비 | **홍보마케팅** 박찬석
펴낸이 최옥미 | **펴낸곳** (주)평화를품은책
등록 2011년 3월 24일 제406-2011-000035호
주소 경기도 파주시 파평산로389번길 42-19
전화 031-955-9490 | **팩스** 031-955-9493 | **이메일** peacebook2014@gmail.com
블로그 blog.naver.com/ggoomgyo-1628 | **페이스북** facebook.com/nestofpeace

ISBN 979-11-85928-19-7 03840

• 이 책의 국립중앙도서관 출판시도서목록(CIP)은 국가자료공동목록시스템
  (http://www.nl.go.kr/kolisnet)에서 이용하실 수 있습니다. (CIP제어번호: CIP2019025363)
• 평화를품은책은 자연과 사람, 사람과 사람이 더불어 평화롭게 사는 세상을 만들고자 합니다.
• 이 책은 (사)어린이와작은도서관협회의 번역 지원을 받아 만들었습니다.